Deutsche Dichterinnen vom 16. Jahrhundert bis heute

Herausgegeben von Gisela Brinker-Gabler

Deutsche Dichterinnen

vom 16. Jahrhundert bis heute

Gedichte und Lebensläufe

Erweiterte Neuausgabe

Herausgegeben und eingeleitet
von Gisela Brinker-Gabler

Anaconda

Die Originalausgabe, die 1978 unter dem Titel »Deutsche Dichterinnen vom 16. Jahrhundert bis zur Gegenwart« im Fischer Taschenbuch Verlag, Frankfurt am Main, erschien, wurde für diese Ausgabe von der Herausgeberin ergänzt und aktualisiert.

Die Deutsche Nationalbibliothek verzeichnet diese Publikation in der Deutschen Nationalbibliographie; detaillierte bibliographische Daten sind im Internet unter http://dnb.d-nb.de abrufbar.

Umschlagmotiv: Guido Reni (1575–1642), »Porträt des italienischen Kardinals Bernardino Spada« (1631) (Ausschnitt: Rechte Hand mit Schreibfeder). Galleria Spada, Rom. Photo: akg-images / Electa
Umschlaggestaltung: dyadesign, Düsseldorf, www.dya.de
Satz und Layout: GEM mbH, Ratingen
Printed in Czech Republic 2007
ISBN 978-3-86647-172-6
info@anaconda-verlag.de

Wenn Weiber Reime schreiben
ist doppelt ihre Zier,
denn ihres Mundes Rose
bringt nichts als Rosen für.

Friedrich von Logau
(1604–1655)

Inhalt

Vorbemerkung

Die hier vorgelegte Sammlung *Deutsche Dichterinnen* erschien erstmals im Jahr 1978, gefolgt von mehreren Auflagen. Für diese Neuausgabe wurde die Auswahl vor allem um die literarischen Entwicklungen der letzten drei Jahrzehnte ergänzt.

Als ich meine Arbeit an dieser Anthologie in den 70er Jahren begann, war die Geschichte schreibender Frauen wenig erforscht. Im Literaturunterricht an Schulen und Universitäten spielten Schriftstellerinnen kaum eine Rolle, und in den Literaturgeschichten wurden sie selten erwähnt. Inspiriert von der sich damals entwickelnden Frauenbewegung begann ich, dem Beitrag von Frauen zur Literatur nachzuforschen. Meine erste »frauenspezifische« Arbeit war eine Untersuchung von Literaturgeschichten des 19. und 20. Jahrhunderts, die ich 1976 in der Zeitschrift *Die Unterrichtspraxis* veröffentlichte. Davon motiviert, wie auch von einer nun rasch anwachsenden Zahl von Beiträgen zum Thema »Frau und Literatur«, begann ich, die Anthologie *Deutsche Dichterinnen* zusammenzustellen. Kein Zweifel mehr bestand für mich daran, daß auf Literaturgeschichten kein Verlaß war. Dazu schrieb ich 1978 in der Vorbemerkung zu dieser Sammlung: »Eine männlich dominierte Gesellschaft hat keine geschlechtsneutrale Literaturgeschichte, -kritik und -wissenschaft. Sie sichert ihre Interessen auch mittels literarischer Wichtigkeits- und Rangvorstellungen. Ihrem Literaturkanon und den Kriterien, die den Zugang dazu ermöglichen, ist zunächst zu mißtrauen.« (S. 13)

Wie aber konnte ich mich dem »Majoritätsbeschluß, wie ihn Literaturgeschichte darstellt« widersetzen, und nach welchen Kriterien war die Anthologie zusammenzustellen? Eins war mir klar, daß ich mit der Quellenforschung neu beginnen mußte. Und, wie ich damals schrieb, meine Vorgehensweise bei dieser Arbeit war *subjektiv und parteilich*. Heute würde ich dazu sagen, daß die Zusammenstellung einer Anthologie immer in einem gewissen Grad subjektiv ist. Die Bestimmung »parteilich« erläuterte ich damals wie folgt.

»Die Auswahl ist *parteilich*, weil nicht Repräsentativität die Richtschnur war, sondern der Versuch, eine Tradition weiblicher Lyrik zu erschließen, an der die Entfaltung weiblichen Selbstbewußtsein ablesbar ist. Dieses Interesse entspricht dem gegenwärtigen Bemühen, geschlechtsspezifische Rollenvorstellungen, wie sie unsere Gesellschaft prägen und geprägt haben, neu zu überdenken und zu korrigieren. Das Auswahlprinzip, den Spuren weiblichen Selbstbewußtseins in Gedichten nachzugehen, zielt sowohl auf die Form als auch auf den Inhalt. Neben Gedichten mit traditionell ›weiblichen‹ Themen, wie zum Beispiel Religion und Liebe, wurden vorrangig *die* Gedichte berücksichtig, in denen Frauen den ihnen zugebilligten Themenkreis überschritten, wenn sie also ihren Drang nach Selbstbestimmung, ihren Ärger über Ungerechtigkeiten oder Benachteiligungen ausdrückten, wenn sie politische und soziale Themen aufgriffen oder wenn sie ihr Unbehaustsein in der bestehenden Gesellschaft beschrieben. Viele Gedichte sind ausgesprochen feministisch, sofern darunter der Anspruch auf volles Menschenrecht und Selbstdefinition im weitesten Sinne verstanden wird. Ausgangspunkt für die Suche nach einem sich formal äußernden Selbstbewußtsein war die Überlegung, daß eine unterschiedliche soziale Situation des ästhetischen Subjekts auch sprach-, form- und bildbestimmend ist. Die traditionelle Bindung der Frau an die häusliche Sphäre, beziehungsweise die allmähliche Auflockerung dieser Bindung mit den dadurch bewirkten Widersprüchen im Subjekt, kann nicht ohne Einfluß auf die ästhetische Konstruktion von Innen- und Außenwelt gewesen sein. Die Schwierigkeiten, die hier, im Bereich ›weiblicher Ästhetik‹, auftauchen, sind darin begründet, daß bis jetzt kaum Kategorien verfügbar sind, diese sozialen Unterschiede und ihre psychischen Auswirkungen als Implikationen einer artifiziellen Umschreibung sichtbar zu machen. Schwierigkeiten bereitet vor allem auch die Frage, inwieweit biopsychische Faktoren berücksichtigt werden müssen und können. Es scheint jedenfalls kein Zufall zu sein, daß gerade weiblichen Autoren von männlichen Kritikern häufig der Vorwurf ›formaler Schwäche‹ gemacht wurde. Sie meinten damit Unkenntnis oder mangelnde Beherrschung der ›männlichen‹ Literaturformen, möglicherweise aber auch ein sich formal ausdrückendes weibliches Selbstbewußtsein.« (S. 13–14). Heute würde ich knapp zusammenfassend sagen, daß mein Interesse sich auf vor allem auf kritische Begabung richtete, das heißt einer Bereitschaft schreibender Frauen, den unbequemen Weg eigensinniger literarischer Praxis zu gehen.

In den letzten 30 Jahren seit dem ersten Erscheinen meiner Sammlung ist zum Thema Frau und Literatur viel Wichtiges veröffentlicht worden, und genderspezifische Ansätze gehören selbstverständlich zum Instrumentarium der Literaturwissenschaft und -kritik. Keiner wird heute mehr ernsthaft bezweifeln, daß die bedeutsamen Faktoren, die über Jahrhunderte die künstlerische Praxis geprägt haben, psychisch, sozial und institutionell, wie im einzelnen die individuelle Begabung und Situation, auch genderspezifisch bestimmt sind. Angesichts dieser erfreulichen Entwicklung stellt sich aber auch die Frage, ob es heute überhaupt noch gerechtfertigt ist, eine solche Anthologie deutschsprachiger Lyrikerinnen vorzulegen. Für die andauernde Wichtigkeit einer solchen Sammlung möchte ich vor allem aus zwei Gründen plädieren.

Die literarische Tätigkeit von Frauen läßt sich, was die vergangenen Jahrhunderte betrifft, nicht einfach in eine überlieferte Tradition oder einen Kanon einfügen. Denn damit würden die Kriterien unbefragt bleiben, die jeweils zu einem bestimmten Zeitpunkt der Literaturentwicklung Gültigkeit hatten, und auch die Strukturen der Legimitation, die der jeweils bestehende Literaturmarkt unterstützte. Dazu schrieb ich 1978 in meiner Vorbemerkung: »Um die Literatur von Frauen angemessen beurteilen zu können, ist es wichtig, die Bedingungen zu kennen, unter denen sie geschrieben haben und unter denen sie gelesen wurden. Es ist daher die Bildungs- und Sozialgeschichte ebenso zu berücksichtigen wie die Struktur des literarischen Lebens. Beispielsweise hatten es die meisten hier aufgenommenen Frauen in den Institutionen des literarischen Lebens mit Männern zu tun, die nach *ihren* Maßstäben entschieden, ob ein Werk gedruckt, verlegt und tradiert wurde. In der Einleitung zu diesem Buch wird versucht, solche Bedingungen aufzuzeigen und zugleich einen Überblick über die dichterische Produktivität der Frauen vom Mittelalter bis zur Gegenwart zu geben.« (S. 15)

Aus diesem Grund ist eine solche Anthologie wie die hier vorgelegte auch interessant für diejenigen, die weniger speziell an der Lyrik von Frauen, sondern allgemein an Literatur und ihrer Entwicklung interessiert sind. Der Diskurs »Literatur«, wie er sich seit der Neuzeit entwickelt hat, konstituiert sich auch durch das, was *nicht* als Literatur anerkannt wird, das heißt durch Marginalisierung und Trivialisierung. Zu dem, was marginalisiert oder trivialisiert wurde, gehörten immer wieder die kreativen Leistungen von Frauen. Zwar gab es anstelle einer Marginalisierung oder »negativer Diskriminierung« über die Jahrhunderte hinweg auch eine »positive Diskriminierung«, das heißt eine zeitweise wohlwollende

Unterstützung der »Poetinnen« oder der »weiblichen Lyrik«. Insgesamt veränderte das aber nichts an der Vorstellung eines universalen (männlichen) Subjekts, das für allgemeingültige Kunst und »große« Literatur verantwortlich war. Ohne eine komplexe Perspektive auf die literarische Praxis von Frauen oder anderer »Außenseiter« (Hans Mayer) bleibt das Verständnis von Literatur als einer historischen Kategorie nicht nur unvollständig, sondern auch das Konzept »Literatur« unbegriffen.

In meiner Vorbemerkung erklärte ich damals auch, daß die vorgelegte Auswahl aufgrund der damals schwierigen Quellenlage einen nur provisorischen Charakter haben kann. Von heute aus gesehen meine ich doch, daß die Sammlung insgesamt einen guten Überblick gibt, wenn auch nicht alles, was Aufmerksamkeit verdient, berücksichtig werden konnte. Inzwischen sind weitere neuere Anthologien mit Lyrik von Frauen und auch Webseiten zu Lyrikerinnen entstanden, die vielfach auf meine Auswahl zurückgriffen haben.

Eine besondere Schwierigkeit der Auswahl besteht immer dann, wenn die Distanz geringer, das heißt wenn eine nicht zu ferne Zeit oder die Gegenwart in den Blick genommen wird. Ich schrieb damals, daß in meiner Sammlung die Beispiele aus dem 20. Jahrhundert, vor allem aus der Nachkriegszeit – angesichts der tatsächlichen lyrischen Produktion von Frauen –, besonders knapp ausfallen. Bedenkt man den berücksichtigten Zeitraum von fünf Jahrhunderten, so ist das unvermeidlich. Das gilt nun um so mehr für die Erweiterung der Anthologie von 1970 bis heute. Die letzten 30 Jahre zeigen eine ungemein vielfältige lyrische Produktion weiblicher Autoren. In ihren Werken finden sich politische und ästhetische, philosophische und alltägliche Erkundungen in unterschiedlichsten Formen und Themenstellungen. Einige Lyrikerinnen haben stärkere Beachtung in der Literaturkritik gefunden, andere weniger, zu Recht oder Unrecht ist im Einzelnen oft schwer zu entscheiden. Literaturkritische Untersuchungen, die Tendenzen aufzeigen und Orientierung geben wollen, stellen Autoren in spezifische Traditionen und Gruppierungen. Autoren selbst werden in den seltensten Fällen mit solchen Kategorisierungen übereinstimmen, da dadurch ihr kreatives Projekt und weitergehende Entwicklungen über viele Jahre hinweg reduziert werden. Die hier vorgelegte Ergänzung zur Originalausgabe der *Deutschen Dichterinnen* mit Gedichten der letzten 30 Jahre und die Überlegungen, die dazu in der erweiterten Einleitung gegeben werden, sind leider auch nicht frei von solcher Engführung und verkürzender Betrachtung. Anders gesagt, ich habe versucht, nicht einfach Pluralität darzustellen, sondern mit Berücksichtigung auf kritische, innovative und politische Aspekte Tendenzen aufzuzeigen. Dennoch hoffe ich, daß damit interessante Anregungen zu einer spannenden Lektüre der Lyrik von Frauen gegeben werden.

Mein Dank gilt dem Anaconda Verlag und im besonderen dem Lektor Kim Landgraf für die Einladung zum Neudruck dieser Ausgabe.

Binghamton, New York, 2007

Die Winsbeckin
Aus der manessischen Liederhandschrift
14. Jahrhundert

Einleitung

›Die Frauen haben noch keinen Goethe, keinen Beethoven unter sich.‹ Welch ein Geschwätz! Dies wäre geschichtliche Abnormität, und sie haben sie bisher allerdings nicht erbracht; aber sie werden den ›Goethe‹ oder ›Beethoven‹ in sich, unter sich werden lassen – so wie ihn erst eine bestimmte Stufe gesellschaftlicher Kunst und Denkarbeit hat werden lassen können.

Lu Märten, *Die Künstlerin* (1919), S. 35 f.

In den vergangenen Jahrhunderten gab es eine umfangreiche literarische Produktion von Frauen, über die in Literaturgeschichten bis weit ins 20. Jahrhundert hinein nur beiläufig berichtet wurde. Erst seitdem feministische und genderspezifische Untersuchungen, die im Zusammenhang mit der Neuen Frauenbewegung in den 1970er Jahren entstanden, auf die Defizite der Literaturforschung aufmerksam gemacht haben, gibt es eine kontinuierliche Beschäftigung mit der Geschichte der Literatur von Frauen und sind Schriftstellerinnen heute in den gängigen Nachschlagewerken und Literaturgeschichten nicht nur vereinzelt vertreten. Warum aber war der Anteil von Frauen am literarischen Leben weitgehend unsichtbar geblieben? Literaturgeschichte ist immer auch ein Teil der Geschichte des gesellschaftlichen Ganzen. So lange Frauen in der Gesellschaft eine untergeordnete Rolle spielten, war einerseits ihr Zugang zur Literatur eingeschränkt und blieb andrerseits das, was sie schriftstellerisch leisteten, literarischen Rangvorstellungen aus männlicher Bewertungsperspektive untergeordnet. Im Folgenden wird daher ein Überblick über historische und literarische Entwicklungen, sowie über die gesellschaftliche Situation von Schriftstellerinnen gegeben.

Literaturgeschichtliche Darstellungen haben jeweils als Grundlage besondere *Vorstellungen von Literatur und vom Künstler*. Als ein Beispiel, wie damit der Beitrag von Frauen marginalisiert werden konnte, sei zunächst Georg Gottfried Gervinus zitiert, der *Vater* der deutschen Literaturgeschichtsschreibung. Nach seiner Auffassung sollte Literatur das Volk »auf das Gebiet der Geschichte hinausführen, ihm Taten und Handlungen in größerem Werthe zeigen« (1853, V, S. 704). Die Konsequenzen für Schriftstellerinnen sind im fünften Band nachzulesen; dort heißt es über ihre steigende Anzahl:

»Auf jener andern Seite stand das Wort Rousseau's: Nicht Einem [!] Weibe, aber den Weibern spreche ich die Talente der Männer ab. Wie Schade [!], daß nun die Ausnahmen zur Regel werden wollten! so daß sich eine sehr reiche amazonische Gruppe aufstellen läßt, deren Werke eine ganz artige Bibliothek bilden. Nun vollends haben sie auch noch ihr eigenes Journal! Wir Männer sollten solche literarische Kaffeegesellschaften gar nicht dulden, so wenig wie die unfigürlichen. Die Werke der Poesie sind so vorzugsweise *für* das schöne Geschlecht geschaffen; der Geist der Frauen nährt sich nicht an Wissenschaft und Leben; der Mann bereitet ihm aus diesen weiten Gebieten, was ihm Bildung und Genuß schafft; er lebt auch hier dem mühseligen Erwerb, wo das Weib dem Besitze und der Empfänglichkeit leben darf. Es ist nun bloße Zufahrigkeit, daß man das Zugerichtete wieder zurichten, die gerüstete Tafel umdecken und umstellen will. Denn was hat uns jene ganze Literatur [von Frauen, G. B.-G.] Dauerndes, was hat sie uns Eigenes gegeben? Sie konnte nur die schönen Formen nachahmen, die Materien mußte sie immer aus dem Stocke der Männerliteratur hernehmen; denn was dächte man auch von dem Weibe, das sich in dem Leben selbst die reichen Erfahrungen sammeln wollte, die nur für eine mittelmäßige Schriftstellerin, wenn sie selbständig sein soll, nöthig wären?

Für die bescheidenen Ansprüche freilich, die man an die Lektüre des Tages macht, ist auch bald gesorgt, ohne daß man so große Anstrengungen machen dürfte [...] Wir wollen nicht unbillig sein gegen die Unterhaltungslektüre, deren Nothwendigkeit unwidersprechlich ist.« (1853, V, S. 328 f.)

Gervinus' Äußerungen machen deutlich: *Kreativität und Genie sind Männersache*. Nach biologisch und auch ökonomisch gültigem Gesetz fällt Frauen die passive und Männern die aktive Rolle zu, für die Literatur bedeutet das: Frauen sind die geborenen Leserinnen. Eine eigenständige schöpferische Leistung verhindert aber vor allem auch die gesellschaftlich fixierte Rolle der Frau, ihre Einzwängung in Haus und Familie. Diese gesellschaftliche Rolleneinteilung wird ausdrücklich aus moralischen Gründen gerechtfertigt, in Wahrheit ein ideologischer Schachzug zur Sicherung bestehender Herrschaftsstrukturen. Anders ausgedrückt: man drängt Frauen in den Bereich der »bescheidenen Ansprüche«, der Unterhaltungsliteratur und spricht ihnen dann im nachhinein »die Talente der Männer« ab.

Für Gervinus, auf den sich die marxistische Literaturtheorie gern beruft, standen Literaturgeschichte und Geschichte in einer Wechselbeziehung; seine individuellen Beweggründe waren politische: Literatur hatte Stifterin des Nationalgeistes zu sein, solange der einheitliche deutsche Nationalstaat ausstand. Die gleichen Beweggründe führten im frühen 19. Jahrhundert zur Etablierung der Germanistik als selbständiger Disziplin.

Die dem ästhetischen Subjektivismus verpflichteten Methoden, die sich später entwickelten, wie etwa die in der ersten Hälfte des 20. Jahrhunderts einflußreiche geistesgeschichtliche Literaturdarstellung oder die nach dem Zweiten Weltkrieg populäre Methode der werkimmanenten Interpretation, beruhten nicht minder auf der unausgesprochenen Voraussetzung: Literatur ist Männersache. Die Erwartungen gegenüber Literatur waren mit einer Vorstellung vom Künstler verbunden, wie sie bereits Goethe und Schiller in ihrem Schema über den Dilettantismus zum Ausdruck brachten (Weimarer Ausgabe, 47. Bd., S. 318). Der eigentliche Künstler hat demnach folgende Voraussetzungen zu erfüllen: 1. Beruf und Profession, 2. Ausübung der Kunst nach Wissenschaft, 3. schulgerechte Folge und Steigerung und 4. Anschluß an eine Kunst und Künstlerwelt. Frauen konnten diese Erwartungen aufgrund ihrer gesellschaftlich fixierten Rolle kaum erfüllen, es sei denn, daß sie die Rolle verletzten. Goethe und Schiller hatten das vorausgesehen; neben der Rubrik »Dilettantismus der Vornehmen« kannten sie die Rubrik »Dilettantismus der Weiber«. Frauen waren demnach nicht ›künstlerisch‹ genug, sie fielen durch die ästhetisch geknüpften Maschen der Literaturgeschichte und -Wissenschaft. Es entstand ein Literaturkanon, der notwendig eine einseitige, das heißt ›männliche‹ Auswahl präsentierte.

Mit der in den 60er Jahren des 20. Jahrhunderts erfolgten Neuorientierung auf gesellschaftliche Bedingungen und politische Aspekte der Literatur fanden die ebenfalls durch die Maschen geschlüpften einfachen Literaten und Tendenzschriftsteller wieder einen Platz in der Literaturgeschichte. Für Schriftstellerinnen brachte diese Neuorientierung zunächst kein befriedigendes Ergebnis. In den Anthologien, Text- und Dokumentensammlungen zu einer Geschichte politischer Literatur, etwa Sammlungen zur Literatur des Jungen Deutschland und des Vormärz, wurden Autorinnen mit Tendenz, gar emanzipatorischer, weiterhin *stiefväterlich* behandelt. Erst die 70er Jahre brachten die entscheidende Wende mit einem »andern« Blick auf die Geschichte der Literatur und Literaturwissenschaft, einer neuen Aufarbeitung von Quellen, der Wiederentdeckung früher entstandener Untersuchungen zum literarischen Beitrag von Frauen, sowie der Entwicklung neuer genderspezifischer Ansätze zur Erforschung von Literatur.

Grünet der walt allenthalben
wa ist min geselle also lange?
der ist geriten hinnen.
owi! wer sol mich minnen? (167a)
Es grünt der Wald allenthalben.
Wo ist mein Gefährte so lange?
Der ist weggeritten.
Ach, wer wird mich liebhaben?
Swaz hie gat umbe,
daz sint alle megede;
die wellent an man
allen disen summer gan! (149, II)
Alles, was hier im Kreis geht,
das sind alles Mädchen;
die haben vor, ohne Mann
diesen ganzen Sommer zu gehen. (Tanzweise)

Lieder aus dem Kloster Benediktbeuren
(Carmina Burana), 12.–13. Jh.

Wer sind die ersten Dichterinnen im deutschsprachigen Raum? Oder genauer gefragt, wer sind die ersten mit Namen überlieferten Dichterinnen? Denn jene *nichtliterarische* Dichtung, jene Volkslieder und Volkserzählungen, an denen Frauen sicher großen Anteil hatten, bleiben im Dunkel der Anonymität. Die ersten mit Namen bekannten Dichterinnen (und Dichter) stehen in Verbindung mit der Klosterwelt, denn Klöster waren die einzigen Stätten, an denen man lesen und schreiben lernen konnte. Seit dem 8. Jahrhundert gab es für angehende Nonnen die ersten schulischen Institutionen. Eine Initiative für die Bildung der Töchter hochgestellter Adliger – die von Karl dem Großen ausging – setzte sich erst im 10. Jahrhundert durch. In diesem Jahrhundert trat die erste deutsche Dichterin hervor: Roswitha von Gandersheim. Sie schrieb lateinische Dramen, getragen von kämpferischem Elan, um die auch in Nonnenklöstern viel gelesenen frivolen Komödien des Terenz zu verdrängen. Zwar bot sie in ihren Stücken kaum weniger drastische Schilderungen des Lasters als er, ließ aber christliche Züchtigkeit siegen. Ihr folgt im 12. Jahrhundert Frau Ava, die erste Dichterin in deutscher Sprache. Sie lebte vermutlich als Klausnerin in Niederösterreich und beschrieb in vier großen geistlichen Gedichten die Heilsgeschichte.

Im gleichen Jahrhundert entstanden im Kloster Bingen die lateinischen Aufzeichnungen von mystischen Erlebnissen und Visionen der hochbegabten Hildegard, Äbtissin, Ärztin und Autorin medizinisch-naturwissenschaftlicher Bücher. Sie war eine aufmerksame Beobachterin des Zeitgeschehens und wechselte Briefe mit dem Papst, Kaiser Friedrich Barbarossa und Bernhard von Clairvaux. Ihr folgten eine ganze Reihe visionärer Nonnen, die ihre religiösen Erlebnisse selbst niederschrieben, zum Beispiel die im gleichen Jahrhundert lebende Elisabeth von Schönen, dann im 13. Jahrhundert Gertrud von Helfta, Mechthild von Hackeborn und jene andere berühmte Mechthild, die in Magdeburg als Begine in strenger Askese lebte und mit der die Frauenmystik einen Höhepunkt erreichte; sie bediente sich zur Aufzeichnung ihrer Visionen bereits des Niederdeutschen.

Stammten diese Frauen aus adligen Kreisen, so tauchten dann im 14. Jahrhundert auch Frauen *bürgerlicher* Herkunft unter den Mystikerinnen auf, wie zum Beispiel Elsbeth Stagel oder, die bekannteste von ihnen, Margarethe Ebner. Das deutet auf die ökonomisch-sozialen Umwälzungen zugunsten des Bürgertums in jener Zeit; denn nur vermögende Frauen konnten sich in ein Kloster einkaufen. Gemeinsam ist diesen Frauen, die ihre Werke selbstbewußt zu Papier brachten, daß sie ein Leben fern vom normalen Frauenalltag mit Sorge für Haus und Kind führten. In Kloster und Klause hatten sie Zeit und Muße, sich ihren Arbeiten und Begabungen zu widmen und ihr Wissen zu vertiefen.

Gab es aber im Mittelalter tatsächlich nur religiöse Dichtung von Frauen? In einem karolingischen Capitulare von 789 wird *nonnanes non regulares*, vornehmen Frauen, die ohne Gelübde in klösterlicher Gemeinschaft leben, untersagt, *uuinileodos* – das sind Liebeslieder – zu schreiben oder zu verbreiten (De Boor / Newald, *Geschichte der deutschen Literatur*, II, [8]1953, S. 240). Mit dem Namen einer Frau, der *Winsbeckin*, ist aus dem 13. Jahrhundert ein didaktisches Gedicht überliefert, ein mütterlicher Rat an die Tochter; es ist das Gegenstück zum väterlichen Rat des *Ritter Winsbecke* an den Sohn. Daß der »mütterliche Rat« tatsächlich von einer Frau stammt, wurde aber in der Literaturgeschichte nie ernsthaft erwogen.

Und wie verhält es sich mit der Minnedichtung? Haben jene Damen an den Höfen, die zum Teil lesen und schreiben konnten, nicht doch den Minnesängern, die ihnen huldigten, geantwortet oder deren Lieder um- und weitergedichtet? Über einen Briefwechsel zwischen Minnesänger und Dame berichtet Ulrich von Lichtenstein in seiner stilisierten Selbstdarstellung *Frauendienst* (1255), wobei die mitgeteilten Proben aus den Briefen der Dame auch gereimte Verse enthalten. Ganz selbstverständlich ist übrigens dem Ritter Ulrich, daß seine Dame und sogar seine »Niftel« (Nichte) Briefe schreiben können, obwohl *er* sich die Briefe vorlesen und schreiben lassen muß. Wurden die poetischen Versuche von Frauen vielleicht nicht überliefert oder blieben die Frauen anonym, um ihren Namen nicht in Verruf zu bringen? Nach den offiziellen Minneregeln hatten sie ja stumm und spröde zu sein. Vielleicht stehen einige Strophen von ihnen in der Rubrik *Namenlos*, welche die große Sammlung der Minnelyrik, *Des Minnesangs Frühling*, eröffnet.

In der Literaturgeschichte wird es *Rollendichtung* oder *Frauenstrophe* genannt, wenn eine weibliche Stimme erklingt, das soll heißen, die Frau wird vom Minnesänger als Redende dargestellt. Denkbar wäre aber doch auch, daß Frauen ihre Lieder von Minnesängern vortragen ließen, die dann unter deren Namen weiterlebten, oder daß schon damals eine Frau den genialen Einfall einer Aurore Dupin (George Sand) hatte und ihre Lieder unter dem Namen eines Sängers verbreiten ließ. Bei einem der ältesten Minnesänger, dem Kürenberger, der urkundlich nicht nachweisbar ist, beginnt ein Lied:

Ich stuont mir nehtint spâte an einer zinnen:
dô hôrte ich einen ritter vil wol singen ... (8, 33 f.);

Hildegard von Bingen schreibt an ihrem Werk *Causae et curae* (Holzschnitt, 1524)

ein anderes:

Ez gât mir vonme herzen daz ich geweine:
ich und min geselle müezen uns scheiden ... (9, 13 f.).

Unter dem Namen des Minnesängers Dietmar von Aist stehen in der gleichen Sammlung ebenfalls zwei Frauenstrophen. Die eine beginnt:

Ez stuont ein frouwe alleine ...

Eine Frau stand allein
und wartete auf der Heide,
wartete auf den Liebsten,
da sah sie Falken fliegen.
Wohl ist dir, Falke, wie du bist!
Du fliegst, wohin dir's lieb ist:
du erwählst dir im Wald
einen Baum, der dir gefällt.
So hab ich's auch gemacht:
ich wählte mir selbst einen Mann,
meine Augen suchten ihn aus [...]

(*Minnesangs Frühling*, 37, 4–17)

Beide Strophen werden Dietmar von Aist nicht zugerechnet, da sie sich von seinen übrigen Liedern vollkommen unterscheiden. Eine weibliche Verfasserschaft wäre zu unkonventionell, als daß man sie bisher in der Literaturgeschichte erwogen hätte; eher dachte man an einen zweiten Sänger aus dem Hause Aist, obwohl es dafür keinerlei Anhaltspunkte gibt: »Es spricht nicht gegen diese Annahme, daß ein solcher urkundlich nicht nachweisbar ist.« (De Boor / Newald, II, [8]1953, S. 242)

Merkwürdig bleibt auch, daß von jenen Frauen, die im Spätmittelalter als »Gauklerinnen, Spielerinnen und Singvögel« (Bechtel, *Wirtschafts- und Sozialgeschichte*, 1967, S. 186) durch die Lande zogen, um sich ihr Geld zu verdienen, keine Namen oder Lieder erhalten sind. Wurden ihre Werke nicht überliefert oder blieben sie anonym, und ihre Lieder gingen in das Volksliedgut ein? Es gibt das *Liederbuch der Klara Hätzlerin* (1471), ein Name, der aufhorchen läßt. Aber sie war nur eine berufsmäßige Abschreiberin und das Buch – angefertigt nach einer alten Vorlage – die Auftragsarbeit eines Augsburger Patriziers. Eine in jeder Hinsicht ungewöhnliche anonyme Sammlung bietet das 1606 veröffentlichte *Erste Buch Schöner Newer weltlichen Liedlein, derer Text am meisten von ansehnlichen Frawen und Frewlein selbst gemacht*. Es enthält ausschließlich Liebeslieder, in denen häufig auch die Stimme eines Mannes erklingt. Darin könnte man eine Übernahme männlicher Formen und Konventionen sehen – wie das in der Entwicklung der Frauenliteratur sehr häufig geschieht. Oder sollte man, in Anlehnung an die Frauenstrophe des Minnesangs, gar von Männerstrophe reden? Zum Vergleich ist interessant, daß es in anderen kulturellen Umfeldern eine belegte literarische Tradition von Frauen gab. An den arabisch-spanischen Höfen traten seit dem 9. Jahrhundert namentlich einige Dichterinnen hervor, und in Frankreich spielten an den Höfen mit Namen überlieferte Troubadourinnen auf. Vier erzählerische Werke in französischer Sprache, entstanden um die Wende vom 12. zum 13. Jahrhundert, werden Marie de France zugeschrieben. Sie lebte vermutlich am Hof Heinrich II. in England, dessen Frau Eleonore von Aquitanien eine Förderin der Künste und der Troubadourlyrik war. An der Wende vom 13. zum 14. Jahrhundert schrieb die in Venedig geborene Christine de Pizan, Europas erste Schriftstellerin von Beruf, ihr Meisterwerk *Buch von der Stadt der Frauen*, in denen sie frauenfeindliche und stereotype Darstellungen des weiblichen Geschlechts zurückwies und große Leistungen von Frauen in den Wissenschaften und Künsten wieder in Erinnerung brachte.

Ewig wird sein hier unten die Memoria
des schönen Namens. Sollte ihn vermessen
die Zeit uns rauben wollen durch Vergessen,
Ihr werdet ihrer Siegerin: Vittoria!

Die Dichterin Veronica Gambara (1485–1550)
an die Dichterin Vittoria Colonna (1490–1547)

Die Namen großer Dichterinnen begegnen uns in der europäischen Literatur seit der Renaissance, jener Epoche, die für das kulturelle und politische Leben Europas einen bedeutsamen Aufbruch darstellt. Sie erschütterte endgültig die feudal-klerikale Machtposition und schärfte das Bewußtsein für die menschliche Individualität; und sie brachte eine rege Diskussion um die geistige und moralische Wertung der Frau in Gang. Gegen den altkirchlichen Standpunkt, der auf dem Konzil in Macon 585 in der Frage gipfelte, »ob die Weiber auch Menschen seien«, das heißt, ob die Töchter Evas überhaupt höhere ethische und moralische Kräfte entwickeln könnten, erschienen nun zahlreiche Verteidigungsschriften des weiblichen Geschlechts. Eine Schrift wagte es sogar, Frauen eine übergeordnete Stellung einzuräumen; es war die 1529 veröffentlichte Arbeit des deutschen Gelehrten Cornelius Agrippa von Nettesheim: *De nobilitate et praeexcellentia foeminei sexus eimdem supra virilem eminentio.*

Trotz wohlwollender Verteidigungen, die es in den folgenden Jahrhunderten immer wieder gab, riß aber auch die Kette antifeministischer Literatur nicht ab. Sie reicht vom Machwerk eines anonymen Pamphletisten, das in Paris Ende des 16. Jahrhunderts erschien und Frauen erneut die Menschenwürde absprach, über Schriften Schopenhauers und Nietzsches bis ins 20. Jahrhundert. Die psychologische Wirkung dieser Literatur ist nicht zu unterschätzen. Frauen hatten sich mit diesen Diffamierungen ihrer geistigen und moralischen Kräfte auseinanderzusetzen. Verteidigungen und Widersprüche, die sie formulierten, kosteten Kraft und Energie und beeinträchtigten damit auch ihre kreativen Leistungen.

In Italien, dem Ausgangsland der Renaissance, wurden Frauen zuerst ermuntert, es den Männern in Gelehrsamkeit und Wissen

Vittoria Colonna (1490–1547)
Nach einem Gemälde
von Muziano

gleichzutun. Diese Aufforderung richtete sich allerdings nur an den kleinen Kreis der Frauen aus adligen und vermögenden bürgerlichen Familien. Sie geschah auch nicht im Hinblick auf eine berufliche Selbständigkeit, die die Voraussetzung persönlicher Unabhängigkeit hätte sein können, sondern sie erfolgte *sub specie societatis*. Die Mußestunden der vornehmen und reichen Frauen sollten ausgefüllt, die gesellschaftliche Unterhaltung – wie sie etwa Boccaccios *Decamerone* schildert – belebt werden. Und nicht zuletzt galt es, den veränderten Erwartungen der Männer zu entsprechen: »Ein junges Mädchen soll Latein lernen, das steigert seinen Reiz aufs Höchste.« (Pietro Bembo, 1470–1547, Epist. 219)

Die Folge solcher Ermunterung war, daß in Italien im 16. Jahrhundert einzelne Frauen im öffentlichen und gesellschaftlichen Leben großen Einfluß gewannen. Sie beteiligten sich an öffentlichen Disputationen über Philosophie, Theologie, Geschichte und Medizin und traten auch als Dichterinnen hervor. Für den Bereich der Lyrik sind beispielsweise zu nennen Vittoria Colonna, Veronica Gambara und Gaspara Stampa, dann später in Frankreich (wo bedeutende Leistungen auf dem Gebiet des Romans und der Memoirenliteratur aufzuzählen wären) vor allem die Lyrikerin Louise Labe, eine Bürgersfrau, deren Haus in Lyon zum Treffpunkt der künstlerischen Elite der Stadt avancierte. In England wurde im 16. Jahrhundert Königin Elisabeth nicht nur in Wissen und Gelehrsam-

Anna Maria von Schurmann
(1607–1678)
Nach einem Stich
von Larmessin

keit ein fast unerreichbares Vorbild für ihre Zeitgenossen, sie trat auch als Dichterin in ihrer Muttersprache hervor, wie etwa zur gleichen Zeit ihre Landsmännin Mary Sidney, Countess of Pembroke. In Deutschland fehlen zunächst auf dem Gebiet der volkssprachigen Lyrik glänzende Namen. Erwähnung verdienen dagegen großartige Übersetzungsleistungen, so die schon aus dem 15. Jahrhundert stammenden Übertragungen französischer Heldenromane Elisabeths von Nassau-Saarbrücken (1379–1456) und Eleonores von Österreich (1433–1480).

Wie im europäischen Ausland erhielten aber auch in Deutschland seit dem 16. Jahrhundert eine Reihe von Töchtern aus adligen und Patrizier-Familien eine humanistische Erziehung, das belegen Briefe von Frauen aus diesem Jahrhundert und gelegentliche Nachrichten von weiblichen Wunderkindern, vorwiegend Töchter von Gelehrten und Schulmännern. Dazu gehörte zum Beispiel die älteste Tochter Philipp Melanchthons, Anna (1522–1547), ebenso Anna Palantin, die in der zweiten Hälfte des Jahrhunderts lebte und bereits »im zwölften Jahr ihres Alters« lateinische Verse schmiedete (Paullini, *Hoch- und Wohlgelahrtes Frauen-Zimmer*, 1712, S. 116). Das größte *Miracul* brachte allerdings erst das 17. Jahrhundert hervor: Anna Maria von Schurmann, die in Köln geboren wurde und in den

Niederlanden aufwuchs. Sie besaß eine universale Bildung und hatte ungewöhnliche Sprachkenntnisse; keine Frau war damals in Europa so berühmt wie sie. Die Bedeutung dieser Ausnahmeerscheinungen lag nicht zuletzt darin, daß sie anderen Frauen zum Vorbild dienten und zur Rechtfertigung und Verteidigung ihres Bildungsstrebens, wie das tatsächlich nachzulesen ist. Anna Maria von Schurmann schrieb gemäß der humanistischen Gelehrtentradition Gedichte in lateinischer, auch griechischer und hebräischer Sprache und veröffentlichte als erste Frau eine Abhandlung über das Recht der Frau auf Bildung: *Dissertatio de ingenii muliebris ad doctrinam et meliores literas apitutine* (1641).

> *Anders scheinet das Weib denn der Mann,*
> *wie es denn auch andere Gliedmaßen und*
> *einen schwächern Sinn und Verstand hat.*
>
> Martin Luther, *Werke* (Walch), I, S. 122

Für das kulturell-literarische Hervortreten von Frauen in Deutschland setzten die auf dem geistigen Boden der Renaissance erwachsende Reformation und die sich daran anschließenden Glaubenskämpfe eine wichtige Wegmarke. Von der Reformation ging zunächst ein Impuls für die volkssprachige Bildung aus, denn das Lesen-Können wurde wichtig für das eigene Bibelstudium. Es kam zu mehr oder weniger erfolgreichen Gründungen von *Mägdleinschulen*; aus der bürgerlichen Schicht sorgten nun – neben Gelehrten und Schulmännern – auch protestantische Pastoren für einen Grundunterricht ihrer Töchter. Wichtig wurde die Einführung des religiösen Bekenntnisliedes in die Liturgie: die geistliche Lieddichtung wurde zu einer Domäne weiblicher Kreativität, wozu später die religiöse Strömung des Pietismus noch wesentlich beitrug. Die Zahl der geistlichen Liederdichterinnen, die seit dem 16. Jahrhundert hervortraten, ist heute kaum noch zu übersehen. Die meisten hatten keinen persönlichen Ehrgeiz, namentliche Veröffentlichungen waren eine Frage des Zufalls oder der Geldmittel; die überlieferten Liedersammlungen stammen von hochgestellten Persönlichkeiten, wie beispielsweise aus dem 17. Jahrhundert von den Schwägerinnen Gräfin Ludämilia Elisabeth und Aemilie Juliane von Schwarzburg-Rudolstadt oder von Anna Sophia, der Landgräfin von Hessen.

Die dichterischen Leistungen der Frauen auf dem Gebiet des geistlichen Liedes (oder der Mystik) wurden in der Literaturgeschichte nie in Frage gestellt. So wurden etwa die Liedersammlungen der oben genannten Dichterinnen bereits im 19. Jahrhundert wieder durch Neudruck zugänglich gemacht. Anerkennung fanden Frauen immer auf den Gebieten, wo spezifische Hemmungen und Widerstände nicht in Betracht kamen; daraus schloß man dann auf eine besondere weibliche Begabung und Vorliebe.

Neben den Frauen, die in Stille und Zurückgezogenheit erbauliche Lieder dichteten, gab es aber auch eine ganze Reihe, die sich mit kämpferischem Elan in die Glaubensauseinandersetzungen stürzten, vor allem auf protestantischer Seite. Am bekanntesten wurde Argula von Grumbach (1492–1554), die auch mit Luther korrespondierte. Sie handelte sich mit ihrer Aktivität böse Schmähschriften ein, in denen man ihr vorwarf, daß sie »alle Weyblich zucht vergessen« habe und ihr den Rat erteilte:

Vnd spinn dafür an deiner gunckel,
Oder strick hauben vnd werk borten,
Ein weyb soll nit mit Gottes worten
Stoltzieren vnd die Männer lehren,
Sonder mit Magdalenen zuhören.

L. Rabus, *Historie der Märtyrer*, II, 1556,
S. 362

Ein solches Engagement in den religiösen Kämpfen geschah nicht selten unter Einsatz des Lebens. »Ein ander liedt von Annelein von Freiburg, daselbst ertrenckt und darnach verbrendt, Ann. 1529«, lautet die Überschrift eines Liedes in einem Gesangbuch von 1583 (Wackernagel, *Das deutsche Kirchenlied*, III, S. 488). Sie gehörte vermutlich der Wiedertäuferbewegung an und hat wohl noch mehr Lieder gedichtet. Sie lebte in einer Zeit, in der Hunderttausende von Frauen auf Grund der Hexenverfolgung (der berüchtigte *Hexenhammer* entstand 1487) verbrannt, gerädert, gestäupt, mit glühenden Zangen gezwickt, erdrosselt wurden.

Mehr Glück als Annelein von Freiburg hatte *Hans Ovens Tochter Anna*, die ebenfalls der Wiedertäuferbewegung angehörte; nicht sie selbst, sondern ihr Buch wurde in ihrer Heimat wegen seines häretischen Inhalts verbrannt. Schreiben bedeutete für Anna Hoyers eine Möglichkeit, in die theologischen Meinungsverschiedenheiten einzugreifen und in ihrem Sinne bewußtseinsverändernd zu wirken:

Sie bleibt bei warheit, liebt das Recht,
Lest sich daran genügen,
Hat ihren eignen Kopf (ist schlecht)
Wie die Gänß im Land Rügen,
Achtet nicht mehr Weltschand noch ehr,
Sitzet auch nicht gern oben;
Drumb möget ihr frey ohn beschwer
Sie lästern oder loben.

(*Poemata*, 1650, S. 273–74)

Ihre von Schlagkraft und Schärfe sprühenden Flugschriften, in denen sie kirchliche Mißstände geißelte, stießen nicht nur auf die erbitterte Ablehnung der Zeitgenossen, weil sie darin den öffentlichen Glauben verletzte, sondern auch, weil sie es als Frau tat:

Man wolls ihr Buch nur lesen und betrachten,
vnd auff der Spötter Red nicht achten,
Die da sagen: es sey nicht fein,
Das ein Frau ein Scribent will seyn.

Diese Zeilen schickte sie der 1650 gedruckten Sammlung ihrer Schriften voraus. Die Zahl der Frauen, die sich derart in den Glaubensauseinandersetzungen engagierten, war beachtlich. 1704 widmete ihnen Feustking ein eigenes Buch: *Beschreibung der falschen Prophetinnen.*

Wie selbständig Frauen jener Zeit zu schreiben und leben vermochten, belegen zwei weitere Beispiele aus dem 16. Jahrhundert, eine Bürgerin und eine Fürstin; beide hinterließen ein umfangreiches literarisches Werk. Magdalene Haymeir, durch »armut und mangel an zeitlicher narung« gezwungen, ihren Lebensunterhalt selbst zu verdienen, arbeitete als Lehrerin in Regensburg. Ihre Bücher, in denen sie biblische Weisheiten für den täglichen Gebrauch in der bürgerlichen Welt versifizierte, erreichten mehrere Auflagen. Die resolute Elisabeth von Braunschweig-Lüneburg übernahm nach dem Tod ihres katholischen Gatten die Regentschaft im Fürstentum und führte die Reformation ein. Zu ihren umfang-

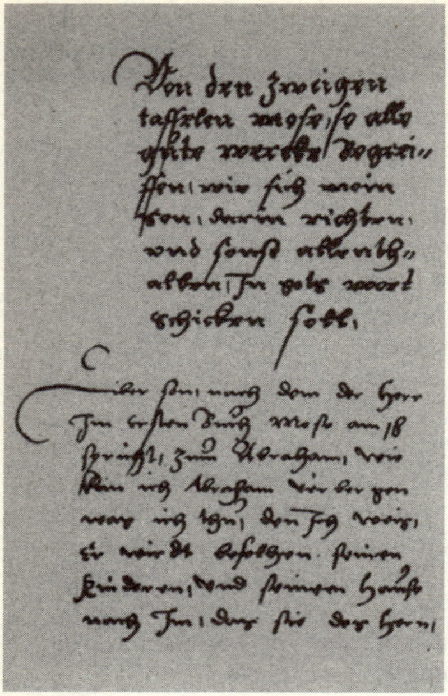

Handschrift aus dem Regierungshandbuch der Elisabeth v. Braunschweig-Lüneburg

reichen Schriften gehören auch geistliche Lieder, die mit ihrer entschieden persönlichen Aussage für das 16. Jahrhundert eine Ausnahme darstellen.

Viele geistliche Lieder, die seit dem 16. Jahrhundert entstanden, sind Variationen auf Texte und Melodien bereits bekannter Kirchenlieder. Auf diese Art und Weise überbrückte noch eine Dichterin des 18. Jahrhunderts ihre mangelnde Kenntnis literarischer Formen. Anna Louisa Karsch, von der die Rede ist, kannte zahllose geistliche Lieder auswendig, die sie sich, nach eigener Aussage, bei der häuslichen Arbeit vorsummte und dabei eigene Texte erfand. Volkslieder haben in gleicher Weise schöpferische Energien freigesetzt. Ein Beispiel aus dem 17. Jahrhundert ist das »Lied auf eine Französische Melodey« von Sibylla Schwarz (*Werke II*, ohne Seitenangabe). Eine andere Möglichkeit zeigt das Werk einer Autorin des frühen 18. Jahrhunderts; Anna Volckmann schrieb zahlreiche Lieder auf Marschmusik (*Die Erstlinge Unvollkommener Gedichte*, 1736).

AN DIE TICHTERIN

Wohl! meine Schwester laß uns singen /
Was uns Opitz gewiesen hatt;
Die güldnen Seiten soltu zwingen /
Von singen wird man nimmer matt;
Die schöne Melodey
macht uns klagensfrey

Marie Elisabeth von Hohendorff
an Dorothea Eleonora von Rosenthal,
in: D. E. v. R., *Poetische Gedanken [...]* (1641), S. 16.

Wie zuvor in Frankreich, England oder den Niederlanden begann sich auch im deutschsprachigen Raum die kleine Schicht der Gelehrten zunehmend der Nationalsprache und nicht mehr ausschließlich des Lateinischen zu bedienen. Es entwickelte sich zu Beginn des 17. Jahrhunderts eine deutschsprachige Kunstdichtung, die versuchte, die europäische Konkurrenz einzuholen: die Dichtung des Barock. Opitz, der 1624 die erste Poetik für die deutschsprachige Literatur veröffentlichte, in der er Regeln, für Metrik, Wortwahl, Wortstellung und Redeschmuck aufstellte, hatte im gleichen Jahrhundert mehrere Nachfolger, darunter Zesen, Schottel, Harsdörffer, Buchner und Birken. Ohne Ausnahme waren es Männer, die bestimmten, welche Fertigkeiten der Poet zu erlernen hatte, und es waren Männer, denen die Institutionen zur Erlernung und Ausbildung dieser Fertigkeiten offen standen. Die ersten Pflegestätten des neuen Stils waren die Universitäten. Kaum ein Dichter, und das gilt noch für die folgenden Jahrhunderte, der nicht eine Universität besuchte, dort Kontakte knüpfte, Freunde und Gönner fand und Reisen zur Weiterbildung unternahm. Hinzu kamen die sich im 17. Jahrhundert rasch ausbreitenden Sprachgesellschaften, die ihre Aufgabe in der förderung der nationalen Bildung, besonders der deutschen Sprache und Poesie sahen. Frauen war der Zugang zu beiden Institutionen versperrt.

Einige Sprachgesellschaften machten später Ausnahmen. Der 1617 gegründete *Palmorden* (oder *Fruchtbringende Gesellschaft*) nahm 1668 als erste Sprachgesellschaft eine Frau auf, die Gattin des damaligen Vorsitzenden; sie blieb das einzige weibliche Mitglied. Der Dichter Philipp von Zesen, der in seiner *Lustinne* eine ganze Reihe von dichtenden Frauen aufzählt, darunter die oben als *Tichterin* angeredete Dorothea von Rosenthal, öffnete die von ihm gegründete *Deutschgesinnte Genossenschaft* nur zwei Frauen; eine von ihnen war Catharina Regina von Greiffenberg.

Am großzügigsten verfuhr der *Pegnesische Blumenorden* in Nürnberg. Er hatte neunzehn weibliche Mitglieder. Allerdings verdankten die meisten von ihnen nicht dichterischen Verdiensten die Mitgliedschaft, sondern familiären Banden – es waren Töchter und Gattinnen der männlichen Mitglieder. Diese Initiative geschah also – wie in der Renaissance – zur Förderung der kultivierten Geselligkeit. Ganz in diesem Sinn war auch schon der Mitbegründer des *Pegnesischen Blumenordens*, Georg Philipp Harsdörffer, für die Frauenbildung aktiv geworden. Seine zwischen 1641 und 1648 veröffentlichten *Frawen-Zimmer Gesprächspiele* waren vorzüglich dazu geeignet, dem weiblichen Geschlecht den nötigen ›gesellschaftlichen Schliff‹ zu verleihen. Eine der wenigen Frauen, die sich bereits vor ihrer Aufnahme in den *Pegnesischen Blumenorden* einen Namen als Dichterin gemacht hatte, war Gertraud Möller, geborene Eiffler, die unter dem Schäfernamen *Mornille* 1671 Mitglied wurde. Zeitgenossen galt sie als größte lebende Dichterin. Der berühmte Polyhistor Morhof lobte in seinem *Unterricht von der Teutschen Sprache und Literatur* (1682) ihre Oden, »die so wohl gesetzt sind / als sie der beste Poet setzen mag« (S. 443). Von ihren vier veröffentlichten Gedichtsammlungen konnte, wie auch bei vielen anderen Dichterinnen, nur noch Titel und Erscheinungsjahr ermittelt werden; die Bücher müssen als verschollen gelten.

Die bedeutendste Dichterin in der barocken Formtradition ist Catharina von Greiffenberg. Sie hatte eine glänzende Bildung bekommen und war schon sehr früh Mitglied eines dichtenden adligen Kreises, der österreichischen *Ister-Nymphen-Gesellschaft*. Später hatte sie auch Verbindung zum *Pegnesischen Blumenorden*. Sie ist vor allem religiöse Dichterin. In ihren Sonetten und Liedern verbindet sie das Lob Gottes mit einer Darstellung der Welt in Buntheit und Vielfalt, die zugleich die Möglichkeiten der poetischen Sprache spiegeln soll. In mitreißenden Versen hat sie den Frühling, die blühenden Bäume, den Sommer, den Kornschnitt und die fruchtbringende Herbstzeit besungen. Sie ist aber nicht nur eine Meisterin der poetisch-rhetorischen Kunstmittel, sondern auch der schlichten, empfindungsstarken Aussage. Diese natür-

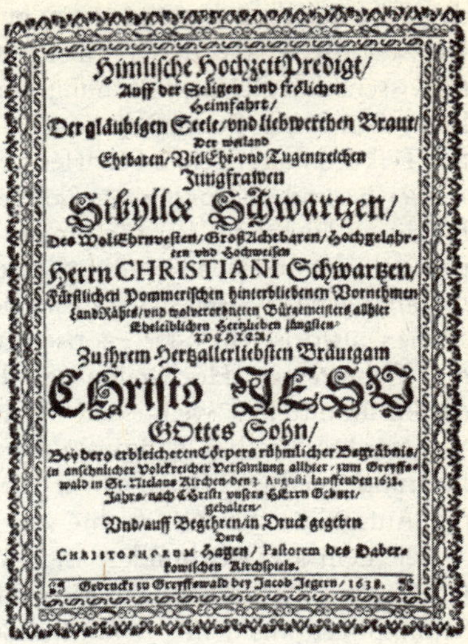

Himlische HochzeitPredigt/
Auff der Seligen und frölichen
Heimfahrt/
Der gläubigen Seele/und liebwerthen Braut/
Der weiland
Ehrbaren/VielEhr-und Tugentreichen
Jungfrawen
Sibyllæ Schwartzen/
Des WolEhrnvesten/GroßAchtbaren/Hochgelahr-
ten und Hochweisen
Herrn CHRISTIANI Schwartzen/
Fürstlichen Pommerischen hinterbliebenen Vornehmen
LandRähts/und wolverordneten Bürgemeisters allhier
Eheleiblichen Hertzlieben jüngsten
TOCHTER/
Zu jhrem Hertzallerliebsten Bräutgam
Christo JESU
GOttes Sohn/
Bey dero erbleicheten Cörpers rühmlicher Begräbnis/
in ansehnlicher Volckreicher Versamlung allhier zum Greyffs-
wald in St. Nicolaus Kirchen den 3. Augusti lauffenden 1638.
Jahrs nach Christi unsers HErrn Geburt/
gehalten/
Und/auff Begehren/in Druck gegeben
Durch
CHRISTOPHORUM Haggen/ Pastorem des Daber-
kowischen Kirchspiels.
Gedruckt zu Greyffswald bey Jacob Jegern/1638.

Titelblatt der Leichenpredigt
auf Sibylla Schwarz

liche Sprechweise war nach damals geltenden poetischen Regeln nur der Schäferpoesie angemessen; daher begegnet Catharina von Greiffenberg auch in der Maske der Schäferin.

Bekannter als Catharina von Greiffenberg war bis ins 19. Jahrhundert eine junge Dichterin aus der ersten Hälfte des 17. Jahrhunderts, dem Frühbarock: Sibylla Schwarz, eine Patriziertochter. Sie ist die erste Dichterin, die neben religiösen auch weltliche Themen in der Tradition der barocken Kunstdichtung gestaltet hat. Sibylla Schwarz starb bereits 1638 als Siebzehnjährige; um so erstaunlicher sind die mythologischen und literarischen Kenntnisse, die sich an ihren Dichtungen ablesen lassen. Der Poesie galt ihre ganze Neigung:

> Ich lasse wer da will mit seinen Haaren prangen
> und diesen mit der Stirn und jene mit der Wangen
> der eine rühme sich der falschen Freundschaft Brunst
> und jener lobe Gelt, ich rühme mich der Kunst.

(*Werke*, 1650, II, Auff Herrn Bencken Nahmens-Tag)

Das Werk von Sibylla Schwarz umfaßt zum großen Teil Gelegenheitsdichtung zu Geburtstagen, Hochzeiten und Begräbnissen. Für den Barockdichter bestand kaum ein Unterschied zwischen dieser Gebrauchslyrik und der freithematischen Dichtung. In der literaturwissenschaftlichen Forschung wurde der Gelegenheitsdichtung lange Zeit kaum Beachtung geschenkt. Damit blieb auch ein großer Teil des literarischen Schaffens von Frauen im Dunkeln.

Der besondere Vorzug der Gelegenheitsdichtung (und auch der religiösen Dichtung) lag für Frauen darin, daß keine großartigen poetisch-rhetorischen Kenntnisse erforderlich waren und auch kein umfangreiches Wissen, wie es zum Beispiel die beliebten zeitgenössischen historischen oder exotischen Romane verlangten. Geburten, Geburtstage, Hochzeiten und Begräbnisse waren Ereignisse, die im unmittelbar weiblichen Erfahrungsbereich lagen. Auf dem Weg zur literarischen Tätigkeit der Frau bedeutet die Gelegenheitsdichtung einen wichtigen Schritt. Sie bietet auch im Ganzen wichtige Aufschlüsse zur Geschichte von Frauen.

Seit dem 17. Jahrhundert ist mit einer wachsenden Zahl von Gelegenheitsdichterinnen zu rechnen, wenn auch kaum gedruckte Sammlungen aus dem 17. Jahrhundert vorliegen. Der Druck war nicht zuletzt eine Frage der Finanzierung. Da Kunst vor allem noch Hofkunst war und fürstliches Mäzenatentum für diese Dichterinnen kaum in Frage kam, blieb – wenn nicht ein anderer Förderer auftrat – nur die Familie übrig. Zu den Raritäten aus dieser Zeit gehört das bisher unbeachtet gebliebene schmale Werk von Susanna Elisabeth Zeidler, einer Pastorentochter. Ihr *Jungferlicher Zeitvertreiber*, der vor allem religiöse und Gelegenheitsdichtung enthält, erschien 1686 und wurde vermutlich mit Unterstützung der Familie und einer adligen Mäzenin, der das Werk dediziert ist, gedruckt.

Ein Indiz für die Zunahme dichtender Frauen, aber auch für die Anfeindungen, denen sie ausgesetzt waren, sind die Angriffe von zwei populären Satirikern um die Mitte des 17. Jahrhunderts. Johann Lauremberg, Professor für Dichtkunst in Rostock, wetterte in niederdeutschen Knittelversen dagegen, »dat ock Derens [Derns = Mädchen] Poetische Windeyer legen« (*Viertes Scherzgedicht*, 1652). Statt dem Bruder Hochzeitsgedichte zu schreiben, sollten sie lieber am Spinnrad sitzen oder anderen häuslichen Arbeiten nachgehen. Joachim Rachel brachte in seinem Feldzug gegen das poetische Frauenzimmer neben der Vernachlässigung der Hausarbeit ein zweites Argument vor: die Gefährdung der Sittlichkeit. Er präsentierte Sappho als sittenloses Schreckgespenst für jede keusche Jungfrau und gab die Empfehlung, »Drumb wünsche nicht, daß die, so vorsteht deinem Hause, / Mit Versen sich bemüh' und in Poeten mause ... Zuletzt kein Männerwitz hat bey den Weibern Art / Den Männern nur gehört die Feder und der Bart« (*Teutsche Satyrische Gedichte*, VIII, 1664). Überhaupt hatte er es darauf angelegt, die weiblichen Vorbilder zu disqualifizieren, wie sie zum Beispiel schon Sibylla Schwarz in ihren Gedichten aufzählt, so die Musen, Minerva, die Dichterin Thais und die gelehrte Anna von Schurmann. Übrigens blieb trotz Rachels Vernichtungsschlag gegen Sappho ihr Name bis ins 18. Jahrhundert ein begehrter Titel für dichtende Frauen, wenn er auch schließlich durch seinen häufigen Gebrauch bedeutungslos wurde.

Mit solchen Angriffen hatten sich die Dichterinnen selbst auseinanderzusetzen, wie in ihren Werken nachzulesen ist. Zuerst bei Sibylla Schwarz, die sich dagegen mit dem Hinweis auf ihren häuslichen Fleiß verteidigte. Um Anfeindungen zu entgehen, wollte sie ihr Werk unter einem Pseudonym veröffentlichen, was ihr früher Tod überflüssig machte.

Eine praktische Lösung fand Susanne Elisabeth Zeidler, die gleich auf dem Titelblatt vermerkte, daß ihre Gedichte »bey häußlicher Arbeit« entstanden waren. Vorausgeschickte Gedichte vom Vater, dem dichtenden Bruder und dem zukünftigen Gatten bestätigen ihre Tugendhaftigkeit. In der Vorrede zu ihrem Buch rechtfertigt sie den Druck unter anderem mit dem Hinweis darauf, daß die Sammlung nur als Andenken für ihre Freunde gedacht sei, da sie wegen ihrer Verheiratung nun den Heimatort verlasse.

Das erinnert an die Sonetten- und Liedersammlung von Catharina von Greiffenberg. Ihr Onkel schreibt dort in einer Vorbemerkung, daß die Sammlung ohne Catharinas Wissen zum Druck befördert wurde und zwar als ein Andenken zum Zeitvertreib ihrer Jugend. Hans Rudolph von Greiffenberg hatte sich allerdings in seiner Nichte und späteren Gattin getäuscht. Catharina von Greiffenberg, die ihr Leben ursprünglich ganz der *Deoglorie* widmen wollte, legte auch als Ehefrau die Feder nicht aus der Hand. Die Tatsache, daß man noch eher der unverheirateten Frau wegen ihrer geringeren häuslichen Belastung die dichterische Tätigkeit zugestand, bezeugt noch im 18. Jahrhundert eine Autorin, die ihrer Sammlung ein Verteidigungsgedicht, »Die Poetische Eh-Frau«, anhängte (Magdalena Sibylla Rieger, *Geistlich- und moralischer auch zufälliger Gedichte neue Sammlung*, 1746).

Vivant litterse, vivant foemina: in Orbe Litteratae!

Lebt holde Musen lebt / gelehrtes Frauen-Zimmer
Vor Eurem Glantze stirbt auch wohl der Männer Schimmer /
Lebt / was Gelehrsamkeit auf dieser Erden liebt /
Lebt / wer der Tugend sich zum Eigenthum ergiebt!
Ich sage mehr kein Wort / und dennoch denck ich immer /
Lebt holde Musen lebt / gelehrtes Frauen-Zimmer

Johann Caspar Eberti, *Eröffnetes Cabinet deß gelehrten Frauen-Zimmers* (1706)

Bevor das literarische Hervortreten von Frauen im 18. Jahrhundert weiter verfolgt werden soll, ist ein Blick auf die Entwicklung der Frauenbildung im Zusammenhang mit den politischen und sozialen Ereignissen notwendig. Trotz konservativer Kritiker wie Lauremberg und Rachel stieg seit Mitte des 17. Jahrhunderts in Deutschland die Zahl der Schriften, die bei sorgfältiger Abwägung von Fragen der Sittlichkeit und Häuslichkeit eine insgesamt positive Einstellung gegenüber der weiblichen Bildung einnehmen. Zwischen 1657 und 1727 lassen mindestens achtzehn Schriften und Dissertationen zu diesem Thema nachweisen. Sie hatten zwar vorerst keine praktischen Konsequenzen, signalisieren aber den Beginn einer neuen Phase.

Für den Einschnitt um die Mitte des 17. Jahrhunderts sind einmal die politischen Ereignisse verantwortlich. Die Beendigung des Dreißigjährigen Krieges ermöglichte Deutschland den Anschluß an die europäische Entwicklung; daher überrascht nicht der vielfach patriotische Impuls der Schriften: Man wollte nun beweisen, daß »Teutschland weder den hochtrabenden Spaniern, noch den ehrgeitzigen Welschen oder aufgeblasenen Franzosen« mit gelehrten Frauenzimmern nachstand. (Pauliini, *Hoch- und Wohlgelahrtes Teutsches Frauen-Zimmer*, 1712, S. 3.)

Ein wichtiger Impuls wurde durch eine sozioökonomische Verschiebung gegeben. Der Ausgang des Dreißigjährigen Krieges stärkte das Territorialfürstentum, das zur Eintreibung seiner zahlreichen Gebühren und Steuern einen immer größer werdenden Beamtenapparat benötigte. Außerdem drängten viele Bürgerliche in die subalternen Verwaltungspositionen, da wegen der Zerstörung der

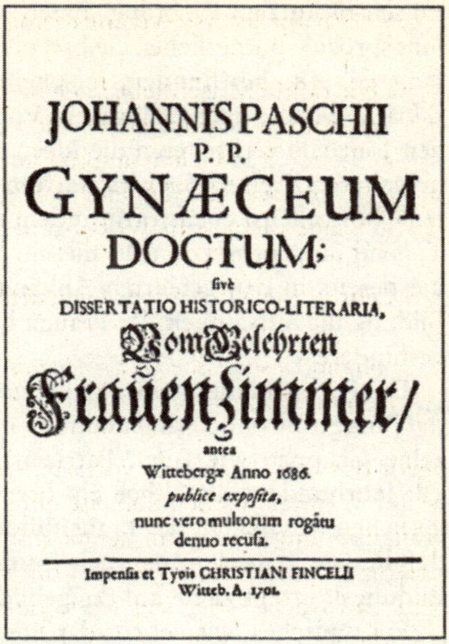
JOHANNIS PASCHII
P. P.
GYNÆCEUM
DOCTUM;
sivè
DISSERTATIO HISTORICO-LITERARIA,
Vom Gelehrten
Frauenzimmer/
antea
Wittebergæ Anno 1686.
publice exposita,
nunc vero multorum rogatu
denuo recusa.

Impensis et Typis CHRISTIANI FINCELII
Witteb. A. 1701.

Titelblatt einer Dissertation von 1686 über das ›Gelehrte Frauenzimmer‹

Städte und der Zunftschranken kaum andere Berufsmöglichkeiten bestanden. Es war nun vor allem diese ständig wachsende Beamtenschaft der territorialen und städtischen Verwaltungen, die im letzten Drittel des 17. Jahrhunderts eine neue Form des geselligen Lebens entwickelte; sie war an der höfischen Lebensform orientiert und bedeutete eine Abgrenzung gegenüber den unteren Schichten. Das französische Vorbild war der *homme galant*, den Thomasius in seiner Leipziger Vorlesung 1687 vorstellte. Die neue Form des geselligen Lebens schloß auch die Frauen ein. Erneut wurde zum Zweck der kultivierten Geselligkeit und der damit veränderten Ansprüche an die Frau die Ausbildung ihrer geistigen Fähigkeiten wünschenswert. Daher erschienen als Autoren der oben erwähnten Plädoyers für die gebildete Frau seit der Wende zum 18. Jahrhundert auch die sogenannten *Galanten*; der bekannteste wurde Johann Christian Lehms mit seiner Schrift *Teutschlands galante Poetinnen* (1715), der eine Vorrede mit dem Titel beigegeben ist, »Daß das Weibliche Geschlecht so geschickt zum Studieren / als das Männliche«.

Die Beamtenschaft wurde neben Handels- und Bildungsbürgertum die führende Schicht in der bürgerlichen Emanzipationsbewegung und ließ dabei ein paar galante ›Federn‹ zugunsten der moralisch-rationalen Richtung. Einen wichtigen Beitrag im Entwicklungsprozeß bürgerlichen Selbstbewußtseins leisteten die seit Anfang des 18. Jahrhunderts erscheinenden *Moralischen Wochenschriften*. Diese nach englischem Vorbild gegründeten vernunftfrohen Journale verbreiteten die Ideen und Maximen der Aufklärung in weiteren Kreisen. Sie verschärften die Abgrenzung zur »verderbten« höfischen Lebensform, indem sie ihr bürgerliche Moral und Tugend entgegensetzten. In diesem Sinne popularisierten sie auch die bereits in den gelehrten Abhandlungen vertretene These, daß Bildung die Sittsamkeit der Frauen befördere und nicht umgekehrt verhindere.

Die Frauenbildung wurde nun zur Angelegenheit des aufgeklärten Bürgertums und erhielt damit – nach der Beschränkung auf einzelne Gruppen wie Adel, Patriziat, Gelehrte und Pastoren – im 18. Jahrhundert allmählich ein breiteres Fundament. Für die bürgerlichen Advokaten der Frauenbildung stand von Anfang an fest, daß Frauen keinerlei Anspruch »auf öffentliche Ämter« hatten; ihr Bildungskonzept zielte auf die gebildete Ehe- und Hausfrau.

Ein typisches Beispiel für das literarische Hervortreten der Frau in dieser Obergangsphase ist die 1720 publizierte Gedichtsammlung von Susanna Margaretha von Kuntsch. Sie war die Tochter und später auch die Frau eines Hofbeamten. Ihre Sammlung enthält hauptsächlich Gelegenheitsdichtung zu Ereignissen im Verwandten- und Bekanntenkreis. Die Gelegenheitsdichtung wurde gerade von der Beamtenschaft im Rahmen der neuen Geselligkeitskultur gepflegt. Für die Entfaltung weiblichen Selbstbewußtseins haben ihre Gedichte insofern Bedeutung, als in ihnen auch ihre private Erfahrung als Frau und Mutter Ausdruck findet. Gedichte und Grabschriften auf ihre toten Kinder lassen ihre Ergebung in das gottgewollte Schicksal, aber auch ihre seelische Not deutlich werden.

Die Sammlung der Gedichte wurde nach ihrem Tod von einem Enkel herausgegeben, die Vorrede stammte von *Menantes*. Hinter diesem Pseudonym verbarg sich Christian Friedrich Hunold, ein galanter Dichter, der allerdings zu diesem Zeitpunkt bereits vom sinkenden Schiff der galanten Dichtung auf das neue Flaggschiff der moralisch-rationalen Literatur umgestiegen war. Seine Vorrede zu den Gedichten von Susanna Margaretha von Kuntsch kann als programmatisch für die Entwicklung des Frauenbildes im frühen 18. Jahrhundert bezeichnet werden. Es heißt dort über die Dichterin:

»Denn diese mit allen Tugenden ausgerüstete Dame ist zugleich in der geistlichen und weltlichen Historia wohl erfahren gewesen, hat eine hübsche Bibliothec darinnen gehabt, die lateinische Sprache verstanden, Moral und Politische Schrifften beständig gelesen, und durch die 47 Jahre rühmlich geführte starcke Haushaltung sich eine ungemeine Klugheit und Wissenschaft in der Oeconomie erworben.«

Bildung, Tugend und hausfrauliche Tüchtigkeit, in dieser Formulierung hat das von der Renaissance ausstrahlende Ideal der gelehrten Frau bereits seine Verbürgerlichung erfahren. Hunolds Vorrede macht weiter deutlich, daß um 1720 in seinen Kreisen die literarischen Bestrebungen der Frau im Bereich der religiösen und Gelegenheitsdichtung bereits akzeptiert wurden. Was die verliebten und galanten Gedichte betraf, so verlangte er allerdings, daß Frauen nicht »allzu verliebt« schreiben, nicht gleich vielen Männern die Poesie »zur Magd der Wollust« machen sollten. Daß solche Forderungen keineswegs unbegründet waren, belegen noch Gedichtsammlungen von Frauen aus den 30er und 40er Jahren des 18. Jahrhunderts, in denen schlüpfrige Verse neben Tugendbeteuerungen stehen. Überhaupt zeigen einige Sammlungen mit ihrer für das frühe 18. Jahrhundert charakteristischen drastischen und derben Sprache, daß die Frauen vom Ideal der *schönen Seele* noch weit entfernt waren.

Wohnt Witz in einer Männerstirne,
So hat auch dieser Satz sein Recht:
Es saß dem weiblichen Geschlecht
Kein Spinngeweb in dem Gehirne.

Christiana Mariana von Ziegler,
Vermischete Schriften (1739), S. 58

Die Konsolidierungsphase der Aufklärung zwischen 1725 und 1740 ist mit dem Namen eines Mannes verbunden, der sich besonders um die Frauenbildung bemühte und – mit noch deutlich patriotischem Impuls – das literarische Hervortreten der Frauen förderte: Johann Christoph Gottsched. In seiner moralischen Wochenschrift *Die Vernünftigen Tadlerinnen* (1725–1727), in der die meisten mit Frauennamen unterzeichneten Artikel von ihm selbst stammten, heißt es:

Titelseite der von Johann Christoph Gottsched herausgegebenen Wochenschrift (Nachdruck der Erstausgabe von 1725)

»Ich brenne vor Neid, wenn ich die französischen Gedichte der Madame Deshoulieres lese, und dabey bedenke, daß Deutschland noch nichts aufzuweisen habe, was man den Franzosen in diesem Stücke entgegen setzen könnte. Wir haben zwar hie und da kleine Proben, die Verstand und Lebhaftigkeit genug zeigen. Wir haben auch einige Dichterinnen aufzuweisen, die zu Anfang des vorigen Jahrhunderts gelebet haben. Allein wo haben wir ein neues Buch aufzuweisen, welches von einer einzigen Poetinn verfertiget worden? Und so lange dieses nicht geschiehet, müssen wir deutschen Nymphen (welch eine Schande ist das!) den Französinnen noch immer den Vorzug lassen.« (27. Stück)

Gottscheds Aufruf folgten in den 30er und 40er Jahren zahlreiche Frauen. Wichtig ist erstens, daß sie sich fast alle in ihren Gedichtsammlungen in irgendeiner Form zur Gleichberechtigung äußerten, daß sie also ihre Sache selbst in die Hand zu nehmen begannen, und zweitens, daß es nach den einzelnen früheren Versuchen nun erstmals zu einer gewissen Solidarität unter ihnen kam.

Gelehrte und Dichter hatten schon immer einen regen Briefwechsel gepflegt. Nun machten sich Dichterinnen mit gereimten Briefen untereinander bekannt und sandten sich gegenseitig ihre poetischen Zeugnisse zu. Die Briefe wurden zum Teil in den Gedichtsammlungen veröffentlicht. So korrespondierte zum Beispiel Mariana Ziegler mit der vom Dichter Johann Christian Günther gelobten Frau Breßler aus Breslau, ebenso Anna Helena Volckmann mit der Ziegler oder die Zäunemann aus Erfurt mit der schlesischen Dichterin Gutemund, die Frau Walther mit der Frau Löber etc. Solche Kontakte hatten eine wichtige Funktion, sie trugen zur gegenseitigen Unterstützung und Selbstbehauptung bei. Man konnte sich den Ärger über die Lästerer weiblicher Poesie von der Seele reden und sich gegenseitig zum Widerstand ermuntern, wie das zum Beispiel in einem Brief von Anna Helena Volckmann an Mariana Ziegler nachzulesen ist:

Wenn uns das Manns-Volk höhnt, ich ziehe gleich vom Leder,
Wenn der und jener spricht: Ihr schlechten Tauben ihr,
Wie hoch verfliegt ihr euch, was nehmen Weiber für;
Wenn mancher Pinsel sagt, wir pflegten nachzumahlen,
So will ich mich bemühn, die Tadler zu bezahlen [...]
Frau! Weltberühmte Frau, der Eifer nimmt mich ein,
Auf, laß diß frevle Volck nicht sonder Straffe seyn.
Zeigt sich kein scharffer Stahl an unsern tapffern Seiten,
So laß uns diesen Schwarm mit unserm Kiel bestreiten.
(*Erstlinge Unvollkommener Gedichte*, 1736, S. 11 f.)

In Literaturgeschichten und Anthologien blieben diese Versuche von Frauen, im Jahrhundert der Aufklärung ihre literarische Stimme zu finden, unberücksichtigt. Erwähnung fand allenfalls Luise Adelgunde Gottsched. Sie schrieb zwar auch Gedichte, machte sich aber vor allem als Dramatikerin einen Namen und nicht zuletzt als unermüdliche Hilfskraft ihres Mannes, was allein schon die Überlieferung ihres Namens in der Literaturgeschichte gesichert hätte. Zwei Frauen sind aus dem Kreis der Frühaufklärung hervorzuheben, die zu ihrer Zeit als die *berühmten* Z gefeiert wurden: Christiana Mariana von Ziegler und Sidonia Hedwig Zäunemann.

Mariana Ziegler lebte in Leipzig, damals das *Klein-Paris, die Stadt der Weltleute und der Mode*. Sie führte ein relativ unabhängiges Leben, wie es nur eine vermögende Witwe, die sie war, führen konnte, ökonomisch weder vom Vater noch vom Ehemann abhängig. Sie war die erste von einer deutschen Universität gekrönte Dichterin und das erste weibliche Mitglied der Leipziger *Deutschen*

Gesellschaft, eine der Nachfolgeorganisationen der Sprachgesellschaften, die sich um die Wende zum 18. Jahrhundert an verschiedenen Orten gebildet hatten und sprach- und literarhistorische Forschungen mit nationaler Zielsetzung verfolgten. Beide Ereignisse waren von großer Wichtigkeit, denn das literarische Leben spielte sich immer noch in diesen Kreisen ab. Eine literarische Öffentlichkeit begann sich gerade erst zu formieren.

Vor der Leipziger Gesellschaft hielt Mariana Ziegler 1730 einen Vortrag zum Thema: »Ob es dem Frauenzimmer erlaubt sey, sich nach den Wissenschaften zu bestreben.« Es war das *erste* weibliche Plädoyer für die Frauenbildung in deutscher Sprache. Bereits im Vorbericht zu ihrer ersten Gedichtsammlung von 1728 hatte sie sich mit einem interessanten Problem befaßt, der Frage, warum Frauen an Höfen und in Städten häufig bessere Rednerinnen als Männer, ihnen aber im Schreiben unterlegen sind. Die Gründe lagen nach ihrer Meinung in der spezifisch weiblichen Sozialisation: was das Schreiben betraf, so mangelte es den Frauen an der nötigen Unterrichtung, ihre Eloquenz dagegen gründete sich auf die stärkere gesellschaftliche Orientierung der Mädchenerziehung. In der Entwicklung vom pedantischen Gelehrtentum zur geselligen Bildungskultur, die sich im 18. Jahrhundert vollzog, schien Frauen damit erstmals ein Vorteil zu erwachsen.

In ihrem Vortrag vor der Leipziger *Deutschen Gesellschaft* hatte Mariana Ziegler den Griff der Frau nach »Amt und Würden« ausgeschlossen, vielleicht war das eine listige Konzession an das Männergremium. In ihren Gedichten gibt es bereits Ansätze, die über das von der Aufklärung sanktionierte Konzept der gebildeten Ehe- und Hausfrau hinausgehen, so in dem *Lob des weiblichen Regiments*, einer seitenlangen Aufzählung der weiblichen Leistungen auf künstlerischem, wissenschaftlichem, militärischem und politischem Gebiet.

Einen Schritt weiter ging die eine Generation jüngere Sidonia Zäunemann (1714–1740), die den Anspruch auf den männlichen Wirkungsbereich nicht nur expressis verbis vortrug, sondern auch schon in die Tat umzusetzen versuchte. Nicht das normale Frauenleben mit Gesprächen über Mode, Kinder, Küche und Klatsch, wie sie es einmal beschrieb, interessierte sie, sondern die Welt der öffentlichen, das heißt männlichen Angelegenheiten. In ihren Gedichten kündigt sich das zunächst als Absage an die nur private Gelegenheitsdichtung an:

Soll Trau-Ring, Wiege, Leichenstein
Nur bloß der Lieder würdig seyn?

(*Poetische Rosen in Knospen*, S. 371)

So beginnt ihr Gedicht an die am Rhein stehenden Husaren, die Prinz Eugen befehligte; es bescherte ihr immerhin ein persönliches Schreiben des Prinzen und machte sie berühmt.

Sidonia Zäunemann reiste allein zu Pferde in Männerkleidung, unternahm Bergwerksbefahrungen, bemühte sich um Kontakte mit Gelehrten. Auf die Gründung der Universität Göttingen schrieb sie ein Lobgedicht, das ihr als zweiter Frau den Titel der Kaiserlich gekrönten Poetin einbrachte. Schleiermachers zehntes Gebot in seinem *Katechismus der Vernunft für edle Frauen* (1798), »Laß dich gelüsten nach der Männer Bildung, Kunst, Weisheit und Ehre«, war für sie schon durchaus selbstverständlich. In einem Brief an die *Hamburgischen Berichte* von 1737 beklagt sie sich:

»Unsere ecklen Deutschen sind noch nicht gewohnt, denen Weibspersonen eine Übung in freien Künsten zu verstatten. Ihre öffentlichen Lehrsäle dürfen von unserm Geschlecht ebenso entheiligt werden, als die Moscheen derer abergläubischen Muselmänner. Ein Frauenzimmer, das nach Weisheit trachtet, muß ihren Haß so sehr empfinden, als kaum in England ein catholischer Prätendente.« (S. 419)

Um diese Zeit hielt der Literaturprofessor Gottsched seine Vorlesungen zu Hause ab, damit seine Frau – hinter halb geöffneter Tür – zuhören konnte. Die Lehrsäle blieben Frauen noch lange verschlossen, daran änderten auch zwei Doktorpromotionen von Frauen im 18. Jahrhundert nichts, von denen zumindest die zweite (Dorothea Schlözer, 1787) eher Posse als Ernst war. In ihrem Unabhängigkeitsstreben war Sidonia Zäunemann so konsequent, daß sie die Ehe ablehnte. In einem Gedicht entlarvt sie sie als Institution, in der sich die Frau ihre *Versorgung* mit ihrer *Unterdrückung* erkauft. In dieser Form hatte das vor ihr noch keine Frau zu sagen und zu veröffentlichen gewagt. Wieland nannte sie später eine »halbe Amazon und Maitresse eines Sächsischen Herzogs« (*Briefe I*, 1963, S. 83). Eine nach Unabhängigkeit strebende Frau! Das war und blieb die zugleich moralisch verwerfliche Frau. Ob die Behauptung stimmt, wird sich kaum noch herausfinden lassen. Fest steht, daß sie sich besonders um fürstliche Unterstützung bemühte, um

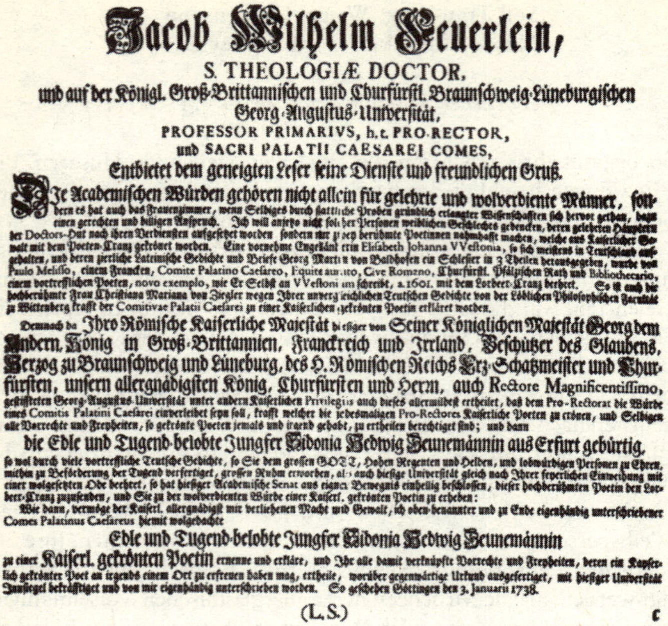

Jacob Wilhelm Feuerlein,

S. THEOLOGIÆ DOCTOR,
und auf der Königl. Groß-Brittannischen und Churfürstl. Braunschweig-Lüneburgischen
Georg-Augustus-Universität,
PROFESSOR PRIMARIUS, h. t. PRO-RECTOR,
und SACRI PALATII CAESAREI COMES,
Entbietet dem geneigten Leser seine Dienste und freundlichen Gruß.

Die Academischen Würden gehören nicht allein für gelehrte und wolverdiente Männer, sondern es hat auch das Frauenzimmer, wenn Selbiges durch stattliche Proben gründlich erlangter Wissenschafften sich hervor gethan, dazu einen gerechten und billigen Anspruch. Ich will anjetzo nicht solcher Personen weiblichen Geschlechts gedencken, deren gelehrten Häuptern der Doctors-Hut nach ihren Verdiensten aufgesetzet worden, sondern nur zwey berühmte Poetinnen nahmhafft machen, welche aus Kayserlicher Gewalt mit dem Poeten-Crantz gekrönet worden. Eine vornehme Engeländerin Elisabeth Johanna Westonia, so sich meistens in Teutschland aufgehalten, und deren zierliche Lateinische Gedichte und Briefe Georg Martin von Baldhofen ein Schlesier in 3 Theilen herausgegeben, wurde von Paulo Melisso, einem Francken, Comite Palatino Caesareo, Equite aurato, Cive Romano, Churfürstl. Pfälzischen Rath und Bibliothecario, einem vortrefflichen Poeten, novo exemplo, wie Er Selbst an Westoni um schreibt, a. 1601. mit dem Lorbeer-Crantz beehrt. So ist auch die hochberühmte Frau Christiana Mariana von Ziegler wegen Ihrer unvergleichlichen Teutschen Gedichte von der Löblichen Philosophischen Facultät zu Wittenberg krafft der Comitivae Palatii Caesarei zu einer Kaiserlichen gekrönten Poetin erkläret worden.

Demnach da Ihro Römische Kaiserliche Majestät hiesiger von Seiner Königlichen Majestät Georg dem Andern, König in Groß-Brittannien, Franckreich und Irrland, Beschützer des Glaubens, Hertzog zu Braunschweig und Lüneburg, des H. Römischen Reichs Ertz-Schatzmeister und Churfürsten, unsern allergnädigsten König, Churfürsten und Herrn, auch Rectore Magnificentissimo, gestiffteten Georg-Augustus-Universität unter andern Kaiserlichen Privilegiis auch dieses allermildest ertheilet, daß dem Pro-Rectorat die Würde eines Comitis Palatini Caesarei einverleibet seyn soll, krafft welcher die jedesmaligen Pro-Rectores Kaiserliche Poeten zu crönen, und Selbigen alle Vorrechte und Freyheiten, so gekrönte Poeten jemals und irgend gehabt, zu ertheilen berechtiget sind; und dann

die Edle und Tugend-belobte Jungfer Sidonia Hedwig Zeunemännin aus Erfurt gebürtig,

so wol durch viele vortreffliche Teutsche Gedichte, so Sie dem grossen GOTT, Hohen Regenten und Helden, und lobwürdigen Personen zu Ehren, mithin zu Beförderung der Tugend verfertiget, grossen Ruhm erworben, als auch hiesige Universität gleich nach Ihrer feyerlichen Einweihung mit einer wolgesetzten Ode beehret, so hat hiesiger Academische Senat aus eignen Bewegnis einhellig beschlossen, dieser hochberühmten Poetin den Lorbeer-Crantz zuzusenden, und Sie zu der wolverdienten Würde einer Kaiserl. gekrönten Poetin zu erheben:

Wie dann, vermöge der Kaiserl. allergnädigst mir verliehenen Macht und Gewalt, ich oben-benannter und zu Ende eigenhändig unterschriebener Comes Palatinus Caesareus hiemit wolgedachte

Edle und Tugend-belobte Jungfer Sidonia Hedwig Zeunemännin

zu einer Kaiserl. gekrönten Poetin ernenne und erkläre, und Ihr alle damit verknüpfte Vorrechte und Freyheiten, deren ein Kayserlich gekrönter Poet an irgends einem Ort zu erfreuen haben mag, ertheile, worüber gegenwärtige Urkund ausgefertiget, mit hiesiger Universität Innsiegel bekräfftiget und von mir eigenhändig unterschrieben worden. So geschehen Göttingen den 3. Januarii 1738.

(L. S.)

c

Ernennungsurkunde Sidonia Hedwig Zäunemanns zur kaiserlich gekrönten Poetin, ausgestellt durch die Georg-August-Universität, Göttingen

darauf eine dichterische Existenz zu gründen. Für sie gab es noch kaum eine andere Wahl. Der berufliche Weg war ihr versperrt, von einem literarischen Markt konnte noch nicht die Rede sein, und mit bürgerlicher Gelegenheitsdichtung war allenfalls ein Taschengeld zu verdienen. Überhaupt zeigt ihr Beispiel, daß es für eine Frau in der bürgerlichen Gesellschaft des 18. Jahrhunderts keine unabhängige Existenzmöglichkeit gab, wenn sie unverheiratet blieb. Sie konnte nur im Elternhaus leben wie Sidonia Zäunemann oder bei Verwandten als Haus- und Kindermädchen; war sie katholisch, stand ihr wenigstens noch der Weg ins Ordensleben offen.

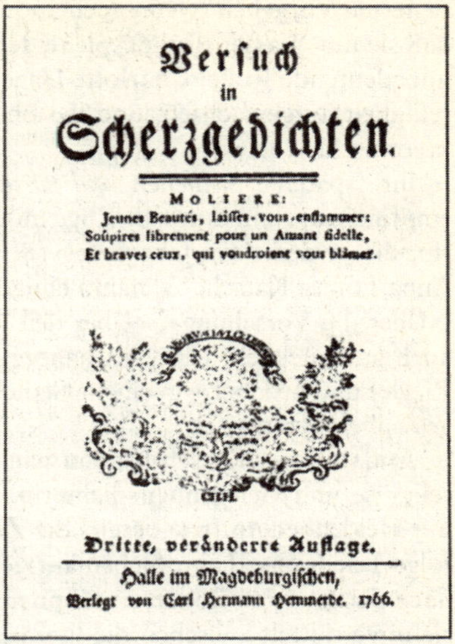
Versuch
in
Scherzgedichten.

MOLIERE:
Jeunes Beautés, laisses-vous-enflammer:
Soûpires librement pour un Amant fidelle,
Et braves ceux, qui voudroient vous blâmer.

Dritte, veränderte Auflage.

Halle im Magdeburgischen,
Verlegt von Carl Hermann Hemmerde. 1766.

Titelblatt der anonym veröffentlichten Scherzgedichte von Johanne Charlotte Unzer

Ich glaube, daß, wenn ebenso viel Frauen Schriftstellerinnen wären, als Männer es sind, und wir nicht durch so tausend Kleinigkeiten in unserer Haushaltung herabgestimmt würden, man vielleicht auch einige gute darunter finden würde, denn wie wenige gute gibt es nicht unter den Autoren ohne Zahl.
Charlotte von Stein an Charlotte Schiller (24. 11. 1798)

Sidonia Zäunemann hatte einmal dem Tadel eines Geistlichen, warum sie keine geistlichen Lieder schreibe, entgegengehalten: »Mein Beruf verlangt dieß nicht / Und zum Scheine geistlich schreiben, fordert nicht der Christen Pflicht.« (S. 596)

Gegen die thematische Einschränkung schreibender Frauen wandte sich auch eine junge Dichterin, die um die Jahrhundertmitte auftrat: Johanne Charlotte Unzer. Mit ihren scherzhaften Liedern über Liebe, Wein und Geselligkeit brach sie in die männliche Domäne der anakreontischen Lyrik ein. Sie verstand sich dabei durchaus als Vorreiterin ihres Geschlechts und wünschte sich, »ihre Schwestern« zu ermuntern, nicht nur erbauliche Verse zu dichten. Bei ihrem couragierten Vorgehen (wenn auch anonym und mit der Versicherung, daß sie nur Wasser trinke) spielte der familiäre Rückhalt eine nicht unbedeutende Rolle: Charlotte Unzer war in einem Klima der Geselligkeit aufgewachsen, und ihr Ehemann dichtete ebenfalls anakreontische Verse.

Ihre späteren *Sittlichen und zärtlichen Gedichte*, in denen sich empfindsame und rationale Züge mischen, beeinflußten eine Dichterin, die in den 60er Jahren des 18. Jahrhunderts berühmt wurde: Anna Louisa Karsch. Sie nahm einige Themen der Unzer erneut auf (»Über die Vorsehung«, »Über den Nachruhm«) und erwähnte sie auch ausdrücklich. Übrigens kannte Anna Louisa Karsch auch die Ziegler und bedauerte in einem Gedicht, daß sie bereits völlig in Vergessenheit geraten sei.

Anna Louisa Karsch begann wie viele Dichterinnen vor ihr als religiöse und Gelegenheitsdichterin. Berühmt wurde sie vor allem mit Heldenliedern (wie bereits die Zäunemann), sie besang die Erfolge Friedrichs II. im Siebenjährigen Krieg. Ihr Name drang bis nach Berlin, 1760 holten sie Gönner in die Hauptstadt. Dort geriet sie unvermittelt zwischen die literarischen Fronten. Die schlichten persönlich-bekenntnishaften Züge ihrer Dichtung fanden die Anerkennung der literarischen »Zurück-zur-Natur«-Bewegung. Ihre Freunde Gleim, Ramler und Sulzer zählten aber noch antike Metren und Mythologie zum unerläßlichen Werkzeug eines Poeten und wollten ihr das so schnell wie möglich vermitteln. Anna Louisa Karsch, geblendet vom Ruhm und der Anerkennung, die ihr zuteil wurden, ließ sich leicht beeinflussen. Sie versuchte, es jedem recht zu machen. In vielen Gedichten aus der Berliner Zeit ist ihre ursprüngliche Stimme nicht mehr erkennbar. Hinzu kam, daß sie stets auf Gelegenheitsdichtung angewiesen war; denn sie lebte – als erste Frau in Deutschland – vom Ertrag ihrer literarischen Produktion. Die oft sehr schnell hingeworfene Gebrauchslyrik wurde in ihre Gedichtsammlungen mit aufgenommen, um die Adressaten der Gelegenheitsgedichte als Subskribenten anzulocken. In der Literaturgeschichte brachte ihr das manchen abschätzigen Seitenhieb ein; sie erschien als wertlose Dichterin und komische Person. Aber Anna Louisa Karsch war eine mutige und beherzte Frau, die sich auch von ihrem bewunderten König, Friedrich II., nicht einschüchtern ließ. Als sie ihn einmal an sein Versprechen erinnerte, sie zu unterstützen, und er ihr daraufhin zwei Taler schickte, sandte sie diese mit folgendem Epigramm zurück:

Zwei Thaler gibt kein großer König,
Denn sie erhöhen nicht mein Glück,
Nein, sie erniedern mich ein wenig;
Drum geb' ich sie zurück.

Ein Ereignis ist hier noch hervorzuheben, das sicher mit den Erfolgen der Unzer und Karsch zusammenhängt: 1764 erschien die *erste* Anthologie, die ausschließlich Frauengedichte enthielt: *Gesammelte Frauenzimmer Gedichte*. Die Anthologie war auf mehrere Folgen geplant, wurde aber vermutlich nach den ersten beiden Folgen nicht fortgesetzt. Der mutige, den literarischen Markt aber falsch einschätzende Herausgeber blieb anonym.

Das literarische Interesse und die literarische Tätigkeit der Frau wurden in der zweiten Hälfte des 18. Jahrhunderts nicht von der Lyrik, sondern vom Roman beherrscht. Nach englischem Vorbild, vor allem den Romanen Richardsons, entwickelte sich der empfindsame Roman zum Mittel bürgerlicher Selbstdarstellung. Er brachte den Bereich der familiären Welt zur literarischen Geltung und war damit besonders geeignet, eine wachsende weibliche Leserschaft anzusprechen und auch den produktiven Anteil der Frauen an der Literatur zu begünstigen. In der zweiten Jahrhunderthälfte trat eine Reihe von Romanautorinnen hervor. Als erste machte 1771 Sophie La Roche mit dem *Fräulein von Sternheim* Furore. 1783 gab sie auch als erste Frau eine Zeitschrift für Frauen heraus: *Pomona. Für Teutschlands Töchter*. Gegenüber einem männlichen Konkurrenzunternehmen setzte sie sich folgendermaßen ab: »*Das Magazin für Frauenzimmer* [Herausgeber war der Gymnasiallehrer David Christoph Seybold] ... zeigt meinen Leserinnen, was deutsche Männer uns nützlich und gefällig achten. Pomona wird ihnen sagen, was ich als Frau dafür halte.«

Entgegen ihren Erwartungen wurde es ein wirtschaftlicher Mißerfolg. Sie mußte das Erscheinen der Zeitschrift bereits im nächsten Jahr einstellen. Zwar trug die wachsende weibliche Leserschaft in der zweiten Jahrhunderthälfte erheblich zur Konsolidierung des literarischen Marktes bei, aber das Geschäft mit der Literatur, die Magazine, Almanache, Zeitschriften und Verlage blieben in Männerhand. Von den 37 Zeitschriften und Journalen, die sich zwischen 1767 und 1799 vor allem an ein weibliches Lesepublikum richteten, wurden nur vier, einschließlich Sophie La Roches *Pomona*, von Frauen redigiert (Lachmanski, *Deutsche Frauenzeit-*

schriften, 1900, S. 33 f.). Eine der wenigen erfolgreichen Ausnahmen im Verlagsgeschäft war Friederike Helene Unger, die den Verlag ihres Mannes nach dessen Tod weiterleitete und auch selbst Frauenromane schrieb.

Schiller nahm in seine zahlreichen Journale und Almanache viele weibliche Beiträge, vor allem auch Gedichte auf. Er betrachtete die Autorinnen als seine Schülerinnen und berichtete Goethe über die Fortschritte *seiner Damen*. Am 30. Juni 1797 ließ er vernehmen: »Ich muß mich doch wirklich darüber wundern, wie unsere Weiber jetzt, auf bloß dilettantischem Wege, eine gewisse Schreibgeschicklichkeit sich zu verschaffen wissen, die der Kunst nahe kommt.« Diese sicher wohlmeinende Äußerung enthüllt zugleich die Problematik solcher Förderung. Letztlich ging es ihm um die Erziehung zu *seiner Kunstauffassung* und die Verbreitung seiner ästhetischen Ansichten auch mittels der Frauenliteratur. Entsprechend ›schillerten‹ seine Schützlinge. Zu ihnen gehörte u. a. Sophie Mereau, der es in den 90er Jahren gelang, sich eine selbständige Schriftstellerinnenexistenz aufzubauen. Ihr Beispiel zeigt, daß schreibende Frauen noch immer die seltsamsten Vorwürfe hören mußten, aber auch die passenden Antworten fanden. Auf die Bemerkung Clemens Brentanos, es sei »für ein Weib sehr gefährlich zu dichten, noch gefährlicher, einen Musenalmanach herauszugeben«, schickte sie ihm die ironische Erwiderung:

»Gewiß ziemt es sich eigentlich gar nicht für unser Geschlecht, und nur die außerordentliche Großmut der Männer hat diesen Unfug so lange gelassen zusehen können [...]

Aber für die Zukunft werde ich wenigstens meine Zeit nicht mehr verschwenden, und wenn ich mich je genötigt sehen sollte, zu schreiben, nur gute moralische oder Kochbücher zu verfertigen suchen.« (20.1.1803)

Von den Schriftstellerinnen der zweiten Jahrhunderthälfte ist noch Sophie Albrecht hervorzuheben. Ihr lyrisches Werk ist insgesamt sehr uneinheitlich. Einflüsse der Empfindsamkeit mischen sich mit denen des Sturm-und-Drang (Rückgriff auf Bibelsprache, phantastische Bildersprache). In einigen Gedichten hat sie, wie wohl kaum eine Frau zuvor, ihre Gefühle ohne gesellschaftliche Rücksichtnahme ausgesprochen, ihr Unbehagen am Bestehenden und dabei auch zu einer eigenwilligen Rhythmik und Sprachgebung gefunden.

Nicht unwichtig ist, daß sie auch ein Leben führte, das den bürgerlichen Normen nicht gehorchte. Sie war Schauspielerin und damit trotz der schwierigen Existenzbedingungen in diesem Beruf unabhängiger als die meisten Frauen.

Der Mann ist nicht bloß der Mann seiner Frau,
er ist auch ein Bürger des Staates;
die Frau hingegen ist nichts,
als die Frau ihres Mannes.

Heinrich von Kleist,
Brief an Wilhelmine Zenge (Mai 1800)

Vor dem Übergang ins 19. Jahrhundert ist die Entwicklung der Frauenbildung und damit auch des Frauenbildes im 18. Jahrhundert kurz zusammenzufassen. Der Begriff des ›gelehrten Frauenzimmers‹ wurde zum Schimpfwort wie später der des ›Blaustrumpfs‹. Man wünschte sich das Frauenzimmer nicht mehr *gelehrt*, sondern *gebildet*. Gellert, ein viel gelesener Damenautor, brachte das in seinem Brief an Demoiselle Lucius zum Ausdruck:

»Vor gelehrten Frauenzimmer erschrecke ich, weil ich fürchte, daß sie etwas anders sind, als sie *seyn sollen*; aber Frauenzimmer von ihrem Charakter, die über die weiblichen Pflichten, die sie erlernen, sich durch das Lesen guter Bücher den Verstand aufheitern und das Herz edler bilden, diese achte ich sehr hoch.« (4. April 1761)

Die Forderung, neben den geistigen Rechten nun auch die Rechte des Herzens zur Geltung zu bringen, hatte aber von Anfang an ambivalente Züge. So antiquiert die Vorstellung vom ›gelehrten Frauenzimmer‹ inzwischen war, man schickte sich nun an, das berühmte Kind mit dem Bade auszuschütten: die Ausbildung des Gefühls ging auf Kosten der Geistesbildung. Ansätze, mit dem Gleichheitspostulat Ernst zu machen, wurden wieder zurückgenommen. Dabei spielte das Werk Rousseaus, seine Bestimmung, wie die Frau sein sollte, eine entscheidende Rolle, vor allem sein konservatives Modell der Mädchenerziehung, wie es der *Emile* (1762) formuliert:

»Die Erziehung der Frauen sollte sich immer auf den Mann beziehen. Zu gefallen, für uns nützlich zu sein, uns zu lieben und unser

Leben leicht und angenehm zu machen: das sind die Pflichten der Frau zu allen Zeiten, und das sollten sie in ihrer Kindheit gelehrt werden.«

Rousseaus Konzept findet sich in den zahlreichen Abhandlungen über die Mädchenerziehung wieder, die in der zweiten Hälfte des 18. Jahrhunderts erschienen, wobei die spezifisch deutsche Variante vor allem in der Betonung der häuslichen Pflichten lag.

Gegen Ende des Jahrhunderts hatte sich eine polaristische Geschlechterphilosophie entwickelt, die die ökonomische Trennung von Erwerbs- und Familiensphäre in der bürgerlichen Gesellschaft ideologisch absicherte. In der säuberlichen Trennung von *weiblicher* und *männlicher* Sphäre war das Recht der Frau auf Selbstbestimmung untergegangen und aus der ›Not‹ der sozialen Realität die besondere ›Tugend‹ der Frau gemacht. Fast alle führenden Männer des deutschen Geisteslebens haben in der zweiten Jahrhunderthälfte zu dieser Entwicklung beigetragen. Goethe schrieb in einem Xenion über die wachsende Specialliteratur für Frauen und Kinder:

Immer für Frauen und Kinder! Ich dächte, man schriebe
für Männer.
Und überließe dem Mann Sorge für Frau und für Kind.
(Nr. 357)

Dieser Auffassung Goethes entsprechen viele seiner Frauengestalten. Sie verkünden das Ideal der in ihren Grenzen bleibenden, stillwirkenden Weiblichkeit. Wie die Prinzessin im *Torquato Tasso* (I, I) besitzen sie neben Jugend und Schönheit gerade so viel Geist, um kluge Männer zu verstehen. Schiller dachte ebenso. In seinem »Lied von der Glocke«, den Gedichten »Würde der Frauen« und »Macht des Weibes« fand er für Rolle und Platz der Frau die passenden Worte: Der Mann »*stürzet* sich *wagend* ins Leben« – »und drinnen waltet die *züchtige* Hausfrau«; »Männer richten nach Gründen, des Weibes Urteil ist seine Liebe«. Eine Überschreitung der *weiblichen* Sphäre, die Schiller immerhin in seiner *Jungfrau von Orleans* beschrieb, mußte die Frau mit dem Verzicht auf die Rechte des Herzens bezahlen. Der Philosoph Fichte wußte der ›weiblichen Liebe‹ in seiner *Deduction der Ehe* eine besonders aparte Nuance zu geben:

»Liebe ist also die Gestalt, unter welcher der Geschlechtstrieb im Weibe sich zeigt. Liebe aber ist es, wenn man um des Andern willen, nicht zufolge eines Begriffes, sondern zufolge eines Naturtriebs sich aufopfert.« (*Sämtliche Werke*, 1845, Bd. III, S. 3107)

Solchen Definitionen der Weiblichkeit und ihrer Bestimmung setzte am Ende des Jahrhunderts der Spätaufklärer Hippel seine Vorschläge zur *Bürgerlichen Verbesserung der Weiber* (1792) entgegen. Ausgangspunkt seines Programms war die Überlegung, daß die Französische Revolution auf halbem Wege stehen geblieben sei und die Menschenrechte sich im wesentlichen als Mannesrechte durchgesetzt hätten. Er forderte die Beseitigung der politischen und vor allem erzieherischen Benachteiligung der Frau: »Die Scheidewand höre auf! Man erziehe Bürger für den Staat, ohne Rücksicht auf den Geschlechtsunterschied, und überlasse das, was Weiber als Mütter, als Hausfrauen wissen müssen, dem besonderen Unterricht!«

> *Daß in Europa Männer und Weiber zwei verschiedene Nationen sind, ist hart. Die einen sittlich, die andern nicht; das geht nimmermehr! – ohne Verstellung. Und das war die Chevalerie. Diese wenigen Worte sind sehr wahr, enthalten viel Unglück und viel Schlechtes. Es schreibt einmal einer solch Buch.*
>
> Rahel Varnhagen, *Buch des Andenkens* (1833), S. 312

In Frankreich hatten die Frauen während der Revolution für ihre Rechte gekämpft. Olympe de Gouges veröffentlichte *Die Deklaration der Rechte der Frau und Bürgerin* (1792), und Mary Wollstonecraft verkündigte in England ihre *Verteidigung der Rechte der Frau* (1792). In Deutschland fehlten vorerst solche Initiativen von weiblicher Seite, aber immerhin trat um die Jahrhundertwende eine Generation ungewöhnlicher Frauen auf. Indem die Romantik die bürgerliche Gesellschaft in Frage stellte, unterminierte sie auch das bürgerliche Frauenbild. Caroline Schlegel-Schelling, Dorothea Schlegel-Veit, Rahel Varnhagen und Bettina von Arnim setzten mit ihrem eigenwilligen Denk- und Lebensstil neue Maßstäbe für weibliche Selbständigkeit und Unabhängigkeit, wenn sie sie auch letztlich nicht alle durchhalten konnten, wie zum Beispiel Dorothea Schlegel-Veit. Nicht von ungefähr mangelte es auch Friedrich

Schlegels *Lucinde* (1799), die das neue Ideal beschwor, am konkreten gesellschaftlichen Hintergrund.

Die Romantisierung der Welt, das bedeutete die Verwandlung des ganzen Welt- und Lebensgefühls und die Vermischung sämtlicher Kunstformen und Wissenschaften. Die *Romantikerinnen* haben diesem Konzept entsprechend kein geschlossenes literarisches Werk geschaffen (eine Ausnahme machte später im Vormärz Bettina von Arnim mit ihrem politischen und sozialen Engagement). Ihr Wirkungsraum war der literarische Salon, ihre originelle Produktivität entfaltete sich in ihren Gesprächen, ihren Briefen und geistreichen Aphorismen.

Mit der romantischen Bewegung verbunden sind zwei Dichterinnen, die um die Wende zum 19. Jahrhundert hervortraten. Louise Brachmann und das Stiftfräulein Karoline von Günderrode, die zärtlich geliebte Freundin Bettina von Arnims. Beide nahmen sich selbst das Leben; ein unglückliches Liebeserlebnis war für beide wohl nur der äußere Anlaß. Die österreichische Schriftstellerin Karoline Pichler schrieb in einem Nachruf auf Louise Brachmann: »Aus allen Dichtungen sprach ein Ton stiller Wehmut und jene Geistesstimmung, welche in der wirklichen Welt und dem alltäglichen Leben nicht allein keine Befriedigung, sondern steten Stoff zum Klagen findet.« Louise Brachmann und auch Karoline von Günderrode waren zutiefst romantisch in ihrem Ungenügen am Bestehenden. Beide suchten unter anderem Halt und Orientierung im Mythos. Die Günderrode beschwor in ihren Gedichten und Phantasien neben den Mythen vergangener Kulturen das archaische Griechenland; Louise Brachmann schrieb über ihre Seelenfreundin *Antigone*, die mit ihrer Tat der Liebe (Begräbnis des Bruders) gegen das *männliche Gesetz* (Kreon) verstieß und zugrunde ging. Verbindungen zu den frühromantischen Bemühungen um eine neue, qualitativ andere Kultur werden von hier aus deutlich. Der Rückgriff auf den Mythos, auf das archaische Griechenland hat zur frühromantischen Aktualisierung des Androgynen-Gedankens beigetragen, ein Konzept, das die geschlechtliche Polarisierung zugunsten eines übergeordneten Allgemein-Menschlichen aufhob und eine Kritik der ausschließlich am männlichen Prinzip orientierten Gesellschaft bedeutete.

Ob es wohl erlaubt ist, an die lyrischen Gedichte einer Frau Ansprüche zu machen? Ich wage nicht, hierauf mit Ja zu antworten. Höchstens darf man verlangen, daß die Gedichte, die sie im Inhaltsverzeichnis verspricht, wirklich im Buch stehen.

Friedrich Hebbel, *Kritische Arbeiten* (1839),
in: *Werke*, 1. Abt. X, S. 383

Das 19. Jahrhundert brachte eine ständig wachsende Zahl von Schriftstellerinnen. Viele Frauen versuchten, sich eine Existenz als Schriftstellerin aufzubauen, um ökonomisch unabhängig und damit selbständig zu werden. »Die Frauen sind eine Macht in unserer Literatur geworden; gleich den Juden begegnet man ihnen auf Schritt und Tritt«, so notierte der Junghegelianer Robert Prutz 1859 in seiner *Deutschen Literatur der Gegenwart.* Prutz sah den Eifer, mit dem sich Frauen (wie auch Juden) das Gebiet der Literatur erobert hatten, sozialpsychologisch motiviert: da sie noch nicht zu ihren vollen Menschenrechten gelangt seien, bedeutet literarische Betätigung für sie die Möglichkeit, »für ihre verkannten Rechte zu kämpfen«, zum anderen »Trost und Entschädigung zu finden für die Leiden und Ungerechtigkeiten des Lebens« (II, S. 252).

Prutz nannte hier die beiden Möglichkeiten, sich gegen eine ungenügende Realität zu behaupten: die Tendenzdichtung, welche die gesellschaftliche Benachteiligung und Unterdrückung durchschaubar machte, ein Ziel, das die Frauen in der Aufklärung und erneut im Vormärz verfolgten; eine andere Möglichkeit war der Weg in den Mythos, wie bei der Günderrode, oder der Weg in die Religion und Natur, wie im 17. Jahrhundert etwa bei der Greiffenberg. Diesen Weg ging erneut Annette von Droste-Hülshoff, die zu den Großen in der Literatur des 19. Jahrhunderts zählt. Sie sah dabei *in* die Natur hinein wie niemand zuvor. Ihren »Scheit« stieß sie »drei Spannen in den Sand«, und dann stieg sie hinab:

Vor mir, um mich der graue Mergel nur;
Was drüber, sah ich nicht! doch die Natur
Schien mir verödet, und ein Bild erstand
Von einer Erde, mürbe, ausgebrannt;
Ich selber schien ein Funken mir, der doch
Erzittert in der toten Asche noch,
Ein Findling im zerfallnen Weltenbau.

Die Wolke teilte sich, der Wind ward lau;
Mein Haupt nicht wagt ich aus der Hohl zu strecken,
Um nicht zu schauen der Verödung Schrecken,
Wie Neues quoll und Altes sich zersetzte –
War ich der erste Mensch oder der letzte?

(Die Mergelgrube)

Die »still versponnene Klausnerin [...] schwarzes Seidenkleid, schmales altjüngferliches, von Ringellöckchen eingerahmtes Gesicht« (Pfeiffer-Belli, 1954, S. 520), so erschien sie in zahlreichen Literaturgeschichten des neunzehnten und 20. Jahrhunderts. Annette von Droste-Hülshoff war ein zartes, wohl frühzeitig etwas kränkelndes Kind, aber erfüllt von starkem Selbstbewußtsein, trotzig und zuweilen aggressiv. Sie hatte eine äußerst erregbare Subjektivität und Phantasie, ein zutiefst romantisches Ungenügen an der ihr vorbestimmten Rolle im gesellschaftlichen Kreis ihres Standes. Innerer Widerstand – aber doch kein äußerer Bruch mit den Konventionen? Die Droste fügte sich nicht restlos. Aus der unglücklichen Verwirrung, die eine Doppelfreundschaft in ihrer Jugend hervorrief, erwuchs ihr die Gewißheit, daß sie einen ihren Ansprüchen genügenden Partner in ihren Kreisen nicht finden konnte. Sie war – und darin beruht ihr Widerstand – nicht bereit, sich und ihre Ansprüche zu opfern. In einem zwischen 1820 und 1825 entstandenen Roman-Fragment, das autobiographische Züge trägt, heißt es: »Doch mein ruheloses, törichtes Gemüt hat so viele scharfe Spitzen und dunkle Winkel, das müßte eine wunderlich gestaltete Seele sein, die da so ganz hineinpaßte.« Und später: »Mein Gott, wenn ich des Menschen Frau werden müßte, ich könnte unmöglich lange leben. [...] Nein, sterben würde ich wohl vielleicht nicht, aber verkrüppeln an jeder Kraft des Geistes, alle Gedanken verlieren, die mir lieb sind; halbwahnsinnig, eigentlich stumpfsinnig würde ich werden.« (*Ledwina*, in: *Werke*, [6]1970, S. 838 f. und S. 877)

Der Verzicht auf die Konvenienzehe, ein ›normales‹ Frauenleben mithin, bedeutete die Existenz als jederzeit verfügbare Familientante, wie ihr Gedicht »Auch ein Beruf« schildert, aber es bedeutete auch die Behauptung ihrer individuellen Persönlichkeit. Sie gewann zumindest einen kleinen Freiraum, ihren Neigungen nachzugehen, soweit das ihr Stand zuließ. Sie zog sich nicht entsagungsvoll aus der Welt zurück, wie dies so oft in Frauenbiographien nachzulesen ist. Annette von Droste-Hülshoff liebte die Einsamkeit, aber nur ›zu Zeiten‹, wie es ihre berühmte Kollegin aus dem 17. Jahrhundert, Catharina von Greiffenberg, in einem Gedicht beschreibt. Sie reiste, hatte auch zahlreiche Freundschaften mit Frauen, die nicht zum gesellschaftlichen Kreis ihres Standes gehörten und die ihr sehr viel bedeuteten, so zum Beispiel mit der lebenslustigen und kunstverständigen Sibylle Mertens-Schaaffhauser, der Tochter eines Kölner Bankiers, oder mit der damals bekannten Schriftstellerin Adele Schopenhauer, Tochter der berühmten Johanna Schopenhauer und Schwester des Philosophen, eine ungemein geistvolle Frau.

Die Jahre um 1840 waren geprägt durch ihre Freundschaft und Liebe zu dem siebzehn Jahre jüngeren Levin Schücking, ein Scandalon, das sorgfältig vertuscht wurde. Schücking, der ihr literarisches Talent erkannte, sie zum Arbeiten drängte, konnte sie literarisch beraten. Für die Droste war das sehr wichtig, denn bisher hatte sie sich um Fragen des literarischen Marktes nicht gekümmert, nie für ein öffentliches Publikum geschrieben; in ihren Kreisen schrieb man nicht für Geld. Sie hatte noch das gleiche Bewußtsein, das aus Vorworten und Einleitungen von Dichterinnen aus dem 17. und frühen 18. Jahrhundert spricht: daß man nie an eine Veröffentlichung gedacht, nur auf guter Freunde Zuraten, den Druck erwogen habe etc. Diese ihre Unbekümmertheit hatte auch viel zum Mißerfolg ihrer ersten Gedichtausgabe von 1838 beigetragen, die in der literarischen Öffentlichkeit unbeachtet blieb. Ein großer Erfolg war dagegen die Ausgabe von 1844; die Gedichte, zum großen Teil während ihres gemeinsamen Aufenthalts mit Schücking auf der Meersburg entstanden, waren sorgfältig ausgewählt und zusammengestellt und die Sammlung durch Vorabdrucke im *Stuttgarter Morgenblatt* vorbereitet. Das literarische Verhältnis Schücking-Droste war aber nicht einseitig. Die Droste war maßgeblich an den literarischen Anfängen Schückings beteiligt, wie er selbst in seinen Lebenserinnerungen vermerkte.

Annette von Droste-Hülshoff trug Umbruch und Zerrissenheit ihrer Zeit in sich selbst aus. Sie hatte Furcht vor sich selbst, aber auch den Mut, sich dem Unterbewußten – Doppelgänger und Dämon – zu stellen. Bis ins 20. Jahrhundert hinein erscheint das Unterbewußte, Verdrängte als Dämon in vielen Gedichten von Frauen, so in delle Grazies »Teufelsträumen« oder in Thekla Lingens Gedicht »Ohnmacht«: »Du Ungeheuer, / Zehrend Feuer du! / Was streckst du lechszend deine Zunge aus?« (*Am Scheideweg*, S. 43)

Der Dämon vereinigte alles, was eine Frau, solange sie eine Dame war, sich nicht einzugestehen wagte: erotisches Verlangen, Sinnlichkeit und Leidenschaft.

In den Gedichten und Balladen der Droste begegnen noch romantische Züge, dennoch ist ihr Werk unverwechselbar und einzigartig: ihre ins Detail gehende Naturbeobachtung, ihre von magischer Intensität beherrschte Sprache, die starke, eigenwillige Rhythmik ihrer Lyrik. Parallelen gibt es zu einer zwanzig Jahre jüngeren englischen Dichterin, mit der sie das Todesjahr gemeinsam hat: Emily Brontë. Die Droste war ihren Zeitgenossen so weit voraus, daß man sie noch bis zum Ende des 19. Jahrhunderts als Heimatdichterin betrachtete. Fontane nannte ihre Gedichte »ohne vollendeten Ausdruck, ja oft geradezu formlos, schwerfällig, bummelig« (zit. n. Heselhaus, *A. v. Droste-Hülshoff*, 1971, S. 335).

Gegenüber den gewaltigen politischen und sozialen Umwälzungen der 30er und 40er Jahre nahm die Droste eine Abwehrhaltung ein. Kritik gegenüber ihrem Stand, der Gesellschaft übte sie nur privat, nicht öffentlich. Das war ein nachhaltiger Einfluß ihrer Erziehung: Politik war für adlige Mädchen ein Tabu-Thema. In ihrem Gedicht »An die Schriftstellerinnen in Deutschland und Frankreich« warnte sie vor Tendenzdichtung: »Einsam steigt der Aar aus Alpengründen«; eine Absage an die ›George Sands‹, aber auch an die Biedermeierinnen.

Dem Reich der Freiheit werb' ich Bürgerinnen.

Louise Otto, *Frauenzeitung* 1849, Nr. 1

Ausgelöst durch die Pariser Julirevolution von 1830 wehte in den 30er und 40er Jahren durch Deutschland eine frische liberalistische Brise. Nach den Befreiungskriegen 1813–14 war die Reaktion angetreten; nun forderte man erneut politische, religiöse und moralische Freiheit. Damit kam auch die Frage der Frauenemanzipation wieder auf den Tisch. In Anknüpfung an die frühromantische Initiative und den Saint Simonismus verkündete das *Junge Deutschland* sein neues Frauenideal. Die Heldinnen waren George Sand in Frankreich, Rahel Varnhagen und Bettina von Arnim in Deutschland. Doch, so stark und frei man sich die Frau auch wünschte, das Frauenbild der *Jungdeutschen* war zwiespältig. Beim Plädoyer für die ›Emanzipation des Fleisches‹ überging man geflissentlich die ungleiche soziale und rechtliche Lage der Frau. Zu den Heldinnen gehörte übrigens auch Charlotte Stieglitz. Sie hatte Selbstmord begangen, um durch die seelische Erschütterung das Genie ihres Mannes freizulegen. Theodor Mundt setzte ihr »Ein Denkmal« (1835).

Unter den literarisch hervortretenden Frauen in dieser Zeit gab es einige, die zwar gegenüber den emanzipatorischen Bestrebungen distanziert blieben, aber dennoch das traditionelle Rollenbild der Frau aufbrachen, und zwar durch politisches und soziales Engagement, was immer noch als Männersache galt. Dazu gehören die beiden Dichterinnen Louise von Plönnies und Kathinka Zitz-Halein. Louise von Plönnies veröffentlichte 1844 ihren ersten Lyrikband. Es war die erste Gedichtsammlung, in der sich eine Frau fast allen aktuellen Problemen ihrer Zeit stellte, den politischen und sozialen Ereignissen, der Frage des technischen Fortschritts, zu dem sie sich in ihrem Eisenbahngedicht positiv äußerte (1835 erste Eisenbahnfahrt), wie auch später Louise Otto in ihrem Gedicht »Einst und Jetzt«.

Louise von Plönnies fand bei ihren Zeitgenossen außerordentliche Beachtung, war aber bereits am Ende des 19. Jahrhunderts vergessen. Sie hatte als Übersetzerin begonnen. Ihre ebenfalls 1844 veröffentlichte Sammlung französischer, englischer, amerikanischer, niederländischer und flämischer Lyrik berücksichtigt auch zahlreiche Dichterinnen. Der englischen Dichterin Laetitia E. Landon, die Selbstmord beging, widmete sie später einen Sonettenkranz, in dem sie neben Sappho auch die deutschen Dichterinnen Brachmann, Günderrode und Droste erwähnt.

Als Kritikerin politischer, sozialer und kirchlicher Zustände trat in den 40er und 50er Jahren Kathinka Zitz-Halein hervor. In einem Frauen gewidmeten Gedichtzyklus erinnerte sie unter anderem an französische und polnische Freiheitskämpferinnen.

Das Bedeutsame der Vormärz-Epoche: Frauen entwickelten nicht nur ein politisches und soziales Bewußtsein, sie handelten auch, beteiligten sich aktiv am Freiheitskampf wie Emma Herwegh, Mathilda Franziska Anneke oder Marie Kurz. Sie begannen, die Sache der Frau selbst in die Hand zu nehmen, mit zäher Energie, bis es im zweiten Drittel des Jahrhunderts zum Durchbruch der Frauenbewegung kam. Entscheidenden Anteil hatte daran zum Beispiel Louise Otto. Sie trat zuerst mit mutigen Aufklärungsschriften über das soziale Elend der Arbeiterinnen hervor, die sie noch mit Männernamen unterschreiben mußte. Sie schrieb politische und emanzipatorische Gedichte und gab eine Frauenzeitschrift heraus. Eine politische Wochenschrift redigierte Louise Aston; sie erschien während der Revolutionsunruhen in Berlin vom 1. November bis Dezember 1848. Sie veröffentlichte darin ihre politischen Gedichte und Beiträge mit vollem Namen. In ihren emanzipatorischen Gedichten, 1846 unter dem Titel *Wilde Rosen* veröffentlicht, schilderte sie ihr Leben und ihre Befreiung aus einer erzwungenen Ehe.

Der Schwerpunkt der literarischen Produktion lag nicht auf dem Gebiet der Lyrik, sondern auf dem des Romans. Es erschienen zahlreiche wichtige Emanzipationsromane, die die gesellschaftliche Rollenteilung in Frage stellten. In ihrem Zentrum stand immer wieder das Problem der Konvenienzehe, das die Rechtlosigkeit der bürgerlichen Frau in der Gesellschaft entlarvte. Frauen waren nach dem geltenden Recht nicht nur politisch unmündig, sondern auch hinsichtlich ihres Eigentums und des Eigentums ihrer Person. Sie gingen von der Vormundschaft des Vaters in die Vormundschaft des Mannes über oder eines sonstigen männlichen Verwandten. Sie konnten keine Rechtsgeschäfte tätigen, kein Eigentum erwerben und über kein Eigentum verfügen. Sie waren damit formal handlungsunfähig wie Kinder oder Leibeigene; eine Existenz außerhalb »des Hauses« stellte sie vor schier unüberwindliche Schwierigkeiten. Nach der politischen Zäsur von 1849 wurden die progressiven Ansätze, wie sie sich in den Emanzipationsromanen des Vormärz zeigten, wieder zugunsten des konventionellen Frauenromans zurückgenommen, der die *weibliche Sphäre* erneut verklärte. Wie Prutz 1859 feststellte, war die Zahl der literarischen Frauen in der ersten Jahrhunderthälfte enorm gestiegen, aber »die Macht in der Literatur« hatten sie sicher nicht. Die erneut einsetzende Reaktion machte wichtige Ansätze rückgängig: indem Frauen zum Beispiel verboten wurde, als Redakteure zu arbeiten, hatten in allen literarischen Zeitschriften und Journalen allein Männer das Sagen. In Literaturwissenschaft und Literaturkritik entwickelte sich eine auf dem geschlechtsspezifischen Rollenbild basierende Kritik. Ein breitgefächertes Spektrum typisch weiblicher und typisch männlicher Eigenschaften wurde aufgefahren, das sich bis in Literaturgeschichten des 20. Jahrhunderts hinüberrettete. So schrieb Ernst Alker über Annette von Droste-Hülshoff: »Seltsame Laune der Natur vermischte in ihr Weibliches mit Männlichem [...] kreuzte ihr heißes frauliches Empfinden und ihre aufgeschlossene Mütterlichkeit mit männlichem Tatwillen und soldatischer Fernsucht« (*Deutsche Literatur im 19. Jahrhundert*, ²1961, S. 385).

Die auf der Grundlage einer hypostasierten weiblichen *Natur* und *Bestimmung* gebildeten Kriterien dienten der Sicherung bestehender Herrschaftsstrukturen. Schriftstellerinnen wurden wie die Schafe in *Rechte* und *Schlechte* aufgeteilt: in solche, die in den von Natur und Sitte gezogenen Grenzen blieben, und in die sogenannten emanzipierten, von der Natur abgefallenen Weiber. Dabei blieb diese Einteilung, was den literarischen Wert betraf, häufig unerheblich, da man Frauen ohnehin in die Schublade ›für bescheidene Ansprüche‹ steckte.

> *Alle Probleme der heutigen Frau als Künstlerin und Arbeiterin sind gesellschaftliche Probleme, darum fordern sie allein gesellschaftliche Lösungen – alles andre von ›Natur‹ und ›Bestimmung‹ usw. ist Wortgeschwätz. Was wissen wir davon? Was wissen wir von unserer Bestimmung oder den Absichten der Natur? ... Wir wissen nur von gesellschaftlichen Bestimmungen und Irrungen; von gesellschaftlichem Werden und Sein; ihm wurde das, was man von Natur begriff, neben- und untergeordnet.*
>
> Lu Märten, *Die Künstlerin* (1919), S. 106

Der sich im 19. Jahrhundert rasch entfaltende Industriekapitalismus hatte inzwischen in Deutschland die Zahl der erwerbstätigen Frauen sprunghaft ansteigen lassen. Mit ihrem Eintreten in die Berufssphäre mußte aber die Ideologie, die Frauen auf ihre Rolle als Hüterinnen des Heimes festlegte, ins Wanken geraten. Frauen, die auf dem Arbeitsmarkt die rechtlosesten und am schlechtesten bezahlten Kräfte waren, begannen für ihre Rechte zu kämpfen. Auf diese Weise aktualisierte die soziale Frage die Frauenfrage und wurde zur Frauenbewegung. Einen wichtigen Beitrag dazu leistete, wie bereits erwähnt, Louise Otto. Sie gehörte zu den Gründerinnen des ersten deutschen Frauenvereins 1865. Forderungen des bürgerlichen Flügels waren vor allem Recht auf Schul- und Berufsausbildung, um die ökonomische Unabhängigkeit der Frau zu sichern. Auf dem sich abzweigenden proletarischen Flügel wurde neben Verbesserung der weiblichen Arbeitsbedingungen die völlige Gleichberechtigung vor dem Gesetz gefordert; diese gehörte seit

1890 zum sozialdemokratischen Programm, was die proletarische Arbeiterinnenbewegung mit der sozialdemokratischen Partei verband. Es erschienen die wichtigen theoretischen Arbeiten von Bebel *(Die Frau und der Sozialismus)*, von Engels *(Der Ursprung der Familie, des Privateigentums und des Staates)* und Clara Zetkin *(Die Arbeiterinnen- und Frauenfrage der Gegenwart)*.

Am Ende des 19. Jahrhunderts waren endlich alle Schichten von Frauen, die oberen, mittleren und unteren, in den Emanzipationsprozeß einbezogen. In diesem Zusammenhang ist von Bedeutung, daß neben bürgerlichen Frauen nun auch Frauen aus der Arbeiterschicht zu schreiben begannen, wenn auch ganz vereinzelt und weniger mit literarischen Ambitionen als mit agitatorisch-diktatorischen Absichten. Es waren vor allem Lebensbeschreibungen und -erinnerungen. Eine Ausnahme auf dem Gebiet der Lyrik war Emma Döltz. In ihren schlichten Versen gab sie immer wieder der Hoffnung auf ein besseres Dasein Ausdruck.

Um die Jahrhundertwende trat eine Dichterin auf, die sowohl ins neunzehnte als auch ins 20. Jahrhundert gehört, Isolde Kurz (1853–1944). Sie hat ein schmales, aber bedeutendes lyrisches Werk hinterlassen, das nach ihrem Tod in Vergessenheit geriet. Manches in ihrem Leben und Werk erinnert an Annette von Droste-Hülshoff, wie zum Beispiel die Vorliebe für Darstellungen des Unterbewußten, der Wachträume und Halluzinationen, die sie vor allem in die südliche Landschaft, ihren Lebensraum projizierte: »Die Geister der Windstille« oder »Mittagsspuk« heißen zwei Gedichte. Was Herkunft und Elternhaus betraf, so gab es zwischen beiden Dichterinnen allerdings große Gegensätze. Die Eltern von Isolde Kurz hatten sich während der 1848-Revolution für die demokratische Seite eingesetzt, und sie wuchs in fast unbegrenzter Freiheit auf. Isolde Kurz war ein wildes, selbstbewußtes Mädchen, litt aber sehr unter der spießbürgerlichen Umwelt in Tübingen, der Stadt ihrer Kindheit. Ihre so ganz ungewöhnliche Erziehung durch die Mutter, ihr freies Benehmen, ihre seltsame Kleidung (die Mutter verachtete jegliche Mode) verwickelte sie in einen ständigen Kleinkrieg mit den Bürgern der Stadt, den anderen Kindern, die mit Steinen nach ihr warfen. Sie haßte die Konventionen und fühlte sich besonders als Mädchen benachteiligt: »Zu verschlafen Erdenleid / ist zu kurz die Ewigkeit«, läßt sie im Gedicht »Am jüngsten Tag« die Tochter zur Mutter sagen, während Vater und Bruder schon längst aufgestanden sind.

Als Spielkameraden hatte sie ihre drei Brüder; dennoch fühlte sie sich isoliert. Als Ersatz schuf sie sich ein *Traumland* und einen *Traumgenoß*, mit dem sie reden konnte. »Immer zu zweien«, heißt ein Gedicht, in dem sie ihre Jugendjahre in Tübingen und die Jahre in Italien schildert. Immer wieder spricht sie in ihren Gedichten von diesem Zwillingsbruder, der ihr ebenbürtig, aber getrennt von ihr ist oder sie zu spät findet. Sie fühlte sich als Zu-früh-Gekommene. Sie stellte neue Ansprüche: »Nein, nicht vor mir im Staube knien!« heißt es in einem Gedicht, in dem sie die hinter solcher Ritterlichkeit lauernde Verachtung und Grausamkeit gegenüber der Frau entlarvt. Bei ihr findet sich bereits die Einsicht, daß gesellschaftliche Rollenfixierungen beider Geschlechter überdacht werden müssen. Isolde Kurz war von ihrer Mutter erzogen worden, da in ihrer Jugendzeit Mädchen der Besuch der höheren Schule noch nicht erlaubt war. Im zweiten Drittel des 19. Jahrhunderts hatte sich das geändert. Es gab höhere Mädchenschulen, und um die Wende zum 20. Jahrhundert erfolgte die Zulassung der Frauen zum Hochschulstudium. Bereits in den 90er Jahren des 19. Jahrhunderts hatten in Zürich die ersten deutschen Frauen promoviert, darunter Ricarda Huch, die später als freie Schriftstellerin arbeitete. Frauen begannen auch allmählich Berufe zu ergreifen, die bisher nur Männern vorbehalten waren (unterstützt auch durch die Kriegsereignisse). Sie engagierten sich zunehmend im öffentlichen und politischen Leben; 1919 setzten sie ihr aktives und passives Wahlrecht durch.

Im Verlauf dieser Entwicklung hatten Frauen stärker als je zuvor ihre Rolle in der Gesellschaft reflektiert; sie entdeckten ihre eigene Geschichte, auch in der Literatur. Neben wichtigen Sammelwerken der Literaturhistoriker, wie Adalbert von Hanstein oder Heinrich Groß, erschien 1898 von Sophie Pataky das Lexikon *Frauen der Feder*, das die schriftstellerischen Bemühungen der Frau seit 1840 katalogisierte. Frieda von Bülow erinnerte in der Zeitschrift *Die Zukunft* an die fundamentale Benachteiligung der schreibenden Frau in der Literaturkritik:

»Goethe sagt einmal: ›Der Alte verliert eins der größten Menschenrechte: er wird nicht mehr von Seinesgleichen beurtheilt.‹ Dieses große Menschenrecht hat die dichtende Frau, so weit es sich um eine öffentliche Kritik handelt, noch nie besessen.« (Jg. 7, 1898/99, Bd. 26, S. 26)

Auch hier traten nun Veränderungen ein. Bereits 1889 hatte zum Beispiel Henriette Bissing eine Untersuchung über Amalie von Imhoff-Helvig, eine Dichterin des 18. Jahrhunderts, vorgelegt. Gabriele Reuter, die 1895 mit ihrem Roman *Aus guter Familie*, einer Darstellung der bürgerlichen Rechtlosigkeit der Frau, reüssierte, schrieb beachtenswerte Monographien über Marie von Ebner-Eschenbach (1904) und Annette von Droste-Hülshoff (1905).

1914 entstand eine kleine Schrift über die Probleme der *Künstlerin*, die wegen des Ersten Weltkriegs erst 1919 erscheinen konnte. Sie enthält eine Fülle scharfer Beobachtungen über die Benachteiligung der Künstlerin, und zwar in der Ausbildung (kein offener Zugang zu allen Schulen und Akademien), in den geschlechtsspezifischen Rollenerwartungen (Familie und Mutterschaft, Doppelbelastung) und in der Disqualifizierung von Künstlerinnen als zweitklassig (von Natur minderwertig). Alle Probleme werden rigoros in den gesellschaftlichen Kontext gerückt und ihre gesellschaftliche Lösung gefordert: »alles andre von ›Natur‹ und ›Bestimmung‹ usw. ist Wortgeschwätz« (S. 106). Die Verfasserin der Schrift war Lu Märten, die aus der Frauenbewegung kam und sich dann der sozialistischen Bewegung anschloß. Ihre kleine provokative Schrift blieb völlig unbeachtet und ist heute wiederzuentdecken als deutscher Beitrag neben dem berühmten Essay von Virginia Woolf *A Room Of One's Own* (1928).

Um die gleiche Zeit feierte der sich parallel zur Emanzipationsbewegung durch die Jahrhunderte ziehende Antifeminismus seine zweifelhaften Triumphe, in brutaler Offenheit bei Möbius, der Frauen des physiologischen Schwachsinns bezichtigte (1901) und sich damit das eigene Urteil sprach, versteckter bei Weininger, der in seiner Untersuchung *Geschlecht und Charakter* (1903) von einer Mischung des männlichen und weiblichen Prinzips im Menschen ausging, aber für *weiblich* letzten Endes nur Eigenschaften wie *alogisch* und *amoralisch* übrigließ. Als traumatische Angstreaktion auf die gleiche Rechte fordernde Frau und als soziales Alarmsignal häuften sich in den Werken der Literatur Frauen in den traditionellen Rollen der Verführerinnen und Verderberinnen: Lulu war erstanden, die Frau als *bewußtloses* Geschlechtswesen.

Reiß dir die Maske vom Gesicht!

Thekla Lingen, *Am Scheideweg* (1898)

Bei den Dichterinnen, die um die Jahrhundertwende in großer Zahl auftraten, vermischen sich Einflüsse der Frauenbewegung, des Naturalismus und Gegennaturalismus. Veränderungen der Gesellschaft und Veränderungen weiblichen Selbstverständnisses sind in ihren Gedichten ablesbar. Die Auseinandersetzung mit den traditionellen Rollenfixierungen von Mann und Frau, mit bürgerlichen Bindungen und moralischen Gesetzen wird in einer bisher nicht gekannten Offenheit thematisiert; auf der Suche nach neuen Perspektiven und Orientierungen gelangen sie – zunächst ansatzweise – zu neuen Ausdrucksformen. Themen aus den spezifisch weiblichen Erfahrungsbereichen wie Geburt und Mutterschaft treten häufig auf ebenso wie das Gefühl weiblicher Solidarität *(Schwester, komm mit)* und das Thema der Frauenliebe, das bereits Marie von Najmajer behandelt hatte. Erst vor dem Hintergrund der gesamten lyrischen Produktion dieser Zeit wird eine Erscheinung wie Else Lasker-Schüler nicht nur verständlich, sondern auch in ihrer Größe deutlich:

»Masterpieces are not single and solitary births; they are the outcome of many years of thinking in common, of thinking by the body of the people, so that the experience of the mass is behind the single voice.«

Das schrieb Virginia Woolf in ihrem Essay *A Room of One's Own*, in dem sie die Lage der weiblichen Autoren untersuchte. Sie machte deutlich, daß die verbesserten sozialen und Bildungsmöglichkeiten der Frauen nicht nur die Zahl der schreibenden Frauen, sondern auch die der genuinen Dichterinnen erhöhte.

Else Lasker-Schüler brachte das sinnliche Verlangen der Frau in einer ihr eigentümlichen Vorstellungswelt und Sprache zur Geltung und zugleich mit eigenem Lebensanspruch. Daneben gab es allerdings auch Gedichtsammlungen, in denen Frauen ein Bild weiblicher Erotik entwarfen, das männlichen Projektionen entsprach. Hier wurden geschlechtsspezifische Wünsche und Erwartungen männlicher Leserkreise ausgenutzt und mit kühlem Blick auf die Marktlage produziert. Es erschienen zahlreiche Frauenlyrik-Anthologien, darunter 1907 zum ersten Mal eine Sammlung, die von einer Frau ausgewählt worden war (Julia Virginia). Auffällig ist, daß

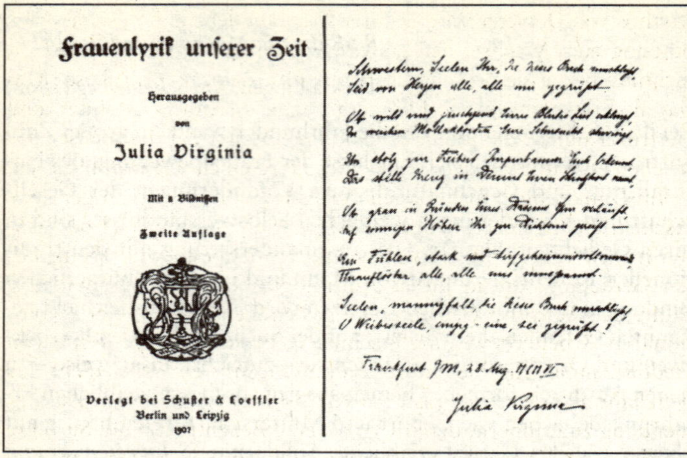

Frauenlyrik unserer Zeit

Herausgegeben

von

Julia Virginia

Mit 8 Bildnissen

Zweite Auflage

Verlegt bei Schuster & Loeffler
Berlin und Leipzig
1907

Schwestern, Seelen Ihr, die dieses Buch umschließt,
Seid von Herzen alle, alle mir gegrüßt —

Ob wild und jauchzend Eures Blutes Lied erklingt,
In weichen Mollakkorden Eure Sehnsucht [illegible],

Ihr stolz zum [illegible] [illegible] [illegible] [illegible],
Das stille Weh im [illegible] Eures Herzens [illegible],

Ob grau in Gründen Eure Träume Ihr verläuft,
Auf sonnigen Höhen Ihr zur Dichterin gereift —

Ein Fühlen, stark und tiefgeheimnisvoll [illegible]
[illegible] alle, alle uns umspannt.

Seelen, mannigfalt, die dieses Buch umschließt,
O Weibesseele, einzig-eine, sei gegrüßt!

Frankfurt a/M, 28. Aug. MCMVI

Julia Virginia

viele Dichterinnen von zeitgenössischen Kritikern als ›nervös‹ bezeichnet wurden, vor allem wenn sie sinnlich-erotische Gefühle zum Ausdruck brachten oder auch eine so bislang noch nicht thematisierte Empfindsamkeit und Verletzbarkeit in den zwischengeschlechtlichen Beziehungen, wie etwa in den Gedichten Maria Janitscheks.

Nach diesen wichtigen Ansätzen zu Beginn des Jahrhunderts lassen sich bis in die 30er Jahre Versuche von Dichterinnen erkennen, spezifisch weibliche Erfahrungen in die Lyrik einzubringen, so zum Beispiel in Gertrud Kolmars visionären und sprachmagischen Gedichten von eigenwilliger Schönheit und in Elisabeth Langgässers überbordenden, der Natur mystisch zugewandten Lyrik. Langgässer gab 1933 eine Anthologie von Frauenlyrik heraus. In der Einleitung erinnerte sie unter anderem an Annette von Droste-Hülshoff und bezeichnete es als Sendung der Dichterin im 19. Jahrhundert, »Seelenhüterin eines Zeitalters zu sein, das den Blick für die Totalität verloren hatte, weil es glaubte, Vernunft mit Intuition bezahlen zu müssen, und sich furchtsam zu verengen, zu spezialisieren strebte, Einsicht und Intellekt verwechselte und die dürre Weide der Fachwissenschaft immer mehr abgrenzte gegen das *profanum vulgus*, den Urgrund des Lebens« (S. 12). Langgässer griff wie die Romantiker – sie knüpfte auch an Gedanken Bachofens und Simmels an – auf die dionysische matriarchalische Antike zurück; der

Mythos von Demeter wird in ihrer Dichtung lebendig in seiner Verbindung zum Wechsel der Jahreszeiten. Später in der Nachkriegsdichtung bezog sie den christlichen Kosmos ein, mit der Rose (Maria) als Erlösungssymbol. Elisabeth Langgässer, die Halbjüdin, und Gertrud Kolmar, die Jüdin: beide konnten unter der nationalsozialistischen Diktatur seit den späten 30er Jahren nicht mehr publizieren.

Im Dunkel blieb bisher auch der Anteil von Frauen an der antifaschistischen Literatur. Berta Lask schrieb zum Beispiel nach ihren frühen von Expressionismus und Frauenbewegung beeinflußten Gedichten, die in dieser Anthologie berücksichtigt wurden, zahlreiche Agitprop-Gedichte, die in den Zeitschriften der revolutionären Arbeiterbewegung erschienen, ebenso wie die Texte von Hedda Zinner, die hier in der Sammlung mit einem Gedicht aus dem Jahr 1935 vertreten ist. An Klara Blum ist in diesem Zusammenhang zu erinnern, deren Lyrik wenig Beachtung fand. Sie lebte während des Krieges in Moskau und seit 1948 in China. Ihre Gedichte verbinden feministisches Bewußtsein mit Engagement für die Unterdrückten und Unfreien und beziehen die chinesische Motiv- und Bilderwelt ein.

> *Denn von oder über die Frau zu sprechen kann immer wieder hinauslaufen auf oder verstanden werden als eine Wiederaufnahme des Weiblichen ins Innere einer Logik, die es in der Verdrängung, unter der Zensur, genauer in Verkennung festhält. Mit anderen Worten, es gilt nicht eine Neue Theorie auszuarbeiten, deren Subjekt oder Objekt die Frau wäre, sondern der theoretischen Maschinerie selbst Einhalt zu gebieten, ihren Anspruch auf Produktion einer viel zu eindeutigen Wahrheit und eines viel zu eindeutigen Sinnes zu suspendieren.*
>
> Luce Irigaray, *Der ›verrückte‹ Diskurs der Frauen* (1976)

Deutschsprachige Literatur und Lyrikerinnen seit 1945

Die deutschsprachige Literatur der Nachkriegsjahre war in vielfacher Weise vom Ende des Faschismus und des Krieges, sowie den wachsenden Spannungen eines neuen, das heißt Kalten Krieges geprägt. Nach dem *Nullpunkt* zeigten sich seit den 50er Jahren einerseits Anknüpfungen an die literarischen Entwicklungen vor Beginn der Hitlerdiktatur; Autoren, die ins Exil vertrieben worden waren, und solche, die sich in die innere Emigration begeben hatten, traten allmählich wieder mit ihren Werken hervor oder wurden wiederentdeckt. Ebenso entstand eine eher konventionellen Formen folgende, häufig der Natur zugewandte Lyrik. Andrerseits suchte eine junge Schriftstellergeneration Anschluß an die internationale poetische Moderne und veröffentliche Werke mit experimenteller und existentialistischer Motivierung. Wie unterschiedlich auch im einzelnen Situationen und Orientierungen waren, alle Versuche in der Lyrik nach 1945 waren mit Theodor W. Adornos berühmten Diktum konfrontiert: »nach Auschwitz ein Gedicht zu schreiben, ist barbarisch« (*Kulturkritik und Gesellschaft*, 1951). Adornos provokative Aussage war keineswegs auf die Auslöschung des Genres Lyrik gerichtet, wenn sie auch kritisch die eher unbedarfte zeitgenössische Dichtung meinte. Vornehmlich ging es um die Problematik der »Darstellung« von »Auschwitz«, das heißt der Shoa in der Dichtung. Dies wurde zu einem Leitmotiv in der literarischen Diskussion um Lyrik bis weit in die 60er Jahre. Die Lyrik zahlreicher bedeutsamer Lyrikerinnen der Nachkriegszeit steht, oft mit dichter metaphernreicher Sprache, komplizierter Bildlichkeit und Chiffre, im Zeichen einer poetischen Erinnerungsarbeit. Das dichterische Werk der Nelly Sachs, die in den Nachkriegsjahren im schwedischen Exil lebte, wurde erst sehr langsam in den 50er Jahren, dann verstärkt in den 60er Jahren rezipiert. Die Lyrikerin Hilde Domin kehrte 1954, Rose Ausländer 1964 aus dem Exil nach Deutschland zurück. Mascha Kaléko besuchte Deutschland einige Male. Zu den Autorinnen der »inneren Emigration« oder zu denen, die nach dem Kriegsende mit vielbeachteter Lyrik im Anschluß an die Moderne hervortraten, gehören Elisabeth Langgässer, Christine Lavant, Marie-Luise Kaschnitz, Dagmar Nick, die früh verstorbene Hertha Kräftner, Ingeborg Bachmann und später Ilse Aichinger.

Die 1960er Jahre brachten einen radikalen Paradigmenwechsel mit einer neuen Orientierung auf die Darstellung unmittelbarer Realität und Politisierung in der Literatur. Gesellschaftliche und politische Veränderungen trugen dazu bei, etwa die neu zementierte Existenz zweier deutscher Staaten mit dem Bau der Mauer im Jahr 1963, die spannungsreiche internationale Lage (Vietnam Krieg) und eine Aufbruchsbewegung der jungen Generation, die 1968 als Studentenbewegung ihren Höhepunkt erreichte und gegen restaurative Tendenzen der Nachkriegszeit, mangelnde Aufarbeitung der Nazi-Vergangenheit und westliche Konsumgesellschaft rebellierte. Daraus entwickelten sich in den 70er Jahren die Ökologiebewegung, die Friedensbewegung und die neue Frauenbewegung. Es entstand eine komplexe Situation. Einerseits wurde politische Kunst im Sinne der »engagierten Literatur« gefordert, eine Literatur, die politische und soziale Mißstände kommentierte und sich eindeutig für die Veränderung dieser Verhältnisse aussprach. Andrerseits entwickelte sich als Widerstand gegen eine Unterordnung von Literatur unter Politik eine literarische Praxis, die erneut unmittelbare Realität und Hinwendung zum alltäglichen Leben einforderte. Aus diesem Ansatz (und auch als Folge einer zunehmenden politischen Resignation in den frühen 70er Jahren) entwickelte sich eine literarische Richtung, die unter dem Schlagwort »Neue Subjektivität« Bedeutung gewann. Seit den 80er Jahren zeigte sich dann einerseits als Tendenz die Wiederanknüpfung an traditionelle literarische Formen, andrerseits setzte sich mehr und mehr ein neues Verständnis des Politischen in Kunst und Literatur durch, das an die Avantgarde-Bewegungen des frühen 20. Jahrhunderts anknüpfte, vor allem an Dadaismus und Surrealismus. Was in den Avantgarde-Bewegungen als künstlerisch experimentelle Kunst und Literatur entwickelt worden war, hatte zugleich immer Relevanz als politische Praxis, ob in Berufung auf Phantasie, auf Sprachkritik oder Aufhebung der Grenzen zwischen Kunst und Leben.

Die Literatur weiblicher Autoren seit den 60er Jahren ist in ihrer Vielstimmigkeit und Themenbreite von all diesen Entwicklungen in unterschiedlicher Weise geprägt. Für schreibende Frauen entstand mit der Frauenbewegung eine völlig neue Situation, und zwar ungeachtet der Tatsache, daß im Einzelfall die Frauenbewegung unterstützt oder abgelehnt, feministische Ansprüche begrüßt oder zurückgewiesen wurden. Mit einer nun in der Öffentlichkeit und den Medien lebhaft geführten Diskussion um die Stellung der Frau in Gesellschaft und Politik, ihrer Rolle in Literatur, Kunst und Wissenschaft wurde ein »öffentlicher Raum« geschaffen, der für Autorinnen früherer Jahrzehnte nicht bestanden hatte. Die Gründung von Frauenzeitschriften *(Courage, Schwarze Botin, Emma)* und Frauenverlagen (Frauenoffensive, Orlando) und ein langsam sich entwikkelndes, »im Trend« liegendes Interesse traditioneller Verlage an der literarischen Produktion von Frauen ermutigte in den folgenden Jahren viele Frauen, zu schreiben und in neuer Weise literarisch und emanzipatorisch zu experimentieren, wie zum Beispiel Verena Stefan in ihrem Debüt *Häutungen* oder Christa Reinig in *Entmannung*. Provokation und Angriff auf Tabus standen oft im Vordergrund einer emanzipatorisch aufklärerischen und rebellierenden Literatur, wie zum Beispiel in den Gedichten von Helga M. Novak und Renate Rasp. Seitdem ist in über drei Jahrzehnten eine immer komplexere, unterschiedliche Formen und Einflüsse aufgreifende Lyrik von Frauen entstanden, die viele Facetten und Ausdruckformen zeigt. Eine interessante neue Komponente ist, daß Autorinnen heute ganz ungezwungen sowohl an eine lang anerkannte (männliche) Tradition wie auch zugleich an weibliche Autoren früherer Generationen anknüpfen.

Zwei Lyrikerinnen, die in den 70er Jahren mit je zwei bemerkenswerten, in kurzer Abfolge erscheinenden Lyrikbänden hervortraten (denen weitere Gedichtsammlungen bis heute folgten), sind Karin Kiwus und Ursula Krechel. Beide schreiben mit »neuer Subjektivität« über Alltägliches, unmittelbar erfahrene Lebenswirklichkeit, nutzen dazu aber auch in geschickter Anknüpfung variierende Stilmittel der Moderne und Avantgarde, wie Montage und Momenterfahrung. Obwohl ihre Gedichte unterschiedliche Sprachhaltungen zeigen, Kiwus ist eher kritisch distanziert, lakonisch, stilisierend, ironisch-anekdotisch, Krechel dagegen eher provokativ, angriffslustig, oft mit erzählender Diktion, entstand in jedem Fall eine pointierte Lyrik mit emanzipatorischem Impuls, die Macht, Identität und Geschlechterverhältnisse thematisierte. Die 80er Jahre zeigten dann unter anderem eine Wiederkehr klassischer Formen in der Lyrik, was auch als eine Gegenbewegung zur sogenannten Alltagslyrik interpretiert wurde. Diese Tendenz kündigte sich bereits 1981 in Ulla Hahns erstem erfolgreichen Lyrikband *Herz über Kopf* an. Sowohl Ursula Krechel wie auch Ulla Hahn haben sich in der Folgezeit mit Vorurteilen gegenüber schreibenden Frauen und ihren Schwierigkeiten innerhalb einer männlich dominierten literarischen Tradition auseinandergesetzt. Beide zogen daraus aber unterschiedliche Konsequenzen für ihre poetische Praxis. Krechel, die in scharfsinnigen Essays soziale und feministische Fragestellungen aufgriff, erklärte zum Beispiel: »Die Frau, die zu schreiben beginnt, die Frau, die sich gegen den auf sie ausgeübten Druck wehrt, die Frau, die sich als Schriftstellerin öffentlich macht, hat einen anderen Weg zurückgelegt als der Mann, der gleich ihr/vor/neben ihr die literarische Szene betritt (*Mit dem Körper des*

Vaters spielen, 1992, S. 92). Daher ist es für sie wichtig, neue Ausdrucksformen zu finden. Hahn dagegen formulierte für sich die Herausforderung, Traditionen von Formen und Erfahrungen aus dem Jetzt heraus neu aufzugreifen. In einem Anhang zu ihrer Lyriksammlung *Unerhörte Nähe* (1988) schreibt sie: »Regeln und Gesetze sind Widerstände. Ich kann sie als Trampolin benutzen. Wer sie abschaffen will, gleicht der Kantschen Taube, die glaubt, im luftleeren Raum besser fliegen zu können. In der Kunst veraltet nichts.« (S. 90)

Neben diesen Neuansätzen in der Lyrik, wie sie sich in den Werken der jüngeren Schriftstellerinnengeneration zeigen, ist die kontinuierliche lyrische Arbeit von Autorinnen ins Licht zu rücken, die schon über viele Jahre geschrieben hatten und sich mit ihrem Werk nicht einer spezifischen Richtung einfügen, wie zum Beispiel Erika Burkart und Elisabeth Borchers. Die Schweizerin Burkart hat seit 1953 zahlreiche Gedichtbände in konstanter Folge vorgelegt, die sich vor allem mit der Beziehung des Menschen zur Natur auseinandersetzen, der Suche nach einer neuen, an kindliche Erfahrungen anknüpfenden Haltung, die eine abstrakte, nur funktionale Beziehung zur Umwelt zurückweist. Elisabeth Borchers trat erstmals 1961 mit Gedichten hervor und hat, neben erfolgreichen Kinderbüchern und zahlreichen Anthologien, gerade wieder in den letzten Jahren zahlreiche Lyrikbände vorgelegt. Während sie in ihren frühen Gedichten phantasiereich und spielerisch an Kinderreime, Traum- und Märchenwelten anknüpfte, gehört zu ihrem neueren Werk eine den zeitlosen Fragen zugewandte Gedankenlyrik.

Die gesellschaftspolitischen Veränderungen der 70er und 80er Jahre führten 1989 zum Fall der Mauer und 1990 zur Wiedervereinigung der beiden deutschen Staaten. Für das »vereinte Deutschland« stellte sich nun die enorme Herausforderung gemeinsamer ökonomischer Entwicklung und sozialer und politischer Reorganisation. Die Wiedervereinigung brachte aber auch viele spannungsreiche Diskussionen um die Frage nach einer kulturellen Transformation im geeinten Deutschland hervor. Das führte in den folgenden Jahren gerade angesichts der in der deutschen Geschichte besonders engen Verbindung von Kultur und Nation (geprägt durch die Vorstellung einer deutschen Kulturnation, die seit dem 18. Jahrhundert der politischen Einigung Deutschlands vorausgegangen war) zu einer in aller Schärfe geführten Debatte um politische Verantwortung von Literatur und Schriftstellern.

In der DDR hatten sich seit den 60er Jahren insbesondere auch Schriftstellerinnen, wie zum Beispiel Irmtraud Morgner, Christa Wolf und Maxie Wander, kritisch mit dem offiziellen sozialistischen Diskurs auseinandergesetzt und die sogenannte gleichberechtigte Stellung der Frau in der DDR-Gesellschaft aus genderbewußter Perspektive kompliziert. Als bedeutsame Vertreterin einer Subjektivität beanspruchenden Poesie im Anschluß an die Moderne, die sich gängigen Literaturauffassungen in der DDR widersetzte, war seit Ende der 1960er Jahre Sarah Kirsch hervorgetreten. Sie legte zahlreiche erfolgreiche Gedichtbände vor, mit denen sie sich als wichtige Vertreterin einer neuen Naturlyrik auswies. In eine andere, sprachlich experimentelle Richtung entwickelte sich die Lyrik Elke Erbs, die etwa um die gleiche Zeit wie Kirsch zu schreiben begonnen hatte. In ihrer Lyrik geht es um die Vermittlung des Prozeßhaften der Poesie, den fühlbaren Bewegungen der Sprache vom Alltäglichen zum Poetischen. Elke Erb wirkte auch als Mentorin junger Autoren. In den 80er Jahren unterstützte sie einen Kreis junger Schriftsteller, die unter anderem an die dadaistische Poetik des frühen 20. Jahrhunderts anschlossen und in ihrer neo-avantgardistischen Lyrik spielerisch mit Worten umgingen und fest gefügte, »offizielle« Bedeutungen unterwanderten. Eine Anthologie mit Texten dieser Gruppe, von ihr und Sascha Anderson herausgegeben, konnte in der DDR nicht erscheinen und wurde in der BRD publiziert (*Berührung ist nur eine Randerscheinung*, Köln 1985). Später stellte sich heraus, daß Anderson für die Staatssicherheit gearbeitet hatte. Ferner wurde bekannt, daß Elke Erb nach der Unterstützung des Protests gegen den Bürgerrechtler Roland Jahn von der Staatssicherheit überwacht worden war.

Eine vielfach experimentelle literarische Praxis zeigt auch das Werk der in der DDR aufgewachsenen Barbara Köhler, die 1991 mit ihrem bemerkenswerten Gedichtband *Deutsches Roulette* hervortrat. Seitdem hat sie in ihrer Literatur kunstvolle Strategien entwickelt, die im Besonderen die Fixierungen der Frau in der literarischen Tradition, im Mythos bis hin zum Ordnungssystem Sprache und Grammatik aufdecken und unterlaufen.

Ein markantes Merkmal deutschsprachiger Gegenwartsliteratur ist seit vielen Jahren ihre interkulturelle Vielfalt. Arbeits-Migration, Einwanderungen, Rückkehr von Auswanderern, aber auch die Anerkennung bislang außer acht gelassener Minderheiten haben in den deutschsprachigen wie anderen europäischen Ländern mehrkulturelle Gesellschaften entstehen lassen. Seit den 80er Jahren erschienen in Deutschland zahlreiche Anthologien mit literarischen Texten von nicht in deutschsprachigen Ländern geborenen Autoren, die Aufmerksamkeit auf diesen neuen Abschnitt deutscher Literatur lenkten, z. B. die von Irmgard Ackermann herausgegebenen Sammlungen *Als Fremder in Deutschland leben* (1982), *In zwei Sprachen leben* (1983) und *Türken deutscher Sprache* (1984). In den literarischen Beiträgen dieser Anthologien zeigt sich ein neues Selbstverständnis zwischen den Kulturen oder transnationaler Identität. Zur Sprache kommen Erfahrungen eines Lebens mit multiplizierten kulturellen Traditionen und die Auswirkungen von Zwei- und Mehrsprachigkeit auf Möglichkeiten des Sagbaren, der Erinnerung und Verständigung. Daneben erschienen aber auch vielbeachtete literarische Debüts als Einzelveröffentlichungen, wie zum Beispiel der Erzählband *Mutterzunge* der in der Türkei geborenen Autorin Emine Sevgi Özdamar, die 1991, ein spektakuläres Ereignis, den Ingeborg-Bachmann-Preis erhielt. Was seit den 80er und 90er Jahren in unterschiedliche Begriffe gefaßt wurde, wie *Gastarbeiterliteratur, Ausländerliteratur, Migrantenliteratur, multikulturelle Literatur* oder *Kleine Literatur* (in Anlehnung an das Buch von Deleuze und Guattari über die Situation des im mehrkulturellen Prag lebenden und schreibenden Franz Kafka), findet heute als wichtiger Beitrag zu einer internationalisierten deutschsprachigen Literatur Anerkennung. In der Lyrik Zehra Çiraks und Maja Haderlaps zum Beispiel werden komplexe Erfahrungen eines *Zugleich* von »Fremde und Zugehörigkeit« in Sprache und Gesellschaft dargestellt.

Zehra Çirak gehört zur zweiten türkischen Migranten-Generation, die, und das gilt vor allem für die Frauen, mit dem Gegensatz zwischen traditionellen Lebensmustern und modernem westlichen Leben aufwuchs. Maja Haderlap ist eine kärntner-slowenische Autorin, deren Leben zwischen den Kulturen sehr stark vom Gegensatz zwischen dem Dorf der Herkunft und einem modernen Leben in Städten geprägt ist. Im Unterschied zu Çirak wurde für sie das Deutsche nach Anfängen in slowenischer Dichtung erst später zur Literatursprache.

Die Lyrik seit Ende des 20. und mit Beginn des 21. Jahrhunderts zeigt eine weite Spannbreite ästhetischer und formaler Ausdrucksformen. Neben einer deutlichen Ausrichtung auf *Sprachlyrik* in Folge postmoderner und poststrukturalistischer Reflektion auf die Konstruktion von Wirklichkeit und Wahrnehmung gibt es weiterhin innovative Experimente mit Text und Bild und Performance-Lyrik in Nachfolge der amerikanischen Poetry-Slam-Bewegung, die ihrerseits von Hiphop und Rap geprägt wurde, sowie von den mündlichen Traditionen in karibischen und afroamerikanischen Kulturen. Die Entwicklung neuer Kommunikationstechniken und ein allgegenwärtiges Internet haben neue Formen der Computer-Lyrik oder Digitalen Poesie und ebenso Netwerk-Lyrik hervorgebracht, das heißt vernetzte gemeinsame Textarbeit ›ohne (einzelnen) Autor‹.

Mit dem Anbruch der Cyber-Epoche wird der menschliche Körper zu einem Teil neuer Apparaturen. Die neuen Medienmaschinen verändern körperliche Erfahrungen und Sinneswahrnehmung. Als eine Reaktion darauf erscheint in der gegenwärtigen Lyrik eine »neue Physikalität«, eine auf Unmittelbarkeit, Sinnlichkeit und Affekt gerichtete Ausdrucksweise, wie sie zum Beispiel die Gedichte Ulrike Draesners zeigen; in ihnen werden Wahrnehmungskomplexe in komplizierter Spracharbeit momenthaft im Bild zusammengeführt. Darin zeigt sich zugleich, wie das Moment des Affektiven auch mit dem Performativen verbunden ist. Performance rückt das *Ereignis* in den Vordergrund. Tritt nun das *Ereignis Sprache* in den Vordergrund, dann löst es den symbolischen, unterbewußten oder reflexiven Gebrauch von Sprache ab. In diesen Zusammenhang gehört auch eine erfolgreiche neue, an Mündlichkeit orientierte Poesie, wie sie zum Beispiel Nora Gomringer entwirft. Ihre kreative Praxis erinnert sowohl an die Klangexperimente Konkreter Poesie der 60er Jahre (z. B. Eugen Gomringer) wie auch an die Performances der Wiener Avantgarde (z. B. Jandl). Zum Spielerischen aber bringt sie als ein neues Element aus der Slam-Poesie-Bewegung den provozierenden Gebrauch von Sprache und ein mündlichen Formen folgendes Erzählen hinzu.

Die veränderten Beziehungen zwischen Subjektivität, Sprache und Genre haben auf vielfältige Weise Poesie in Bewegung gebracht und das Lyrische hin auf digitale, performative und intermediale Perspektiven geöffnet. Lyrikerinnen haben an diesen Entwicklungen, ob engagiert oder meditativ, experimentell oder reflektorisch, subversiv oder affektiv, einen entscheidenden Anteil. Die Spannbreite und Vielfalt ihrer lyrischen Projekte ist mehr denn je in den Vordergrund zu rücken, und mit Aufmerksamkeit ist zu verfolgen, wie sie Möglichkeiten des Erlebens erkunden, Übergänge und Alternativen erproben, Beziehungen, Denk- und Fühlweisen entwerfen.

Binghamton, New York, 2007 Gisela Brinker-Gabler

Deutsche Dichterinnen
vom 16. Jahrhundert bis heute

Elisabeth von Braunschweig-Lüneburg

(1510–1558)

Elisabeth gehörte zu dem kleinen Kreis humanistisch gebildeter Frauen, wie sie die europäische Renaissance im fünfzehnten und sechzehnten Jahrhundert hervorbrachte. Sie war eine umsichtige Regentin, Kämpferin für die Reformation, verfaßte politische und religiöse Schriften und dichtete geistliche Lieder.

Ihre Eltern waren der katholische Kurfürst Joachim I. von Brandenburg und eine dänische Prinzessin, die sich später der Lehre Luthers anschloß. Elisabeth wurde als Fünfzehnjährige mit dem vierzig Jahre älteren katholischen Herzog Erich I. von Braunschweig-Lüneburg verheiratet. Nach dem Tod ihres Mannes (1540) leitete sie bis zur Mündigkeit ihres Sohnes die Regierungsgeschäfte und führte die Reformation ein. An ihre Untertanen schrieb sie einen *Christlichen Sendebrieff* (1545), für ihren Sohn verfaßte sie – als erste Frau – ein Lehrbuch zur Führung der Regierungsgeschäfte, ihrer Tochter Anna Maria widmete sie anläßlich der Hochzeit »einen freuntlichen und mutterlichen unterricht« über den Ehestand. Ihr letztes Werk, ein Trostbuch für Witwen, erschien 1556.

1545 übergab sie ihrem Sohn die Regierungsgeschäfte und ging eine zweite Ehe ein. In der Folgezeit kam es mehrfach zu Auseinandersetzungen mit ihrem Sohn, der zum Katholizismus übertrat. Religionskämpfe führten zeitweilig zur Verbannung Elisabeths nach Hannover, wo sie in dürftigsten Verhältnissen mit der Tochter Katharina lebte. Während dieser Zeit schrieb sie religiöse Lieder, um »sich und ander zu trosten vnter dem creuze«. Dabei ging sie häufig von bekannten evangelischen Kirchenliedern aus, deren Grundgedanken sie auf ihre Situation bezog und variierte. 1557 verheiratete ihr Sohn seine Schwester Katharina heimlich mit einem katholischen Burggrafen; Elisabeth wurde daraufhin gemütskrank und starb ein Jahr später.

Lebensbericht

Im thon Ich dannck dir lieber herre das du mich hast erlost

Ey gott mein lieber herre
Lob dich beidt tag vnnd nacht,
Ich will dich auch thun ehrenn,
Sieh, du hast mich gebracht
Ach schwerlich aus Mutterleibe
Bin ich in anngst getzelt[1]
Ehe dem teuffell zu leide
Getauft wie es dir gefelt[2]

Im ehestanndt bin ich begebenn
Dem edelenn herrenn mein,
Inn kranngkheit thet ich lebenn,
Ahnn[3] furcht thet ich nicht sein.
Creutz, Jammer vnnde schmertze
Was mir alltzeit empor,
Ich schrei zu gott vonn hertzenn,
Dem vngelück kam zuvor.

Nach meiner seel gestandenn,
Auch nach dem leibe mit gewalt,
Vom wortt mich enthaltenn
Treibenn die da waren erkalt.
Mein trew thet mir denn schadenn,
Das redt ich vberlaut,
Das ist In nicht geratenn,
Ich bin ins herrenn hut.

Ich thett auch ernnstlich regirenn,
Im lanndt woll funftzehenn jar,
Thet weinig hoffirenn,
Das redt ich ganntz offennbar.
Der teuffell war ausgelassenn,
Wie menniglich ist bekannt,

---

[1] Zelt; [2] gefällt; [3] ohne

Dennoch hielt reine straßenn,
Das lanndt gudt ruhe fanndt.

Gottes wortt thett ich liebenn
Vnnd brachts inn das Lanndt
Viell thetenn sie mir zuschiebenn
Vncost inn meine Hanndt.
Dennoch nach gotts gefallenn
Klinget hir doch gottes wortt
Vnnd gehet hirin mit schalle
Vnnd ist allein mein trewer hortt.

Die arbeit ist nit zu ertzellen,
Der ich getragenn viell,
Thett mich auch ofte fellenn,
Meins schreibenn war kein ziell.
Dennoch thet ichs ertragenn
All zu derselbenn stundt,
Auf gots ergetzung thet ichs wagenn,
Mein hertz ist gar verwundt.

Einvnnddreißig jar im lannde
Bin ich gewesenn hir,
Trotz das mit warheit Jemande
Auf leg noch beweiß auf mich,
Was erbarkeit entgegenn,
Das ich getriebenn hedt
Mit schwerenn vnnd mit liegen[1]
Das thet des teuffels sath.

Von Jederman ich geplaget wardt,
Mein Creutz ist stets vermerdt,
Das thett allein die bose[2] ardt,
Vnnderthan[3] ganntz vngelertt,
Ir trewe sie vergaßenn,
Entzogenn mir das brodt,
Es war In nicht geheißenn,
Der herr der halff aus nott.

---

[1] Lügen; [2] böse; [3] Untertanen

Mein diener vnnd gesinde
Vergaßen pflicht vnnd eide,
Handeltenn mit mir geschwinde
Vnnd thetenn mir groß verdrieß.
Im Creutz thetenn sie nit pleibenn
Entzundenn mir mein Bett[1],
Noch feilt mir nicht leibe,
Der herr thet mich errettenn.

Inn gottes willenn mich ergeben,
Claget Im mein elenndt,
Nach seinem willenn lebenn,
Denn armen aus meiner Handt
Ach mocht ich dene gebenn
Nach meines hertzenn beger,
Mit meinem Sohn gar ebenn
Lebenn ahn zannck vnnd beschwer.

Hiemit so will ich endenn,
Ertzalt mein Creutz vnnd nott.
Erhalt mich inn deinen hendenn,
Mein herr schepfer vnnd gott.
From vnderthan mir beschere,
Du edeler erloser mein,
Zu deines nahmens ehre
Vnnd laß mich dannckbar sein.
Amen.

---

[1] Über dieses Ereignis heißt es in einem anderen Gedicht Elisabeths:
»Unnglück mir meinen schaden thett, /
Im fewrigen Bett /
Thet mich mein gott erhaltenn«

*Neujahrslied
für ihre Tochter Katharina*

Allein gott in der hohe sei ehr
Vnnd dannck fur seine gnade,
Der mir das frewlin Catharina zart
Zum tochterlin hat begnadet,
Inn seiner furcht sie lebet gar,
Getzieret mit gotseligkeit ist war,
Zu seinem lob vnnd ehrenn.

Das dannck ich gott in ewigkeitt
Vnnd preise seine gnade,
Die groß wolthat mir ertzeiget hat,
Lobet Ine ahnn alle maße,
Sie hilfft mir tragenn das Creutze schwer,
Lest die welt nicht abwendenn sich,
Das wollest Ir, herr, betzalenn.

O Jesu Christ Sohnn eingebornn
Deines himelschenn vaters,
Erbarm dich der verlassenn weisenn[1]
Vmb Ires gehorsambs willenn,
Gib Ir from gemahell der dich furchtet,
Mit langem lebenn sie segne,
Als ein gott vnnd vater der weisenn.

Ey heiliger geist du troster gut,
Du allerheilsamester troster,
Sterck sie vorthann Inn gottesfurcht
Bei Christo selig zu pleibenn,
Auf erdenn sie nit liebers hat
Als dich vnnd mich mein her vnnd gott,
Das wirt Ir nicht gerewenn.

Ich lobe preise anbete dich,
Inn gotseligkeit sie wachset,

---

[1] Waisen

Denn hohemut vnnd pracht sie verachtet,
Vleisset[1] sich deins vnnd meins willens,
Darumb mein gott und herr segne sie
Vnnd bis Ir herr vnnd vater alletzeit
Hir vnnd ewig Amenn.

Liebes kindt gehorche mir,
Deiner Mutter, das rathe ich dir
Wilt dich ann die welt nit keren,
Liebe mich vnnd ehre got den herren,
Das laß bei dir pleibenn war,
Das wünsch ich dir zum Newenn Jar.

---

[1] befleißigt

Für I und J steht in älteren Texten nur *ein* Buchstabe; in diesem und in den folgenden Gedichten wurde die Schreibweise von I und J der heutigen angeglichen.

Anna Ovena Hoyers

(1584–1655)

Hans Ovens Tochter Anna«, wie es triumphierend im Refrain eines ihrer Lieder durch alle Verse hindurch erklingt, war eine Frau von unbeugsamem Selbstbewußtsein und fanatischer Wahrheitsliebe.

Sie wurde als Tochter des Gutsbesitzers Hans Oven in Koldenbüttel in Holstein geboren, sprach Latein und Griechisch und las Hebräisch. Nach dem frühen Tod ihrer Mutter wurde sie, kaum fünfzehn Jahre alt, mit dem begüterten Hermann Hoyer verheiratet, mit dem sie fünf Kinder hatte. Erst nach dem Tod ihres Mannes (1622) engagierte sie sich in den religiösen Auseinandersetzungen der Zeit. Sie verurteilte die intolerante Lehre und die Lebensweise der Geistlichen in ihrer Heimat und schloß sich der Wiedertäuferbewegung an. Sie begann religiöse und politische Pamphlete zu verfassen, schrieb Briefe, didaktische und satirische Dichtungen, sowie religiöse Lieder. Ihre kräftigen, volkstümlich klingenden, oft ungeschliffenen Verse der satirischen und didaktischen Dichtung erinnern ebenso wie die viel schwungvolleren und im Vers flüssigeren religiösen Lieder an die Dichtung des sechzehnten Jahrhunderts.

In wirtschaftliche Not geraten und von ihren Freunden verlassen, mußte Anna Hoyers später ihr Gut zu Hoyersworth verkaufen und kam 1632 über Hamburg nach Schweden, wo sie bei der Witwe Gustav Adolfs, Marie Eleonore, Aufnahme fand. Sie starb 1655, weltfeindlich und in mystische Vorstellungen versunken, auf dem Gut Sittwick, das ihr die Königinwitwe geschenkt hatte. Eine Auswahl ihrer Dichtungen erschien 1650 in Amsterdam. Das Buch wurde vielerorts verbrannt, da sie als Häretikerin galt. Eine in Stockholm aufbewahrte Handschrift enthält noch zahlreiche unveröffentlichte Lieder.

Auff / auff Zion /

1.
Auff / auff Zion /
Vnd schmück dich schon[1] /
Singe das Hosianna,
Frölich Psallier /
Es singt mit dir /
Hanns Ovens Tochter Anna.

2.
Nun kompt das Lamb
Auß Davids stamb /
Singe das Hosianna,
Will trösten dich /
Des frewet sich /
Hanns Ovens Tochter Anna.

3.
Nah' ist die zeit
Der Herrlichkeit /
Singe das Hosianna;
An diesem heil /
Hat mit ihr theil /
Hanns Ovens Tochter Anna.

4.
Auff / auff Jungfraw'n
Geht auß zuschaw'n /
Singet das Hosianna;
Der Breut'gamb kümmt /
Ihr Seiten[2] stimmt /
Hanns Ovens Tochter Anna.

5.
O Ihr Jüngling /
Seyd guter ding /
Singet das Hosianna,
Ihr Alten mit /
Weil euch drumb bitt
Hanns Ovens Tochter Anna.

6.
Von hertzen grund /
Auß vollem mund /
Singet das Hosianna:
Beid Arm und Reich /
Es singt mit euch
Hanns Ovens Tochter Anna.

7.
Es frewe sich /
Vnd sey willig
Zu sing'n das Hosianna,
Was leb't auff Erd /
Denn das begehrt
Hanns Ovens Tochter Anna.

8.
Nemet die Laut /
Erfreut die Braut /
Singet das Hosianna;
Ihr traurigkeit
Setzt weit beyseyt /
Hanns Ovens Tochter Anna.

9.
Alles unglück
Weich nun zurück /
Singet das Hosianna;
Der Fried floriert /
Frölich Psalliert /
Hanns Ovens Tochter Anna.

---
[1] schön; [2] Saiten

10.
Hallelujah,
Die hülff ist nah' /
Singet das Hosianna:
Frölich im Herrn
Ist immer gern
Hanns Ovens Tochter Anna.

11.
O scheinend' Sonn /
Voll freud und Wonn /
Singe das Hosianna,
An diesem tag /
Führt nicht mehr klag
Hanns Ovens Tochter Anna.

12.
Ihr mein drey Söhn
Macht laut gethön /
Singet das Hosianna:
Ihr Töchter beid /
Auch frölich seyd /
Mit ewrer Mutter Anna.

13.
Jesu des Herrn
Lob zu vermehrn /
Singet das Hosianna:
Auff Seiten spiel /
Macht freuden viel /
Mit ewrer Mutter Anna.

14.
Ew'r hertz bewegt /
Ew'r lippen regt /
Singet das Hosianna,
Frölich Psalliert /
Vnd Intonirt /
Mit ewrer Mutter Anna.

15.
Rühmet den Herrn /
Stets nah' und fern /
Singet das Hosianna;
In frölichkeit
Sein lob außbreitt
Hanns Ovens Tochter Anna.

16.
Sie Musicirt /
Sie jubilirt /
Sie sing't das Hosianna,
Den Herrn erhebt /
So lang sie lebt /
Hanns Ovens Tochter Anna.

Liedlein von den Gelt-liebenden
Welt-Freunden gestellet durch A. O. H.

Im thon des 130 Psalms.
Zu dir von Hertzen grunde /

1.
Geldt und Welt-Freund vertrawen /
Ist wie auff sandich grund /

Ein hohes Schloß zu bawen /
Exempel machens kund /
Das sie sehr unbeständig /
Vnd wanckelmütig sind /
Wenn das Glück wird abwendig.
Ihr keiner sich dann findt.

2.
Wir wissn in guten Tagen /
Wann das Glück scheint lieblich /
Von keinem Feind zu sagen
Freund / Freund / nennt jeder sich /
Man thut uns hoch erheben /
So lang der Beutel voll /
Vnd wir in Ehren schweben /
Glaub mir ich weis es wol.

3.
Wir seynd lieb und wilkommen
Allwo wir uns hinkehrn
Vnd werden angenommen /
Als wann wir Engel wehrn[1]
Mit Reverentz fein zierlich
Setzt man uns oben an /
Praesentirt uns manirlich /
Viel dienst und Freunschafft an.

4.
Huth zücken sich tieff neigen /
Die Händlein küssen auch /
Krum bücken und Knie beugen
Ist der Welt-Freund gebrauch /
Wer sich daran wil kehren /
Ist mehr dann halb vexirt /
Traw nicht auch wann sie schweren[2]
Ihr Freundschafft ist probirt.

---

[1] wären; [2] Schwören

5.
Man lest sich Bruder nennen /
Will stehn getrewlich bey /
Vnd sich nicht von uns trennen /
Wie groß die Noth auch sey /
Ja den Leib will man wagen /
Nicht allein Guth und Gelt /
Sind das nicht groß Zusagen?
Also gehts in der Welt.

6.
Mancher verheist darneben /
Daß er uns dienen woll'
Nicht allein weil wir leben /
Sondern sein Freundschafft soll
Bleiben bey unsern Erben /
Eydtlich er sichs verpflicht. /
Ein Narr mag darauff sterben /
Ich traw den Worten nicht.

7.
Sie folgen nicht im Wercke
Wer sich darauff velest /
Der ist nicht klug das mercke /
Solch Zusag gehn nicht fest /
Ich hab vor wenig Jahren
Dergleichen angehort[1] /
Itzt muß ichs auch erfahren /
Das man vergist der Wort.

8.
Noth lehrt die Freund recht kennen /
Im Fewr Goldt scheinbar wird /
Freund soll man niemand nennen
Man hab ihn dann probirt /
O Trübsal Edle Probe /
Du zeigst mir meinen Freund /
Machst auch drumb ich dich lobe /
Mir offenbar den Feind.

---

[1] angehört

9.
Im Creutz bleibt nicht verborgen /
Wo Feindschafft steckt verdeckt /
Auch wird in Noth und Sorgen /
Getrew Freundschafft erweckt /
Im Glück kan mans nicht lernen
Gleich wie man nicht erkennt
Bey Sonnenschein die Sternen
Am hohen Firmament.

10.
Im Sommer findt man Schwalben /
Zu Winter sind sie weit /
Also Freund allenthalben /
Auch in Glückseligkeit /
Wann das Glück herrlich blühet
Sind viel Freund umb uns her /
Ein jeder sich bemühet /
Vns zu erzeigen Ehr.

11.
Viel der Schwalben Gesellen /
Sehr offt bey uns einkehrn /
Vnd sich gantz freundlich stellen /
Sind frölich mit uns gern /
Wenn alles wol gerahten /
Vnd gedeckt ist der Tisch /
Wol schmecken unser Braten /
Die Freundschafft helt[1] sich frisch.

12.
Wirds aber unklar Wetter /
Schneyt uns Vnglück ins Haus /
So verleurt[2] sich der Vetter /
Die Freunde bleiben auß /
Frembd stelt sich auch der Schwager
Vnd kompt zu uns nicht mehr /
Wenn unser Supp ist mager /
Vnd unser Weinfaß lehr.

---

[1] hält; [2] verliert

13.
Die offt fröliches Muhtes /
Mit uns gewesen seyn /
Vnd im Wolstand viel gutes
Haben genommen ein /
Seh'n wir im Vnglück fliehen /
Vnd für uns ubergehn /
Den Huth in Augen ziehen /
Wenn sie uns kommen seh'n.

14.
So pflegts die Welt zu machen /
Sehr freundlich sie sich stelt /
Wenn in all unsern Sachen
Fortun[1] sich zu uns helt /
Kehrt aber die den Rücken /
Bald wendt die Weldt sich auch /
Helfft uns mit untertrücken
Also ist ihr Gebrauch.

15.
Diß ich vor wenig Jahren /
Sehr wol empfunden hab /
Darumb laß ich sie fahren /
Scheid' von der Freundschafft ab /
All ihr zusag sindt Lügen /
Ihr Lieb ist Heucheley /
Ihr Halten ist Betriegen
Vnd eitel Schelmerey.

[1] Fortuna = Glück

....
Trauvv vvl hat mich vexiret /
Glaub leicht auch mannigmal /
Sie haben mich geführet
Vom Berg herab ins Tahl /
Mein Pferd hinweg geritten /
Itzt muß ich gehn zu Fuß /
Narrn man nach alten Sitten /
Mit Kolben[2] lausen muß.

K.
K. VV. K.
K.

Kinder Werdet Klug.
Exempel sind genug
An A. O. H. und mehr /
Seht euch nur wol umbher /
Vnd folget meiner Lehr.

---

[2] Keulen, urspr. Waffe, dann Abzeichen für Narren wie Kappe

Sibylla Schwarz

(1621–1638)

Sibylla Schwarz stammte aus einer angesehenen Familie in Greifswald (Pommern). Als sie mit siebzehn Jahren starb, hinterließ sie ein umfangreiches Werk, deutlich geprägt vom Kriegsgeschehen, das ihr kurzes Leben vom ersten bis zum letzten Tag überschattet hatte. Eine gelehrte Privaterziehung vermittelte ihr sehr früh umfassenden Wissensstoff. Sie begann vermutlich mit zehn Jahren Gedichte zu schreiben. In ihrem Werk beschwert sie sich häufig über die Angriffe unverständiger Leute, vermutlich die Bürger Greifswalds, nach deren Meinung sich eine Jungfrau nicht mit der Dichtkunst beschäftigen sollte. Unterstützt wurde sie dagegen besonders von ihrem Bruder Christian und ihrem Lehrer und späteren Herausgeber ihres Werks, S. M. Gerlach.

Sibylla Schwarz schrieb die damals übliche Gelegenheitsdichtung zu Geburts-, Hochzeits- und Begräbnistagen, ferner Gedichte und Sonette, die sich mit Themen des Todes, der Freundschaft und Liebe befassen, eine Nachdichtung der ›Daphne‹, ein ›Susanna‹-Dramenfragment und eine biographisch gefärbte Schäfererzählung. Häufig erwähnt sie in ihren Gedichten ihr geliebtes Fretow, ein Landgut des Vaters. Dort hatte sie längere Zeit mit ihren Geschwistern, Verwandten und der Freundin Judith Tank gelebt. Sie übersetzte auch Gedichte aus dem Holländischen *(Lob der Verständigen und Tugendsamen Frauen)*. Ihr Vorbild waren die Werke von Opitz. Sie bemühte sich, seinen Anweisungen zur Dichtkunst zu folgen, die er in seiner für die deutsche Literatur richtungweisenden Poetik (1624) gab. Seit dem Tod der Mutter half sie den beiden Schwestern im Haushalt. Für die Dichtung blieben ihr oft nur die Nachtstunden. Sie starb am Hochzeitstag der zweitältesten Schwester an einer Darminfektion.

1650 erschien ihr Werk in zwei Bänden. Der Wunsch nach einem Pseudonym wurde durch ihren vorzeitigen Tod überflüssig. Die positive Beurteilung ihrer Dichtungen durch den berühmten Morhof in seinem *Unterricht von der Teutschen Sprache und Poesie* (1682) machte ihren Namen einem weiteren Publikum bekannt und sorgte für ihren Platz in literarhistorischen Werken bis ins neunzehnte Jahrhundert. In neueren Sammelwerken wird sie nur noch selten erwähnt.

Auff ihren Abscheid auß Greiffswald, Gesang

Weil dann der Unholdt gäntzlich mir
Zum Greiffswald nicht will lenger leiden,
So bleibt dennoch mein Hertz alhier,
Undt wirdt sich nimmer von euch scheiden!

Wohin gedenckstu dann mein Sinn?
Ist doch Europa gantz voll Kriegen,
Es ist ja warlich kein Gewinn,
Von einem stets zum andern fliegen.

Zu Fretow wehr es gut genug,
Da Phebus mit den Töchtern[1] sitzet,
Drüm wirt auch Fretow in das Buch
Der greisen Ewigkeit geschnitzet.

Da wehr ich fro undt ausser leit,
Da wolt ich lesen, richten, schreiben,
Undt so den Nachrest meiner Zeit
Mit ohnverfälschter Trew vertreiben.

Itzt aber wil die Kriegerey
Zu Fretow keinen Menschen dulden,
Kein Ort ist von den Straffen frey,
Die ich undt du, undt der vorschulden[2].

Ich sag und klage für undt für,
Das manche lange Nacht verflossen,
Seit das ich auß der Frewden Thür
Bin gantz und gahr hinauß gestoßen.

Was klag ich aber, weiß ich doch
Das meiner Augen heisse Zähren
Nicht lindern dieses schwere Joch,
Noch meinem Elend mögen wehren.

---

[1] Phoebus = Apollo, Gott der Dichtkunst; Töchter = Musen
[2] verschulden

Dan Trauren machet nur Verdruß;
Laß alle rauhen Winde wehen,
Laß sterben, wer da sterben muß,
Was wündscht man viel den Todt zusehen?

Dem Menschen ist gesetzt ein Ziel,
Das kan er auch nicht überschreiten,
Drüm raff nur nicht den Todt zu viel,
Er schleicht dir nach zu allen Seiten.

Was Odem bläst wirt nun geplagt,
Kein Mensche fült itzund genügen;
Man hört nicht mehr das einer fragt:
Wo mag der Weg nach Fretow liegen?

Nun gute Nacht, mein Vaterlandt!
Da weylandt große Lust zu schawen,
Ich muß mich nun Neptunus Handt,
Undt Thetis[1] saltzen Schoß vertrawen.

Gehab dich wol, du werte Schar
Der Schwieger- und der Schwägerinnen!
Wer wirt nun mit euch übers Jahr
Ins Dannenholtz spatzieren künnen?

Wans euch nun geht, wie ihr begehret,
Wen euwer Weinen wirt zu Lachen,
So denckt dan auch eins ohn beschwert
Was mag doch unsre Lybis[2] machen

Ist Lieb ein Feur

Ist Lieb ein Feur, und kan das Eisen schmiegen,
bin ich voll Feur, und voller Liebes Pein,
wohrvohn mag doch der Liebsten Hertze seyn?
wans eisern wär, so würd eß mir erliegen,

---

[1] griechische Meernymphe; [2] Spitzname für Sibyl

wans gülden wär, so würd ichs können biegen,
durch meine Gluht; solls aber fleischern seyn,
so schließ ich fort: Eß ist ein fleischern Stein:
doch kan mich nicht ein Stein, wie sie, betriegen.

Ists dan wie Frost, wie kalter Schnee und Eiß,
wie presst sie dann auß mir den Liebesschweiß?
Mich deucht: Ihr Herz ist wie die Loorberblätter,

die nicht berührt ein starcker Donnerkeil,
sie, sie verlacht, Cupido[1], deine Pfeil;
und ist befreyt für deinem Donnerwetter.

Lied

O Phebus laß dein blicken /
eß will sich iezt nicht schicken /
du mußt mir trawrig seyn /
Schau wie auff meinen Wangen
die Wasser-Perlen hangen /
alß Zeugen meiner Pein!

Ihr Himmel nembt mit Schmerzen
doch meine Noht zu Herzen!
Du schönes Firmament /
Verender dich geschwinde /
Weil ich kein Labsal finde /
und bin so voll Elendt!

Nun muß ich das bald meiden /
und kan mich nicht mehr weiden /
An dem / daß meinen Sinn
kan unverbrüchlich binden;
So bald kan Lust verschwinden /
Sie fleugt wie Rauch dahin.

---

[1] Liebesgott, Amor

Der welcher herzlich liebet /
wird iederzeit betrübet /
und hat doch solchen Sinn /
daß er kann alles leiden; /
Doch wenn er sich muß scheiden /
so stirbt er gahr dahin.

Ein Gesang wieder[1] den Neidt

Hatt zwar die Mißgunst tausendt Zungen /
Und mehr dan tausend ausgestreckt /
Und kompt mit macht auf mich gedrungen /
So werd ich dennoch nicht erschreckt;
Wer Gott vertrawt in allen dingen /
Wird Weldt / wird Neidt / wird Todt bezwingen.

Hör ich gleich umb und umb mich singen
Die sehr vergifftete Siren[2];
So soll mich dennoch nicht bezwingen
Ihr lieblichs Gifft / und hell gethön;
Ich will die Ohren mir verkleben /
Und für sie frey fürüber[3] schweben.

Gefeilt dir nich mein schlechtes Schreiber. /
Und meiner Feder edles Safft /
So laß nur balt das Läsen bleiben /
Eh dan es dir mehr unruh schafft.
Das / was von anfang ich geschrieben /
Wird kein verfalschter Freund belieben.

Weistu mich gleich viel für zuschwetzen /
Von meiner Leyer ab zustehen;
So soll mich doch allzeit ergetzen
Das Arbeitssahme müssig gehen:
Laß aber du dein Leumbden bleiben /
Damit du mich meinst auff zureiben.

---

[1] wider; [2] Meerwesen der griech. Sage = Verführerin
[3] vorüber.

Ich weiß es ist dir angebohren /
Den Musen selbst abholt zu sein /
Doch hat mein Phoebus nie verlohren /
Durch deine List / den hellen Schein:
Die Tugend wird dennoch bestehen /
Wen du / und alles wirst vergehen.
...

Vermeynstu / daß nicht recht getroffen /
Daß auch dem weiblichen Geschlecht
Der Pindus[1] allzeit frey steht offen /
So bleibt es dennoch gleichwohl recht /
Daß die / so nur mit Demuth kommen /
Von Phoebus werden angenommen.

Ich darf nun auch nicht weitergehen /
Und bringen starcke Zeugen ein;
Du kanst es gnug an disem sehen /
Daß selbst die Musen Mägde sein:
Was lebet soll ja Tugendt lieben /
Und niemand ist davon vertrieben /

Gantz Holland weiß dir für zusagen
Von seiner Bluhmen[2] Tag und Nacht;
Herrn Catzen[3] magstu weiter fragen /
Durch den sie mir bekannt gemacht:
Cleobulina[4] wird wol bleiben /
Von der viel kluge Federn schreiben.

Was Sappho für ein Weib gewesen
Von vielen / die ich dir nicht nenn /
Kanstu bey andern weiter lesen /
Von den ich acht und fünffzig kenn /

---

[1] Sitz der Musen

[2] Anna Maria von Schurmann (1607–1678), niederländische Künstlerin und Gelehrte

[3] Jacob Cats (1577–1660), niederländischer Dichter und Staatsmann

[4] Tochter eines der sieben Weltweisen (Cleobulus von Lindus, um 600 v. Chr.), soll gedichtet haben und besonders geschickt im Verfassen von Rätseln gewesen sein.

Die nimmer werden untergehen /
Und bey den hechten Sternen stehen.

Sollt ich die Nadel hoch erheben /
Und über meine Poesey /
So muß ein Kluger mir nachgeben /
Daß alles endlich reisst entzwey;
Wer kan so künstlich Garn auch drehen /
Das es nicht sollt in Stücken gehen?

Bringt alles her auß allen Enden /
Was je von Menschen ist bedacht /
Was mit so klugen Meister Händen
Ist jemahls weit und breit gemacht /
Und laß es tausend Jahre stehen /
So wird es von sich selbst vergehen.

Wo ist Dianen Kirch geblieben?
Des Jupters Bild ist schon davon;
Sind nicht vorlengst schon auffgerieben
die dicken Mauren Babilon?
Was damahls teuer gnug gegolten /
Wird jetzt für Asch und Staub gescholten.

Doch daß / was Naso hat geschrieben /
Was Aristoteles gesagt /
Ist heut bey uns noch überblieben /
Und wird auch nicht ins Grab gejagt /
Sie leben stets und sind gestorben /
Und haben ewigs Lob erworben.

Was uns die Schar der Klugen lehret /
Wird heut noch der Feder Macht /
Auff Fama[1] Pfeiffen angehöret
Und uns zur Nachricht fürgebracht /
Ihr Lob wird weit und breit erschallen /
Bis alles wird zu Boden fallen.

---

[1] Ruhm

Laß nur / O Neid! dein Leumbden bleiben /
Ich weiß es ohn dich mehr als wol /
Wen ich nicht mehr Poetisch schreiben /
Undt dieses hinterlassen soll.
Ich wil mich in die Zeit wol schicken /
Du solt mich doch nicht unterdrücken.

Ich wil hinfüro GOTT vertrawen /
Von dem soll sein mein Tichten all /
So kan mich auch für dir nicht grawen /
Drum sag ich billig noch einmahl:
Wer GOTT vertrawt in allen Dingen /
Wird Weldt / wird Neidt / wird Todt bezwingen.

Catharina Regina von Greiffenberg

(1633–1694)

Als 1662 Catharina von Greiffenbergs *Geistliche Sonnette/Lieder und Gedichte* erschienen, feierte sie der Nürnberger Kunstrichter und Poet Sigmund von Birken als »Teutsche Uranie«, »deren zart-schöne Hände auf der Himmlischen Dichterharffe nur lauter-unvergleichlich zu spielen« verstünden.

Catharina von Greiffenberg entstammte dem protestantischen Landadel Österreichs. Seinem am Geist der Renaissance orientierten Bildungsideal gemäß erhielt sie eine sorgfältige Erziehung durch die Mutter und vor allem den Onkel, Rudolph Freiherr von Greiffenberg, der ihr den früh verstorbenen Vater ersetzte. Er war es auch, der den Druck ihres ersten Buchs veranlaßte, damit sie sich später einmal, wie er im Vorwort schreibt, an den Zeitvertreib ihrer Jugend erinnern könne, wenn sie »in mehrerm Glück und Vergnügung leben/auch vielleicht mit anderen Sorgen und Geschäfften beladen seyn« würde. Die Gedichte waren in den Jahren religiöser Erweckung entstanden, ausgelöst durch den Tod der jüngeren Schwester 1651, aber auch durch Gewissensnöte, denn ihr Onkel wünschte seit längerem, sie zu ehelichen. Zwei Jahre später gab sie schließlich ihren Widerstand auf und wurde seine Frau. Zu den inneren Spannungen kam die Ungunst der äußeren Verhältnisse. Der Druck der Gegenreformation hatte für die Protestantin wirtschaftliche, standes- und konfessionspolitische Konsequenzen. Sie mußte nicht nur den Glauben, sondern auch ihr Gut und Recht verteidigen. Wie viele protestantische Adlige verließ sie schließlich den Stammsitz der Familie, Burg Seyssenegg, und ging 1680, nach dem Tod ihres Mannes, für immer ins Nürnberger Exil. Der Wohnungswechsel bedeutete für sie auch die Aufhebung der jahrelangen geistigen Isolation auf dem Land. Neben ihrer Sonetten- und Liedersammlung veröffentlichte sie später die *Sieges-Seule*, ein national gefärbtes Epos, das während der Türkenkriege 1663/66 entstand und mehrere »Andachtsbücher«, die besondere Anerkennung fanden und sie zu Lebzeiten berühmt machten. Sie gehörte Birkens »Pegnesischem Blumenorden« an und war das erste weibliche Mitglied in Zesens »Deutschgesinnter Genossenschaft«.

Schau hier am Stand Verstand die Edleste der Frauen
Das Engel-Tugend-Bild den Wunder-Kunst-Pallast:
Die doch in JESU nur hatt Ihre Ruh und Rast:
Wer mehr will Ihres Ruhms mag Ihre Schrifften schauen.
Aus unendlicher Devotion gesezt von
L. Stockflethen Kirchen-Rath u: Superint:

Gegen Amor

Der kleine Wüterich mag mit den Pfeilen spielen
und tändeln, wie er will: er gewinnet mir nichts ab,
weil gegen seine Pfeil ein Demant[1] Herz ich hab.
Er machet mich nicht wund, ich darf nit Schmerzen fühlen.

Er mag mit tausend List auf meine Freyheit zielen.
Ihm ich, dem blinden Kind, ein Zucker-Zeltlein gab:
er meint', es wär mein Herz. O leicht-geteuschter Knab!
Ich will mein Mütlein noch an deiner Einfalt kühlen.

Schau, wie gefällt dir das! trotz, spräng mir diesen Stein
mit deinem goldnen Pfeil. Der Lorbeer soll mich zieren,
nicht deine Dornen-Ros' und Myrten-Sträuchelein.

Du meinst es sey nur Scherz, ich wolle mich vexiren.
Nein! nein! die süße Ruh soll mir das Liebste seyn,
mein dapfers Herz soll nichts als Ruh und Freyheit spüren.

Gott-lobende Frülings-Lust

Jauchzet / Bäume / Vögel singet! danzet / Blumen / Felder lacht!
springt / ihr Brünnlein! Bächlein rauscht! spielet ihr gelinden
Winde!
walle / Lust-bewegtes Träid[2] süsse Flüsse fliest geschwinde!
opffert Lob-Geruch dem Schöpffer / der euch frisch und neu
gemacht!

jedes Blühlein sey ein Schale / drauff Lob-Opffer ihm gebracht /
jedes Gräslein eine Seul / da sein Namens-Ehr man finde.
an die neu-belaubten Ästlein / Gottes Gnaden-Ruhm man binde!
daß / so weit sein Güt sich strecket / werd' auch seiner Ehr ge-
dacht.

---

[1] Diamant; [2] Getreidefeld

Du vor alles / Menschen Volck / seiner Güte Einfluf Ziele!
aller Lieblichkeit Genießer; Abgrund / wo der Wunderfluß
endet und zu gut verwendet seinen Lieb-vergulten Guß.

Gott mit Hertz / Hand / Sinn und Stimm / lobe / preiße / dicht' und spiele.
Laß / vor Lieb' und Lobes-Gier / Muht und Blut zu Kohlen werden /
lege Lob und Dank darauff: Gott zum süssen Rauch auf Erden.

Auf die Fruchtbringende Herbst-Zeit

Freud'-erfüller / Früchte-bringer / vielbeglückter Jahres-Koch/
Grünung-Blüh und Zeitung-Ziel / Werkbeseeltes Lustverlangen!
lange Hoffnung / ist in dir in die That-Erweisung gangen.
Ohne dich / wird nur beschauet / aber nichts genossen noch.

Du Vollkommenheit der Zeiten! mache bald vollkommen doch/
was von Blüh' und Wachstums-Krafft halbes Leben schon empfangen.
Deine Würkung kan allein mit der Werk-Vollziehung prangen.
Wehrter Zeiten-Schatz! ach bringe jenes blühen auch so hoch /

schürt' aus deinem reichen Hon hochverhoffte Freu den Früchte.
Lieblich süsser Mund-Ergetzer! lab' auch unsern Geist zugleich:
so erhebt mit jenen er deiner Früchte Ruhm-Gerüchte.

zeitig die verlangten Zeiten / in dem Oberherrschungs-Reich.
Laß die Anlas-Kerne schwarz / Schickungs-Aepffel saftig werden:
daß man Gottes Gnaden-Frücht froh geniest und isst auf Erden.

Über mein unaufhörliches Unglück

Ach ungerechtes Glück! hast du denn schon vergessen
dein alte Wankel-Art und steten unbestand /
daß du mich also quälst mit unermüdter Hand?
ist denn der Wechsel aus / der dich so lang besessen?

wil du mein Herzen Blut durch thränen außher pressen.
du lösest nur der freud' / und nicht des Elends / band.
ach leider Ich versink in diesem Jammer strand.
es ist die Unglücks Flut zu tieff / und nicht zu messen.

Ich siehe keine Hülf und Rettung aus der Noht
vor mir das Meer / die Berg' auf Seiten / ruckwerts Feinde.
wann seine wunder-Macht mir nicht erzeigt mein GOtt /

so ists mit mir geschehn; doch / hab' ich den zum Freunde /
es geh' auch wie es woll / so bin ich schon vergnügt.
Ein dapfers Herz auch wol im grösten Unglück siegt.

Auf die ruhige Nacht-Zeit

1.
Sternen-bunter Himmels-Thron /
und du Mond der Nächte Kro!
leuchtet / weil den Sonnen-Strahl
uns benimmt der Erden Ball.

2.
Stillheit / der Gedanken Grab!
stelle Sorg' und Grämen ab.
Stille / stille / still' in mir /
alle Herzbewegungs-Gier!

3.
Nun die Musik in der Lufft
schläfft in holer Bäume Klufft /
ruht und kommet mir nit für
in der Gott-Erhebungs Gier.

4.
Süsser Gottes-Gnaden-Safft
der auch schlaffend Glück verschafft!
fliesse mir in Träumen ein /
meiner Wolfahrt Schein und Seyn!

5.
Schatten / Freund der Ruhigkeit!
Nacht / du Müh'-Ergetzungs-Zeit!
ir solt nie so dunkel seyn
daß ihr blendt der Ehren-Schein.

6.
Und du meiner Ruhe Ruh /
Herzen-Herrscher / komm herzu /
sey du selbst mein schlaff-Gemach:
gib / daß ich dir schlaffend wach.

7.
Meine Augen / schliesset euch /
seit an Ruh-Gebährung reich!
aber du / mein Geist / betracht /
lobe Gott um Mitternacht!

Susanna Elisabeth Zeidler

(1657–ca. 1706)

Der Vater von Susanna Elisabeth Zeidler war Pastor in der kleinen Ortschaft Fienstedt, die zur Grafschaft Mansfeld gehörte, ihr Bruder ein zu seiner Zeit bekannter Satiriker. Sie veröffentlichte 1686 einen *Jungferlichen Zeitvertreiber*, der hauptsachlich Gelegenheitspoesie und geistliche Dichtung enthält.

Ihr Vater schickte dem Buch das folgende Widmungsgedicht voraus:

Wie liebste Tochter du der Tugend dich ergeben /
Und iederzeit geführt ein züchtig Leben /
So hastu ebenfalls die Musen auch geliebt!
Und in der Dichterkunst dich sonderlich geübt.
Wie dieses Büchlein weist. Wann deine Hand verrichtet
Ein euserliches Werck / da hat zugleich gedichtet
Das Hertz ein feines Lied: Hast also nichts versäumt
An Haus-Arbeit / wenn dein Poetengeist gereimt
Nun dicht und trachte was zum Himmel führt zu singen.
Das wird dir Gottes Huld und Seelenfreude bringen.
Der grobe Zotenreim / darob das Weltkind lacht
Zeucht unterwerts das Hertz / ich wünsch ihm böse Nacht.

Gottfried Zeidler

Jungferlicher Zeitvertreiber

Das ist

Allerhand

Deudsche Gedichte/

Bey

Häußlicher Arbeit/ und stiller Einsam-
keit verfertiget und zusammen getragen

Von

Susannen Elisabeth Zeidlerin.

Gedruckt im Jahr Christi

1686.

An einen bekannten Freund

Er höre werther Freund / was sich unlängst begeben /
Als ich bey Sonnenschein in unserm Garten saß /
Da sah ich in der Lufft ein kleines Vöglein schweben /
Das senckte sich zu mir hernieder in das Gras.

Ich fieng es eilend auff / mich dessen zu bedienen /
Stat eines Botens / doch es war mir zugeschwind:
Denn ehe ich michs versah / so schwermten unsre Bienen /
Indessen flogs davon / gleich wie der schnelle Wind.

Da war mein Anschlag aus: Was (dacht ich) kanstu machen /
Es ist nu allzuspät / der Bote ist schon fort /
Der mir kan dienlich seyn in so geschwinden Sachen /
Und mir den kleinen Brieff hintragen an den Ort.

Wo Fürst Apollo selbst hat seinen Sitz genommen /
Und wo Minerva kehrt zusampt den Musen ein /
Dahin auch mancher Freund der Pierinnen[1] kommen /
und mein Herr – – itzt wird anzutreffen seyn.

Was kan ich nu dafür das mirs nicht angegangen /
Wie ichs bey mir bedacht? Die Schuld ist itzt nicht mein /
Werd' ich den fliegenden Postreuter wieder fangen /
So soll er alsbald in seinen Diensten seyn.

Und über Berg und Thal sich eylend zu Ihm schwingen /
Und wenn er ihm den Gruß und Brief hat zugestellt /
So soll er uns von Ihm auch wieder Zeitung bringen /
Obs ihm noch wohl ergeht / und wie es ihm gefällt.[2]

...

---

[1] Pieriden = Beiname der Musen

[2] Die Stropheneinteilung ist im Original nicht vorgegeben; es handelt sich um eine poetische Epistel (Briefgedicht), eine bis ins 19. Jahrhundert übliche Dichtungsform.

Beglaubigung der Jungfer Poeterey

Rhapsodius[1] glaubt nicht das Jungfern Verse machen:
Wie solte man nu nicht der falschen Meynung lachen?
Wie / wenn man sagte / das hochzeitliche Gedicht /
Das Rhapsodus gemacht / ist seine Arbeit nicht.

Ist dieses müglich / so kan jenes auch geschehen.
Hat denn Herr Rhapsodus dergleichen nie gesehen?
Ihr Musen Söhne denckt / ihr seyd es gar allein /
Bey denen Phoebus zeucht mit seinen Künsten ein.

O nein / ihr irret euch: Die Pallas pflegt desgleichen
Kunst / Weißheit und Verstand uns Nimphen darzureichen.
Sind wir gleich nicht an Kunst und Gaben gar zu reich /
Noch euch / ihr Phoebus Volck in allen Stücken gleich.

(Denn dieses ist gewiß / das läßt man wol passiren /
Das euch die freye Kunst vortrefflich kan bezieren /
Dazu euch euer Fürst Apollo Anlaß giebt /
Wenn ihr von Jugend auf Parnassus[2] Hügel liebt.)

So werdet ihr doch diß nicht gäntzlich leugnen können /
Das Gott und die Natur uns ebenmäßig gönnen
Was euch gegen ist / und das uns offtmahls nicht
Das Tichten / sondern nur die Zeit dazu gebricht.

Es fehlt uns nicht an Witz / und andern guten Gaben /
Nur das man nicht dazu Gelegenheit kan haben.
Wenn man uns so wie euch / die Künste gösse ein /
So wolten wir euch auch hierinnen gleicher seyn.

---

[1] gr. fahrender Sänger; [2] Sitz der Musen und Dichter

Margaretha Susanna von Kuntsch

(1651–1716)

Als Tochter eines Hofbeamten bekam Margaretha Susanna von Kuntsch in ihrer Jugend zeitweise Unterricht in der lateinischen und französischen Sprache, sowie in »anderen guten Wissenschaften«. Seit 1669 lebte sie, mit dem Hofrat Christoph von Kuntsch verheiratet, in Eisleben, später in Altenburg. Nach ihrem Tod gab ihr Enkel, Christoph Gottlieb Stockmann, ihre Gedichte heraus. Der Gedichtsammlung ist ein selbstgeschriebener Lebenslauf vorangestellt, sowie eine Vorrede des berühmten Barockdichters C. F. Hunold (Ps. Menantes). Margaretha Susanna von Kuntsch schrieb Gelegenheitsgedichte zu unterschiedlichen Anlässen im Familienbereich und ihrem großen Freundeskreis. Unter anderem schrieb sie auch zahlreiche Gedichte auf den Tod ihrer Kinder. Von ihren vierzehn Kindern, acht Söhnen und sechs Töchtern, überlebte nur eine Tochter.

***

An einen guten Freund welcher mit
der Königin Anna[1] *Exempel der Weiber*
Unbeständigkeit beweisen wollte

Der Weiber Unbestand ist noch nicht gnug bewiesen /
Wenn Englands Anna nur zum Beyspiel dienen soll /
Drum wird / geehrter Freund / dich dieses nicht verdriessen /
Wenn dieser kleine Brieff ihr Thun entschuldgen soll.

Schau die Regierung an / die sie bißher geführet /
Thuts nicht ihr kluger Sinn gar vielen Männern vor?
Sie zeigte ihre Treu / wo sichs mit recht gebühret /
Wenn Ludwig als ein Mann so Schaam als Treu verlohr.

Sie hieß in aller Welt das Wunder dieser Zeiten /
Man wuste keine Frau / die iemahls so regiert /
Sie kunte um das Lob mit vielen Helden streiten /
Weil sie sich ie so klug als tapffer aufgeführt.

---

[1] Königin Anna Stuart (1665–1714)

Der Friede krönte sie / sie war die Lust des Landes /
Ihr dreyfach grosses Reich war unter ihr recht frey /
Die Völcker freuten sich des angenehmen Bandes /
Weil ihre Königin drey Cronen würdig sey.

Die Nachbarn liebten sie / weil ihre Feinde bebten /
Europa hielte sie vor ein vollkomnes Gut /
Weil durch sie Könige und Fürsten ruhig lebten /
Ja ieder Theil der Welt wust ihren Löwen-Muth.

Kurtz / was der gröste Held und König kan erlangen /
Das traf man wundersam bey unsrer Anna an /
Es kont ihr hohes Haupt mit solchen Gütern prangen /
Die kaum der zehnde Mann mit Müh erlangen kan.

Das machte ihre Treu und ihr beständigs Wesen /
Und daß sie selbst regiert / dahero irrstu dich /
Mein Freund / indem dein Brief das Widerspiel läst lesen /
Es ist ein falscher Rath / nicht sie / veränderlich.

Fürwahr du schlägst dich selbst mit deinen eignen Worten /
Weil du von Annen schreibst / was Männer doch gethan /
Was Bullingbrock[1] verübt / und dessen Schand-Consorten /
Geht nicht die Königin und ihr Gemüthe an.

Sie hat es zwar versehn / daß sie zu viel getrauet /
Doch mein / wer ist wohl frey vor übertünchter List /
Da viele Könige auf Diener Treu gebauet /
Die endlich zum Betrug und Falschheit worden ist.

Ich wolte also wohl mit besserm Rechte sagen /
Das weibliche Geschlecht sey standhafft / fromm und treu /
Man könte über euch mit mehrerm Grunde klagen /
Daß kaum von hunderten ein Mann beständig sey.

---

[1] Bolingbroke = engl. Staatsmann und Schriftsteller (1678–1751)

Allein ich will das nicht / ich schone dein Geschlechte /
Da du / geehrter Freund / voll Treu und Ehrlichkeit /
Und mache diesen Schluß: Die Treue heist mit Rechte
Bey Manns- und Weibes-Volck die gröste Seltenheit.

Hiemit beschliesse ich die wenigen Gedancken /
Gefallen sie dir nun / so andre deinen Sinn;
Doch wirst du auch gleich nicht von deiner Meynung wancken /
So wisse / daß ich dir mit Treu ergeben bin.[1]

Auf den Tod des fünftgebornen Söhnleins, den kleinen Chrisander, oder C. K. den 22. November 1686

Alß dort Timantes[2] Agamemnons Schmertz /
Da Iphigenien man opfern wolte /
Und wie sein Vater Hertz
Sich drob gequählet / bilden solte /
Da zog er einen Flohr
Desselben Antlitz vor.

Und zeigte damit an /
Es könne seinem Pinsel nicht gelingen /
Wie kläglich er gethan /
Recht lebhafft durch die Fahrben rauß zu bringen.
Warum? der Hertzens-Stoß
Sey gar zu starck und groß.

Was ist ein eintzig mahl /
Man stelle Agamemnon mich entgegen /
Mich / der des Würgers Stahl
Das neundte Kind hat müssen nun erlegen /
Indem worauf mit Lust
Ich hofft / ins Grab gemust.

---

[1] s. Anm. 2, S. 113

[2] Timanthes, griechischer Maler von der Insel Samos

Zwung ein so tapfrer Held /
Ein König der gewohnet zu regieren /
Der damahls wolt ins Feld
Ein Kriegs-Heer gegen seine Feinde führen /
Durch sein sonst tapfres Hertz
Nicht einen solchen Schmertz?

Ja traut der Künstler sich
Nicht zu / da er sonst künstlich war in schildern /
Durch seines Pinsels Strich
Der Eltern Schmertz bey Kinder Tod zu bilden /
Daß er vielmehr verdeckt /
Was ihre Seel erschreckt /

Wer giebet mir denn Muth /
Wer will mir meine Feder künstlich schärffen /
Wie jetzo wall't mein Blut /
Auf dieses Blatt mit Worten zu entwerffen /
Die ich ein Weib nur bin /
Ach! hier erstarrt mein Sinn.

Die Hand erzittert mir /
Die Feder will mir ihren Dienst versagen /
Es schüttert das Papier /
Und kan die Schmertzens-Worte nicht ertragen /
Drum zeuge stummes Leyd
Von meiner Traurigkeit!

Aufgedeckter Spiegel
Wunderbarer GOttes Regierung/
an dem
sehr geliebten / recht betrübten / wohlgeübten
Kinde des Glaubens
Job/
Der streitenden Kirche auf Erden/
bey der ihr abgeforderten
Stille / Demuth / und Gelassenheit/
unter der allmächtigen Hand
Des
Allerhöchsten/
Zum täglichen Muster
Ihrer Führung und Ubung
vorgestellt/
und
Aus schuldigster Lieb zu solchen heil-
samen Geheimnuß/ bey gegönnten
neben-Stunden
zu einer Dramatischen Repræsentation
mit gebundenen Zeilen entworffen
von
der Hirtin Daphne.

Sultzbach / Druckts Johann Holst / 1714.

Titelblatt zum Hiob-Drama
von Anna Rupertina Fuchs

Anna Rupertina Fuchs

(1657–1722)

Anna Rupertina Fuchs war die Tochter eines »Obristen zu Fuß« und einer Holländerin. Früh verwaist – die Mutter starb 1660, der Vater fiel im Türkenfeldzug 1664 – wurde sie vermutlich von Verwandten in Nürnberg aufgezogen. Mit 39 Jahren heiratete sie einen Schulrektor und späteren Stadtprediger in Sulzbach.

Anna Rupertina Fuchs entwickelte schon frühzeitig eine Neigung zur Poesie und brachte es schließlich zu einer solchen Fertigkeit, daß sie »ganze Gedichte ohne eine Feder anzusetzen, machen und hersagen« konnte; so steht es in der Vorrede zu ihren gesammelten *Poetischen Schriften*, die vier Jahre nach ihrem Tod ein Buchhändler herausgab. Sie selbst hatte zu ihren Lebzeiten unter dem Pseudonym »Daphne« veröffentlicht, in Anlehnung an die zeitgenössische Schäfermode, die besonders auch in Nürnberg gepflegt wurde. 1714 erschien ihre Dramatisierung der Hiobsgeschichte und 1720 der *Poetische Gedancken-Schatz*. Zu den Nürnberger Sprach- und Dichtergesellschaften, denen auch Frauen angehörten, hatte sie vermutlich keine Beziehung.

In ihrer Dichtung regt sich bürgerliches Selbstbewußtsein als (häufig moralisch umfunktionierte) Kritik an der politisch-sozialen Wirklichkeit.

Die Antwort

Durchleuchtigster! die Hand so Dero Siegel bricht /
Wird ohne zweiffel auch der Fürstin Gnad zerbrechen /
Wovon die kluge Welt ein stilles Urtheil spricht /
Der Pöbel aber eilt verächtlich laut zu sprechen.

Weil dieser Raserey kein Mensch entlauffen kan;
So bin und fleh ich hier mich künfftig nicht zu kräncken /
Sie reden mich / mein Kind / mein Schatz / mein Engel an /
Was wird der Frembden Ohr von solchen Titul dencken?

Ich stehe gantz bestürtzt! daß Dero Hoheit Glantz
Die Strahlen seiner Huld auf meinen Schatten strahlet.
Wer Cronen hertzen kan / der wählet keinen Krantz
Den nur die Welcke ziert / der Blumen-Bund gemahlet.

Ist nicht Durchleuchtigster / die Ros' in ihrer Hand?
Warum bemühen Sie sich um die leere Hecke?
Sie seynd es / die die Perl der Printzessinen fand /
Bey leibe: Daß mein Ruß nicht deren Glantz beflecke!

Und / wo gedencken Sie bey dieser Neigung hin?
Die vor des Hofes Aug nicht kan verlarvet bleiben;
Sie wollen / daß ich hier das Ziel der Feder bin /
Die Ihre Feder soll in die Histori schreiben.

Nein / sprechen Sie: die Hand der Grossen reichet weit;
Ist wahr; Wer aber will der Nach-Welt Lippen binden?
Kein Faden ist so klein / der endlich mit der Zeit /
Nicht sein Gewebe wird an klarer Sonnen finden.

Der blinden Leibe Trieb umnebelt ihren Geist:
Der helle Jupiter will hier ein Irrlicht werden:
Der meine Jugend von dem Weg der Tugend weist.
Mag auch ein Adler sich vermählen mit der Erden?

Weil meines Fürsten Aug nicht selber vor sich wacht /
Solt mich darum der Schlaff der Sicherheit bethören?
Ich sage nein: Ich hab viel mehr den Schluß gemacht;
Von Liebe nicht ein Wort gedultig anzuhören.

Hier sendet meine Hand den Diamant zurück:
Der Thränen Ebenbild die weise Muschel-Kinder:
Mir eckelt anzuseh'n mehr solchen Sclaven Strick /
Der meinen Namen macht zu einen armen Sünder.

Des Fürsten Contrefait[1] gehöret keiner Magd /
Es ist nur bloß gemahlt der Hoheit Brust zu küssen:
Weh! wann ein schwacher Kahn sich an die Klippe wagt /
Für der schon mancher Maast die Segel streichen müssen.

Doch bleibet meine Pflicht der Demuth unverletzt /
Daß unterthänigst ich werd Dero Winck verehren /
So ferne kein Befehl sich wider Tugend setzt:
Als der die Mißgeburth der Laster will vermehren.

Ein frembder Schaden macht hier meine Sinnen klug.
An diesen Faden kenn ich meiner Keuschheit Netze /
Die Kette welche Hand der Seelen Wolcken Flug;
Die Dienstbarkeit so mir schrieb schädliche Gesetze.

Ich lebe Sorgen loß weil mein Gewissen frey /
Und seiner Durchleucht Brief ist unverletzt geblieben /
Fragt nun die gantze Welt was mein Verbrechen sey?
Der Fürst hasst seine Magd / warum? Sie will nicht lieben.[2]

---

[1] Konterfei = Bildnis; [2] s. Anm. 2, S. 113

Ruh-beglückte Einsamkeit

Ruh-beglückte Einsamkeit /
Paradieß der Lebens-Zeit
laß dich von der Daphne grüssen!
Und du schöner Silber-Fluß /
Schenck mir deinen Honig-Guß /
Meine Sorgen zu versüssen!
Zürne nicht / du sanffter Klee!
Wann ich auf und nieder geh'.

Dieser Bäume Schatten-Zelt
Tausend Anmuth in sich hält.
Wer solt unter jenen Linden
Wo der Unschuld Purpur thront
Und des Friedens Scepter wohnt /
Nicht der Sinnen Labsal finden?
Was das Hertz vergnügen kan /
Lächelt hier die Augen an.

Ich erwehle deinen Krantz
Für des Hofes Hoheit-Glantz /
Wo das falsche Wort-Ersinnen
Auf geschminckte List bedacht /
Bis der Geist zum Knecht gemacht:
Hohe Stürtz in hohen Zinnen
Haben vieler Wunsch gefällt
Und verdeckte Netz gestellt.

Leichter ist es hier allein
Der Begierden Herr zu seyn;
Als regieren jene Dächer
Die der Pracht selbst aufgebaut /
Wo die Kunst den Meister schaut
An dem Zierrath der Gemächer:
Da der Armen Thränen-Guß
Allen Kosten zahlen muß.

Deiner Kräuter Balsam-Beth
Wird ja noch ein kleine Stätt
Künfftig meiner Hüten weisen
Da nach wilder Wellen-Bahn
Meiner Sehnsucht schwacher Kahn
Kan der Schickung Ufer preisen:
Wo die Falschheit / Neid und List
Nicht des Lebens Band zufrisst.

Holde Gegend gönne mir
Daß ich öffter komm zu dir /
Und erlaube meiner Heerde /
Daß sie deine Matten schau /
Und von dieser Blumen-Au'
Ihre Zung durchzuckert werde:
Speiß in deinem Bunten-Saal
Morgen sie das erste mal.

Christiana Mariana
von Ziegler
gebohrne Romanus.

Christiana Mariana von Ziegler

(1695–1760)

Christiana Mariana Ziegler gehörte der Zeit der Aufklärung an. In ihrem dichterischen Werk setzte sie sich für die Rechte der Frauen ein. Ihr Beispiel ermunterte in der Folgezeit eine ganze Reihe von Frauen, die Feder in die Hand zu nehmen.

Mariana Ziegler war die Tochter einer der angesehensten Familien in Leipzig, die allerdings 1705 ein großes Unglück traf. Ihr Vater, Franz Conrad Romanus, seit 1701 Bürgermeister der Stadt, wurde wegen eines angeblichen Staatsverbrechens zu Festungshaft verurteilt und starb vierzig Jahre später, ohne die Freiheit wiedererlangt zu haben. Als 1728 das erste Buch Mariana Zieglers erschien, hatte sie bereits zwei Ehemänner durch den Tod verloren, ebenso ihre beiden Kinder. Seit 1722 lebte sie wieder in ihrem Elternhaus und führte einen »musikalischen Salon«. Für die Leipziger Gesellschaft war das etwas Neues, da die Pflege der Künste damals noch dem Hofe und dem hohen Adel in Dresden vorbehalten war. Johann Sebastian Bach, seit 1724 in Leipzig, vertonte neun geistliche Cantaten von ihr. Mariana Zieglers Gedichte haben oft eine für jene Zeit nicht selbstverständliche klare und flüssige Diktion; besonders ihre strophisch gebauten Lieder verraten ein bemerkenswertes musikalisches Gespür. Sie veröffentlichte auch Reden, Gespräche, Briefe und Fabeln.

Mariana Ziegler war in literarischen Kreisen zwischen 1730 und 1740 sehr berühmt. Sie wurde das erste weibliche Mitglied der »Deutschen Gesellschaft« in Leipzig und hielt dort eine Rede zum Thema »Ob es dem Frauenzimmer erlaubet sey, sich nach den Wissenschaften zu bestreben«. Sie war auch die erste Frau, die von einer Universität zur Dichterin gekrönt wurde (1733). Ein solcher Einbruch in das Reich akademischer, sprich männlicher Würden war zu ihrer Zeit nur durch männliche Unterstützung möglich. Und die erhielt sie von dem Leipziger Literaturprofessor Johann Christian Gottsched, der sie im Schreiben ermunterte und förderte und sich überhaupt für die Frauenbildung einsetzte.

Ihre Erfolge brachten ihr aber nicht nur Glückwünsche und Lobreden ein. Es wurde manches Spottgedicht auf sie verfaßt, vor allem nach ihrer Dichterkrönung. 1741 ging sie eine dritte Ehe ein und verstummte fortan als Schriftstellerin.

Das männliche Geschlechte, im Namen einiger Frauenzimmer besungen

Du Weltgepriesenes Geschlechte,
Du in dich selbst verliebte Schaar,
Prahlst allzusehr mit deinem Rechte,
Das Adams erster Vorzug war.
Doch soll ich deinen Werth besingen,
Der dir auch wirklich zugehört;
So wird mein Lied ganz anders klingen,
Als das, womit man dich verehrt.

Ihr rühmt das günstige Geschicke,
Das euch zu ganzen Menschen macht;
Und wißt in einem Augenblicke
Worauf wir nimmermehr gedacht.
Allein; wenn wir euch recht betrachten,
So seyd ihr schwächer als ein Weib.
Ihr müßt oft unsre Klugheit pachten,
Noch weiter als zum Zeitvertreib.

Kommt her, und tretet vor den Spiegel:
Und sprechet selbst, wie seht ihr aus?
Der Bär, der Löwe, Luchs, und Igel
Sieht bey euch überall heraus.
Vergebt, ich muß die Namen nennen,
Wodurch man eure Sitten zeigt.
Ihr mögt euch selber wohl nicht kennen,
Weil man von euren Fehlern schweigt.

...

Die, welche sich nur selbst erheben,
Die gerne groß und vornehm sind,
Nach allen Ehrenämtern streben,
Da doch den Kopf nichts füllt als Wind:
Die keine Wissenschaften kennen,
Und dringen sich in Würden ein,
Die kann man wohl mit Namen nennen,
Daß sie der Thorheit Kinder seyn.

Die Männer müssen doch gestehen,
Daß sie wie wir, auch Menschen sind.
Daß sie auch auf zwey Beinen gehen;
Und daß sich manche Schwachheit findt.
Sie trinken, schlafen, essen, wachen.
Nur dieses ist der Unterscheid,
Sie bleiben Herr in allen Sachen,
Und was wir thun, heißt Schuldigkeit.

Der Mann muß seine Frau ernähren,
Die Kinder, und das Hausgesind.
Er dient der Welt mit weisen Lehren,
So, wie sie vorgeschrieben sind.
Das Weib darf seinen Witz[1] nicht zeigen:
Die Vorsicht[2] hat es ausgedacht,
Es soll in der Gemeine schweigen,
Sonst würdet ihr oft ausgelacht.

Ihr klugen Männer schweigt nur stille:
Endecket unsre Fehler nicht.
Denn es ist selbst nicht unser Wille,
Daß euch die Schwachheit wiederspricht.
Trag eines nur des andern Mängel,
So habt ihr schon genug gethan,
Denn Menschen sind fürwahr nicht Engel,
An denen man nichts tadeln kann.

In der bekannten Melodie:

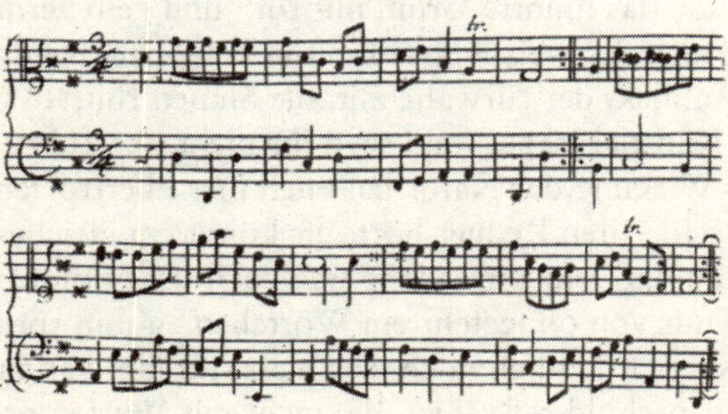

[1] Verstand; [2] Vorsehung

Als sie ihr Bildniß schildern sollte

Mein Freund, o! thu dir nicht Gewalt;
Kennst du mich gleich nicht von Gestalt,
Deswegen fasse keine Grillen;
Den Kummer will ich dir bald stillen.
Ich setze schon die Feder an.
Mit dieser wird dir kund gethan:
Du sollst mein Bild in Reimen lesen,
Mein Ansehn und mein ganzes Wesen.
Ich bin nicht klein, ich bin nicht groß,
Ich geh bedeckt und niemals bloß.
Mit aufgeräumten frohen Minen
Such ich der ganzen Welt zu dienen.
Ich bin nicht stark; ich bin nicht schwach;
Mein Fuß ist schnell, kein Ungemach
Setzt meine Seel aus ihren Schranken;
Mein fester Sinn pflegt nicht zu wanken.
Ich liebe Kunst und Wissenschaft,
Und lache wenn man sich vergafft.

Auf einen schönen und artigen Papagoy

Es hat dich die Natur recht herrlich ausgeschmücket;
Dein Glanz ist ungemein, man bleibt dabey entzücket.
Man sage was man will von aller Farben Kunst:
Es ist und bleibt fürwahr nur eitler Wörter Dunst.
Ich seh das muntre Grün, mit roth und gelb vermenget;
Wie sich der weisse Strahl mit in den Schnabel dränget;
O Anblick, der fürwahr mir alle Sinnen rührt!
Ihr Künstler, saget frey! seyd ihr nicht überführt,
Die Wirkung der Natur hat euch hier übertroffen?
Ihr schlechten Redner hört, ihr könnt ein gleiches hoffen
Kaum daß sein zartes Ohr sich nach der Stimme rieht,
Die nur von ohngefehr ein Wörtchen zu ihm spricht,
So sagt er deutlich noch was man von ihm verlanget.
Die Unschuld redet hier, die nicht mit Worten pranget.
Er speist sein Zuckerbrodt, steigt in dem Baur herum,
Sieht sich in keiner Schrift nach Wort und Einfall um.

Ihn plagt kein schwarzer Neid, er will sich nicht verstellen;
Kann er gleich als ein Hund mit seinem Stimmchen bellen.
Er lacht, er pfeift, er singt, wenn sich die Zunge regt
So wird eine neuer Werth auch an den Tag gelegt.
Wie sollte nicht mein Freund den klugen Vogel lieben?
Wer ihn nur hört und sieht, wird dazu angetrieben.
Ich sorge wahrlich selbst, daß ihn kein Unfall schreckt,
Und daß kein Katzenkopf sich nach dem Bauer streckt.
Mein Papchen lebe wohl, belache alle Thoren.
Die nicht so edel sind in ihrer Art gebohren.
Du sprichst dein gutes Deutsch, dein rein gesetzt Latein,
Kanst manchem der es lehrt, darinn ein Muster seyn[1].

Ode

Zürne nicht, wenn ich dir sage,
Daß ich dich nicht lieben kann.
Wenn ich Aug und Herze frage,
Giebt es mir die Ursach an:
Amor herrscht gleich den Tyrannen;
Räumt man ihm nur etwas ein,
Sucht er alles zu verbannen,
Was ihm nicht will dienstbar seyn.

Ruh und Freyheit gieng verlohren,
Der Verlust fiel mir zu schwer;
Dazu bin ich nicht gebohren,
Nein, mein Ohr giebt kein Gehör.
Kühl die Gluth an andern Blicken,
Was nutzt eine kalte Brust?
Sich an Schnee und Eis erquicken
Bringt dem Herzen schlechte Lust.

Du bist edel von Gemüthe,
Du bist angenehm und schön,
Du bist in der schönsten Blüte,
Jede mag dich gerne sehn.

---

[1] Dieser Vergleich ist eine ironische Abrechnung mit der Überheblichkeit der gelehrten Zeitgenossen.

Dein Verstand, dein ganzes Wesen
Liebt ein Herz das lieben kann;
Ja dein Werth bleibt auserlesen,
Nur ich nehm nicht Theil daran.

Ja ich will mich selbst verdammen,
Mein Herz ist zu felsenfest,
Da im Ursprung deiner Flammen
Es dich gar verschmachten läßt.
Darum muß ich mit dir leiden,
Daß ich dich nicht trösten kann;
Dich und deinen Umgang meiden
Seh ich selbst für strafbar an.

Hoffe nur und sey zufrieden,
Zeit und Stunden ändern sich.
Was der Himmel dir beschieden,
Das erhält er auch vor dich.
Er kann Geist und Herze lenken;
Sieht er meine Unschuld an,
Wird er auch an dich gedenken,
Daß ich dich noch lieben kann.

Dennoch will ich mich vergnügen,
Wenn mein Schicksal widerspricht.
Sollte ja die Hoffnung trügen,
Trügt doch deine Liebe nicht.
Ich kann dich doch niemals hassen;
Denn der erste Blick und Tag
Ließ mich was ins Herze fassen,
Das ich nicht gestehen mag.

Die Dichterin und die Musen

Ich meynte bey dem Trieb, den ich gar oft verspührt,
Und der durch Sehnsucht mir den regen Geist gerührt,
Mich noch auf den Olymp beglückt hinauf zu schwingen
Weil auch die Musen dort, als Frauenzimmer singen.
Jedoch mein Hoffen fehlt; ich kann im voraus sehn,
Daß, leider! selbiges unmöglich kann geschehn,
Der Pierinnen[1] Schaar drängt mich von ihren Stufen,
So eifrig und bemüht ich ihr doch zu gerufen,
Aus Eifersucht und Furcht, es möchte nach und nach
Apollo, der sie liebt, zu nicht geringer Schmach,
Und ihrem größten Schmerz, dem fremden Gast daneben
Ein freundliches Gesicht, und holdes Blickchen geben.

---

[1] Pieriden = Beiname der Musen

Sidonia Hedwig
Zaeunemännin aus Erfurt
Kayserl. Gekrönte Poetin

Sidonia Hedwig Zäunemann

(1714–1740)

Sidonia Zäunemann, die Tochter eines Erfurter Notars, war eine der ersten Frauen, die unter der Einwirkung der Erfolge von Mariana Ziegler aufwuchs. »Ihr Vorbild hat mein Blut erhitzt«, schrieb sie in einem Gedicht.

Ihr Leben und Dichten zeigt den entschlossenen Drang zur Selbstbehauptung. Als ihr Hauptwerk bezeichnete sie die poetische Beschreibung *Das Bergwerk in Ilmenau*, in der sie ihre Fahrt unter Tage schildert. Wohl zu Recht rühmte sie sich, eine der ersten Frauen zu sein, die ein solches Unternehmen wagte. Mut bewies sie auch sonst. Ihre zahlreichen Reisen nach Ilmenau, dem Wohnsitz ihrer Schwester, legte sie allein zu Pferd in Männerkleidung zurück, und das zu einer Zeit, da junge Mädchen kaum unbegleitet über die Straße gehen durften. Eine dieser Reisen endete für sie tödlich. Zeitgenössische Quellen berichten, daß sie bei der Überquerung einer Brücke ins Wasser stürzte.

Sidonia Zäunemann blieb bis zu ihrem frühen Tod unverheiratet und lebte im Haus ihrer Eltern in Erfurt. Ihr Verstoß gegen die »weiblichen Normen«, ihr dichterischer Ehrgeiz und ihr persönliches Unabhängigkeitsstreben mußten Anstoß erregen, nicht nur in den kleinbürgerlichen Kreisen ihrer Heimatstadt. Verteidigung und Rechtfertigung durchziehen ihr Werk wie ein roter Faden.

1738 wurde ihr eine wichtige öffentliche Anerkennung zuteil: die Göttinger Universität krönte sie zur kaiserlichen Poetin. Erst nach dieser Ehrung gab sie ihre erste Gedichtsammlung *Poetische Rosen in Knospen* heraus. 1739 veröffentlichte sie als letztes Werk eine Satire im Geist der Aufklärung.

Andächtige Feld- und Pfingst-Gedanken

Als ich den ersten heiligen Pfingst-Tag
von Erfurt nach Ilmenau reisete, wobey es beständig donnerte,
blitzte, auch zuweilen etwas regnete[1]

Wie vielmahl bin ich schon den Weg allhier geritten,
Und dennoch, Gott sey Lob! ist nie mein Roß geglitten:
Mein Pferd ist nie gestürzt, so scharf ich auch gejagt.
Zwar einmahls machte mich mein Hengst etwas verzagt;
Allein dein starker Schutz ließ mich nicht in den Hecken,
Vielwenger in Gefahr verzagen oder stecken.
Du Höchster! warst mein Schirm, dein Engel brachte mich
Gesund und wohl nach Haus; und darum preis ich dich.
Wenn mich ein Regen-Guß den ganzen Weg geführet,
Daß ich kein trocknes Fleck an Kleid und Leib verspühret;
Wenn mich der Sturm gedreht, so hab ich doch gelacht;
Es hat mir nichts geschadt. Wenn mich die finstre Nacht,
Da kaum vor Dunkelheit die Pfützen zu erblicken,
Mich über Stock und Stein und über schmahle Brücken
Und Berge hingeführt, nach ich doch nie Gefahr,
Noch Schrecken, oder Furcht, noch Widrigkeiten wahr.
Der finstre Tannen-Wald hat mich gar nicht erschrecket,
Vielmehr sein sanft Geräusch die größte Lust erwecket.
Versuchts, es reiset sich des Nachts in Wäldern schön;
Ich habs erst nicht geglaubt; nun hab ich es gesehn.
Das sonst berufne Fleck läßt mir auch keinen Grauen
Noch Zittern und Gefahr wie etwa andern schauen.
Wenn Blitz und Donner-Knall den Tannen-Wald erfüllt,
Und in denselbigen gesauset und gebrüllt:
Hat man mich vor der Fluth und Donner warnen wollen
So hab ichs nicht geacht. Denn die Gerechten sollen
In Unglück und Gefahr und in der Todes-Pein,
Doch allezeit beherzt und frischen Geistes seyn.
Bey Tage und bey Nacht, zu Hause und in Gründen,
Kan mich die Hand des Herrn stets treffen oder finden:
Drum fürcht ich mich vor nichts. Du mein Imannuel!
Du führst mich stets; durch wen? durch deinen Raphael.

---

[1] Das Gedicht umfaßt im Original 387 Zeilen.

Gott Lob! der führt mich auch an diesem heiigen Tage,
Und schützet mich gewiß vor aller Noth und Plage.

...

Madrigal, über die Wiege eines Kindes

Du schläfst in Ruh,
Und bildest dir nicht ein,
Die kleine Wiege werde
Auf dieser schnöden Erde,
Das Vorbild deines größren Schicksals seyn.
Die Wiege wirft dich hin und her:
So wirst Du auch nach mehren Jahren
Des Schicksals Spielwerk wohl erfahren.
Es wird sich stets bemühn,
Dich öfters hin und her zu ziehn.

Das unter Gluth und Flammen
ächzende Erfurt. Den 21.ten Oct. 1736[1]

O! Was erhebt sich vor ein Sturm!
Wie braußt der Wind in unsern Gassen!
Dort wankt ein hochgespitzter Thurm,
Den hunderttausend Wirbel fassen.
Hier kracht ein schwach und mürbes Haus;
Sein Grimm bricht Kalch und Ziegel aus;
Er pfeift durch Gärten und Gebäude.
Entstund ein Feuer ohngefehr,
Wo nähmen wir jetzt Rettung her;
Wie schlecht wär unsre Sabbaths-Freude!

O weh uns! kaum gedenk ich dran,
So hör ich Feuer! Feuer! schreyen.
Die Funken steigen Himmel an,
Und scheinen uns den Tod zu dräuen.

[1] Das Gedicht umfaßt im Original 30 Strophen

Die ganze Stadt erschrickt und bebt,
Und was in unsern Mauren lebt,
Erzittert, läuft und eilt zum Retten.
Der stark und ungeheure Wind
Treibt Gluth und Flammen so geschwind,
Als ob sie güldne Flügel hätten.
...

Dort trägt mit Seufzen, Ach und Weh
Ein armes Weib ein Bündel Betten,
Und hält es zitternd in die Höh,
Um dieß noch vor der Gluth zu retten.
Hier läuft ein hochbetagter Mann,
Trägt, was er sonst kaum heben kan,
Und suchts in Sicherheit zu bringen.
Da führt und schleift man Kaufmanns-Guth,
Man eilt es möchte sonst die Gluth
Die Waaren allesamt verschlingen.

Reißt Frauenzimmer! reißt die Pracht
Von Achseln, Haupt und Schlaf herunter!
Kommt gebt auf eure Freunde acht,
Und seyd zum Räumen frisch und munter.
Was denkt ihr jetzt ans Feyer-Kleid,
Jetzt da das Feuer Funken speyt,
Und seinen rothen Rachen weiset.
Auf! säumet nicht! helft, wo ihr könnt,
So lang die Gluth euch Zeit vergönnt,
Damit man eure Großmuth preiset.

Das ungeheure Element
Sucht seine Flügel auszubreiten.
Es raßt und tobt, und frißt behend,
Und lodert schon auf allen Seiten,
Der Sturm bläßt heftig in die Gluth,
Und mehret dadurch ihre Wuth,
Und unterhält die tollen Flammen.
Hier sind, wie ist mir doch so bang,
Zu unsers Erfurts Untergang
Zwey Feinde unzertrennt beysammen.

Jetzt steigt ein Regenbogen auf;
O! wäre dieß ein Gnaden-Zeichen!
Vieleicht sieht Gottes Auge drauf,
Und läßt sein Vater-Herz erweichen.
Doch nein! der Sturm bläßt immer mehr;
Er heult und brüllt und wüthet sehr,
Und blendet durch den Rauch die Augen.
Man weiß fast nicht wohin man sieht;
Der heise Dampf, der seitwerts zieht,
Beißt schmerzlicher als scharfe Laugen.

Vor Schrecken kreyset dort ein Weib,
Und muß ihr Kind in Thränen baden.
Hier trägt man einen siechen Leib,
Damit ihm nicht die Flammen schaden.
Wenn jetzt die arme Geren-Stadt[1]
Den Höchsten nicht zum Helfer hat,
So muß sie gänzlich untergehen.
Wofern er nicht dem Wind gebeut,
Dem Feuer wehrt, dem Funken dräut,
So bleibt kein einzig Wohnhaus stehen.

Der Himmel zeigt uns noch einmahl
Den buntgefärbten Regenbogen.
Allein er mindert nicht die Quaal.
Die Gluth kömmt stärker hergezogen.
Der Rauch benimmt der Sonnen-Blick,
Die Luft wird dampfigt, schwarz und dick,
Dort fliegen angeflammte Kohlen;
Sie drehen sich mit Ungestümm,
O Jammer! ihr erhitzter Grimm
Entzündet auch die stärcksten Bohlen.

Hier stürzt ein lodernd Dach herab;
Dort knackt und prasselt ein Gebäude,
Und findet bald ein rothes Grab
Zu des Besitzers gröbstem Leide.
Die Gluth verschont kein steinern Haus,
Sie brennt die schönsten Zimmer aus;

[1] Erfurt an der Gera

Die stärcksten Mauren müssen springen.
So plötzlich kan die schnelle Gluth
Haus, Bücher, Früchte, Hab und Guth,
Eh man es noch vermeint, verschlingen.

Man sieht, wie sich die Spritzen drehn,
Wie scharf sie mit den Flammen fechten;
Sie geben zischend zu verstehn,
Wie gern sie uns erretten möchten.
Allein umsonst! mir fällt der Muth;
Kein Wasser tilgt die wilde Gluth.
O! könnt man sie mit Thränen zwingen!
Ich weiß, sie wär schon längst gestillt,
Denn was aus unsern Augen quillt,
War stark genug sie zu verdringen.

...

Der Abend kömmt betrübt herbey;
Die Sonne geht ganz traurig unter,
Allein das Feuer herrscht noch frey;
Das matte Volk bleibt gleichfals munter.
Das Stücke wiederhohlt den Knall;
O mehr als fürchterlicher Schall!
O strenges Nacht-Lied, so wir hören.
Ach Schreckens-voller Morgen-Gruß,
Der uns zugleich erinnern muß
Die Augen nach dem Brand zu kehren.

...

Kommt! schaut die Aschen-Hauffen an,
Die gleich den Ziegel-Oefen rauchen.
Man sieht, so weit man sehen kan,
Die Gluth verdeckt und dampfend schmauchen.
O heises Grabmaal einer Stadt,
Die Gott so scharf gezüchtget hat!
Hier überfällt mich Furcht und Grauen.
O soll ich dich mein Ger-Athen
In solchem Jammer-Stande sehn!
Und deine Bürger weinend schauen.

Sucht eure Stätte nur noch nicht,
Nein, sondern sucht zuerst die Gassen,
Der Schutt betrüget das Gesicht;
Sie werden sich kaum finden lassen.
Hier ist ja lauter Wüsteney;
Der Berge sind so vielerley;
Wer will euch eure Wohnung zeigen?
Man geht jetzt nicht durch Strassen hin;
Man muß mit tiefgebeugtem Sinn
Nur über Feuer-Hügel steigen.

Der Höchste schlug; er wird sich auch
Der elend- und betrübten Armen
nach seinem väterlichen Brauch,
Nach seiner Huld und Gnad erbarmen.
Wer aber davon hört und spricht,
Verdamme ja und richte nicht,
Und untersuche sein Gewissen.
Denn so ihr jetzt nicht Busse thut,
So werdet ihr durch Sturm und Gluth
Auf gleiche Art verderben müssen.

Jungfern-Glück

Niemand schwatze mir vom Lieben und von Hochzeitsmachen vor,
Cypripors Gesang und Liedern weyh ich weder Mund noch Ohr.
Ich erwehl zu meiner Lust eine Cutt- und Nonnen-Mütze,
Da ich mich in Einsamkeit wieder manches lästern schütze.
Ich will lieber Sauer-Kraut und die ungeschmeltzten Rüben
In dem Kloster vor das Fleisch in dem Ehstands-Hause lieben.
Mein Vergnügen sey das Chor, wo ich sing und beten tuhe,
Denn dasselbe wirkt und schafft mir die wahre Seelen-Ruhe.
Will mir den gefaßten Schluß weder Mann noch Jüngling glauben,
Immerhin, es wird die Zeit euch doch diesen Zweifel rauben.
Geht nur hin, und sucht mit Fleiß Amors Pfeile, Amors Waffen,
Und geberdet euch darbey als wie die verliebten Affen!

Dorten stund in einem Carmen[1] auf den Herrn von Obernütz:
Kriegt das schöne Jungfern-Röckgen einen Flecken, Ritz und Schlitz,
So muß auch der Jungfern Glück und die edle Freyheit weichen,
Und dargegen sucht die Angst sich gar eilend einzuschleichen.
Dieser Vers hat recht gesagt, Jungfern können kühnlich lachen;
Dahingegen manches Weib sich muß Angst und Sorge machen.
Kriegt die Noth durch Gegen-Mittel eine Lindrung und ein Loch,
Ey, so währt es doch nicht lange, und man schauet immer noch
Eben so viel Bitterkeit als in Erfurt Mannes Krausen,
Leid und Trübsal, Gram und Pein will die armen Weiber zausen.
Kriegt ein Weib von ihrem Mann manchen Tag ein Dutzend Mäulgen[2],
Ey! so sagt, was folgt darauf? Über gar ein kleines Weilgen
Brennt des Mannes Zorn wie Feuer, und er schwöret beym Parnaß:
Frau! ich werde dich noch prügeln, oder stecke dich ins Faß.
Dieser Weiber Noth und Pein will ich mich bey Zeit entschlagen,
Denn so darf kein Herzens-Wurm jemahls meine Seele nagen.
Drum so sag ich noch einmahl; Gute Nacht, du Scherz und Küssen,
Ich will deine Eitelkeit bis in meine Gruft vermissen.

---

[1] Carmen = Lied

[2] Mäulgen = Küsse

Johanne Charlotte Unzer

(1725–1782)

Als »anakreontisches Mädchen« erregte Johanne Charlotte Unzer um die Mitte des 18. Jahrhunderts Aufsehen. 1751 erschien anonym ihr *Versuch in Scherzgedichten*, in dem sie der anakreontischen Mode huldigte und Lieder von Liebe, Wein und fröhlicher Geselligkeit sang. Gegen die zu erwartende Entrüstung schrieb sie gleich eine Verteidigung im voraus. Darin widersprach sie dem Vorurteil, Frauen hätten nur in »erhabner Art« zu dichten und forderte ihre »Schwestern« zur Nachahmung auf.

Johanne Charlotte Unzer war in Halle aufgewachsen. Sie war die Tochter einer angesehenen Familie, die ein reges gesellschaftliches Leben führte. Der Vater, Johann Gotthilf Ziegler, war Organist und Komponist. Zum Zeitpunkt ihrer ersten Veröffentlichung war sie bereits mit Johann August Unzer verheiratet, einem Arzt und Schriftsteller. Sie folgte ihm 1751 nach Hamburg, später Altona, wo sie auch starb.

Johanne Charlotte Unzers *Scherzgedichte* zeigen die für die Hallesche Anakreontik charakteristische empfindsame Färbung. Das Buch brachte es immerhin auf drei Auflagen (^{2}1753, ^{3}1766). In ihren späteren Gedichten mischen sich empfindsame und rationale Züge. 1754 erschienen *Sittliche und zärtliche Gedichte* (^{2}1766) und 1766 *Fortgesetzte Versuche in sittlichen und zärtlichen Gedichten*.

Diese letzte Ausgabe enthielt Gedichte, die bereits zehn Jahre zuvor entstanden waren und kam nur auf Drängen eines Neffen, der Verleger war, zustande. In der Vorrede schrieb sie, daß ihr später wegen Mutterpflichten, einer schweren, sich über ein Jahrzehnt erstreckenden Krankheit und des Todes zweier Kinder die Muse zum Dichten gefehlt habe.

In der Einleitung zu den *Scherzgedichten* hatte Johanne Charlotte Unzer bereits die »eingeschränkte Lage« der Frau als Dichterin beklagt, ebenso die Einschränkung ihrer Bildung. 1751 erschien unter ihrem Namen der *Grundriß einer Weltweisheit für das Frauenzimmer* und im gleichen Jahr *Grundriß einer natürlichen Historie und eigentlichen Naturlehre für das Frauenzimmer* (^{2}1764). Dabei handelt es sich zum großen Teil um Übersetzungen aus lateinischen Quellen. Der Anteil von Unzer an diesen Werken ist bis heute nicht eindeutig geklärt.

Nachricht[1]

Nun, da es Gleim[2] im Scherz geschrieben,
Daß alle Mägdchen Puppen wären;
Hält mancher uns im Ernst für Puppen,
Als wären wir für ihn gedrechselt.
Doch wißt, ihr stolzen Mägdchenkenner,
Ihr kleinen Zwecke kleiner Puppen!
Als die Natur uns euch bestimmte,
Damit ihr mit uns spielen möchtet;
Sah sie euch an als kleine Kinder,
Die noch nicht unterscheiden können.

Der Sieg der Liebe

De Voltaire
– alheureux! qui n'en parle, qu'en Vers

Ich fühl in der Brust
Die zärtlichsten Triebe,
Den Ursprung der Lust,
Die göttliche Liebe.

Schon siegt der Affect!
Entzückende Schmerzen,
In Freude versteckt,
Erwachen im Herzen.

Es tobt in der Brust,
Bey Seufzern und Thränen,

---

[1] Dies ist eine Antwort auf folgendes Gespräch.
A. So sind die Mägdchen, wie ihr meynt,
Denn keine Menschen?
B. Nein, Mein Freund!
A. Was sind sie denn? Herr Mägdchenkenner!
B. Lebendge Puppen für die Männer.

[2] Johann Wilhelm Ludwig Gleim(1719–1803), deutscher Schriftsteller, schrieb u. a. anakreontische Lyrik

Ein Vorwitz zur Lust,
Ein treibendes Sehnen.

So oft ich dem Witz
Zu lächeln befehle;
Durchdonnert ein Blitz
Von Schrecken die Seele.

Wie Rosen verblühn,
So schwinden die Kräfte:
Wie Wetter aufziehn,
So schleichen die Säfte.

Doch, dennoch entreißt
Kein Zufall, kein Leiden,
Dem muthigen Geist
Die seligen Freuden.

Verzweiflung bedroht
Die Hoffnung vergebens:
Ich wünsche den Tod,
Zur Rettung des Lebens.

O glücklicher Krieg!
O selige Stunden!
Ich habe den Sieg
Der Liebe empfunden.

Die Sommernacht

Nein! Nichts übertrifft doch die kühlenden Nächte,
Die Nächte nach hitzigen Tages des Sommers!
Erquickende Wollust durchdringet die Glieder,
Und stärkt und belebt!

Verführerisch tönen der Nachtigall Lieder;
Aus jedem Gebüsche schallt Wollust und Liebe;
Es rauschen die schwankenden Äste gelinder,
Und hören ihr zu.

Unzählige Blumen verhauchen hier Düfte!
Der wachen Viole, der taumelnden Rose
Balsamische, reine, gesunde Gerüche
Erfüllen die Luft.

Am blauen Gewölbe der oberen Lüfte
Erscheinet Diane, im blassen Gewade,
Mit Sternen umgeben, durchjagt sie den Himmel
Zwar schnell, aber still.

Vom Schlafe verscheuchete Sorgen fliehn, schwindlicht,
Und kommen am Fenster des Nachbars zusammen,
Um gleich mit dem frühesten Strale der Sonne
Im Zimmer zu seyn.

Der Geizhals mag immer mit Sorgen sich schlagen!
Mir folgen nur wenig und kleinere Sorgen,
Noch sattsam bescheiden in ihrer Verfolgung.
Die Schultern umhüllt.

Ein durchsichtger Flor. Doch die streitbaren Scherze,
Anakreons, Gleimens und Hagedorns[1] Scherze,
Bekämpfen, besiegen, verjagen die Sorgen,
Und klatschen sie aus.

Was hör ich? Dort rasselt der Wagen der Sonne!
Wo bist du Diane? In welcher Entfernung
Entfliehst du dem Lärme des kommenden Tages!
O schmerzliche Flucht!

Nein! Nichts übertrifft doch die kühlenden Nächte!
Und hätt ich des Nachts die Gesellschaft der Freunde,
Die itzt denen Tagen den Vorzug noch geben;
So lebt ich nur Nachts.

[1] Friedrich von Hagedorn (1708–1754), deutscher Schriftsteller, schrieb u. a. anakreontische Lyrik

Die Ruhe

Vergebner, heißer Wunsch nach Ruh,
Was sättigt dich? Was stillt die Schmerzen
Des unruhvollen, bangen Herzen?
Was heilt die tiefen Wunden zu?

Auf der Welt ist nichts zu finden.
Reichthum, Ehre, Wollust schwinden,
und uns bleibt, nach dem Genuß,
Ekel und Verdruß.

Umsonst sucht ich ein daurend Glück
In allen Gütern dieses Lebens.
Sie fliehn zu schnell, und, ach! vergebens
Ruff ich, ermüdend, sie zurück.

Meine Jugend, deren Ende
Ich durch Suchen nach verschwende,
Meine beste Zeit verschwand,
Eh ich Ruhe fand.

Allein bey Dir, der meiner Brust
Den Trieb noch schenkte, Dich zu lieben,
Bey Dir, mein Gott, bin ich geblieben,
Du warst, und bist noch meine Lust.

Du, Du wiegest, voll Erbarmen,
In den väterlichen Armen,
O wie sanft! die Herzen ein,
Daß sie ruhig seyn.

Anna Louisa Karsch

(1722–1791)

Anna Louisa Karsch war die erste Frau in Deutschland, die sich ihren Lebensunterhalt mit Schreiben verdiente und zu ihrer Zeit wohl die berühmteste Dichterin. Sie wurde als Tochter des Pächters und Bauernwirts Christian Dürbach und einer Försterstocher, die bei einer adligen Familie aufgewachsen war, auf dem Bauerngut »Auf dem Hammer« bei Schwiebus in Schlesien geboren. Nach dem frühen Tod des Vaters verlebte sie zunächst unbeschwerte Jahre bei einem Großonkel, der sich um ihre Erziehung kümmerte und ihre Neigung zum Lesen und Schreiben weckte. Vier Jahre später mußte die Zehnjährige zur inzwischen wiederverheirateten Mutter zurück, um Stiefgeschwister zu betreuen und Vieh zu hüten. Lesen konnte sie jetzt nur noch heimlich; ein befreundeter Hirtenknabe versorgte sie mit Lektüre (Volksbücher, Märchen, Robinsonaden). Mit sechzehn Jahren wurde sie mit dem Weber Hirsekorn verheiratet, der sie auf unglaubliche Weise erniedrigte und quälte. Als er sich nach elf Jahren von ihr scheiden ließ, empfand sie dies dennoch nicht als Erleichterung, sondern als große Schande. Mit dem dritten Kind schwanger und völlig mittellos mußte sie sein Haus verlassen. Ein Jahr später heiratete sie den Schneider Karsch, einen Alkoholiker. Mit ihm hatte sie vier Kinder.

Da sie in bitterster Armut lebte, begann sie durch Gelegenheits- und Auftragsdichtung etwas hinzuzuverdienen. Ab 1755 lebte sie in Groß-Glogau und hatte nun auch Gelegenheit zur Lektüre zeitgenössischer Dichtung. Bald war sie regional bekannt, vor allem auch durch patriotische Oden anläßlich der Erfolge Friedrichs II. im Siebenjährigen Krieg. 1761 wurde sie von Baron Kottwitz nach Berlin gebracht. Dort feierte man sie als Naturdichterin und »wiedererstandene Sappho« (Uz, Gleim, Wieland, Herder) und staunte über ihr Improvisationstalent. Sie lernte u. a. Lessing, Mendelssohn, Gleim, Ramler und den Kunsttheoretiker Sulzer kennen und fand zahlreiche Gönner, selbst Friedrich II. gewährte ihr Audienz. Gleim, zu dem sie eine leidenschaftliche, aber unerwiderte Neigung faßte, gab 1764 ihre Gedichte auf Subskription heraus; wenig später konnte er melden: »So viel als Frau Karschin für ihre Sammlung bekommen hat, kan sich noch kein deutscher Dichter rühmen …« Wirtschaftliche Not zwang sie aber später immer wieder zur Gelegenheitsdichtung auf Bestellung. Ihre zahlreichen Gedichte erschienen in zeitgenössischen Zeitschriften, Anthologien und vier weiteren Buchausgaben. Sowohl ihre Tochter, Louisa von Klenke, als auch deren Tochter, Wilhelmina von Chezy, waren literarisch tätig.

Goethe schätzte ihre Poesie: »mir ist alles lieb u. werth was treu u. stark aus dem Herzen kommt ...« Herder lobte ihre besten Gedichte als Ausdruck »hoher und starker Naturempfindung«, die »wegen ihrer vielen Originalzüge mehr Verdienst um die Erwekkung deutschen Genies als viele Oden nach regelmässigem Schnitt« hätten.

***

Das Harz-Moos,

als Herr Dohmdechant Freyherr Spiegel zum Diesenberg etwas Moos vom Harzgebürge mitgebracht hatte.
(Zu Halberstadt den 10ten des Weinmonaths 1761.)

Gott zeigt in seiner Schöpfung-Werke
Sich über unserm Haupt, sich auf der Erde groß;
Er gab der Sonne Glut, er gab dem Löwen Stärke,
Und bildete das kleinste Moos,
Das an dem Harzberg wächst, fein zweigigt wie Cypresse,

Voll kleiner Knospen, untersprengt
Mit etwas Röthe, so, wie junger Mädchen Blässe
Im Antlitz sich mit roth vermengt,
Wenn sie der Jüngling angeblicket;
Die Flur, der Garten und der Wald
Und selbst die Hügel sind geschmücket,

Doch andre Blumen sterben bald,
Das fein gebaute Moos bleibt, wenn sie schon gestorben,
Tief unter Schnee noch unverdorben.
Wie ähnlich ist es mir! tief lag ich unter Gram
Viel schwere Jahre lang, und als mein Winter kam,
Da stand ich unverwelkt und fieng erst an zu grünen.
Ich muste, wie das Moos, dem Glück zum weichen Tritt,
Dem Thoren zur Verachtung dienen.
Einst sterb ich! Doch mein Lied geht nicht zum Grabe mit!

Lob der schwarzen Kirschen

Des Weinstocks Saftgewächse ward
Von tausend Dichtern laut erhoben;
Warum will denn nach Sängerart
Kein Mensch die Kirsche loben?

O die karfunkelfarbne Frucht
In reifer Schönheit ward vor diesen
Unfehlbar von der Frau versucht,
Die Milton[1] hat gepriesen.

Kein Apfel reizet so den Gaum
Und löschet so des Durstes Flammen;
Er mag gleich vom Chineser-Baum
In ächter Abkunft stammen.

Der ausgekochte Kirschensaft
Giebt aller Sommersuppen beste,
Verleiht der Leber neue Kraft
Und kühlt der Adern Äste;

Und wem das schreckliche Verboth
Des Arztes jeden Wein geraubet,
Der misch ihn mit der Kirsche roth
Dann ist er ihm erlaubet;

Und wäre seine Lunge wund,
Und seine ganze Brust durchgraben:
So darf sich doch sein matter Mund
Mit diesem Tranke laben.

Wenn ich den goldenen Rheinstrandwein
Und silbernen Champagner meide,
Dann Freunde mischt mir Kirschblut drein
Zur Aug- und Zungenweide:

---

[1] John Milton (1608–1674), sein Epos *Paradise Lost* behandelt den Sündenfall.

Dann werd' ich eben so verführt,
Als Eva, die den Baum betrachtet,
So schön gewachsen und geziert,
Und nach der Frucht geschmachtet.

Ich trink und rufe dreymal hoch!
Ihr Dichter singt im Ernst und Scherze
Zu oft die Rose, singet doch
Einmal der Kirschen Schwärze!

An Gott

als sie bey hellem Mondschein erwachte

Wenn ich erwache, denk ich dein!
Du Gott! der Tag und Nacht entscheidet,
Und in der Nacht mit Sonnenschein
Den finstern Mond bekleidet.

Er leuchtet königlich daher,
Aus hoher ungemeßner Ferne,
Und ungezählt, wie Sand am Meer,
Stehn um ihn her die Sterne.

Welch eine Pracht verbreitet sich!
Die Dunkelheit geschmückt mit Lichte
Sieht auf uns nieder, nennet dich
Mit Glanz im Angesichte.

Du Sonnenschöpfer! wie so groß
Bist du im kleinsten Stern dort oben!
Wie unaussprechlich nahmenlos!
Die Morgensterne loben

Dich mit einander in ein Chor
Geschlossen, wie zu jener Stunde,
Da aus dem Chaos tief hervor
Ein Wort aus deinem Munde

Allmächtig diese Welten rief,
Am Firmament herum gesetzet.
Du sprachst, das Rad der Dinge lief,
Und läuft noch unverletzet.

Noch voller Jugend glänzen sie
Da schon Jahrtausende vergangen!
Der Zeiten Wechsel raubet nie
Das Licht von ihren Wangen.

Hier aber unter ihrem Blick
Vergeht, verfliegt, veraltet alles.
Dem Thronenpomp, dem Cronenglück
Droht eine Zeit des Falles!

Der Mensch verblüht wie prächtig Gras,
Sein Ansehn wird der Zeit zum Raube.
Der Weise, der in Sternen las,
Liegt schon gestreckt im Staube!

Ich lese, grosser Schöpfer! dich
Des Nachts in Büchern, aufgeschlagen
Von deiner Hand. O lehre mich
Nach deinem Lichte fragen!

Sey meiner Seele Klarheit, du
Regierer der entstandnen Sterne!
Und blicke meinem Herzen zu,
Daß es dich kennen lerne!

An den Dohmherrn von Rochow,

als er gesagt hatte,
die Liebe müsse sie gelehret haben, so
schöne Verse zu machen

Kenner von dem saphischen Gesange!
Unter deinem weissen Überhange

Klopft ein Herze, voller Gluth in dir!
Von der Liebe war es unterrichtet
Dieses Herze, aber ganz erdichtet
Nennst du sie die Lehrerin von mit!

Meine Jugend war gedrückt von Sorgen,
Seufzend sang an manchem Sommermorgen
Meine Einfalt ihr gestammelt Lied;
Nicht dem Jüngling thöneten Gesänge,
Nein, dem Gott, der auf der Menschen Menge,
Wie auf Ameishaufen niedersieht!

Ohne Regung, die ich oft beschreibe,
Ohne Zärtlichkeit ward ich zum Weibe,
Ward zur Mutter! Wie im wilden Krieg,
Unverliebt ein Mädchen werden müßte,
Die ein Krieger halb gezwungen küßte,
Der die Mauer einer Stadt erstieg.

Sing ich Lieder für der Liebe Kenner:
Dann denk ich den zärtlichsten der Männer,
Den ich immer wünschte, nie erhielt;
Keine Gattin küßte je getreuer,
Als ich in der Sapho sanftem Feuer
Lippen küßte, die ich nie gefühlt.

Was wir heftig lange wünschen müssen,
Und was wir nicht zu erhalten wissen,
Drückt sich tiefer unserm Herzen ein;
Rebensaft verschwendet der Gesunde,
Und erquickend schmeckt des Kranken Munde
Auch im Traum der ungetrunkne Wein.

Aus dem Briefwechsel mit Gleim:

Den 22. Juny 1761. Morgens 7 Uhr

Freund, zeichne diesen Tag mit einem größern Strich!
Er war doch ganz für dich und mich,
Wir wandelten im Hayn und hörten Vögel singen
In dicken Fichten, wo der Mann das Weibchen hascht.
Gut wars, daß über uns nicht Edens Aepfel hingen,
Indem wir Hand in Hand durch das Gebüsche gingen,
Da hätten du und ich genascht
Und im Entzücken nicht die Folgen von den Bissen
Nur einen Augenblick bedacht:
So hat es Eva einst gemacht,
So machens heute noch Verliebte, die sich küssen –
Bald werd ich nichts zu schwatzen wissen,
Als ewig von dem Kuß. Und meiner Mutter Mann,
Durch den ich ward, ist Schuld daran,
Daß ich so gern von Küssen sing und sage,
Denn er verküßte sich des Lebens schwere Plage.
Allein ich wende mich nun wieder zu dem Tage,
Von dem ich reden will, schreib ihn mit goldnem Strich!
Er war doch ganz für dich und mich …

(unvollendet)

Den 5. Dezember 1790

Den dämmerungsgrauen Rock und auch den Denkdukaten,
Den goldnen Friedrich Wilhelmskopf
Mit kleinen Locken und mit kurzem steifem Zopf:
Die beyde wolltest du entrathen,
Um das Vergnügen, hier zu sein
Beim Feste meiner ersten Stunden?
Dies schmeychelt dich nun wieder ein:
In meinem Herzen; neu verbunden
Werd ich mit deinem Herzen nun.
Denn so ward mir noch nie geschrieben,

Selbst damals nicht, da all mein Thun
Und Denken nur darin bestanden, dich zu lieben,
Du Zauberer Glyphästion.
Wie kalt, wie reisgebündelttrocken,
In welchem allgemeinen Thon
Schriebst du der Sappho, die erschrocken
Bestürzt, betrübt gewesen ist
Und doch bey all dem Leiddurchdringen
Das kalte Brieflein noch geküßt,
Doch warm blieb, Liebe dir zu singen –
Die Zeiten aber sind vorbey.
Schon mancher Herbst und mancher May
Sind unterdessen schon vergrünet und verblühet,
Seitdem die Freundschaftsflamme neu
Zum ersten Mal für dich geglühet.
Erleben wir den Veilchenmond,
Dann hab ich volle dreyßig Lenze
In königlicher Stadt gewohnt.
Am vierundzwanzigsten des Veilchenmonds bekränze
Ich sicherlich mein altes Haupt
So festlich schier, als wie am zweyten –
Da kam dein erster Brief, da hab ich mir erlaubt
Ein Lied von goldnen Zeiten.

Sophie Albrecht

(1757–1840)

Sophie Albrecht wurde in bürgerlichen Verhältnissen geboren und erzogen. Als ihr Vater, der Medizinprofessor Paul Baumer in Erfurt, 1771 starb und die Mutter plötzlich erblindete (sie ging 1782 aus dem Leben), heiratete sie, noch nicht fünfzehn Jahre alt, den Arzt und Unterhaltungsschriftsteller Friedrich August Albrecht. Ihr Mann war eine Abenteurernatur, ging als Leibarzt des Grafen Manteuffel nach Reval, machte Reisen durch Rußland, war Buchhändler, Theaterdirektor und Schriftsteller. Sophie Albrecht begleitete ihn 1776 nach Reval und wurde nach der Rückkehr nach Deutschland Schauspielerin. 1782 trat sie mit Erfolg zum ersten Mal in ihrer Heimatstadt auf, weitere Stationen waren Frankfurt, Mainz, Dresden, Leipzig, Altona. In Frankfurt lernte sie Schiller kennen, mit dem sie seither freundschaftlich verbunden war. Bereits in Reval hatte sie begonnen, einzelne Gedichte zu veröffentlichen. In Deutschland erschienen zwischen 1781 und 1791 drei Bände mit ihren Gedichten, Erzählungen und Schauspielen. Später wandte sie sich den in jener Zeit beliebten und erfolgreichen Räuber- und Geistergeschichten zu, von denen bereits ihr Mann unzählige produziert hatte. 1798 wurde die Ehe Albrecht einvernehmlich geschieden. Sophie Albrecht heiratete einen Kollegen vom Theater, der kurz darauf starb. Später heiratete sie Albrecht zum zweiten Mal. Nach seinem Tod im Jahr 1814 zog sie sich langsam von der Bühne zurück, geriet in immer größere finanzielle Not und starb völlig verarmt in Hamburg.

Sehnsucht

Im May 1778

Entfernter Freund!
Und den auf immer
Im stillen Zimmer
Mein Auge weint;
Dann, wenn die Sterne
Am Himmel blinken,
Und Liebe winken,
Denk ich der Ferne
In der du, ach!
Jetzt um mich leidest,
Und Freuden meidest,
Mit Thränen nach.
Und wenn mein Freund
Im Stralenkleide,
Zu meinem Leide
Mitleidig scheint;

Da werf ich mich,
Mit stummen Sehnen
Und tausend Thränen –
O! sähst du mich!
An jene Flüsse
Zur Erde nieder,
Die unsre Lieder
Und unsere Küsse
Beym Sternenschein
So oft belauschten,
Und sanfter rauschten
Durch diesen Hayn –
Ach! keine Lieder
Und keine Küsse,
Ihr – Hayn – und Flüsse!
Belauscht ihr wieder –
Und denk an dich,
An jene Zeiten,
So voller Freuden
Für mich und dich;

Dann ruf ich dich
Durch alle Wälder,
Durch Thal und Felder
Als hört'st du mich.
Und wüst und schaurig
Ist Hayn – und Trifte,
Wie Todtengrüfte,
So bang und traurig.
O! Mond und Sterne,
Blickt tausend Küsse
Und tausend Grüsse
Dem in der Ferne,
Ihr könnt' ihn finden! – –
So ruf und weine
Ich oft alleine
In öden Gründen.
So lächelt dir
Der Mond oft Küsse
So traurig süße
Mein Freund von mir.

An meine entschlummerte Henriette Froriep

Meine Seele war bey dir
Ich stand an deinem Sterbebette
Hörte den lezten ängstlichen Athemzug
Deiner heisen Brust –
Sahe den Blik,
Der mir so oft lächelte –
Sich trüben – brechen –
Und endlich hinstarren,
Auf dieser Welt nichts mehr suchend.

Da warf ich mich auf dich hin
Schüttelte dich
Rief dir
Und wollte dich mit meinen heissen Thränen erwärmen.

Aber du bliebst kalt
Und stumm.

Sie legten dich in eben den Sarg
Den ich und Du
So oft Schlafstelle genannt hatten.
Aber da sie dich hineinschlossen
War er mir Sarg
War er mir die fürchterliche Hölle
Der Vernichtung.
Nicht nur dein Mensch von Erde
Sollte verwesen
Du selbst wurdest verriegelt
Um nimmermehr wieder hervorzugehen.
Sie trugen dich fort
Zitternd stürzte ich mich durch die schwarze Reyhe

Umschlang deinen Sarg –
Aber sie rissen mich weg
Und als ich mich wiederfand
Stand ich allein an deinem Grabe
Und mein Blik
Schauderte die fürchterliche Tiefe herab,
Die uns auf ewig trennte;
Und doch verlies mich
Die stumme Verzweiflung
Die meine Seele ergriff
Als sie dich einsenkten;
Mir wars
Wie wenn ich in einer stürmischen
Rabenschwarzen Nacht
Meinen Weg verloren hätte,
Und in Klippen geriethe
Wo ich aufgeben muste,
Ihn diese Nacht zu finden;
Aber doch gegen Osten stand
Wo ich so ganz gewis wuste –
Daß der Morgen wiederkommen müßte.

Im Junius 1783

Vergebens steigt der Tag in lichten Farben
Vergebens hüllt in Schimmer sich die Nacht
Mein Herz bleibt kalt, seitdem die Wünsche starben
Die schön dich mir, du Tag und Nacht! gemacht
Obs Winter ist, ob Veilchen um mich blühen
Ob Rabe krächzt, ob Lerche um mich schwirrt
Obs Mondennacht, ob Donnerwolken ziehen
Ist der gleichviel, die ohne Wünsche irrt.

An die Freiheit

Gold'ne Freiheit, kehre wieder
In mein wundes Herz zurück,
Weck' mir neue, heit're Lieder
Und entwölke Geist und Blick.

Komm und trockne meine Thränen
Mit der rosig-zarten Hand,
Stille meines Busens Sehnen,
Löse, was die Liebe band.

Liebe schafft Olympos-Freuden,
Und wer ehrte sie wie ich? –
Tiefer doch sind ihre Leiden,
Und allein sie trafen mich.

Ach! mit Jahren voller Qualen,
Mit des halben Lebens Glück
Mußt' ich ihre Wonne zahlen,
Flüchtig, wie ein Augenblick.

Ohne Freuden stieg der Morgen
Für mich arme Schwärmerin,
Und der Liebe bleiche Sorgen
Welkten meinen Frühling hin.

Wonne hat sie mir versprochen,
Treue war mein Gegenschwur,
Unsern Bund hat sie gebrochen,
Schmerz und Thränen gab sie nur. – –

Nimm für deine Palmenkrone
Was die Liebe mir verspricht,
Hier in dieser Männer-Zone
Grünt für mich die Myrte nicht.

Gold'ne Freiheit, kehre wieder,
Stimme meiner Harfe Ton;
Jubelt lauter, meine Lieder,
Ihr Umarmen fühl' ich schon!

Sophie Mereau

(1770–1806)

Eine reizende, kleine Gestalt, zart bis zum Winzigen, voll Grazie und Gefühl«, so beschrieb ein Zeitgenosse die viel umschwärmte und bewunderte Sophie Mereau. Sie wurde als Tochter eines Steuerbeamten in Altenburg geboren und erhielt gemeinsam mit der Schwester eine sorgfältige Erziehung. Nach dem frühen Tod der Eltern heiratete sie mit 23 Jahren den Juraprofessor Mereau in Jena, von dem sie sich 1801 wieder trennte.

Jena war damals nächst Weimar Mittelpunkt deutscher Poesie und Gelehrsamkeit; Schiller, Fichte und Schelling lehrten an der Universität, die Brüder Schlegel lebten hier mit ihren Frauen Caroline und Dorothea und gaben die frühromantische Zeitschrift *Athenäum* heraus. Sophie Mereau schaffte sich in den 90er Jahren mit ihren literarischen Arbeiten eine selbständige Existenz. Seit 1791 veröffentlichte sie Gedichte, vor allem in Schillers *Horen*, übersetzte aus dem Englischen, Spanischen, Italienischen und Französischen (darunter die Memoiren der Madame de Staël). Sie gab einen Romankalender und eine eigene Zeitschrift (1801–1802) heraus und redigierte 1803 den *Göttinger Musenalmanach*. In einer für damalige Verhältnisse kühnen Schrift über Ninon de l'Enclos, deren Briefe sie auch veröffentlichte, forderte sie die erotische Emanzipation der Frau als notwendige Folge der Befreiung ihrer Persönlichkeit.

1803 heiratete sie nach längerem Zögern Clemens Brentano, den sie seit 1798 kannte. Für beide wurde es eine Beziehung zwischen »Himmel und Hölle«. Sie folgte ihm nach Marburg, später Heidelberg. Zu eigenen Arbeiten kam sie kaum noch. Sie starb bei der Geburt ihres fünften Kindes.

Feuerfarb

Ich weiß eine Farbe, der bin ich so hold,
die achte ich höher als Silber und Gold,
die trag' ich so gerne um Stirn und Gewand,
und habe sie Farbe der Wahrheit genannt.

Wohl reizet die Rose mit sanfter Gewalt;
doch bald ist verblichen die süße Gestalt:
drum ward sie zur Blume der Liebe geweiht;
bald schwindet ihr Zauber vom Hauche der Zeit.

Die Bläue des Himmels strahlt herrlich und mild;
drum gab man der Treue dies freundliche Bild.
Doch trübet manch Wölkchen den Äther so rein;
so schleichen beim Treuen oft Sorgen sich ein.

Die Farbe des Schnees, so strahlend und licht,
heißt Farbe der Unschuld; doch dauert sie nicht.
Bald ist es verdunkelt, das blendende Kleid:
so trüben auch Unschuld Verläumdung und Neid.

Und Frühlings, von schmeichelnden Lüftchen entbrannt,
trägt Wäldchen und Wiese der Hoffnung Gewand.
Bald welken die Blätter und sinken hinab:
so sinkt oft der Hoffnungen liebste in's Grab.

Nur Wahrheit bleibt ewig, und wandelt sich nicht:
sie flammt wie der Sonne allleuchtendes Licht.
Ihr hab' ich mich ewig zu eigen geweiht.
Wohl dem, der ihr blitzendes Auge nicht scheut!

Warum ich, so fragt ihr, der Farbe so hold,
den heiligen Namen der Wahrheit gezollt? –
Weil flammender Schimmer von ihr sich ergießt,
und ruhige Dauer sie schützend umschließt.

Ihr schadet der nässende Regenguß nicht,
noch bleicht sie der Sonne verzehrendes Licht;
drum trag' ich so gern sie um Stirn und Gewand,
und habe sie Farbe der Wahrheit genannt.

An einen Baum am Spalier

Armer Baum! – an deiner kalten Mauer
fest gebunden, stehst du traurig da,
fühlest kaum den Zephyr, der mit süßem Schauer
in den Blättern freier Bäume weilt
und bey deinen leicht vorübereilt.
O! dein Anblick geht mir nah!
und die bilderreiche Phantasie
stellt mit ihrer flüchtigen Magie
eine menschliche Gestalt schnell vor mich hin,
die, auf ewig von dem freien Sinn
der Natur entfernt, ein fremder Drang
auch wie dich in steife Formen zwang.

Louise Brachmann

(1777–1822)

Der Vater von Louise Brachmann war kursächsischer Beamter in Weißenfels, die Mutter eine gebildete Pfarrerstochter, die ihre Kinder selbst unterrichtete. Eine schwärmerische Jugendfreundschaft verband Louise mit Sidonie von Hardenberg, der Schwester des Dichters Novalis. Novalis gab ihr richtungsweisende Anregungen und empfahl sie Schiller, der 1798 und 1799 erste Gedichte von ihr veröffentlichte.

Wegen einer Ehrverletzung unternahm sie 1800 einen Selbstmordversuch. In den darauffolgenden vier Jahren starben die Eltern, eine Schwester und ihre drei Jugendfreunde, die Geschwister Erasmus, Sidonie und Friedrich von Hardenberg. Da sie völlig mittellos war, beschloß sie, ihren Lebensunterhalt als Schriftstellerin zu verdienen, was sie zur Vielschreiberei zwang. Es gelang ihr trotz mehrfacher Versuche nicht, eine Verbindung zu einem bedeutenden Verlag herzustellen; ihre Gedichte und novellistischen Arbeiten erschienen in zeitgenössischen Taschenbüchern und Unterhaltungsblättern. Unglückliche Liebesbeziehungen, ihre ungesicherte Existenz und die scheinbare Mißachtung ihres Talents gaben ihr schließlich das Gefühl, ihr Leben verfehlt zu haben. Bei einem Versuch, ihrem Leben in der Saale ein Ende zu machen, wurde sie rechtzeitig von Passanten bemerkt; wenige Tage darauf unternahm sie einen erneuten Versuch. Mit einem Stein im Umschlagtuch beschwert, ertränkte sie sich.

Auserlesene
Dichtungen

von

Louise Brachmann.

Herausgegeben

und mit einer Biographie und Charakteristik
der Dichterin begleitet,

vom

Professor Schütz
zu Halle.

Erster Band.

Neue wohlfeile Ausgabe.

Leipzig,
in der Weygand'schen Buchhandlung.

1834.

Die Jahreszeiten

An Sidonié[1]

Jede Jahreszeit trägst Du im Bilde! Die goldenen Locken
Gleichen dem Ährengefild, wenn es die Sonne bestrahlt:
Reifen, lieblichen Früchten sind diese reizenden Lippen
Ähnlich; zum weihenden Kuß schwellen sie sittsam empor.
Auf den Wangen blüht dir der rosige Lenz: und der Winter
Hat dir mit blendendem Schnee Busen und Arme bestreut.

Antigone

Singet die Feiergesänge den hohen olympischen Frauen,
Söhne der Musen! Besingt Here, die große, besingt
Artemis, mit Aphroditen der goldnen, Pallas Athenen,
Einer Sterblichen doch denk' ich vor allen im Lied!
Einer Heldin, die früh die Schatten begrüßte des Orkus,
Weil sie allmächtig ein Strahl himmlischer Liebe durchglüht.
O Antigone, dein! Du treuste der Schwestern, die sorgend
Um des Entseeleten Ruh wählte den eigenen Tod.
Um dem geliebten Bruder zu öffnen der Seeligen Wohnung,
Gingst du freiwillig ihm nach in die kozytische Nacht.
Eh' dir noch Hymen[2] die Fackel entzündet der fröhlichen Hochzeit,
Eh' dir noch Eros den Kelch hatte der Freuden gereicht. –
Als Polynikes der Held im blutigen Kampfe besiegt war,
Und auf der Heimath Flur ruhte sein Leichnam entseelt,
Einsam und grablos; denn es hatte der Herrscher von Theben
Jedem gedrohet den Tod, der ihn bestatte zur Ruh,
Daß verschlossen ihm bliebe der Eingang seeliger Fluren,
Und er verbannt am Gestad irre des nächtlichen Stroms.
Furcht hielt Jeden zurück, das Gebot zu verletzen, das strenge,
Nur Antigone ging still den gefürchteten Pfad.
Sie, die Verbannte vom heimischen Grund, verließ ihre sichre
Freistatt, nicht das Gebot achtend des schrecklichen Manns;

[1] Sidonie von Hardenberg, Schwester von Novalis

[2] Hymenäus = gr. Hochzeitsgott

Streng verborgen sich haltend am Tage, ging sie zur Nachtzeit,
Nur von der Fackel des sanft leuchtenden Mondes erhellt.
So nun gelangte sie hin, wo grablos ruhte der theure
Leichnam, selbst nun für ihn grub sie mit zärtlicher Hand
Mühvoll ein Grab, und vertraute die starrenden Glieder der Erde
Nur von der Fackel des sanft leuchtenden Mondes erhellt.
Also erfüllte sie fromm die heiligen Todtengebräuche;
Und zu der Seeligen Ruh ging Polynikes der Held. – –
Aber sie selbst erwartete still ihr strenges Verhängniß;
Klaglos litt sie die Schmach, ach, und den grausamen Tod.
Sie, die Blühende, frei verließ sie das blühende Leben,
Tauschte mit stygischer Nacht willig das rosige Licht. –
– O wie hat dich da unten der liebende Bruder empfangen,
Dein Polynikes? wie heiß war er sein dankender Kuß? –
Unglückselige, früh des entzückenden Lebens Beraubte!
Und doch Glückliche! Denn schön war dein Hebender Tod.
Edelste, zarteste Liebe, die jeder Leidenschaft fremd ist,
Schwesterliebe, sie war's, die dich zur Heldin erhob,
Die dir den kindlichen Sinn mit hohen Gedanken entflammte
Und mit entsagender Kraft stählte die zärtliche Brust.
Mancher süße Gesang erhebt dich der Sänger von Hellas;
Sophokles göttliches Wort rief dich auf hohen Kothurn;
Aber auch jetzt noch vernimm, ists möglich, daß Töne zum Orkus
Dringen, vernimm ihn den Gruß eines verwandten Gemüths,
Das zu fassen vermag dein tiefes, unendliches Lieben,
Jenen allmächtigen Drang, der dich zum Tode beseelt.
Oft als Kind schon beweint' ich dein Loos, vertiefend mit Sehnsucht
In die Geschichte mich deiner verewigten That,
Deiner Lieb' und deines unsäglichen Leidens; ich weinte
Heiße Thränen, und heiß schlug dir entgegen mein Herz;
Damals gelobt' ich, wenn einst mir Sprache verliehen die Musen,
Und des Gesanges Kraft schenkten die freundlichen mir,
Dich zu feiern im Lied vor allen olympischen Frauen,
Und den Sterblichen, die herrliche Tugend geschmückt.
Nimm das Thränenopfer und nimm das Opfer der Töne,
Fromme Heldin! und einst, wenn das Verhängniß mich ruft,
Wenn ich hinunter steig' in die Fluren der Schatten, dann lächle
Hold mir entgegen, und laß seelig mich wohnen bei dir!

Terzinen

Was willst du doch mit fruchtlos heft'gen Thränen
  Bei Andern, wenn gekränkt das Herz dir schlägt?
  Der Muse klag' es! Heb' zu ihr dein Sehnen!
Sie ist's, die ewig dich im Herzen trägt.
  Wenn jene staunend nur in's Aug' dir sehen,
  Selbst nicht verstehn, was dich so tief bewegt,
Weil nie sie ganz dein tiefes Herz verstehen,
  Und bald es lästig fühlen, Trost zu weihn;
  Führt diese liebend dich zu ihren Höhen,
Zu ihrem lichten, glanzumstrählten Hain;
  »Mein armes Kind«, so sagt sie, »hat das Leben
  Dich hart verletzt? Ich will dir Trost verleihn!
Hab' ich dir nicht den weichen Sinn gegeben?
  Der Seele tiefes, glühendes Gefühl?
  Daß leicht verletzt die zarten Saiten beben
Wie an dem gottverliehnen Saitenspiel.
  Tief trinkt und ganz den Schmerzenkelch der Leiden,
  Wem der Empfindung Kraft vom Himmel fiel;
Doch auch empfänglich für des Himmels Freuden
  Macht diese Kraft, die schmerzlich leicht erbebt;
  Am Licht des Äthers darf der Blick sich weiden,
Wenn wieder stark der edle Geist sich hebt.
  In holder Kindlichkeit auf Lenzeshügeln
  Bleibt, wen des Liedes Jugendkraft belebt!
Am Quell, in dem sich Himmelsbilder spiegeln,
  Dort spiel'! – Und winkt' auch einst des Grabes Flor,
  Kind des Gesangs! Noch auf Begeistrungsflügeln,
Schwingst du dich dann zum ew'gen Licht empor!«

---

1 1821–1829 Griechischer Befreiungskrieg gegen die Türkei

Griechenlied[1]

Was flammt dort fern so blutigroth im Himmel?
Wärs Morgenroth? – Nein! blut'ger ist der Schein
Und heft'ger wogt die Glut im Volksgetümmel; –
O möcht' es Morgenroth der Menschheit sein! –

Die Flamme schlägt empor mit wildem Prasseln,
Zu übertönen der Gequälten Laut;
Dazwischen tönt der Ketten dumpfes Rasseln;
Ein Altar ist, ein schrecklicher gebaut; –

Sind wir denn werth die Großen zu erheben,
Die herrlichen Hellenen, ruhmgeweiht?
Sie, deren hohes thatenreiches Leben
Zum Leitstern ward für späte Folgezeit.

O steigt vom Himmel nieder, edle Schatten!
Kodrus[2], Epaminond'[3], Pelopidas[4]!
Wer nennt die Großen all? – Im Kampf ermatten
Seht Euer Volk! im Kampf mit Wuth und Haß!

Wie todverachtend, schön dahin gesunken
Leonidas[5]; – und wie mit heiterm Blick
O Socrates, den Giftkelch du getrunken –
Nehmt Euer Bild vor unserm Aug' zurück!

Ja Heuchelei ist's, wenn bei todten Zeilen
Wir stehn, von der Hellenen Werth entzückt,
Wenn jetzt ihr Volk wir nicht zu retten eilen;
Auf ewig sei ihr Lichtglanz uns entrückt!

---

[1] 1821–1829 Griechischer Befreiungskrieg gegen die Türkei

[2] Kodros, nach gr. Sage König von Athen, der durch Freitod sein Vaterland rettete

[3] Epaminondas, gr. Staatsmann und Feldherr, der an der Befreiung Thebens von spartanischer Besatzung teilnahm (um 379 vor Chr.)

[4] Freund von E., beteiligte sich am Freiheitskampf Thebens

[5] König von Sparta, kämpfte gegen das persische Landheer des Xerxes, starb den Heldentod

Karoline von Günderrode

(1780–1806)

Karoline Günderrode wuchs in der behüteten Atmosphäre des Bildungsbürgertums auf. Drei jüngere Schwestern starben früh an Schwindsucht, den Vater, einen badischen Kammerherrn, verlor sie mit sechs Jahren. Seit ihrem siebzehnten Lebensjahr lebte sie in einem dem verarmten Adel vorbehaltenen evangelischen Damenstift in Frankfurt, zurückgezogen und eingesponnen in ihre innere Welt. Sie war geistig vielseitig interessiert und beschäftigte sich vor allem mit frühgeschichtlichen Gesellschaftsformen und fremden Kulturen.

Durch häufige Reisen zu Freunden und Verwandten versuchte sie immer wieder, der Isolation zu entgehen. Sie war mit Bettina von Arnim befreundet; Clemens Brentano warb erfolglos um sie. Karoline von Günderrode schrieb Gedichte, Dramen und Prosastücke, in denen sie der romantischen Forderung nach einer Synthese von Philosophie, Mythologie und Poesie entsprach. Goethe nannte ihre erste Sammlung, die unter dem Pseudonym »Tian« 1804 erschien, »eine wirklich merkwürdige Erscheinung«.

Seit 1804 verband sie eine romantisch-unglückliche Liebe mit dem Mythologen F. Creuzer, der sich nach langem Zögern doch nicht von seiner Frau zu trennen vermochte. Sie erdolchte sich daraufhin am Rheinufer.

Ihre Vertraute und – wie sie sich selbst nannte – »Schülerin«, Bettina von Arnim, widmete ihr den Briefroman *Die Günderrode* (1840) und gab folgende Beschreibung von ihr:

Schwärzlich glänzend braunes Haar,
Das in freien weichen Locken
Sich um ihre Schultern legt.
Pallasaugen, blau von Farbe,
Ganz voll Feuer, aber schwimmend
Auch und ruhig. – »Und die Stirn?«
Sanft und weiß wie Elfenbein,
Stark gewölbt und frei, doch klein,
Aber breit wie Piatons Stirn;
Wimpern, die sich lächelnd kräuseln,
Brauen wie zwei schwarze Drachen,
Die mit scharfem Blick sich messend,
Nicht sich fassend und nicht lassend,
Ihre Mähnen trotzig sträuben,
Doch aus Furcht sie wieder glätten.
So bewachet jede Braue,
Aufgeregt in Trotz und Zagheit,
Ihres Auges sanfte Blicke.

Stolz ein wenig und verächtlich,
Wirft man ihrer Nase vor,
Doch das ist, weil alle Regung
Gleich in ihren Nüstern bebet,
Weil den Athem sie kaum bändigt,
Wenn Gedanken aufwärts steigen
Von der Lippe,
Die sich wöibet frisch und kräftig,
Überdacht und sanft gebändigt
Von der feinen Oberlippe.
Auch das Kinn mußt' ich
beschreiben,
Wahrlich, ich hab nicht vergessen,
Daß Erodion dort gesessen
Und ein Dellchen drinn gelassen,
Das der Finger eingedrückt,
Während weisheitsvolle Dichtung
Füllet ihres Geistes Räume.

Die Nachtigall
(Fragment)

Ich erwachte zu einem süßen Leben im Schoos duftiger Büsche; leise murmelte ein Bach durch blumige Wiesen, und der blaue Himmel schaute ruhig und klar durch das grüne Gezweig als ich mich zum ersten Mal umschaute in der Welt. –

Einstens lebt ich süßes Leben

Einstens lebt ich süßes Leben,
denn mir war, als sey ich plötzlich
nur ein duftiges Gewölke.
Über mir war nichts zu schauen
als ein tiefes blaues Meer
und ich schiffte auf den Woogen
dieses Meeres leicht umher.
Lustig in des Himmels Lüften
gaukelt ich den ganzen Tag,
lagerte dann froh und gaukelnd
hin mich um den Rand der Erde,
als sie sich der Sonne Armen
dampfend und voll Gluth entriß,
sich zu baden in nächtlicher Kühle,
sich zu erlaben im Abendwind.
Da umarmte mich die Sonne,
von des Scheidens Weh ergriffen,
und die schönen hellen Strahlen
liebten all und küßten mich.
Farbige Lichter
stiegen hernieder,
hüpfend und spielend,
wiegend auf Lüften
duftige Glieder.
Ihre Gewande
Purpur und Golden
und wie des Feuers
tiefere Gluthen.
Aber sie wurden
blässer und blässer,
bleicher die Wangen,

sterbend die Augen.
Plötzlich verschwanden
mir die Gespielen,
und als ich traurend
nach ihnen blickte,
sah ich den großen
eilenden Schatten,
der sie verfolgte,
sie zu erhaschen.
Tief noch im Westen
sah ich den goldnen
Saum der Gewänder.
Da erhub ich kleine Schwingen,
flatterte bald hie bald dort hin,
freute mich des leichten Lebens,
ruhend in dem klaren Aether.
Sah jetzt in dem heilig tiefen
unnennbaren Raum der Himmel
wunderseltsame Gebilde
und Gestalten sich bewegen.
Ewige Götter
saßen auf Thronen
glänzender Sterne,
schauten einander
seelig und lächelnd.
Tönende Schilde,
klingende Speere
huben gewaltige,
streitende Helden;
Vor ihnen flohen
gewaltige Thiere,
andre umwanden
in breiten Ringen
Erde und Himmel,
selbst sich verfolgend
ewig im Kreise.
Blühend voll Anmuth
unter den Rohen
stand eine Jungfrau,
Alle beherrschend.

Liebliche Kinder
spielten in mitten
giftiger Schlangen. –
Hin zu den Kindern
wollt ich nun flattern,
mit ihnen spielen
und auch der Jungfrau
Sohle dann küssen.
Und es hielt ein tiefes Sehnen
in mir selber mich gefangen.
Und mir war, als hab ich einstens
mich von einem süßen Leibe
los gerissen, und nun blute
erst die Wunde alter Schmerzen.
Und ich wandte mich zur Erde,
wie sie süß im trunknen Schlafe
sich im Arm des Himmels wiegte
Leis erklungen nun die Sterne,
nicht die schöne Braut zu weken,
und des Himmels Lüfte spielten
leise um die zarte Brust.
Da ward mir, als sey ich entsprungen
dem innersten Leben der Mutter,
und habe getaumelt
in den Räumen des Aethers,
ein irrendes Kind.
Ich mußte weinen,
rinnend in Thränen
sank ich hinab zu dem Schooße der Mutter.
Farbige Kelche
duftender Blumen
faßten die Thränen,
und ich durchdrang sie,
alle die Kelche,
rieselte Abwärts
hin durch die Blumen,
tiefer und tiefer,
bis zu dem Schooße
hin, der verhüllten
Quelle des Lebens.

Hochroth

Du innig Roth,
Bis an den Tod
Soll meine Lieb Dir gleichen,
Soll nimmer bleichen,
Bis an den Tod,
Du glühend Roth,
Soll sie Dir gleichen.

Die eine Klage

Wer die tiefste aller Wunden
Hat in Geist und Sinn empfunden
Bittrer Trennung Schmerz;
Wer geliebt was er verlohren,
Lassen muß was er erkohren,
Das geliebte Herz,

Der versteht in Lust die Thränen
Und der Liebe ewig Sehnen
Eins in Zwei zu sein,
Eins im Andern sich zu finden,
Daß der Zweiheit Gränzen schwinden
Und des Daseins Pein.

Wer so ganz in Herz und Sinnen
Konnt' ein Wesen liebgewinnen
O! den tröstet's nicht
Daß für Freuden, die verlohren,
Neue werden neu gebohren:
Jene sind's doch nicht.

Das geliebte, süße Leben,
Dieses Nehmen und dies Geben,
Wort und Sinn und Blick,
Dieses Suchen und dies Finden,
Dieses Denken und Empfinden
Giebt kein Gott zurück.

Die Töne

Ihr tiefen Seelen, die im Stoff gefangen,
Nach Lebensodem, nach Befreiung ringt;
Wer löset eure Bande dem Verlangen,
Das gern melodisch aus der Stummheit dringt?
Wer Töne öffnet eurer Kerker Riegel?
Und wer entfesselt eure Aetherflügel?

Einst, da Gewalt den Widerstand berühret,
Zersprang der Töne alte Kerkernacht;
Im weiten Raume hier und da verirret
Entflohen sie, der Stummheit nun erwacht,
Und sie durchwandelten den blauen Bogen
Und jauchzten in den Sturm der wilden Wogen.

Sie schlüpften flüsternd durch der Bäume Wipfel
Und hauchten aus der Nachtigallen Brust,
Mit muthigen Strömen stürzten sie vom Gipfel
Der Felsen sich in wilder Freiheitslust.
Sie rauschten an der Menschen Ohr vorüber,
Er zog sie in sein innerstes hinüber.

Und da er unterm Herzen sie getragen,
Heist er sie wandlen auf der Lüfte Pfad
Und allen den verwandten Seelen sagen,
Wie liebend sie sein Geist gepfleget hat.
Harmonisch schweben sie aus ihrer Wiege
Und wandlen fort und tragen Menschenzüge.

Der Caucasus

Mir zu Häupten Wolken wandeln,
Mir zur Seite Luft verwehet,
Wellen mir den Fuß umspielen,
Thürmen sich und brausen, sinken. –
Meine Schläfe, Jahr' umgauklen,
Sommer, Frühling, Winter kamen,
Frühling mich nicht grün bekleidet,
Sommer hat mich nicht entzündet,
Winter nicht mein Haupt gewandelt.
Hoch mein Gipfel über Wolken
Eingetaucht im ew'gen Äther
Freuet sich des steten Lebens.

Annette von Droste-Hülshoff

(1797–1848)

Bereits einige Zeitgenossen bezeichneten Annette von Droste-Hülshoff als »Deutschlands größte Dichterin«.

Der Vater gehörte dem münsterischen Adel an, die geistig hochbegabte Mutter war eine geborene Freiin von der Reck. Abseits von den politisch-sozialen Auseinandersetzungen der Zeit wuchs sie in der konservativ-katholischen Welt des westfälischen Landadels auf. Gemeinsam mit ihren Geschwistern erhielt sie eine sorgfältige Privaterziehung, begann zu komponieren und zu schreiben. An eine Veröffentlichung ihrer dichterischen Arbeiten dachte sie vorerst nicht; schon das Unverständnis der Familie gegenüber ihrer dichterischen Begabung hielt sie von solchen Plänen ab. Erst auf dringendes Zuraten ihrer Freunde gab sie 1838 eine erste Sammlung heraus: *Gedichte von Annette Elisabeth v. D... H...;* die Ausgabe wurde kaum beachtet.

Nach dem Tod des Vaters siedelte sie 1826 gemeinsam mit der Mutter von der Wasserburg Hülshoff nach Gut Rüschhaus um. Dort lebte sie, unterbrochen von zahlreichen Reisen, bis 1841 und zog dann zur verheirateten Schwester auf die Meersburg am Bodensee. Die ersten Monate verbrachte sie dort gemeinsam mit dem Sohn der Jugendfreundin Katharina Schücking, Levin, mit dem sie eng verbunden war. Sein Verständnis für ihre Begabung förderte ihren dichterischen Ehrgeiz. 1844 gab sie eine zweite Gedichtsammlung heraus, die bemerkenswerte Anerkennung fand ebenso wie die bereits zuvor veröffentlichte Novelle *Die Judenbuche*. Mit Levin Schücking blieb sie auch nach seiner Verheiratung 1843 befreundet, konnte sich aber schließlich nicht aus der lähmenden Bevormundung ihrer Familie befreien, die den Abbruch der Beziehung wegen seiner adelskritischen Haltung forderte.

Seit 1844 verschlechterte sich ihr seit früher Kindheit ohnehin labiler Gesundheitszustand; sie starb im Frühjahr 1848. Eine erste Gesamtausgabe ihres Werks gab Schücking dreißig Jahre nach ihrem Tod heraus.

Das Fräulein von Rodenschild

Sind denn so schwül die Nacht im April?
Oder ist so siedend jungfräulich Blut?
Sie schließt die Wimper, sie liegt so still
Und horcht des Herzens pochender Flut.
»O, will es denn nimmer und nimmer tagen?
O, will denn nicht endlich die Stunde schlagen?
Ich wache, und selbst der Seiger ruht!«

»Doch horch! es summt, eins, zwei und drei –
Noch immer fort? – sechs, sieben und acht,
Elf, zwölf – o Himmel, war das ein Schrei?
Doch nein, Gesang steigt über der Wacht,
Nun wird mirs klar, mit frommem Munde
Begrüßt das Hausgesinde die Stunde,
Anbrach die hochheilige Osternacht.«

Seitab das Fräulein die Kissen stößt
Und wie eine Hinde vom Lager setzt,
Sie hat des Mieders Schleifen gelöst,
Ins Häubchen drängt sie die Locken jetzt,
Dann leise das Fenster öffnend, leise,
Horcht sie der mählich schwellenden Weise,
Vom wimmernden Schrei der Eule durchsetzt.

O dunkel die Nacht! und schaurig der Wind!
Die Fahnen wirbeln am knarrenden Tor –
Da tritt aus der Halle das Hausgesind
Mit Blendlaternen und einzeln vor.
Der Pförtner dehnet sich, halb schon träumend,
Am Dochte zupfet der Jäger säumend,
Und wie ein Oger gähnet der Mohr.

Was ist? – wie das auseinander schnellt!
In Reihen ordnen die Männer sich,
Und eine Wacht vor die Dirnen stellt
Die graue Zofe sich ehrbarlich.
»Ward ich gesehn an des Vorhangs Lücke?«
Doch nein, zum Balkone starren die Blicke,
Nun langsam wenden die Häupter sich.

»O weh meine Augen! bin ich verrückt?
Was gleitet entlang das Treppengeländ?
Hab ich nicht so aus dem Spiegel geblickt?
Das sind meine Glieder – welch ein Geblend!
Nun hebt es die Hände, wie Zwirnes Flocken,
Das ist mein Strich über Stirn und Locken!
Weh, bin ich toll, oder nahet mein End?«

Das Fräulein erbleicht und wieder erglüht,
Das Fräulein wendet die Blicke nicht,
Und leise rührend die Stufen zieht
Am Steingelände das Nebelgesicht,
In seiner Rechten trägt es die Lampe,
Ihr Flämmchen zittert über der Rampe,
Verdämmernd, blau, wie ein Elfenlicht.

Nun schwebt es unter dem Sternendom,
Nachtwandlern gleich in Traumes Geleit,
Nun durch die Reihen zieht das Phantom,
Und jeder tritt einen Schritt zur Seit. –
Nun lautlos gleitets über die Schwelle –
Nun wieder drinnen erscheint die Helle,
Hinauf sich windend die Stiegen breit.

Das Fräulein hört das Gemurmel nicht,
Sieht nicht die Blicke, stier und verscheucht,
Fest folgt ihr Auge dem bläulichen Licht,
Wie dunstig über die Scheiben es streicht.
– Nun ists im Saale – nun im Archive –
Nun steht es still an der Nische Tiefe –
Nun matter, matter – ha! es erbleicht!

»Du sollst mir stehen! ich will dich fahn!«
Und wie ein Aal die beherzte Maid
Durch Nacht und Krümmen schlüpft ihre Bahn,
Hier droht ein Stoß, dort häkelt das Kleid,
Leis tritt sie, leise, o Geistersinne
Sind scharf! daß nicht das Gesicht entrinne!
Ja, mutig ist sie, bei meinem Eid!

Ein dunkler Rahmen, Archives Tor,
– Ha, Schloß und Riegel! – sie steht gebannt,
Sacht, sacht das Auge und dann das Ohr
Drückt zögernd sie an der Spalte Rand,
Tiefdunkel drinnen – doch einem Rauschen
Der Pergamente glaubt sie zu lauschen
Und einem Streichen entlang der Wand.

So niederkämpfend des Herzens Schlag,
Hält sie den Odem, sie lauscht, sie neigt –
Was dämmert ihr zur Seite gemach?
Ein Glühwurmleuchten – es schwillt, es steigt,
Und Arm an Arme, auf Schrittes Weite,
Lehnt das Gespenst an der Pforte Breite,
Gleich ihr zur Nachbarspalte gebeugt.

Sie fährt zurück – das Gebilde auch –
Dann tritt sie näher – so die Gestalt –
Nun stehen die beiden, Auge in Aug,
Und bohren sich an mit Vampires Gewalt.
Das gleiche Häubchen decket die Locken,
Das gleiche Linnen, wie Schnees Flocken,
Gleich ordnungslos um die Glieder wallt.

Langsam das Fräulein die Rechte streckt,
Und langsam, wie aus der Spiegelwand,
Sich Linie um Linie entgegen reckt
Mit gleichem Rubine die gleiche Hand;
Nun rührt sichs – die Lebendige spüret,
Als ob ein Luftzug schneidend sie rühret,
Der Schemen dämmert – zerrinnt – entschwand. –

Und wo im Saale der Reihen fliegt,
Da siehst ein Mädchen du, schön und wild,
– Vor Jahren hats eine Weile gesiecht –
Das stets in den Handschuh die Rechte hüllt.
Man sagt, kalt sei sie wie Eises Flimmer,
Doch lustig die Maid, sie hieß ja immer:
»Das tolle Fräulein von Rodenschild.«

Am Turme

Ich steh auf hohem Balkone am Turm,
Umstrichen vom schreienden Stare,
Und laß gleich einer Mänade den Sturm
Mir wühlen im flatternden Haare;
O wilder Geselle, o toller Fant,
Ich möchte dich kräftig umschlingen,
Und, Sehne an Sehne, zwei Schritte vom Rand
Auf Tod und Leben dann ringen!

Und drunten seh ich am Strand, so frisch
Wie spielende Doggen, die Wellen
Sich tummeln rings mit Geklaff und Gezisch
Und glänzende Flocken schnellen.
O, springen möcht ich hinein alsbald,
Recht in die tobende Meute,
Und jagen durch den korallenen Wald
Das Walroß, die lustige Beute!

Und drüben seh ich ein Wimpel wehn
So keck wie eine Standarte,
Seh auf und nieder den Kiel sich drehn
Von meiner luftigen Warte;
O, sitzen möcht ich im kämpfenden Schiff,
Das Steuerruder ergreifen
Und zischend über das brandende Riff
Wie eine Seemöwe streifen.

War ich ein Jäger auf freier Flur,
Ein Stück nur von einem Soldaten,
Wär ich ein Mann doch mindestens nur,
So würde der Himmel mir raten;
Nun muß ich sitzen so fein und klar,
Gleich einem artigen Kinde,
Und darf nur heimlich lösen mein Haar
Und lassen es flattern im Winde!

Im Grase

Süße Ruh, süßer Taumel im Gras,
Von des Krautes Arome umhaucht,
Tiefe Flut, tief tief trunkne Flut,
Wenn die Wölk am Azure verraucht,
Wenn aufs müde, schwimmende Haupt
Süßes Lachen gaukelt herab,
Liebe Stimme säuselt und träuft
Wie die Lindenblüt auf ein Grab.

Wenn im Busen die Toten dann,
Jede Leiche sich streckt und regt,
Leise, leise den Odem zieht,
Die geschloßne Wimper bewegt,
Tote Lieb, tote Lust, tote Zeit,
All die Schätze, im Schutt verwühlt,
Sich berühren mit schüchternem Klang
Gleich den Glöckchen, vom Winde umspielt.

Stunden, flüchtger ihr als der Kuß
Eines Strahls auf den trauernden See,
Als das ziehenden Vogels Lied,
Das mir nieder perlt aus der Höh,
Als des schillernden Käfers Blitz,
Wenn den Sonnenpfad er durcheilt,
Als der heiße Druck einer Hand,
Die zum letzten Male verweilt.

Dennoch, Himmel, immer mir nur
Dieses eine mir: für das Lied
Jedes freien Vogels im Blau
Eine Seele, die mit ihm zieht,
Nur für jeden kärglichen Strahl
Meinen farbig schillernden Saum,
Jeder warmen Hand meinen Druck,
Und für jedes Glück meinen Traum.

Der kranke Aar

Am dürren Baum, im fetten Wiesengras
Ein Stier behaglich wiederkäut' den Fraß;
Auf niederm Ast ein wunder Adler saß,
Ein kranker Aar mit gebrochnen Schwingen.

»Steig auf, mein Vogel, in die blaue Luft,
Ich schau dir nach aus meinem Kräuterduft.« –
»Weh, weh, umsonst die Sonne ruft
Den kranken Aar mit gebrochnen Schwingen!«

»O Vogel, warst so stolz und freventlich
Und wolltest keine Fessel ewiglich!« –
»Weh, weh, zu viele über mich,
Und Adler all – brachen mir die Schwingen!«

»So flattre in dein Nest, vom Aste fort,
Dein Ächzen schier die Kräuter mir verdorrt.« –
»Weh, weh, kein Nest hab ich hinfort,
Verbannter Aar mit gebrochnen Schwingen!«

»O Vogel, wärst du eine Henne doch,
Dein Nestchen hättest du im Ofenloch.« –
»Weh, weh, viel lieber ein Adler noch,
Viel lieber ein Aar mit gebrochnen Schwingen!«

Am sechsten Sonntag nach Pfingsten

Ev.: Vom Fischfang Petri. Luk. 5, 1–11

Die ganze Nacht hab ich gefischt
Nach einer Perl in meines Herzens Grund
Und nichts gefangen.
Wer hat mein Wesen so gemischt,
Daß Will gen Wille steht zu aller Stund
In meiner Brust wie Tauben gegen Schlangen?

Daß ich dir folgen möchte, ach,
Es ist doch wahr, ich darf es sonder Trug
Mir selber sagen!
Was schleicht mir denn gespenstig nach
Und hält wie an den Fittichen den Flug,
Der, ach, zu dir, zu dir mich sollte tragen?

Herr, geh von mir, ich bin ein arm
Und gar zu sündig Wesen; laß mich los,
Ach, laß mich liegen!
Weiß ich, wovon mein Busen warm?
Ob Sehnens Glut, ob nicht die Drangsal bloß
So heiß und zitternd läßt die Pulse fliegen?

Wenn sich die Sünde selber schlägt,
Wenn aus der Not nach Rettung Sehnen keimt,
Ist das die Reue?
Hast du den Richter doch gelegt
In unser Blut, das gen die Sünde schäumt,
Daß es vom wüsten Schlamme sich befreie.

Dies Winden, jedem zuerkannt,
Wo irgend noch ein Lebendsodem steigt,
Wird es mir frommen?
Ja, als verlöscht der Sonne Brand,
So hat Ägypten sich vor dir gebeugt,
Und seine Sünde ward ihm nicht genommen.

Und hast Gewissens Stachel du
Mir auch vielleicht geschärft als andern mehr:
Ich werd es büßen,
Dringt nicht der rechte Stich hinzu,
Der Freiheit gibt dem warmen, reinen Meer,
Daraus die echten Reuetränen fließen.

O eine echte Perle nur
Aus meiner Augen übersteintem Quell,
Sie wär ein Segen!
Du Meister jeglicher Natur,
Brich ein, du Retter, lös die Ströme hell!
Ich kann ja ohne dich mich nimmer regen.

Du, der gesprochen: Fürcht dich nicht!
So laß mich denn vertraun auf deine Hand
Und nicht ermüden.
Ja, auf dein Wort, mein Hoffnungslicht,
Will werfen ich das Netz. – Ach, steigt ans Land
Die Perle endlich dann und bringt mir Frieden?

Betty Paoli

(1814–1894)

Elisabeth Glück, so lautete ihr bürgerlicher Name, wurde in Wien als uneheliche Tochter eines ungarischen Adeligen und einer Belgierin geboren. Ihr Stiefvater, der angesehene Wiener Militärarzt Grund, starb früh. Sie erhielt eine gute Ausbildung und Sprachunterricht und begann schon im Alter von 10 Jahren Gedichte zu schreiben. Als die Mutter ihr Vermögen verlor, ging Betty Paoli als Erzieherin nach Rußland, später nach Polen und kehrte 1835 nach Wien zurück, wo sie ihren Lebensunterhalt durch Stundengeben, Übersetzungen und als Gesellschafterin verdiente. 1841 erschien ihre erste Sammlung *Gedichte*, der rasch eine zweite folgte, *Nach dem Gewitter* (1843).

Über ihre zweite Gedichtsammlung urteilte Stifter: »Das Weib ist durch und durch Genie, und es fehlt nur noch an Ruhe und Besonnenheit.« Mit vielen Dichter ihrer Zeit war sie freundschaftlich verbunden, unter anderem mit Grillparzer, der sie später »den ersten Lyriker Österreichs« nannte.

Seit 1843 lebte Betty Paoli als Gesellschafterin bei der Fürstin Schwarzenberg, mit der sie eine enge Freundschaft verband. Mit ihr reiste sie nach Holland und Deutschland, wo sie Bettina von Arnim traf und ihr den Gedichtband *Romanzero* (1845) widmete. Nach dem Tod der Fürstin Schwarzenberg 1848 unternahm sie Reisen nach Italien und Frankreich, Dresden und München, wo sie in Künstler- und Gelehrtenkreisen verkehrte. Seit den 1850er Jahren konnte Betty Paoli von ihren literarischen Arbeiten leben und wohnte mit ihrer Freundin Ida Fleischl-Marxow in Wien zusammen.

Betty Paoli fand bei ihren Zeitgenossen höchste Anerkennung für ihre »den Eindruck vollster Wahrheit« erweckenden Gedichte, die in ihrer Folge eine Art »Seelenbiographie« der Dichterin gelesen werden können. Von den zeitgenössischen Dichterinnen schätzte Betty Paoli vor allem Annette von Droste-Hülshoff und die Engländerin Lätitia Elisabeth Landon, denen sie zwei längere Gedichte widmete. Sie veröffentlichte auch Novellen, »feinsinnige Seelengemälde«, in deren Zentrum vor allem Frauen stehen, und war eine begabte Essayistin. Nach ihrem Tod gab Marie von Ebner-Eschenbach eine Auswahl ihrer Gedichte mit einer Biographie heraus (1895).

Betty Paoli.

Einem Weltling

Fruchtlos hab' in Schmerzenstoben
Ich vor dir geweint, geras't;
Und die Welt, sie wird dich loben,
Daß du mich verlassen hast.

Rühmend wird sie zu dir sagen:
»Kluger Mann, der, stark und fest,
Durch gebrochner Seelen Klagen
Nimmer sich beirren läßt;«

»Dessen Wille gleich dem Pfeile
Rastlos fliegt zum Ziele fort,
Ob er auch in seiner Eile
Ein befreundet Herz durchbohrt!«
»Kluger Mann, der zum Beleid'gen
Solche Opfer sich erkürt,
Die zu rächen, zu vertheid'gen
Sich kein Mensch auf Erden rührt!«

»Kluger Mann, der alte Bande,
Wenn sie lästig werden, bricht!« –
Sag! fühlst du die ew'ge Schande,
Die aus solchem Lobe spricht?

Ich

Ich kann, was ich muß! o seltnes Geschick!
Ich will, was ich muß – – o doppeltes Glück.

Mein Herz ist an Stärke dem Felsen gleich,
Mein Herz ist, wie Blumen, sanft und weich.

Mein Wesen gleicht Glocken von strengem Metall:
Schlag kräftig d'ran, gibt es auch kräftigen Schall.

Mein Geist stürmt auf eiligem Wolkenroß hin;
Mein Geist spielt mit Kindern mit kindlichem Sinn.

Ich weiß, was ich will! und weil ich es weiß,
Drum bann' ich's zu mir in den magischen Kreis.

Ich weiß, was ich will! das ist ja die Kraft,
Die sich aus dem Chaos ein Weltall entrafft.

Ich weiß, was ich will! und wenn ich's erreich',
Dann gelten der Tod und das Leben mir gleich.

Censor und Setzer

*Stoßseufzer beim Erscheinen
meiner »neuen Gedichte«*

Ein Censor, ja, ich geb' es zu,
Er war ein arger, großer Sünder!
Erbarmungsvoll würgt' er im Nu
Des Geistes hoffnungsvollste Kinder.
Ein blutiger Herodes schier
Trat er an der Gedanken Wiege,
Argwöhnisch spähend, ob in ihr
Nicht etwa ein Messias liege.

Wie Schemen vor dem Morgenroth
Sah ihn die neue Zeit zerrinnen,
Doch meine Pein und meine Noth,
Die schwanden nicht mit ihm von hinnen.
Ach! meine Leidenskette riß
Mit seinem Scheiden nicht und Sterben,
In meinem Setzer hinterließ
Er seines Geistes treuen Erben.

Den Erben? Nein! so grausam nie
Sah man dich, armer Censor! walten,
Zu ihrer eig'nen Parodie
Nicht die Gedanken umgestalten.
Dein Rothstift traf, ein rascher Stahl;
Die Todten gingen ein zum Frieden.
Nicht der Verstümmlung Schmach und Qual
Hast deinen Opfern du beschieden.

Doch er, der mir am Marke zehrt,
Und mir das Leben tränkt mit Galle;
O was zerfleischet und versehrt
Er nicht mit seiner Geierkralle.
Wo »Hebe« klar geschrieben steht
Verwandelt er es flugs in »Hexe«,
Auf jede Seite streut und sä't
Er gräuelhaften Irrthums Klexe.

O Censor! leichter war dein Joch;
Fast drängt es mich, dir abzubitten.
Mit deiner Scheere hast du doch
Nur hie und da gestutzt, beschnitten,
Er aber haus't auf meiner Flur
Verschüttend wie der Hauch der Chamsin's,
Nicht mehr den Wahnsinn der Censur,
Er übet die Censur des Wahnsinns.

Zu lang ertrug ich mit Geduld
Des Wüthrichs unheilvolles Schalten;
Erschöpft ist nun der Born der Huld,
Und nur Gerechtigkeit soll walten.
Entsagen will ich länger nicht
Der Rache, der ersehnten, süßen,
Und darum soll er dies Gedicht
Mit eig'nen Händen setzen müssen.

Ida von Düringsfeld.

Ida von Düringsfeld

(1815–1876)

Ida von Düringsfeld wurde als Tochter des hannoverschen Offiziers Schmidt geboren, der 1815 geadelt wurde und von da an von Düringsfeld hieß. Ihre Mutter, eine Tochter des Generals von Groeben, besaß Güter in Ostrawe und Pluskau, auf denen Ida aufwuchs. Sie erhielt in den benachbarten Städten und bei ihrer Mutter Unterricht in Musik und Sprachen, von denen sie später fünf geläufig sprechen und schreiben konnte. 1835 reiste sie mit ihrer Mutter nach Dresden, wo sie die Bekanntschaft des Schriftstellers Tiedge und anderer literarischer Persönlichkeiten machte. Dort veröffentlichte sie 19jährig ihre erste Gedichtsammlung unter dem Pseudonym »Thekla«. Nach ihrer Rückkehr nach Ostrawe widmete sie sich drei Jahre lang fast ausschließlich ihrer schriftstellerischen Tätigkeit und verfaßte zahlreiche Romane, die sie alle unter Pseudonym veröffentlichte. 1845 trat sie zum ersten Mal mit dem Werk *Byrons Frauen* unter eigenem Namen an die Öffentlichkeit. Im selben Jahr heiratete sie den Freiherrn Otto von Reinsberg, der als Leutnant im 2. Husarenregiment diente, 1846 aus dem Heer austrat, um sich ausschließlich seinen linguistischen und ethnologischen Studien zu widmen. Die Ehe galt aus ausgesprochen glücklich. Mit ihrem Mann lebte sie bis 1852 abwechselnd in Breslau und auf den Gütern der Mutter. Es folgte ein 2jähriger Aufenthalt in Dalmatien. Danach reisten die Eheleute durch Deutschland, Österreich, Belgien und Frankreich, wo sie die Gelegenheit zur sprachlichen und ethnologischen Weiterbildung ausgiebig nutzten. Es entstanden Reiseliteratur, belletristische und wissenschaftliche Werke, die teils einzeln, teils gemeinschaftlich erarbeitet und herausgegeben wurden. Einen Tag nach dem Ableben seiner Frau folgt Otto von Reinsberg durch Selbstmord seiner Frau in den Tod.

George Sand (1804–1876)

An George Sand

Du bist erhöht und in den Staub getreten,
Gekrönt mit Ruhm, gezeichnet mit Verhöhnung,
Für Tausende und dich ist nie Versöhnung,
Und dir zu nahen, würden sie erröthen.

Ich nahe dir – ich biete dir die Rechte,
Ich liebe dich und will es frei bekennen.
Nimm meine Hand zum Bund – nicht soll uns trennen,
Was ich an dir verlöscht, vergessen möchte.

Wenn du nicht bist wie wir, und nicht ertragen
Und lächeln willst, es ist nicht dein Verschulden;
Du kannst es nicht. Drum kämpfst du, wo wir dulden,
Und sprengst die Fesseln, die wir still ertragen.

Wohl hast du viel gefehlt in irrem Streben,
Hast manche Schranke frevelnd überschritten,
Die heilig ist; allein auch viel gelitten,
Und deinem Schmerze kann ich viel vergeben.

Doch Jene, die dich richten und verdammen,
Was wissen sie von dir und deinem Geiste?
Schlug in ihr Herz, das öde, das vereiste,
Ein Funken je von deines Herzens Flammen?

Durchreißt ihr Blick die Sonne, die sie blendet?
Verstehen sie, der Armuth bleiche Hüter,
Den Reichen wohl, der, stolz auf seine Güter,
In kühnem Uebermuth sie frei verschwendet?

Und hat ihr Herz aus Wunden je geblutet,
Wie tückisch sie verhüllte Feinde schlagen?
Und ist ihr Herz in todesdunkeln Tagen
Von namenlosen Thränen überflutet?

Gewiß, sie müssen, fest, in Einem Bunde,
Abwehren dich von ihrem kalten Leben,
Denn ihre Seele könnte ja erbeben
Von einem Liebeshauch aus deinem Munde.

Louise von Plönnies

(1803–1872)

Louise von Plönnies war die Tochter des Arztes und Naturforschers J. Ph. Leisler, die Mutter Sophie stammte ebenfalls aus einer Arztfamilie. »Nach Familientradition« heiratete sie 1824 den jungen Arzt August von Plönnies, mit dem sie neun Kinder hatte. Nach fünfzehn Ehejahren begann sie, sich literarischen Arbeiten zu widmen. Sie übersetzte englische, französische, flämische und niederländische Literatur und gab mehrere Anthologien heraus. Mit eigenen Gedichten trat sie 1844 an die Öffentlichkeit. Es folgten eine weitere Sammlung, Sonettenkränze *(Abälard und Heloise)*, Romane und epische Dichtungen, in denen sie häufig auf die Mythen- und Sagenwelt zurückgriff, wie zum Beispiel in *Maryken von Nimwegen*, der Geschichte eines Teufelsbündnisses, in der sie die Maryken-Figur zu einem weiblichen Faust umdeutete. Später veröffentlichte sie auch geistliche Lyrik und Bearbeitungen von Bibelstoffen. Seit dem Tod ihres Mannes 1847 lebte sie zurückgezogen auf dem Land, später in Darmstadt bis zu ihrem Tod. Zu ihrer Zeit wurde sie als Dichterin hoch geschätzt, geriet aber nach ihrem Tod in Vergessenheit. Die folgenden Gedichte sind ihrer Sammlung von 1844 entnommen.

Tinctura thebaica

Laß mich dein wunderbares Glück erwerben,
Leblos zu leben, ohne Tod zu sterben.

Gebt mir den Saft! den braunen Saft vom Mohne,
Den Wundertrank von einer fremden Zone,
Der kochte dem Aequator nah'.
Das Schlummergift, d'ran die Granatenlippen
Der Odalisken[1] im Seraile nippen,
Den Lethekelch aus Afrika.

Gottlob! schon senkt ein schweres Nachtgefieder
Umhüllend, schützend sich auf mich hernieder;
Ich liege willenlos gebannt.
Die Glieder ruh'n, ich mag sie nicht bewegen,
Allein mein Herz, es klopft in mächt'gen Schlägen,
Stark pocht der Puls an meiner Hand.

Und um mich wogt's und wirbelt's von Gestalten,
Aus Nebelschleiern seh' ich sich entfalten,
Auftauchen Bilder wunderbar.
Die gelben Strahlen von dem Sonnenbrande,
Darin der Mohn gereift im heißen Sande,
Durchblitzen meine Träume klar.

Welch prächtig Feld! wie schimmern die Turbane,
Purpurn, gleich jenen, welche die Sultane
Sich schlingt in's rabenschwarze Haar.
Wie, oder sind es Köpfe, die zum Schrecken
Des Volks der Pascha ließ auf Piken stecken,
Ein Schmaus dem Geier und dem Aar.

Nein, glühende Turbane sind's vom Mohne,
Der riesig aufschießt in der heißen Zone,
Wo Kopf an Kopf sich prächtig drängt.
Schon seh' ich, wie an allen seinen Ritzen,
Die braune Männer mit den Messern schlitzen,
Ein großer Opium-Tropfen hängt.

---

[1] Odaliske = weiße türkische Haremssklavin

Es quillt und quillt, die Köpfe alle bluten,
Alsdann gerinnt in heißen Sonnen-Gluthen
  Des Mohnes Hirn, sein Lebenssaft.
Kein Wunder, daß in unserm schwachen Hirne
Er in der dunkeln Höhle unsrer Stirne,
  So wunderbare Träume schafft.

Denn in der Tropennacht, der dämmerklaren,
Steh'n geisterhaft des Mohns verletzte Schaaren;
  Da quillt und tropft das Opium.
Der Himmel! blauer See mit Naphthaflammen,
Flicht über ihnen Strahl und Strahl zusammen; –
  Wie trinken sie den Schimmer stumm!

Und Geisterklänge süß und schaurig schweben
Herüber aus dem einst so prächt'gen Theben,
  In alle Tropfen dringt der Klang.
Denn Theben ward erbaut in Harmonieen,
Und seines Königs Lyraklänge ziehen
  Um die versunknen Mauern bang.

Und nächtlich legt sich auf die klaren Lüfte
Der schwarze Schatten jener Königs-Grüfte,
  Des sieb'ten Wunderwerks der Welt.
Es schlägt umsonst der Pyramiden Mauern
Der Flügelschlag der Zeit in Wetterschauern; –
  Sie streben auf zum Sternenzelt!

Könige ruh'n, von Hüllen fest umwunden,
Mit köstlichen Gewürzen eingebunden,
  Jahrtausende darin in Todesruh'.
Und beinah' scheint mir's, daß ich ihrer Leiche,
Umhüllt von Orients Schlummerbanden, gleiche; –
  Doch traumlos schlafen jene zu.

Es wogt und wallt, die Meereswellen stöhnen,
Sie brechen sich am Strand mit dumpfem Dröhnen,
  Durchrauschen meine Träume bang.
Wie schwarz die Wolke, – jetzt wird sie zerrissen,
Es flammt ein Strahl aus ihren Finsternissen,
  Und horch! ein wundersüßer Klang!

Der Memnon[1] klingt, des Bräut'gams eh'rnen Zwinger
Berühret Aurora[2] mit dem Rosenfinger,
Der süße Klang, noch hallt er nach.
Und immer heller wird der Nebelschleier,
Mein Blick wird klar, mein Athem hebt sich freier,
Es siegt der Tag!

Auf der Eisenbahn

Rascher Blitz, der hin mich trägt
Pfeilschnell, von der Gluth bewegt,
Sausend durch des Tages Pracht,
Brausend durch die dunkle Nacht,
Donnernd über Stromesschäumen,
Blitzend an des Abgrunds Säumen,
Durch der Berge mächt'ge Grüfte,
Durch der Thäler nächt'ge Klüfte,
Durch der Saaten goldne Wogen,
Ueber stolze Brückenbogen,
Durch der Dörfer munter Leben,
Durch der Städte bunter Weben. –
Könnt', wie du, das freie Wort
Sausend zieh'n von Ort zu Ort!
Alle Herzen, die ihm schlagen,
Stürmisch so von dannen tragen,
So aus einem Land zum andern
Siegend die Gedanken wandern! –
Freies Wort, wer gründet Schienen,
Deinem Bahnzug stark zu dienen? –

[1] in gr. Mythologie Sohn der Eos, später äthiöp. Fürst; nach ihm benannt sind die Memnonsäulen bei Theben, von denen die nördlichere infolge des durch Temperaturwechsel bei Sonnenaufgang veranlaßten Springens der Steine singende Töne hervorgebracht haben soll

[2] Göttin der Morgenröte

Zwei Bäume

Zwei Bäume hab' ich einst im Wald gesehn,
Die wollten sich einander nahe stehn.
Sie schau'n sich an voll Sehnsucht, möchten gern
Sich fest umschlingen; doch sie stehn zu fern,
Denn andrer Grund ist Jedem angewiesen,
Darin des Lebens starke Wurzeln sprießen.
So neigt sich Jeder still zum Andern hin,
Der Eine scheint den Andern anzuzieh'n,
Bis es zuletzt gelingt den schlanken Zweigen,
Sich in den Kronen Hebend zu erreichen.
Wie sie die Aeste in einander flechten,
Sind sie beschirmt von liebevollen Mächten;
In blauen Lüften, wo die Wolken jagen,
Da dürfen sie sich ihre Sehnsucht klagen.
Sie dürfen Blüth' um Blüthe selig tauschen,
An ihren Düften wonnig sich berauschen.
Sie stehn, vom Licht des Abendroths umglüht,
Gleich wie von tausend Rosen überblüht;
Verklärend weben aus der Himmelsferne
Ihr heilig Licht darum die ew'gen Sterne.

So möcht' ich mich mit dir zur Höhe schwingen,
Mit tausend Liebesarmen dich umschlingen,
Mit meines Herzens innigsten Gedanken
Dich unauflöslich fassen und umranken.
So möcht' ich deinem höchsten Leben lauschen,
So möcht' ich Seel' um Seele mit dir tauschen,
Hoch über'm düstern Nebelreich der Erden,
Im Himmelblau mit dir vereinigt werden,
Wo keines Menschen Augen auf uns sehn,
Wo nur die Sterne auf und niedergehn.

*Glas**

In einer engen kleinen Hütte
Liegt, marmorbleich und todesmatt,
Ein sterbend Weib mit edlen Zügen
Auf einer harten Lagerstatt.

Der Mutter blasses Haupt umschlinget
Ein holdes Mägdlein, zart und weiß;
Des Kummers bitt're Thränen fallen
Aus ihrem Auge, schwer und heiß.

Mit bangem Schmerz küßt sie noch einmal
Der Mutter schmale welke Hand,
Dann eilt sie aus des Elends Wohnung
Den Pfad hinab am Waldesrand.

Zur Hütte eilt sie, wo sie schmelzen
Das Glas durch heißer Oefen Gluth;
Dort haucht der schwache Kindesodem
In Formen die geschmolz'ne Fluth.

Der Vater hat in jener Hölle
Die frische Lebenskraft verbraucht,
Hat seinen letzten schweren Seufzer
Beim heißen Werke ausgehaucht.

Und seit der Treue ihr gestorben,
Die Mutter aber krank und matt,
Hat dieses arme Kind erworben
Erquickung ihr an seiner Statt.

---

* Der nachtheilige Einfluß auf die Gesundheit der in Glasfabriken arbeitenden Kinder ist bekannt.
Es gibt Fabrikherren, welche 12- bis 14jährigen Knaben und Mädchen das Blasen des Glases aufbürden, ungeachtet die Beschäftigung mit so großen Nachtheilen für die Gesundheit verbunden ist, daß ihnen nur die stärksten Menschen in der Blüthe ihrer Jahre Trotz bieten können.
Es geschieht nicht selten, daß die Arbeiter, den deleteren Einflüssen unterliegend, todt umfallen.

Doch schwankend werden ihre Schritte,
Die einst dem flücht'gen Rehe gleich,
Und trüber ihre blauen Augen,
Und ihre Wangen werden bleich.

Jetzt steht sie vor der Thür der Hütte; –
Ob der Versäumniß ist ihr bang,
Da herrschet zürnend der Fabrikherr:
»Wo bleibst du, Träge, heut so lang!

Schon hast du eine volle Stunde
An deinem Tagewerk versäumt;
Heut Abend mußt du sie ersetzen! –
Nun flink an's Werk und nicht geträumt.«

Da spricht sie weinend: »Herr, die Mutter,
Sie liegt daheim mir sterbenskrank;
Entlaßt nur heute mich der Arbeit,
Und nehmt dafür des Kindes Dank.«

Doch grollend ruft er: »Dich entlassen?
Und gar bei früher Morgenzeit!
In voller Gluth steh'n meine Oefen,
Zum Färben ist das Glas bereit.

Der Masse sollst du Farbe geben
Durch Borar und durch Antimon;
Im schönsten Purpur muß sie glühen, –
Sonst kommst du heut' um deinen Lohn.

Denn einen Kelch gilt es zu bilden,
Wie eine Rose, glühend roth.
Wenn er vollkommen dir gelinget,
Wird dir ein extra Stückchen Brod.

Und Perlen gilt es dann zu blasen;
Wenn jede einem Tropfen gleicht,
Wie er dort glänzt auf grünem Rasen,
Schenk' ich die Stunde dir vielleicht.«

Mit schwerem Herzen tritt das Mägdlein
In den erhitzten Hüttenraum,
Naht zitternd sich dem glüh'nden Ofen,
Entfernt des Glases Erdenschaum,

Mischt unter die geschmolzne Masse
Die Farben. Aengstlich und geschwind
Mit einem Schleier hat das blasse
Gesicht bedeckt das arme Kind;

Denn gift'ge Dünste weh'n erstickend,
Und halb bewußtlos, sterbensmatt,
Fühlt sie den schwachen Athem schwinden,
Den sie zum Blasen nöthig hat.

In Regenbogenfarben spielen
Rings um sie die Kristalle all'; –
Doch ihres Auges Iris bleichet,
Trüb wird sein leuchtender Kristall.

Auf's neue setzt sie in die Gluthen
Den schön gefärbten Glasesguß,
Der sich zu klaren Purpurfluthen
Im Höllenfeuer läutern muß.

Sie prüfet mit der Eisenruthe
Das klar geword'ne rothe Glas; –
Wie glüht so purpurroth die Masse, –
Des Mädchens Wange, ach, wie blaß!

Sie hebt die Masse aus dem Ofen,
Daß sie verkühl' ein wenig nur, –
Und formt, die Zeit nicht zu verlieren,
Erst die verlangte Perlenschnur.

Für jede Perle, die sie bildet,
Gleich einem Thauestropfen licht,
Rollt eine heiße Schmerzensthräne
Von ihrem bleichen Angesicht.

Also bedeuten Perlen Thränen,
Erpreßt durch schwerer Armuth Druck; –
Doch ahnungslos schlingt ihr mit Lächeln
In euer Haar den Perlenschmuck.

Jetzt ist die Masse recht zum Blasen;
»O! wenn der Kelch der Rose gleicht,
Wie meine Perlen Thauestropfen,
Schenkt er die Stunde mir vielleicht.«

Das Mägdlein strengt zum heißen Werke
Den schwachen Athem an mit Macht; –
Schon dehnt sich aus die glüh'nde Kugel
Zu eines Kelches Rosenpracht.

In ihren Pulsen stürmt das Fieber,
Es jagt ihr Blut in wildem Lauf;
Noch einmal flammen ihre Augen,
Wie Kerzen vor'm Erlöschen, auf.

Und immer heller ist die Rose
Des Purpurkelches aufgegangen,
Und röther, immer röther glühen
Des Mägdleins sonst so blasse Wangen.

Die letzten Lebensgluthen haucht sie
Mit Todeshast in's schöne Glas.
Die Purpurrose ist vollendet; –
Das Mägdlein liegt entseelt und blaß.

DER FREISCHÄRLER.

Für Kunst und sociales Leben.

Jeden Mittwoch erscheint eine Nummer. — Alle Postämter und Buchhandlungen des In- und Auslandes nehmen Bestellungen an. — Hauptexpedition in Berlin: Charlottenstr. Nr. 42 (Geßische Buchhandlung).

Redigirt von Louise Aston.

Preis für die Monate November und December 10 Sgr. incl. Bringerlohn, auswärts nach Verhältniß des bestehenden Postaufschlags. — Inserate die gespaltene Petitzeile 1 Sgr. 3 Pf.

Nr. 1. Mittwoch, den 1. November. 1848.

FRAUEN VON 1848

LOUISE ASTON

LOUISE DITTMAR

LOUISE OTTO

Die freiheitlichen Bestrebungen in der ersten Hälfte des neunzehnten Jahrhunderts, die in der Revolution 1848/49 gipfelten, führten auch in Deutschland, wie zuvor in Amerika während des Unabhängigkeitskrieges und in Frankreich während des Freiheitskampfes, zu politischer Aktivierung und literarischem Engagement der Frau. Wie dort verbanden viele Frauen mit den revolutionären Forderungen nach allgemeiner Freiheit und Gleichheit den Anspruch auf die Gleichberechtigung der Frau und traten dafür in Wort und Tat ein.

Louise Aston

(1814–1871)

Louise Aston war eine begeisterte Anhängerin der politischen Freiheitsbewegung von 1848 und der Ideen George Sands, für die sie in Gedichten und Romanen zwischen 1846 und 1849 eintrat.

Als Siebzehnjährige hatten sie ihre Eltern zur Heirat mit dem Industriellen Aston gedrängt. Ihre anfängliche Weigerung hatte einen Schlaganfall des Vaters zur Folge, so daß die Tochter schließlich nachgab und in die Ehe mit dem ungeliebten Mann einwilligte. Die Geschichte dieser Verbindung beschrieb sie in ihrem Roman *Aus dem Leben einer Frau* (1846). Nach ihrer Scheidung verkehrte sie in politischen Kreisen der Berliner Vormärzbewegung und setzte ihre Forderung nach einem freien Liebesleben auch für die Frau in die Wirklichkeit um. Ihre freimütigen Äußerungen über Ehe und Religion, wie sie sich auch in den Gedichten ihrer Sammlung *Wilde Rosen* finden, ihr Tragen von Hosen und Rauchen in der Öffentlichkeit führten 1846 zur spektakulären Ausweisung aus Berlin. Louise Aston verteidigte sich in ihrer Schrift *Meine Emanzipation, Verweisung und Rechtfertigung* (1846). Sie nahm am Schleswig-Holstein-Feldzug als Krankenpflegerin teil, um der Sache der Demokratie nicht nur mit der Feder zu dienen, kehrte nach der Märzrevolution 1848 nach Berlin zurück, redigierte das revolutionäre Blatt *Der Freischärler*, was die Reaktion im November 1848 mit ihrer zweiten Ausweisung und dem Verbot des Blattes beantwortete. 1850 veröffentlichte sie eine Sammlung ihrer im *Freischärler* erschienenen politischen und emanzipatorischen Gedichte und das zweibändige Werk *Revolution und Conterrevolution*. Der ständig wachsende Druck der Reaktion in Deutschland ließ sie schließlich resignieren. 1850 verheiratete sie sich wieder, folgte ihrem Mann für mehrere Jahre ins Ausland und veröffentlichte 1860 nur noch eine kurze Erzählung.

Nachtphantasien

Ich sah mich in Träumen der Mitternacht
Verlassen und verachtet!
Des Auges milde Glut und Pracht,
Das liebend einst über mir gewacht,
Ich sah es von Haß umnachtet!

Mir malte der irre Gedankenflug
Gestalten bleich und trübe!
Ich sah einen finstern Leichenzug;
Die Leiche, die man vorübertrug,
War uns're gestorbene Liebe.

Entflieh', du gespenstische Mitternacht!
Entflieht, ihr blassen Gestalten!
Bis der selige, fröhliche Tag erwacht,
Bis Leben und Liebe mit frischer Macht
Mich jauchzend umschlungen halten.

Wie liebt' ich die schöne, heilige Nacht,
Wenn die bösen Träume nicht wären!
Unheimlicher Geister wilde Jagd
Verfolgt mich, bis ich, vom Schlaf erwacht,
Mich bade in heißen Zähren.

Ich fühl' mich allein in der weiten Welt;
Was ich liebe, ist fremd und ferne!
Da scheint mir der Mond am Himmelszelt
Ein spähender Lauscher hingestellt,
Und Spione die ewigen Sterne!

Ich liebe die Nacht; ich liebe die Nacht!
Doch nicht die einsame, trübe!
Nein, die aus seligen Augen lacht,
In flammender Pracht, in Zaubermacht,
Die heilige Nacht der Liebe.

Es mahne der Tod mich, der finst're, bleiche,
An das Leben, das lichte, das reiche,

An den heitern Genius der Welt!
D'rum hab' ich ein knöchern Beingerippe,
Mit Crucifix und drohender Hippe,
In meiner Zelle aufgestellt.

Fest schau ich es an bei Mondenscheine,
Wenn ich in verzweifeltem Schmerze weine,
Ein kämpfendes Kind der kämpfenden Zeit!
Dann tauml' ich empor in wildem Entzücken,
Das Leben noch einmal an's Herz zu drücken,
Bevor es vernichtendem Tode geweiht!

Ja, kühlen in frischen Lebensfluthen
Will ich der lodernden Seele Gluten!
Ich will vor Sünde und Kreuz bewahrt,
Stark durch des eigenen Geistes Ringen,
Mich aus Fesseln und Banden schwingen
Auf zu begeisterter Himmelfahrt!

Lied einer schlesischen Weberin

Wenn's in den Bergen rastet,
Der Mühlbach stärker rauscht,
Der Mond in stummer Klage
Durch's stille Strohdach lauscht;
Wenn trüb die Lampe flackert
Im Winkel auf den Schrein:
Dann fallen meine Hände
Müd in den Schooß hinein.

So hab' ich oft gesessen
Bis in die tiefe Nacht,
Geträumt mit offnen Augen,
Weiß nicht, was ich gedacht;
Doch immer heißer fielen
Die Thränen auf die Händ' –
Gedacht mag ich wohl haben:
Hat's Elend gar kein End? –

Gestorben ist mein Vater, –
Vor Kurzem war's ein Jahr –
Wie sanft und selig schlief er
Auf seiner Todtenbahr'!
Der Liebste nahm die Büchse,
Zu helfen in der Noth;
Nicht wieder ist er kommen,
Der förster schoß ihn todt. –

Es sagen oft die Leute:
»Du bist so jung und schön,
Und doch so bleich und traurig
Sollst du in Schmerz vergehn?« –
»Nicht bleich und auch nicht traurig!«
Wie spricht sich das geschwind
Wo an dem weiten Himmel
Kein Sternlein mehr ich find'!

Der Fabrikant ist kommen,
Sagt mir: »mein Herzenskind,
Wohl weiß ich, wie die Deinen
In Noth und Kummer sind;
Drum willst Du bei mir ruhen
Der Nächte drei und vier,
Sieh' dieses blanke Goldstück!
Sogleich gehört es Dir!«

Ich wüßt' nicht, was ich hörte –
Sei Himmel du gerecht
Und lasse mir mein Elend,
Nur mache mich nicht schlecht!
O lasse mich nicht sinken!
Fast halt' ich's nicht mehr aus,
Seh' ich die kranke Mutter
Und's Schwesterlein zu Haus'!

Jetzt ruh'n so still sie alle,
Verloschen ist das Licht,
Nur in der Brust das Wehe,
Die Thränen sind es nicht.

Kannst du, o Gott, nicht helfen,
So lass' uns lieber gehn,
Wo drunten tief im Thale
Die Trauerbirken steh'n! –

Berlin am Abende des 12. November 1848

Wilde kriegerische Klänge
Tönen in die Nacht hinaus,
Schweigend harrt des Volkes Menge
Vor dem königlichen Haus;
Manches Auge blitzt in Thränen,
Manche Faust ist wuthgeballt;
Ob der frevelnden Gewalt
Knirschen K i n d e r mit den Zähnen.
Glimm'! o glimm',
Heiliger Grimm!

Bleiches Mondlicht strahlt hernieder
Auf die haßentbrannte Welt; –
's ist derselbe Mond, ihr Brüder,
Der die M ä r z n a c h t einst erhellt;
Kommt es heut zum Kugelregen:
Hält der Tod sein Sichelfest,
Und dem letzten Ueberrest
Gibt das Fallbeil seinen Segen. –
Noch ist von Groll
Das Maaß nicht voll. –

Erst des Landes Stimme hören
Will der friedliche Convent;
Bald wird sich das Land empören
Gegen Wrangeis Regiment;
Drum voran mit edlem Stolze,
Bannerträger in Berlin!
Mag der Thron in Flammen glühn!
Denn er ist von faulem Holze.
Freiheit und Glück
Gibt Republik!

In Potsdam

Vom Dome hallen Glockenklänge –
Stille Andacht überall,
Gläubig singt des Volkes Menge
Zu der Orgel hellem Schall;
Dort in einsamer Kapelle
An des Altars heiiger Schwelle
Knie'n die Allerhöchsten Sünder
Gottes auserwählte Kinder.

Was sie beten, was sie flehen?
Ihre bleiche Lippe spricht:
»Jetzt, da wir am Abgrund stehen,
Jetzt – nur jetzt verlaß' uns nicht!
Unser Purpur will erbleichen,
Unsre Macht zerfällt in Scherben;
Lass' mit Blute sonder Gleichen
Uns den Purpur wieder färben! –

Mögen sie zum Himmel beten
Und mit neu gestärktem Muth
Eines Volkes Recht zertreten,
Pochend auf des Höchsten Huth:
Taub und schwach sind ihre Götter,
Taugen nur zum Spiel der Spötter;
Doch der Geist, der ewig freie,
Gibt dem Volk die Siegesweihe!

Louise Dittmar

(1807–1884)

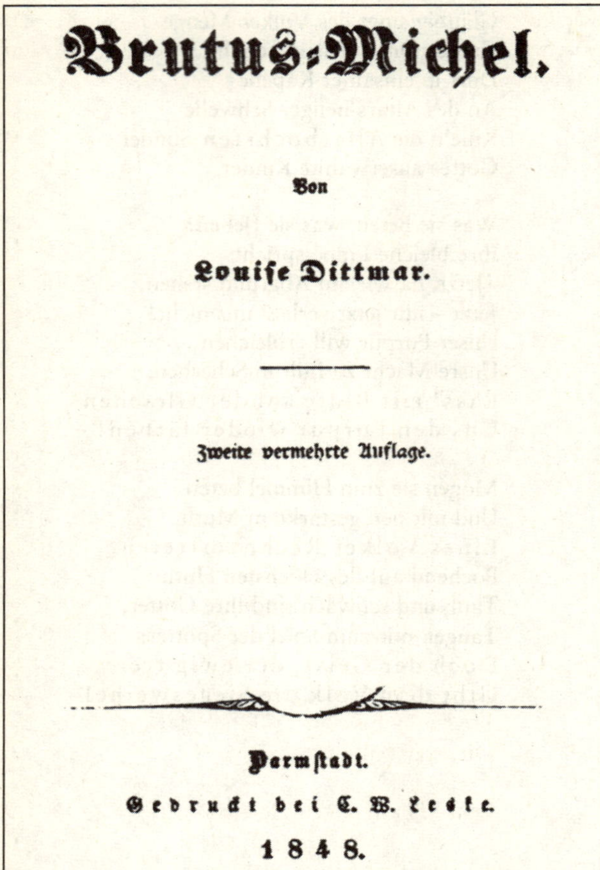

Brutus-Michel.

Von

Louise Dittmar.

Zweite vermehrte Auflage.

Darmstadt.

Gedruckt bei C. W. Leske.

1848.

Von Louise Dittmar erschien 1848 anonym in zweiter Auflage in Darmstadt ein 22seitiges Heft mit revolutionärer Lyrik unter dem Titel *Brutus-Michel*; daraus stammt das folgende Gedicht. Sie ist eine der bedeutendsten weiblichen Frauenrechtlerinnen der 1840er Jahre und veröffentlichte zwischen 1845 und 1850 insgesamt neun Bücher, darunter gesellschaftskritische und philosophische Beiträge (*Vier Zeitfragen*, 1847) und als wichtigen frauenemanzipatorischen Beitrag das Buch *Das Wesen der Ehe. Nebst einigen Aufsätzen über die sociale Reform der Frauen* (1849 und 1850). 1849 gründete sie die Zeitschrift *Soziale Reform*, eine der fünf feministischen Zeitschriften in Deutschland während der revolutionären 1840er Jahre.

***

Die deutsche Republik

Der Kaiser aus dem Schlaf erwacht,
Italien steht in Flammen!
Galizien! Ungarn! Schlacht auf Schlacht!
Alt-Oestreich stürzt zusammen!
Der Metternich kehrt nicht zurück,
Der langgeschweifte Drache,
Selbst Oestreich spürt die Republik,
Es keimt im Volk die Rache!

Der König im Gebetbuch liest,
Die Völker zu beglücken,
Vor seinem Schlosse man erschießt,
Das Volk derweil' in Stücken.
Und hätt von deutscher Republik
Kein Preuße noch geträumet,
Hoch auf aus diesem Bürgerglück
Die Republik nun schäumet!

Den Majestäten sei's gesagt,
Die sich dem Schlaf entraffen:
In ganz Europa hat's getagt,
Die Majestät geht schlafen.
Und wär die deutsche Republik
Am Himmel festgeschmiedet,
Entreißen würd' sich Völkerglück
Dem Himmel, der's verbietet!

Louise Otto

(1819–1895)

Lerche der deutschen Frauenbewegung« nannten sie bereits ihre Zeitgenossen. Mit ihren literarischen Arbeiten und ihrem politisch-sozialen Engagement leistete Louise Otto einen bahnbrechenden Beitrag im Kampf der Frau für ihre Rechte.

Louise Otto stammte aus einer bürgerlichen Familie mit fortschrittlicher Gesinnung. Ihr Vater, Gerichtsdirektor in Meißen, verfolgte aufmerksam die politischen Ereignisse und diskutierte sie auch zu Hause mit seiner Frau und den vier Töchtern. Mit siebzehn Jahren verlor Louise Otto ihre Eltern. Bei einem Besuch ihrer verheirateten Schwester im sächsischen Erzgebirge (1840) bekam sie Einblick in die Lebensbedingungen der dortigen Arbeiter und Arbeiterinnen und wurde zur sozialen Schriftstellerin. 1843 erschien ihr erster sozialer Roman, dem weitere folgten, u. a. 1847 *Schloß und Fabrik*, der zunächst konfisziert, dann aber freigegeben wurde. Sie wurde Mitarbeiterin der *Vaterlandsblätter*, in denen sie ihre Artikel unter dem Pseudonym Otto Stern veröffentlichte, da es immer noch ungewöhnlich war, daß eine Frau über Zeitfragen und Frauenrechte schrieb. 1847 entwarf sie eine Art Programm für die Frauenbewegung, in dem sie eine bessere Erziehung und Bildung der Frau forderte, gründete Arbeiterinnen- und Bildungsvereine und gab seit 1849 ihre »deutsche Frauenzeitung« heraus.

Ihre erste Gedichtsammlung, *Lieder eines deutschen Mädchens*, erschien 1847. Sie trat damit in die Reihe der politischen Dichter; Alfred Meißner nannte die Ausgabe »ein Schwert in Rosen«.

Als nach der revolutionären Erhebung die Reaktion einsetzte, wurde Louise Otto wiederholt gemaßregelt, aus mehreren Städten ausgewiesen und 1852 ihre Zeitung beschlagnahmt. Zu den verfolgten Freiheitskämpfern gehörte auch der mit ihr befreundete Schriftsteller August Peters, den sie nach seiner Entlassung aus dem Gefängnis 1858 heiratete; Peters starb bereits sechs Jahre später. 1865 nahm Louise Otto-Peters an der ersten Frauenkonferenz in Leipzig teil, die den »Allgemeinen Deutschen Frauenverein« begründete. Zwei Jahre vor ihrem Tod erschien ihre letzte Gedichtsammlung unter dem Titel *Mein Lebensgang*.

Klöpplerinnen

Seht Ihr sie sitzen am Klöppelkissen
Die Wangen bleich und die Augen rot!
Sie mühen sich ab für einen Bissen,
Für einen Bissen schwarzes Brot!

Großmutter hat sich die Augen erblindet,
Sie wartet, bis sie der Tod befreit –
Im stillen Gebet sie die Hände windet:
Gott schütz' uns in der schweren Zeit.

Die Kinder regen die kleinen Hände,
Die Klöppel fliegen hinab, hinauf,
Der Müh' und Sorge kein Ende, keine Ende!
Das ist ihr künftiger Lebenslauf.

Die Jungfrauen all, daß Gott sich erbarme,
Sie ahnen nimmer der Jugend Lust –
Das Elend schließt sie in seine Arme,
Der Mangel schmiegt sich an ihre Brust.

Seht Ihr sie sitzen am Klöppelkissen,
Seht Ihr die Spitzen, die sie gewebt:
Ihr Reichen, Großen – hat das Gewissen
Euch nie in der innersten Seele gebebt?

Ihr schwelgt und prasset, wo sie verderben,
Genießt das Leben in Saus und Braus,
Indessen sie vor Hunger sterben,
Gott dankend, daß die Qual nun aus!

Seht Ihr sie sitzen am Klöppelkissen
Und redet noch schön von Gottvertraun?
Ihr habt es aus ihrer Seele gerissen,
Weil sie Euch selber gottlos schaun!

Seht Ihr sie sitzen am Klöppelkissen
Und fühlt kein Erbarmen in solcher Zeit,
Dann werde Euer Sterbekissen
Der Armut Fluch und all ihr Leid!

Für alle

Für alle! hören wir die Worte tönen,
Da wird das Herz uns plötzlich groß und weit!
Sie künden uns wie mit Drommetendröhnen
Den Siegsgesang der echten Menschlichkeit.
Denn anders ist kein heilig' Werk zu krönen
Und anders nie zu enden Kampf und Streit,
Als wenn ein Heil, das in die Welt gekommen
Der Sonne gleich für alle ist entglommen.

»Für alle!« sangen einst der Engel Scharen
In jener gottgeweihten heil'gen Nacht,
»Für alle will der Herr sich offenbaren
In seiner ewigtreuen Liebesmacht;
Für alle hat er Noth und Tod befahren
Und der Erlösung großes Werk vollbracht,
Das gleich den Gliedern eines Leibes einte
Mit festem Band die gläubige Gemeinde.«

»Für alle –« klang es im Hussitenheere –
»Ist auch der Gnade Kelch mit Christi Blut,
Denn allen ward verkündet seine Lehre,
Die in der Gleichheit aller Menschen ruht,
Und Erd' und Himmel hat nicht höhre Ehre,
Als nun uns wird mit dem geweihten Gut.«
Im Märtyr'tum, in grauser Todeshalle
Ertöntes noch: »Der Kelch des Heils für alle!«

So wußten sie die Losung recht zu fassen,
Erteilten sie an Mann und Weib zugleich.
Sie wollten nicht das hohe Erbteil lassen,
Das Bürgertum im neuen Liebesreich.
Da gab es keinen Neid mehr und kein Hassen,
Kein Sklaventum, kein Herrschen stark und feig,
Die Seelen galt's, die freien, zu erretten
Aus düsterm Bann, aus schwerer Knechtschaft Ketten.

Wo wieder aber ward der Ruf vernommen:
»Für alle Freiheit!« klang es fast wie Hohn,

Denn für die Männer nur war er gekommen
Im Wettersturm der Revolution.
Denn schien auch Joch auf Joch hinweggenommen,
Und stürzte auch in Trümmer Thron um Thron:
Dem Männerrecht nur galt das neue Ringen,
Das Frauenrecht blieb in den alten Schlingen.

Wohl grüßten freie Männer sich als Brüder,
Nur Bürger gab es, nicht mehr Herr und Knecht;
Wohl sangen sie der Liebe Bundeslieder
Und fühlten sich als ein erneut' Geschlecht.
Doch auf die Schwestern blickten stolz sie nieder,
Der Menschheit Hälfte blieb noch ohne Recht,
Blieb von dem Ruf: »für alle!« ausgenommen –
Ihr muß erst noch der Tag des Rechtes kommen.

Der Frauen Schar, die in den Staub getreten,
Ward nur erhoben an des Glaubens Hand.
Die Besten lernten fromm zum Himmel beten,
Weil ja die Erdenwelt sie nicht verstand;
Die andern aber ließen sich bereden
Sie seien nur bestimmt zu Spiel und Tand,
Es sei ihr höchstes Ziel im süßen Minnen,
Des ganzen Lebens Inhalt zu gewinnen.

Doch wiederum wird einst der Ruf erklingen:
So wie vor Gott sind wir auf Erden gleich!
Die ganze Menschheit wird empor sich ringen
Zu gründen ein erneutes Liebesreich,
Dem Weibe wie dem Mann sein Recht zu bringen
Zu wahren mit des Friedens Palmenzweig.
In laut'rer Wahrheit stolzem Siegesschalle
Tönt's noch einmal: »Erlösung kam für alle!«

Geständnis

II.

Und weil ich schwieg und weil in keuscher Scheue
Ich nimmer auf dem offnen Markt gesungen,
Von meiner Seele ew'ger Liebestreue,
Von meines Herzens süßen Huldigungen:

Meint Ihr, ich sei kein fühlend Weib geblieben,
Indes der Freiheit Fahne ich getragen?
Ich hab' verlernt zu dulden und zu lieben,
Weil meine Lieder keine Liebesklagen?

O arme Thoren, die Ihr noch könnt wähnen,
Daß stille Lieb' und lautes Wort sich einen,
Daß wir die heiligsten von unsern Thränen
Vor aller Welt vermögen auszuweinen.

Hört Ihr die Nachtigall am Tage schlagen
In lauter Menschen emsigem Gewimmel?
Sie wird zur Nacht im stillen Haine klagen,
Den Menschen nicht, sie singt ihr Lied dem Himmel.

Die Lerche aber singt im Sonnenscheine,
Sie ruft die Menschen wach zu neuen Thaten.
Wo sie der Arbeit pflegen im Vereine,
Schwebt sie am liebsten ob den grünen Saaten.

So hab' ich Euch als Lerche aufgeweckt,
Das Morgenlied der Freiheit vorgesungen,
Als Nachtigall hab' ich mich tief verstecket –:
Das Lied der Liebe ist in Nacht verklungen!

Dur- und Molltöne.

Neuere Gedichte

von

Kathinka Zitz. geb. Halein

> O, glaubt es mir, die Frau verfehlet
> Die Pflicht um ihre Zither nicht;
> Je höher sie der Geist beseelet,
> Je fester hängt sie an der Pflicht.
>
> Maria van Ackere.

Mainz.

In der Faber'schen Buchhandlung.

1859.

Kathinka Zitz-Halein

(1801–1877)

Kathinka Zitz-Halein wurde als Tochter des Kaufmanns Halein in Mainz geboren und erhielt eine Pensionatserziehung in Mainz und Straßburg. Als sich die Vermögensverhältnisse ihres Vaters verschlechterten, arbeitete sie zeitweise als Erzieherin, kehrte aber 1828 ins elterliche Haus zurück. Um diese Zeit löste sie auch eine zehnjährige Verlobung mit einem preußischen Offizier. Später war sie kurze Zeit mit dem Rechtsanwalt Franz Zitz verheiratet, der Mitglied des Frankfurter Parlaments und einer der Führer der revolutionären Bewegung in Mainz wurde.

Von 1848 bis 1852 trug sie als Aktivistin und Mitglied der Humania-Gesellschaft in Mainz zur Unterstützung der deutschen Revolution bei und blieb bis zu ihrem Tod politisch engagiert. Sie veröffentlichte zahlreiche Gedichtsammlungen, darunter *Herbstrosen* (1846) und *Dur- und Molltöne* (1859), in denen sie politische, soziale und kirchliche Verhältnisse kritisierte. Finanzielle Not setzte sie später immer mehr unter Produktionszwang. Sie veröffentlichte zahlreiche novellistische Arbeiten und Romane, darunter einen sechsbändigen Roman über Rahel Varnhagen. Ihre Werke erschienen häufig auch unter Pseudonymen, so daß ein lückenloser Überblick nicht mehr möglich ist. Als der Absatz ihrer Bücher zurückging, lernte sie die nötigen Handgriffe und setzte ein Buch selbst. Sie starb fast erblindet in ihrer Heimatstadt. Sie war mit der Schriftstellerin und Komponistin Johanna Kinkel befreundet, die 1858 im Londoner Exil starb.

Vorwärts und Rückwärts

Vorwärts! rufen die Lichtbekenner,
Laßt uns Fackeln der Wahrheit sein.
Rückwärts! heulen die Dunkelmänner,
Meidet jeglichen hellen Schein.

Vorwärts gehe stets unser Streben,
Thatendrang ist in uns erwacht.
Rückwärts sichert uns Gut und Leben,
Haltet fest an der alten Nacht.

Vorwärts! rufen die Adler und eilen
Stolzen Fluges zur Sonne hin.
Rückwärts! winzelt die Schaar der Eulen,
Die in die Löcher zurück sich zieh'n.

Vorwärts! mühet euch aufzutischen
Von dem Brode des Lebens nur.
Rückwärts! laßt uns im Trüben fischen,
Sagt, die Gaukelei sei Natur.

Vorwärts! fort mit dem alten Plunder,
Lichtet und ebnet die Geistesbahn. –
Rückwärts! schaffet ein neues Wunder,
Wahn und Dummheit glaubt noch daran.

Vorwärts! Niemand glaubt an Mirakel,
Solche Possen lasset zu Haus.
Rückwärts! machet ein Weltspektakel,
Treibt den Teufel von Neuem aus.

Vorwärts! strebt den Verstand zu lichten,
Arbeitet alle nach einem Plan.
Rückwärts sei unser Trachten und Dichten,
Legt dem Fortschritt Hemmketten an.

Vorwärts! die Geschichte beweist es,
Freiheit sei das edelste Loos.
Rückwärts! nähret den Bauch statt des Geistes,
Und ihr ziehet euch Sklaven groß.

Vorwärts! aber belügen und trügen
Sollen unsere Lippen nie.
Rückwärts! wir werden dennoch siegen,
Es giebt noch gar viel Menschenvieh.
1852

Farbenwechsel

Warum doch gehst du immer grau gekleidet?
So sprach der Freund zu einer ernsten Frau.
Mein Aug' sich gern an bunten Farben weidet,
Du aber gehst so lange schon in Grau.

Mein treuer Freund, dir will ich es wohl sagen,
Die graue Stimmung herrscht mir im Gemüth,
Und keine Schillerfarben kann ich tragen,
Seit mir des Lebens Baum hat abgeblüht.

Das Kind trug Weiß – der Unschuld Engelfarbe
Umhüllte es so duftig, hell und klar,
Und aus der Ähren aufgehäufter Garbe
Zog es sich Blumen für sein Lockenhaar.

Dann kam die Zeit der aufgewachten Triebe
Die in dem Lenz des Lebens feurig glüh'n;
Ich ging im Kleid der rosenrothen Liebe
Und in der Hoffnung heilig-schönem Grün.

Dann kam ein Tag, der brachte die Gewänder
Der wilden feuerfarbnen Leidenschaft,
Die mich umschloß mit ihren Glutenbänder,
Mir aufgezehrt des Geistes rege Kraft.

Die Gattin ging einher im blauen Kleide
Der ewig duldenden Ergebenheit,
Und später trug ich violette Seide,
Die Farbe die dem edeln Zorn geweiht.

Getragen hab' ich wohl auch Purpurgluten
Die tief empfundner Schmerz auf mich vererbt,

Denn ach! der Stoff, er war ja in den Fluten
Aus meines Herzens bestem Blut gefärbt.

Dann sah ich Jahre auf mich nieder schweben
Wie Rabenzüge mit dem Unglücks-Flug,
In welchen ich um ein verfehltes Leben,
Das dunkle Schwarz der tiefen Trauer trug.

Allmählich trug ich Braun – denn die Bestrebung
Des Selbstbewußtseins lichtete den Sinn.
Die braune Farbe deutet auf Ergebung
In ein Geschick an dem ich schuldlos bin.

Jetzt ist das Grau die Farbe meiner Tage,
Das Sinnbild einer blassen Dämmerzeit,
In der gestorben ist so Freud als Klage.
Die graue Farbe zeigt Gleichgültigkeit.

Gleichgültigkeit! – Hab' alles ich vergessen?
Begraben jedes Hochgefühl. – O nein!
Für's Vaterland, für große Zeitintressen
Wird nimmermehr mein Herz gleichgültig sein.
...

Jeanne Manon Philipon-Roland[1]

Die heil'ge Lieb' zum Vaterlande,
Sie ist kein Hirngespinnst, kein Wahn,
Sie lebt und fachet ihre Flammen
Auch in dem Herz der Frauen an.
Das Rechte lehrt sie sie errathen,
Führt sie auf der Begeistrung Bahn,
Und zu der Höhe großer Thaten
Trägt sie ihr Schwindelflug hinan.

---

[1] Marie-Jeanne Roland (1754–1793), Girondistin, Gattin des frz. Innenministers Jean Roland de la Platière

Dich, reich an Schönheit, Seelenadel,
Die hoch saß auf des Geistes Thron,
Dich riß in ihren wilden Strudel
Das Ungethüm Revolution.
Doch wolltest du nicht glänzen, blitzen,
Dich trieb nicht an die Eitelkeit,
Du wolltest deinem Volke nützen
In der Parteien wildem Streit.

Mit deinem Worte, mit der Feder,
Verfochtest du des Volkes Recht;
Hoch wie die Schwalbe in den Äther,
Hobst du dich über dein Geschlecht.
Du warst ein Mann in Frauenröcken,
Ein edler, kühner, freier Mann,
Und schloßest zu den besten Zwecken,
Dich an die Girondisten an.

Wie glänzte dein begeistert Auge,
Aus dem ein Heer von Funken schoß,
Wenn deinem feingeschnittnen Munde,
Der kühne Redestrom entfloß.
Die Massen hast du oft beweget
Mit deines Worts gewalt'ger Macht,
Und auch, wie wenn der Sturm sich leget,
Zur Ruhe wieder sie gebracht.

Doch als die Bergpartei jetzt siegte
Im Lauf der Dinge, die sich dreh'n,
Da war es um die Girondisten,
Da war es auch um dich gescheh'n.
In Banden wurdest du geschlagen
Und mußtest schon nach kurzer Frist,
Aus deinem dumpfen Kerker tragen
Dein schönes Haupt auf's Blutgerüst.

Du gingest stolz – dein Auge strahlte
Und deine Wangen waren roth,
Du hattest wie ein Mann gehandelt,
Und wie ein Mann gingst du zum Tod.

Um deines Volkes Heil zu stählen
Hast du geopfert Gut und Blut –
Du konntest in den Mitteln fehlen,
Allein dein edler Zweck war gut.

Der Gatte, dir in Lieb' ergeben,
Der treu dich hielt in seiner Brust,
Er konnte dich nicht überleben,
Zu schmerzlich war ihm dein Verlust.
Mit dir war all sein Glück entschwunden
Jetzt war er einsam und allein,
Da gab er sich die Todeswunden,
Um so mit dir vereint zu sein.

Für einen übertreibenden Deutschthümler

Deutscher, sei deutscher, als deutsch, dann dringet die wahre Verdeutschung
Dir in das deutsche Geblüt, bleibend mit deutschem Bestand.
Dann läßt durch deutsche Befeindung du nimmer dich feige entdeutschen,
Sinkest dann ganzlich durchdeutscht, einst in's germanische Grab.

1853

Ada Christen

(1839–1901)

Christiane Friederik, wie ihr bürgerlicher Name lautete, wurde als Tochter einer Kaufmannsfamilie in Wien geboren. Nach dem frühen Tod des Vaters geriet die Familie in finanzielle Not; er starb an den Folgen einer Kerkerhaft, die er wegen seiner Teilnahme an der 48er-Revolution zu verbüßen hatte.

Sie arbeitete als Blumenverkäuferin und Handschuhnäherin.

Mit fünfzehn Jahren ging sie zum Theater und fristete mehrere Jahre eine kümmerliche Existenz als Mitglied einer wandernden Schauspielgruppe. 1864 heiratete sie einen ungarischen Beamten, der bald darauf erkrankte und 1868 starb. Ihr einziges Kind verlor sie 1866 kurz nach der Geburt. Sie begann Gedichte und Skizzen in Zeitschriften unter verschiedenen Pseudonymen zu veröffentlichen und lebte erneut in den dürftigsten Verhältnissen. Erst eine 1873 geschlossene zweite Ehe mit dem Rittmeister a. D. und Militärschriftsteller A. von Breden brachte ihr finanzielle Sicherheit.

Durch Vermittlung des österreichischen Schriftstellers Friedrich von Saar erschien 1868 beim Hamburger Hoffmann & Campe Verlag ihr erster Gedichtband, *Lieder einer Verlorenen*. Er erregte großes Aufsehen und wurde bereits im nächsten Jahr zum zweiten Mal aufgelegt. Es folgten drei weitere Gedichtbände, in denen sie ebenfalls, ausgehend von eigenen Erfahrungen, die sozialen und moralischen Mißverhältnisse anprangerte. Sie wurde deswegen öffentlich angegriffen, fand aber auch Anerkennung und Unterstützung. So nahm Theodor Storm mit ihr brieflichen Kontakt auf. Über ihr Buch *Aus der Tiefe* schrieb er: »Es ist ein sehr ernstes, oft auch bittres Buch; aber es ist kein faselicher Weltschmerz, man fühlt, es steht ein Lebendiges dahinter.« Ada Christen machte sich auch als Theaterautorin und Erzählerin einen Namen.

Not

All euer girrendes Herzeleid
Tut lange nicht so weh,
Wie Winterkälte im dünnen Kleid,
Die bloßen Füße im Schnee.

All eure romantische Seelennot
Schafft nicht so herbe Pein,
Wie ohne Dach und ohne Brot
Sich betten auf einen Stein.

Elend

Hab' oft nicht zurecht mich gefunden
Da draußen im Gedränge,
Und oft auch wieder wurde
Die Welt mir fast zu enge.

Dann liebt' ich schnell und lebte schnell
Und schürte mein Verderben;
Der Pöbel johlte – ich lachte
Zu meinem lustigen Sterben.

Menschen

Als ich, mit der Welt zerfallen,
Schweigend ging umher,
Da fragten die lieben Menschen:
Was quälet dich so sehr?

Ich sagte ihnen die Wahrheit;
Sie haben sich fortgedrückt
Und hinter meinem Rücken
Erklärt, ich sei verrückt.

Asche

Wie sie lodern, wie sie beben,
Still verglimmen und verweh'n –
Und ein Stück von meinem Leben
Seh' in Asche ich vergeh'n.
Weiche, goldig-blonde Locken,
Manche Blume, die da schlief,
Es zerstirbt in Aschenflocken
Mancher alte Liebesbrief.
Welches Glück die Worte brachten,
Diese Phrasen, – Gott erbarm'!
Wie sie heiß den Kampf einst machten –
Heute wird die Hand kaum warm!

...

Todte Liebe, – kalte Asche!
Armer, längst zerstob'ner Traum –
Wie ein geisterhaftes Mahnen
Weht es durch den öden Raum!
Oft ist mir, als müßt ich hüten
Dich, wie einst, mein sterbend Kind –
Doch ein Luftzug – und die Asche
Fliegt hinaus in Nacht und Wind!

Ein Balg[1]

Die alte Frau hat ein hartes Gesicht,
Doch kluge sanfte Augen,
Die wenig mehr beim Pfenniglicht
Und nicht zum Weinen taugen.

Sie war ein Balg ... Als Findelkind
Verlaßner als die Armen,
Hat weder Herren noch Gesind
Um Futter und Erbarmen.

---

[1] Ein Findling.

Sie griff fest zu und schaffte stramm
Wie ehrbar-ernste Leute,
Daß nie sie Unverdientes nahm
Erfreut das Weib noch heute.

Sie zeigt auch jetzt mit Bauernstolz
Erdarbte Thalerscheine:
»Die sind mein unverbranntes Holz,
»Meine ungetrunknen Weine ...

»Die sind mein ungegessenes Brod,
»Auf jedem steht geschrieben:
»Ein Alter ohne Schand und Noth ...
»Und was mir Gott schuldig geblieben.«

Schneeglöckchen.

Von

Marie von Najmájer.

Wien, 1868.

In Commission bei Ferdinand Klemm.

Marie von Najmájer

(1844–1905)

Marie von Najmájer war die einzige Tochter eines ungarischen Hofrats. Nach seinem Tod im Jahre 1854 lebte sie in Wien gemeinsam mit ihrer Mutter, die sich ganz ihrer Erziehung widmete und ihre musikalischen und literarischen Neigungen förderte.

Ermuntert von Grillparzer, dem einige Freunde ihre Gedichte gezeigt hatten, gab sie 1868 ihren ersten Gedichtband heraus, dem weitere folgten. Bekannter wurde sie mit ihren Epen, Erzählungen und Dramen. Im Mittelpunkt ihrer Werke stehen häufig Frauengestalten, wie zum Beispiel in ihrem Roman *Die Schwedenkönigin* (1882) oder im Epos *Gürret-ül-Eyn.* Ohne sich unmittelbar an der Frauenbewegung zu beteiligen, setzte sie sich mit Wort und Tat für die alleinstehenden, besonders geistig arbeitenden Frauen ein. Sie veranlaßte die erste Stipendiumsstiftung für weibliche Studierende an der Universität Wien und trug mit einer großzügigen Geldspende zur Gründung eines Pensionsfonds für Schriftstellerinnen und Künstlerinnen in Wien bei. Nach ihrem Tod geriet sie in Vergessenheit.

Sappho

Ist's auch nur dein Name allein, der glorreich
Weithin durch Jahrtausende herrlich leuchtet,
Mit der Menschheit schaffenden Geistes-Helden
Ewig verbunden,

Hat das immergrüne Gerank der Sage
Auch so reich umschlungen dein Erdendasein,
Daß des Antheils forschender Blick es niemals
Könnte durchdringen –

Dennoch sei begeistert und freudig dankbar
Hoch gepriesen, du, deren edle Stirne
Schmückt der einz'ge Kranz, der uns hebt zu Göttern,
Jener des Genius!

Ja – du schufst das Lied! an die ersten Töne
Feurig – zart, da inneres Leben kündet
Auf des Wohllauts Schwingen die gold'ne Lyra –
Knüpft sich dein Name!

Ja, du schufst allein aus dir selbst, o Sappho!
Während tief barbarische, dumpfe Erdnacht
Später viel Jahrhunderte lang so trostlos
Hüllte die Menschheit,

Daß das unterjochte Geschlecht der Frauen
Kaum begriff, wie schmälich es drückt die Kette,
Während jetzt, da lange schon rings es Tag ward,
Tausende nimmer

Das Geschlecht zu trennen gelernt vom Geiste –
Strahlt aus fernsten Zeiten dein Name siegreich
Uns entgegen, hehr wie das ew'ge Sternlicht –
Sei uns gepriesen!

Einer Griechin

Du kommst heran mit leichten, scheuen Tritten,
Ein Blütenblatt, vom Süden hergeweht,
Und blickst so schwermuthsvoll umher, inmitten
Des Volks, das deine Sprache nicht versteht.

Ich kenn' sie nicht; doch auf dem Lebensgange
Empfind ich oft mich einsam, fremd wie du:
Mir ist bei deiner Stimme weichem Klange,
Als rief ein Herz den Schwestergruß mir zu.

Marie von Ebner-Eschenbach

(1830–1916)

Ihre Jugend verbrachte die aus einem alten tschechischen Adelsgeschlecht stammende Komtesse Dubsky auf dem väterlichen Landsitz in Mähren und während der Wintermonate in Wien. Bei den dort regelmäßig stattfindenden Besuchen im Burgtheater faßte sie im stillen den Entschluß, Dramatikerin zu werden. Dieser Mädchenwunsch erfüllte sich zwar nicht, aber sie wurde eine der bedeutendsten Erzählerinnen des neunzehnten Jahrhunderts. Allerdings erlangte sie erst spät dichterischen Ruhm, und zwar im Alter von 53 Jahren mit ihren *Dorf- und Schloßgeschichten*. Sie bewies in diesen Erzählungen ihren Scharfblick für die sozialen Probleme ihrer Zeit und deren psychologische Auswirkungen. Ihr bekanntestes Werk wurde der 1887 veröffentlichte Roman *Das Gemeindekind*.

Seit ihrem achtzehnten Lebensjahr war sie mit ihrem Vetter, von Ebner-Eschenbach, verheiratet und lebte als *Grande Dame* teils auf dem mährischen Landgut und teils im Wiener Palais. Zu ihrem Freundeskreis gehörte auch die Dichterin Betty Paoli; nach deren Tod gab sie eine Auswahl ihrer Gedichte mit einer Lebensskizze heraus. Sie selbst veröffentlichte nur wenige Gedichte; 1880 erschien von ihr ein vielbeachteter Aphorismenband.

Sankt Peter und der Blaustrumpf

Ein Weiblein klopft an's Himmelsthor,
Sankt Peter öffnet, guckt hervor:
– »Wer bist denn du?« – »Ein Strumpf, o Herr ...«
Sie stockt, und milde mahnet er:
»Mein Kind, erkläre dich genauer,
Was für ein Strumpf?« »Vergieb – ein blauer.«
Er aber grollt: »Man trifft die Sorte
Nicht häufig hier an unsrer Pforte.
Seid samt und sonders freie Geister,
Der Teufel ist gar oft nicht dreister,
Geh hin! er dürfte von dir wissen,
Der liebe Herrgott kann dich missen.«
– »Das glaub ich wohl – doch ich nicht Ihn,
O Heilger, wolle noch verziehn!«
Sie wagt es, sein Gewand zu fassen,
Hat auf die Knie sich sinken lassen:
»Du starker Hort, verstoß mich nicht,
Laß blicken mich in's Angesicht
Des Ewgen, den ich stets gesucht.«
– »In welcher Weise, ward gebucht;
Man strebt ihm nach, wie's vorgeschrieben,
Du bist uns fern und fremd geblieben.«
Das Weib blickt flehend zu ihm auf:
»War' Dir bekannt mein Lebenslauf,
Du wüßtest, daß in sel'gen Stunden
Ich meinen Herrn und Gott gefunden.«
Der Pförtner stutzt: »Allwo? – Sprich klar!«

– »Daselbst, wo ich zu Hause war,
(Mein Handwerk brachte das mit sich)
Im Menschenherzen. Wunderlich
War dort der Höchste wohl umgeben;
Oft blieb von Seines Lichtes Weben
Ein glimmend Fünklein übrig nur,
Und führte doch auf Gottes Spur.
Ob er sich nun auf dem Altare
Den Frommen reicher offenbare –
Das zu entscheiden ist Dein Amt.
Bin ich erlöst? bin ich verdammt?«
Sankt Peter zu derselben Frist
Etwas verlegen worden ist,
Dacht' eine gute Weile nach,
Nahm endlich doch das Wort. Er sprach
Und rückt dabei den Heil'genschein:
»Besprich es drin. – Ich lass' Dich ein.«

Marie Eugenie delle Grazie

(1864–1931)

Marie Eugenie delle Grazie stammte aus einer alten venezianischen Familie. Ihre Kindheit verlebte sie in einem kleinen ungarischen Dorf, in dem ihr Vater Bergwerksdirektor war. Nach seinem Tod übersiedelte sie mit der Mutter nach Wien, wo sie nach dem Besuch einer Bürgerschule und einem Lehrerinnenseminar als frei Schriftstellerin lebte.

Bereits mit achtzehn Jahren veröffentlichte sie ihre erste Gedichtsammlung, der weitere folgten, darunter *Italienische Vignetten* (1892). Ihren literarischen Ruhm um die Jahrhundertwende begründete sie vor allem mit einem Robespierre-Epos (1895) und dem Bergarbeiterdrama *Schlagende Wetter* (1899), das dem Naturalismus nahesteht. Später schrieb sie fast ausschließlich Prosa und kehrte von der freigeistigen Haltung, die ihr frühes Werk erkennen läßt, zum katholischen Glauben zurück.

Neapel

Eine schimmernde Atlasfläche, liegt
Im Mittagssonnenbrande das Meer,
Hier – dort und fernhin tanzt
Auf schäumenden Wogenkämmen
Verstreuter Lichtfunken blitzende Goldsaat,
Und in den Malachitglanz
Der schaukelnden Fluten tauch,
Eine badende Schönheit, das Lichtbild Neapels!

Wie dehnt und streckt
Und wiegt sie die blendenden Glieder,
Die Zauberin! Wie lacht es mit tausend Stimmen
Sirenenhaft-kokett aus ihrer Brust!

Verdrossen und zürnend lauert
Zu ihr herüber der finstere Vesuv:
Wie lang ach! und gern schon hätt' er
In brünstiger Liebestollheit
Den Schoß der Holden umarmt,
Wie lang ach! und gern schon
Bewältigt ihre süße, feucht-frohe Schönheit!
Umsonst! Festschmiedete ihn
Ein grausam Geschick, und aus
Der Ferne nur darf er genießen,
Wonach ihm fiebernde Gier
Den Leib durchschauert ...
Sie aber –
Sie jauchzt!
Sie buhlt mit dem Himmel
Und kost mit dem Meer,
Und ihre Kinder klettern
An seinen Lenden empor
Und schaun ihm ins Herz,
Ins heiße, lava-blutende,
Und lachen seiner verschwendeten Gluten
Mit ihrem Lachen: dem sonnig-hellen,
Dem meergott-heitren Lachen Neapels!

Dornröschen

Sie schläft so tief, so märchentief
Hinter schimmernden Rosenhecken –
Doch weiß ich: ob ihr mein Herz auch rief,
Ich kann sie nicht mehr erwecken!

Zur Seite sank das süße Gesicht,
Und in goldenen Locken fallen
Die Haare darüber – so weich, so dicht,
Gesponnene Sonnenstrahlen.
So zart ist sie, so märchenzart –
Eine Knospe, erst halb erbrochen;
Doch macht ein Grau'n ihre Züge hart:
Sie hat sich zu tief gestochen!

Zu tief – ach, bis ins Herz hinein,
Eh' sie sank in den starren Schlummer –
Das gab dem Antlitz den blassen Schein,
Und ihrem Lächeln den Kummer.

's ist still um sie, so märchenstill –
Warum graut mir vor diesem Schweigen?
Ich kann ihr ja rufen, wann ich will,
Mich küssend über sie neigen.

Umsonst! Was pochst du, Herz so wild,
Und ersehnst was nie ich doch wage?
Dein Glück ward zum ruh'nden Märchenbild,
Und meine Liebe – zur Sage!

Kindheit

Ob der Reigen noch um die Linde geht
In meiner Heimat fern?
Des Cymbals tieftonig Gebrumm,
Der Geigen schluchzendes »Warum?«
Ich hört' es gar so gern …
Ob der Reigen noch um die Linde geht?

In weißen Blüten stand der Baum
Gekleidet wie in Schnee,
Und unten wandelte im Schritt
Der Reigen, und der Mond ging mit,
So hell, daß ich's noch seh' ...
In weißen Blüten stand der Baum!

Nun hat das Leben mich gepackt,
Die heißersehnte Welt.
Im Kampf, der tobend mich umsaust,
Erwehr' ich mich der eh'rnen Faust,
Die mordend niederfällt –
Nun hat das Leben mich gepackt!

Doch schleichen in das Dunkel sich
Gestalten, wie im Traum.
Von Stimmen klingt es, süß und leis,
Und Kleider flattern blütenweiß,
Und keusch bis an den Saum –
Sie schleichen in das Dunkel sich ...

Ob der Reigen noch – um die Linde geht?
Dann leg' ich wohl die Hand
Vors Aug', und sinn' das Herz mir wund –
Mein Leben, ach! für eine Stund'
In jenem Zauberland!
Ob der Reigen noch – um die Linde geht ...?

Maria Janitschek

(1859–1927)

Maria Janitschek war das uneheliche Kind einer Offizierswitwe und wuchs in dürftigen Verhältnissen in Ungarn auf. Seit ihrem neunzehnten Lebensjahr lebte sie in Graz und veröffentlichte unter dem Pseudonym Marius Stein journalistische Arbeiten. Nach ihrer Heirat mit dem Straßburger Kunsthistorker Hubert Janitschek widmete sie sich literarischen Arbeiten. Leitmotive ihres Werks sind die Stellung der Frau zum Mann und in der Gesellschaft. Ihren ersten Gedichtband *Irdische und unirdische Träume* veröffentlichte sie 1889; er enthielt das Gedicht »Ein modernes Weib«, das heftige Ablehnung hervorrief. Ihre häufig der Prosa angenäherten Gedichte behandeln oft religiöse Themen, vor allem Stoffe aus dem Alten Testament.

Nach dem Tod ihres Mannes (1893) lebte sie in Berlin und später München. Nach der Jahrhundertwende veröffentlichte sie fast ausschließlich Erzählungen, Novellen und Romane.

Ein modernes Weib

Ein Mann beleidigte ein Weib. Es war
Von jenen schnöden Thaten eine, die
Kein Weib vergessen und vergeben kann.

Geraume Zeit verstrich. Da eines Abends
Ward an die Thür des Frevlers laut gepocht.
Er rief: »Herein«, und sah voll tiefen Staunens,
In Trauerkleidern eine Frau vor sich.

Sie schlug den Schleier bald zurück. Er blickte
In ihre großen stolzerstarrten Augen,
In diese großen schmerzversengten Augen ...
Er lächelte verlegen, denn ein Schauer
Erfaßte ihn ... Er bot ihr höflich Platz,
Sie aber dankte, und mit ruhiger Stimme
Sprach sie zu ihm: »Du hast mich schwer beleidigt,
Es war nur Gott dabei ... vor diesem Gott,
Vor dir, und mir allein, will ich den Flecken
Den Makel meiner Ehre, zugefügt
Von deiner Hand, verlöschen.
Höre nun!
Um dies zu thun, bleibt mir ein Mittel nur:
Ich kann nicht gehn, um einem fremden Menschen
Das was ich selbst mir kaum zu sagen wage,
Zu offenbaren. Für mich herrscht kein Richter,
Er wär' denn blind und taub und stumm, deshalb
(Ein Schildern des Vergangenen glich' aufs Haar
Der neuen That, hieß' selber mich entehren),
Deshalb gibt's eins nur: hier sind Waffen, wähle!«
Sie stellte auf den Tisch ein Kästchen hin
Und öffnete den Deckel.– – –
Lange standen
Die beiden Menschen stumm. Er sah sie an,
Sie hielt das glänzend große Aug' gerichtet
Fest auf die Waffen.
Plötzlich brach er aus
In lautes Lachen. Da durchglühte feurig
Ein tiefes Rot die farbenlosen Wangen

Der jungen Frau. Wie, wenn die ganze Antwort
Dies Lachen wär'? Sie hätte schreien mögen
Vor Wut und Elend. Aber sie bezwang sich,
Und sagte mild: »Wenn dir ein Unvorsichtiger
Zufällig auf den Fuß getreten wäre,
Du würdest ohne lange Ueberlegung
Ihm deine Karte in das Antlitz schleudern,
Nichts Lächerliches fändest du dabei.
Nun denk': nicht auf den Fuß trat mir ein Mensch,
Mein Herz trat er in Stücke, meine Ehre!
Verlang' ich mehr, als du verlangen würdest
Für einen unvorsichtigen Schritt, sag' selbst,
Ist das nicht billig?«
Lächelnd sah er ihr
Ins zornerglühte Antlitz. »Liebes Kind,
Du scheinst es zu vergessen, daß ein Weib
Sich nimmer schlagen kann mit einem Manne.
Entweder geh zum Richter, liebes Kind,
Gesteh ihm alles, gerne unterwerfe
Ich seinem Urteil mich. Nicht? Nun dann bleibt
Dir nur das eine noch: vergesse, was du
Beleidigung und Schmach nennst. Siehst du, Liebe,
Das Weib ist da zum Dulden und Vergeben ...«
Jetzt lachte sie.
»Entweder Selbstentehrung
Wenn nicht, ein ruhiges Tragen seiner Schmach,
Und das, das ist die Antwort, die ein Mann
In unserer hellen Zeit zu geben wagt
Der Frau, die er beleidigt.«
»Eine andere
Wär' gegen den Brauch.«
»So wisse, daß das Weib
Gewachsen ist im n e u n z e h n t e n J a h r h u n d e r t«,
Sprach sie mit großem Aug', und schoß ihn nieder.

Nächtiges Elend

Das sind die singenden Nächte!
Da wandelt durch meine Kammer
Tönender Schmerz,
Ein wildes, zerströmendes Schluchzen,
Das ist mein Herz,
Das kann nicht schlafen
Und weint.

Setz mich dann auf den Bettrand
Und beginn zu singen,
Wie Mütter ihr krankes Kindlein
Zum Schlummern bringen:
Schlafe, mein Herz, schlafe,
Schlafe! ...

Die alte Jungfer

Niemand zu Liebe, niemand zu Last,
Ist sie erloschen und verblaßt.

In ihrem Stübchen sann sie und sann,
Bis ihr einsames Leben darüber verrann.

Keiner hat nach ihr die Hand ausgestreckt
Und die flügelgebundene Seele erweckt.

Keiner hat in der Sommernacht
Zu seligem Weinen sie gebracht.

Und doch flogen Locken auch ihr ums Gesicht,
Und ihre Augen glänzten jung und licht.

Und doch schlug auch ihr in verschwiegener Brust
Die Sehnsucht nach Sonne und Frühlingslust.

Niemand zu Liebe, niemand zu Last,
So ist sie erloschen und verblaßt.

Lulu von Strauß und Torney

(1873–1956)

Lulu von Strauß und Torney stammte aus einer alten friesisch-niedersächsischen Familie. Im traditionsreichen Elternhaus in Bückeburg wuchs sie als wohlbehütete Tochter auf, besuchte die höhere Schule und unternahm früh Reisen durch Europa. Als Fünfundzwanzigjährige veröffentlichte sie ihren ersten Gedichtband, fand aber dann vor allem in der Ballade die ihr gemäße Ausdrucksform. Seit der Jahrhundertwende hatte sie Verbindung zum Göttinger Schriftstellerkreis, der sich um die Erneuerung der Ballade bemühte und zu dem neben Münchhausen auch die Dichterin Agnes Miegel gehörte, mit der sie eine lebenslange Freundschaft verband. In ihren Balladen griff Lulu von Strauß und Torney auf historische Stoffe zurück, die sie zuweilen sozialkritisch schilderte (Französische Revolution, Bauernkriege), beschrieb aber hauptsächlich die ihr vertraute heimatlich-bäuerliche Welt; das führte später im Dritten Reich zu mehreren Neuauflagen ihrer beiden frühen Balladensammlungen von 1902 und 1907.

Erst nach ihrer Heirat mit dem Verleger Diederichs (1916) verließ sie das Elternhaus und lebte fortan in Jena. Dort trug sie wesentlich zum Aufbau des Verlags bei. Sie schrieb mehrere Romane, Erzählungen und kulturhistorische Schriften.

Hertje von Horsbüll

Hertje von Horsbüll lachte und klomm vom Deich an den Strand,
Hertje von Horsbüll reckte den Arm über See und Sand,
ihres Haares graue Strähnen zerrte der nasse West,
ihre nackten Füße wurden von fliegendem Schaum genäßt.

»Es geht um des Strandes Harden ein starker güldener Ring,
ihr kooget und ihr deichet, wo weiland der Schiffskiel ging,
aber wehe über die Marschen, weh über Sand und Strand,
es weiht da unter dem Deiche, der Ring hat nicht Bestand!

Sie sagen, die Deiche feste unschuldigen Blutes Macht, –
mein Knabe spielte im Kooge, er kam nicht heim zur Nacht!
Sie sagen, es sind die Möwen, die Möwen schreien im Wind, –
aber ich weiß, da unten weit Hertje von Horsbülls Kind!

Es steht im Kooge zu Gröde der Weizen sommergrün,
es springt ein schwarzes Fohlen über die Weiden hin,
aber die Saaten sollen keine Sichel sehn,
und es wird das schwarze Fohlen nicht unter dem Sattel gehn!

Sie segnen in dreißig Kirchen den heiligen Gotteswein,
zu Lindholm stand die erste, die soll auch die letzte sein,
es wird ein Tag des Todes über den Marschen graun,
dreimal wehe den Augen, die seine Schrecken schaun.

Dann wird den Vater rufen seines jüngsten Kindes Schrei,
doch die salze See wird kommen und fressen die andern drei!
Es werden Knecht und Bauer fliehn auf des Hofes First,
doch die salze See wird kommen, daß Wurt und Mauer birst!

Es wird eine Sonne steigen, ihr Schein ist gelb und bleich,
und geht sie wieder zur Rüste, sie sieht nicht Strand noch Deich,
es wird in hundert Jahren der Schiffer fahren zu Land
und wird zum Steuermann sagen: »Hüt dich vor Holmer Sand!«

Hertje von Horsbüll lachte und klomm zum Deich empor,
sie kniete auf nasser Erde, sie beugte ihr horchend Ohr,

Hertje von Horsbüll ballte zur Faust die starre Hand:
»Es weint da unter dem Deiche! weh über Marsch und Strand!«

Grüne Zeit

Oben am Berge sangen alle Buchen heut.
Grüne Zeit! sang die eine: grüne, grüne Zeit!
Schwestern! rauschte die zweite und wiegt den Wipfel hoch:
Wißt ihr die weißen Nächte, die Nächte des Todes noch?
Wir streckten die nackten Äste in Frost und bebten sehr,
Die Sonne war längst gestorben, und lebte kein Quellchen mehr!
Wir wissen, sangen die andern, doch die weißen Nächte sind weit –
Grüne Zeit, Schwester Buche, grüne, grüne Zeit!

Und wißt ihr die schwarzen Vögel, die knarrten böse und rauh
Über den bleichen Feldern ins frühe Abendgrau?
Ihre schreienden Schwärme machten dunkler den dunkelsten Tag
Es krachte in unsern Ästen ihr streitender Flügelschlag! –
Wir kennen die schwarzen Vögel, aber sie flogen weit.
Grüne Zeit, Schwester Buche, grüne, grüne Zeit!

Sonne, hohe Sonne! eine Schlanke sang in den Wind,
Deiner grünen rauschenden Kinder, siehe, wie viele es sind!
Wipfel wiegt sich an Wipfel hinauf die wogende Wand,
Unser sind alle Berge, die blauen über dem Land!
hell über unsern Kronen jauchzt der wilde Weih,
Hoch schwimmen die weißen Wolken zu Häupten uns vorbei,
Höher als Weih und Wolke, Flammende, schreitest du
Aus roten Toren der Frühe rotem Abend zu!
Wir brennen in grünen Feuern entgegen deinem Brand,
Wir winken mit tausend Blättern dir nach ins Abendland,
Wir neigen singende Kronen deinem Angesicht:
Gelobt sei die hohe Sonne! Gelobt das heilige Licht!

Tausend Buchen am Berge hielten den Atem an –
Auf silbernem Stamm die höchste wie träumend halb begann –
Auf einmal sangen sie alle, und rauschten wälderweit:
Gelobt sei die hohe Sonne! Grüne, grüne Zeit!

Isolde Kurz

(1853–1944)

Isolde Kurz wuchs mit ihren vier Brüdern in einer Atmosphäre unbegrenzter Freiheit auf, getrübt nur vom Konflikt mit der provinziellen bürgerlichen Umwelt in Obereßlingen und Tübingen, wo sie ihre Kindheit verbrachte. Isolde Kurz war die Tochter des Erzählers Hermann Kurz und seiner Frau Marie, geb. von Brunnow, einer engagierten Demokratin und mutigen Kämpferin wahrend der 48er-Revolution. Da Mädchen noch keine höheren Schulen offenstanden, wurde Isolde Kurz von der Mutter zu Hause unterrichtet. Sie lernte mehrere Fremdsprachen, wurde mit klassisch-antikem Bildungsgut vertraut, aber auch mit sozialistischen Schriften, denn im Elternhaus wurden Proudhon, Marx, Lassalle und Bebel gelesen.

Nach dem Tod des Vaters lebte sie kurze Zeit in München als Übersetzerin und anschließend bis zu Beginn des Ersten Weltkriegs in Italien, wo sie sich frei und unbeschwert fühlte. Gemeinsam mit der Mutter war sie einem in Florenz lebenden Bruder gefolgt; beide waren froh, das im neuen preußischen Geist erstarkte Reich der Gründerzeit verlassen zu können. Sie arbeitete als Übersetzerin italienischer Literatur und trieb umfangreiche Renaissancestudien. 1889 erschienen erste Gedichte, kurz darauf die *Florentiner Novellen* und *Italienischen Erzählungen*, die ihren dichterischen Ruhm begründeten. Im Seebad Forte dei Marmi lernte sie Eleonora Duse und den Dichter d'Annunzio kennen. Nach dem frühen Tod des Bruders sorgte sie allein für die Mutter.

Nach deren Tod im Jahr 1911 und längeren Reisen kehrte Isolde Kurz nach Deutschland zurück, wo es ihr zunächst schwerfiel, sich wieder einzuleben. Als der erste Weltkrieg ausbrach, ließ sie sich wie viele ihrer Zeitgenossen von der Kriegsbegeisterung mitreißen und schrieb Gedichte mit nationalistischem Tenor. Diese Gedichte wurden später während der Nazi-Zeit gerne wieder abgedruckt. Isolde Kurz lebte mit ihrem langjährigen Freund Ernst von Mohl bis zu ihrem Tod in München. In ihren späten, vorwiegend erzählerischen Werken trat das Autobiographische immer stärker in den Vordergrund, so in dem Entwicklungsroman *Vanadis, der Schicksalsweg einer Frau*, den sie als 78jährige beendete (1931) und *Pilgerfahrt nach dem Unerreichlichen. Lebensrückblick* (1938).

Panik

Tief war das Schweigen
Im Eichenhain,
Der Mond um die Blätter spann,
Und ich fühlte so eigen,
Als müßt' es sein,
Den Zauber der da begann.
Deutlicher war mir die Welt geworden,
Als trät' ich in einen höheren Orden.
In mir fühlt' ich von Haupt zu Sohlen
Der Dinge heimliches Atemholen,
Fühlte des Baumes leibliches Leben
Oder fühlte mich selbst als Baum,
All sein mächtiges Aufwärtsstreben
Und das selige Blätterweben
Und das wohlige Dehnen im Raum.
Seiner Säfte geheimes Rinnen
Spürt' ich tief innen,
Wie sie in Zweigen
Quellen und steigen,
Tief von der Wurzel zur Krone ziehn
Bis zum feinsten Geäder des Laubes hin.
Und ich dachte: Was will das werden,
Gleicht mir denn jegliches Ding auf Erden?
Der Baum und der Strauch
Hat ein Antlitz wie meines,
Die tauigen Gräser der Wiese auch,
Alle seh' ich als eines.
Näher wuchs es und näher heran,
Und die tausend Blättergesichter
Blickten mich an,
Nah mich an wie leiblich verwandte,
Vor Zeiten gekannte
Züge und winkende Augenlichter.
Und so lag ich mir selbst entrückt,
Wohlig und halb beklommen,
Bis mir ein Schreck durch die Glieder zückt,
Als hätt' ich die Stimme Pans vernommen.

Fort, nur fort!
Daß Gott sich erbarme!
Daß er die langen, laubigen Arme
Nicht nach mir strecke,
Der Baumesrecke.
Der stand ruhig am alten Ort,
Unverwandt
Sah er ins Land,
Tat als hätt' er mich nie gekannt.

Nein, nicht vor mir im Staube knien

Nein, nicht vor mir im Staube knien!
Nicht mir im Arm wie Rohr zerbrechen!
Ist erst der Stunde Rausch dahin,
Ich weiß, du wirst es an mir rächen.

Jetzt ist dein Aug' von Tränen naß,
Doch manchmal blinkt's wie Mördereisen.
In deiner Liebe grollt der Haß
Und droht mich künftig zu zerreißen.

Wo ist der Held, der frei vereint
Mit mir auf Lebenshöhen stiege?
Der tröstet, wenn das Herz mir weint,
Und mit mir lächelt, wenn ich siege?

Der nicht Gebieter ist noch Knecht,
Der fühlt wie stille Wunden brennen,
Der schonend auch dem zärtern Recht
Sich neigt in willigem Erkennen?

Wo ist der Held? Es tönt von fern
Wie Gruß von ihm an meine Ohren.
Der Held, der meines Lebens Stern,
Wird erst nach meinem Tod geboren.

Geister der Windstille

Du bist entronnen,
Hast dich gerettet,
In sichrer Freistatt
Dich weich gebettet,

Wie die Welle vom Ufer wallt,
Das sie abweist still und gelassen,
Dürfen Dämonen dich hier nicht fassen,
Hat Geschehnes nicht weiter Gewalt.

Schmerzen versausen,
Sorgen entschlafen,
Wütet's auch draußen,
Hier ist der Hafen,

Hier sind des Schicksals Donner verhallt.
Still im friedlichen Gleichmaß der Tage,
Denkst du, stehe des Daseins Wage.

Aber mitten
Im Schöße der Ruh
Huscht's wie von Schritten,
Stimmen erwachen und raunen dir zu.

Leise zuerst, nur halb vernommen
Dringt ihr Laut ans geschärfte Ohr,
Doch in der Öde bang und beklommen
Wächst und wächst der gefährliche Chor:

Blick' auf das weite Meer,
Schiffe von Frachten schwer
Ziehn in die Ferne;
Welches zum Port sich ringt,
Welches der Sturm verschlingt,
Wissen die Sterne.

Aber freudig die Flagge gehißt!
Leben ist da, wo das Wagnis ist.

Besser mit teuerstem Gute gestrandet,
Als am Ufer gemach versandet.

Der kühne Schiffer
Auf Lebenswogen,
Von Nereiden
Hinabgezogen,
Den Preis im Sterben
Trägt er davon,
Sein fröhliches Werben
War selbst der Lohn.

Siehst du am Meeresgrund
Gärten von Muscheln bunt,
Lachende Stätten,
Wo die Verschlagenen,
Stürmeenttragenen
Selig sich betten?

Dorthin wandeln verklärte Gestalten,
Die sich enge umschlungen halten,
Antlitz innig zu Antlitz gewendet;
Heil den Erwählten, die so geendet!

Hörst du Gewieher fernher vom Walde?
Zwischen den Bäumen ein Jagdsignal?
Heißes Rennen auf sonniger Halde,
Kühles Rasten im Schattental.
Dahin, dorthin wälzt sich das Jagen,
Auf schnellen Rossen Männer und Fraun –

Gibt's nichts zu wagen,
Nichts zu gewinnen?
Magst du ins Totenhemd
Lebend dich spinnen?
Trägst du's, als Leichnam die Sonne zu schaun?

Feiges Herz, das jahrelang
Sich mit Pochen
Bang verkrochen
Vor der Lose Wechselgang!

Flatterst wie die zahme Taube,
Die im Käfig scheu sich duckt,
Wenn in Lüften nach dem Raube
Hoch der Falk herunterzuckt.

Besser in Ängsten
Irr und verschlagen,
Von wilden Hengsten
Zu Tode getragen!
Besser verlodern
Als lebend vermodern!

Donner wird dir der Glockenschlag,
Der nur spricht vom verlorenen Tag,
Von den Stunden, die wertlos gleiten und fallen
Wie an der Schnur die Glaskorallen.

In der ewigen Stille
Glühender Zonen,
Wo die Ungebornen
Gestaltlos wohnen,
Drunten im trägen träumenden Wasser
Liegen und lauern dir grimmige Hasser.

Schemen sind wir,
Die unbekannten,
Ewig verbannten
Geister von Dingen, die nie geschehn.
Wonnen, die nie die Brust dir erweichten,
Schrecken, die nie dein Antlitz bleichten,
Eine Welt, die kein Auge gesehn.
Doch flieh und umgib dich mit Engelschören,
Die Stunde kommt, da mußt du uns hören.

Wie ein gespenstisches Trauerspiel
Weht's dich an und umhüllt dich mit Schauern,
Alle Kraft verzehrt sich in Trauern
Um ein Opfer, das nirgends fiel.
Kennst du das Stück?
Nein, und kennst der Spieler nicht einen,

Aber weinen mußt du und weinen
Um ein verlorenes
Und doch nie besessenes Glück.
Eine Schuld, die du nicht begangen,
Bleicht dir die Wangen,
Ein Vergangenes, das nie gewesen,
Hält dich und läßt dich nimmer genesen.

Unser bist du!
Wir, die Sirenen,
Wecken und nähren unstillbares Sehnen,
Zehren dein Mark und saugen dein Blut.

Denn wir vergiften
Auch der Gedanken
Blumige Triften,
Daß sie tief innen welken und kranken.

Was dir geboten ist,
Mußt du verachten,
Nach dem Unmöglichen
Glühend verschmachten,
Ließest verschäumen
Freuden und Not,
Trinke aus Träumen
Schleichenden Tod.

Weg, hinweg, Gesellen der Nacht,
Will euch bannen mit Wortesmacht,
Will mit Gesängen euch übertäuben
Wie mit Wassern, die stürzen und stäuben.

Harmonien, entfaltet die Schwingen,
Helft mir sie zwingen,
Kinder des Lichts!
Helft mir die Winde, die Wellen erwecken,
Brecht durch des Himmels lastende Decken,
Rauscht und spült sie hinab ins Nichts!

Landregen

Hilf Gott, wie ist die Welt so naß!
Regen, Regen, Regen!
Schon drei Tag' ohn' Unterlaß
Schwimmt's auf allen Wegen.
Um die Hügel spinnt's,
Von den Dächern rinnt's,
Und die Leute blau gefroren,
Wie mit dem Regenschirm geboren.
Nebel liegt auf See und Land,
Wie ein graues Packtuch ausgespannt.
Deutsche Natur, dran erkenn' ich dich,
Wie die Hausfrau sparsam und bürgerlich:
Diese Wälder und laubigen Höhn
Wären für alle Tage zu schön,
Deckst sie mit grauem Segeltuche,
Sparst sie für seltene Sonntagsbesuche,
Und die Berge, so fern und fahl,
Steckst du ins Wolkenfutteral.
Drunten im lieben, im goldenen Süd
Wird die Sonne zu scheinen nicht müd,
Scheint sich selber zu Lust und Ehr',
Tut nicht, als ob's was Besonderes wär'.
Dort, ja dort!
Hier aber plätschert es fort.
Nach dem Wahlspruch biederer Bürgersleute:
Wie wir's gestern getrieben, so treiben wir's heute,
Plätschert's aus purer Gewohnheit fort.
Güsse folgen auf Güsse,
Nordische Sommergenüsse.
Und das Licht der Laternen, das qualmerstickt
Mit hundert Augen aus Pfützen blickt,
Die Wiesen Moräste, die Straßen Leim,
Die ganze Welt wird ein Niflheim.

Purpurne Abendröte

Purpurne Abendröte
Streut ihr Gold verschwendrisch umher,
Wünsche, Sorgen und Nöte
Sanken ins blaue Meer.

Hinter mir schwand in Frieden,
Was als Drache lauernd am Weg mir lag,
Alle Jahre, die schieden,
Scheinen mir nur Ein Tag.

Auf den Pfaden, den schattenlosen,
Über Steine kam ich und glühenden Sand,
Meines Lebens Rosen
Trage ich frisch in der Hand.

Weile noch, sinkende Sonne,
Die du Wunder auf Wunder vollbracht,
Deine süßeste Wonne
Gibst du vorm Tore der Nacht.

FRAUEN UND ARBEITERBEWEGUNG

CLARA MÜLLER EMMA DÖLTZ
LISBETH EISNER

Gegen Ende des neunzehnten Jahrhunderts traten zahlreiche Frauen mit Gedichten und Erzählungen hervor, in denen sie die Arbeitswelt und die Erfahrungen der arbeitenden Frauen schilderten. Es erschienen Aufrufe, den sozialen und politischen Kampf zu unterstützen, von dem auch die menschliche und politische Gleichberechtigung der Frau erwartet wurde.

Clara Müller

(1860–1905)

Clara Müller stammte aus einem protestantischen Pfarrhaus in Pommern. Ihr demokratisch gesinnter Vater war ein Bauernsohn, der sich sein Studium schwer erkämpft hatte. Nach seinem frühen Tod mußte Clara Müller schon als junges Mädchen zum Lebensunterhalt beitragen. Sie besuchte die Handelsschule in Berlin und arbeitete als Büroangestellte bei einem Fabrikanten. Später kehrte sie aus gesundheitlichen Gründen nach Pommern zurück und war seit 1889 Redakteurin an einer Provinzzeitung. Eine unerwartete Erbschaft kurz vor der Jahrhundertwende gab ihr die Möglichkeit zur freien schriftstellerischen Arbeit. Sie war mit dem Maler Oskar Jahnke verheiratet und starb 1905 an einer Influenza.

Clara Müller veröffentlichte zwei Gedichtsammlungen, in denen sie unter anderem auch ihr Bekenntnis zur Arbeiterbewegung zum Ausdruck brachte, und eine Autobiographie *Ich bekenne*.

Fabrikausgang

Bleigraue Schatten zittern durch die Luft.
Aus hohen Essen quillt ein blauer Duft.
Durch Steingefüge dröhnt der Hämmer Ton,
Um Erzgerüst schwirrt dumpf die Transmission,
Schwirrt stumpf und dumpf, noch eh' die Sonne kam,
Bis daß der Tag verglüht in Zorn und Scham,
Bis daß die Nacht barmherzig deckt die Qual.

Ein Glockenzeichen gellt im Arbeitssaal.

Da stockt der Lärm – und kreischend geht das Tor:

Ein Jüngling stürmt, ein Knabe fast, hervor;
Im staubigen Rock, die Mütze tief im Genick,
Ein frohes Leuchten noch im Kinderblick,
Staunt er die Welt wie neugeboren an –
Da schiebt ihn seitwärts schon sein Nebenmann.

Da drängt's hervor, wie flügellahme Brut,
Da wächst und wogt des Elends graue Flut.

Mit bangem Blick die blasse Mutter hier, –
Zu Hause weint der Säugling schon nach ihr,
Das Mädel dort, Chrisanthemum am Hut,
In flacher Brust erlogne Liebesglut, –
Das frech vertraut dem nächsten Burschen nickt, –
Der Mann, der stieren Auges vor sich blickt,
Und nun der Greis, der matt nach Hause wankt
Und für den Hungerlohn dem Schöpfer dankt ...

Des Landes Mark, der Großstadt Kraft und Glut
Verschlingt des Elends uferlose Flut.

Mit müdem Schritt, die Stirn gesenkt und schwer,
Zur Heimstatt zieht der Arbeit Sklavenheer,
Zu kurzer Rast, daß schlafgestärkt die Kraft
Beim nächsten Morgengraun aufs neue schafft.
Mit frischer Gier, mit nie gestillter Wut

Trinkt die Maschine ihres Herzens Blut,
Vorüber ziehn in seltsam scheuer Hast,
Sie an der Arbeitsherren Prunkpalast:
Den Tisch, der dort vor Überfülle bricht,
Sie deckten ihn, doch ihnen blüht er nicht ...

Zwei Männer nur, den Hammer in der Hand,
Hemmen den Blick und starren unverwandt
In all den Glast, der Freude goldnen Sitz;
Aus ihren Augen zuckt des Hasses Blitz.
– So blickt der Leu, wenn sich die Schlange regt,
Sie wissen wohl, wohin ihr Fuß sie trägt.
Sie schau'n ihr Ziel, so Sternenlicht und weit ...
Und um sie braut die große Einsamkeit
Die schwere Ruh. –

Vom Himmel dichtgedrängt
Die schwarze Wolkenmasse niederhängt,
Indes am freien Horizont verloht
Sturmdunklen Blicks ein blutig Morgenrot.

Den Ausgesperrten[1]

– Und hundert Tage und noch vielmehr ...
Der Herd ist kalt und die Lade leer.
Am Fest der Liebe kein Jubelton –
und die Friedensbotschaft ward Hohn, ward Hohn!
Schwer hängt der Himmel, wie Schiefer grau,
über den Dächern von Crimmitschau.

Und Tausende harren, trotzig und stumm,
– Feinde oben und Feinde ringsum! –
Und weint ein zitterndes Kind nach Brot,
so leiden sie dreifach des Krieges Not.
Mit eherner Stirne, wie Mann so Frau,
stehen die Helden von Crimmitschau.

[1] Das Gedicht bezieht sich auf den Streik der Crimmitschauer Textilarbeiter 1903/1904

Sie kämpfen nicht mordend mit Pulver und Stahl:
sie geben ihr Herzblut in Hunger und Qual;
sie tragen die Fahne im heiligsten Krieg –
und die Ehre der Menschheit bedeutet ihr Sieg!
Der wandelt in blühende Frühlingsau
die feiernden Säle in Crimmitschau.

Wir aber, ihr Braven, wie grimm das Gesicht
der Zukunft euch drohe, wir lassen euch nicht!
Wir stützen die Hand euch im harten Gefecht –
laut pochen die Pulse für Freiheit und Recht.
Millionen mit euch! – Und wie die Sonne im Blau
leuchtet die Weihnacht von Crimmitschau!

Emma Döltz

(1866–1950)

Emma Döltz verbrachte den größten Teil ihrer Kindheit in einem Armenhaus in Berlin-Steglitz, wo sie der Mutter bei der Heimarbeit half. Der Vater war unheilbar krank und starb, als sie vierzehn Jahre alt war. Sie wurde Fabrikarbeiterin und heiratete mit achtundzwanzig Jahren einen Arbeiter, mit dem sie drei Kinder hatte. Den kargen Lohn ihres Mannes besserte sie mit Heimarbeit auf.

In den 90er Jahren wurde sie politisch aktiv in der sozialdemokratischen Partei und der Frauenbewegung. Wie sie in einem kurzen Lebensbericht schreibt, begann sie schon als kleines Mädchen, sich Märchen und Lieder auszudenken. Seit 1894 erschienen ihre Gedichte und Geschichten in der Frauenzeitung *Gleichheit*, die von Clara Zetkin herausgegeben wurde. 1917 veröffentlichte sie eine kleine Auswahl unter dem Titel *Jugend-Lieder*.

Kommt mit

In der weiten, fremden Ferne,
Wo das jugendstarke Leben
Fröhlich schlägt den Takt der Tage,
Ihnen Licht und Klang zu geben,
Draußen, bei des Muts Posaunen,
Bei der Zukunft leisem Raunen,
Wohnt das Leben, wohnt das Glück.

Doch ich steh' in dumpfer Werkstatt,
Zwischen Riemen und Maschinen,
Selber nur ein stummes Rädchen,
Einem fremden Gott zu dienen.
Einem Götzen, dessen Klauen
Scharf in meine Muskeln hauen,
Der mein Blut zu Gold sich münzt.

Ball'n sich mir im Zorn die Hände
Fängt der Vater an zu fluchen,
Und die Mutter, zagen Sinnes
Will das alte Lied versuchen:
»Kümm're dich um andre Sachen,
Du wirst's auch nicht besser machen,
Reize nicht der Mächt'gen Zorn.«

Doch aus meines Vaters Flüchen
Und aus meiner Mutter Tränen,
Wiederhallt in meinem Herzen
Nur das eigne tiefe Sehnen –
Laßt das Schelten, laßt das Klagen,
Seht, in euren alten Tagen
Formt sich euer Jugendtraum.

Seht, es nah'n in stolzen Reihen
Meine Schwestern, meine Brüder;
Bringen euren alten Herzen
Eure eigne Jugend wieder.
Ihren Siegruf hört ihr schallen
Und die alten Götzen fallen
Vor dem neuen Morgenrot.

Die Heimarbeiterin

Nur schnell die Augen ausgewischt,
Herr Gott, da hat's schon fünf geschlagen;
Wie kurz die Nacht, wie müd ich bin,
An allen Gliedern wie zerschlagen.
Schnell Feuer in den kalten Raum,
Das Frühstücksbrot noch schnell besorgen,
Damit man nur zum Nähen kommt,
Denn liefern, liefern muß ich morgen.

Dann eilt der Mann zur Arbeit hin,
Die Kinder nach der Schule gehen,
Und jedes braucht die Mutterhand,
Da heißt's jetzt doppelt fleißig nähen.
Bald kommt das Jüngste angekräht;
Bald heißt's den Mittagtisch besorgen,
Drum fleißig, fleißig nur genäht,
Denn liefern, liefern muß ich morgen.

So geht es weiter jeden Tag
In überstürztem, tollen Hasten,
Bis abends spät das brenn'de Aug'
Gebieterisch verlangt ein Rasten;
So werden Blut und Nerven schlecht
In der Gewohnheit dumpfer Schwere,
Und manchmal nur, bin ich allein,
Erkenn' ich bang des Herzens Leere.

Und dennoch ist nicht tot mein Sinn,
Und Stolz läßt hoch das Herz mir schlagen:
Daß mich die Kunst noch so ergreift,
Wie einst in meinen Jugendtagen.

Sie neigt sich liebevoll zu mir:
»Zu dir, zu dir bin ich gekommen!
Laß alles andre hinter dir,
Ich hab' dich jetzt ans Herz genommen.

Und gehst du von mir, will ich dir
Den Schatz noch der Erinnrung geben,
Aus deines Alltags Einerlei
Will ich dir Herz und Sinn erheben,
Damit du Mann und Kindern kannst
Ein mutig, frohes Auge zeigen.
Drum hoch den Kopf! Vergiß es nicht:
Wer mich empfindet, bleibt mein eigen.«

Hoffnung

Geh' ich abends durch die lauten Straßen,
Schleicht die graue Sorge mir zur Seit':
Zeigt mir, mit den gichtgekrümmten Fingern,
Meiner Brüder, meiner Schwestern Leid, –
Haucht, mit ihrem giftgetränktem Atem
Den Vorübergeh'nden ins Gesicht, –
Zeigt mir Furchen in den Kinderstirnen
Und wie früh sie junge Körper bricht ...

Tret' ich ein in die Versammlungshalle,
Bleibt die graue Sorge draußen stehn,
Denn sie wagt es nicht in so viel frohe,
Hoffnungsstarke Augen g'rad zu sehn.
Schreit' ich nachts dann durch die stillen Straßen,
Geht die junge Hoffnung mir zur Seit',
Und nur fern, in dunkler Häuser Schatten
Flattert scheu der Sorge graues Kleid.

Lisbeth Eisner

(1867–1949)

Über Lisbeth Eisner ist nur bekannt, was sie selbst in autobiographischen Angaben zu ihren Gedichten in der Anthologie *Stimmen der Freiheit* ([4]1914) mitteilt. Demnach war ihr Vater Maler und auch sie selbst hat gemalt, was aber, wie sie schreibt, nach ihrer Verheiratung »allmählich nur Feiertagsvergnügen« wurde. Ihre Gedichte erschienen in der Arbeiterpresse und in sozialistischen Zeitschriften.

Vormärzstürme

Wir sehen nur immer den rauchenden Schlot,
Die qualmenden düsteren Stätten,
Wir spüren trotz Arbeit die quälende Not,
Wir fühlen die rasselnden Ketten,
Wir kennen den Hunger mit seiner Gewalt,
Wir wissen von lähmenden Sorgen;
Wir hören vom Glück und vom Lebensgehalt,
Und ahnen den dämmernden Morgen.

Wir haben zu fordern! wir fordern es all
Von jenen, die ewig uns knechten,
Von jenen, die immer mit heuchelndem Schwall
Uns trösten mit göttlichen Mächten.
O, glaubten sie heute noch immer daran,
So würden sie nimmer uns richten
Ob unserm Verlangen aus sklavischem Bann,
Dann würden sie selber verzichten

Auf Lebensgenüsse, nach denen es drängt,
Die ihnen zum Ziele geworden,
Auf Flitter, mit denen ihr Leib sich behängt,
Auf glänzende Titel und Orden.
Wir haben zu fordern! wir fordern es gleich
Für alle die Armen, Enterbten,
Von jenen, die rosig das himmlische Reich
Für uns wohl nur – schufen und färbten.

Auf! traget die flatternden Fahnen herbei!
Schon sprießt es in Tälern und Gründen,
Wir wollen den Frühling, wir wollen den Mai,
Das Leuchten der Sonne verkünden!
Wir wollen ein blühendes Menschengeschlecht,
Nicht Knechte und Sklaven werden,
Wir wollen die Freiheit, wir wollen das Recht,
Wir wollen den Frieden auf Erden!

Thekla Lingen

(1866–1931)

Über ihr Leben ist kaum etwas bekannt. Sie wurde vermutlich in Riga geboren und lebte um 1900 in Petersburg. Ihr erster Gedichtband, der 1898 in Berlin erschien, wurde stark beachtet und zwei Jahre später erneut aufgelegt. Kurz darauf gab sie noch eine zweite Lyriksammlung und einen Novellenband heraus.

Ehe

Sie haben sich nichts zu sagen,
Sie sitzen still und stumm
Und hören die Stunden schlagen,
Die Langeweil geht um.

Die Liebe ist längst gegangen,
Und auch das Glück ist hin,
Und hin ist das Verlangen
Mitsamt dem Jugendsinn.

Missmut sitzt ihm zur Seite,
Die Sehnsucht sitzt bei ihr,
Und traurig alle beide,
Ach, bis zu Thränen schier.

Keins bricht das tiefe Schweigen,
Kein Laut dringt in den Raum,
Nur schwere Seufzer steigen,
Verstohlen, hörbar kaum.

Und die Gewohnheit leise
Schwingt ihren Zauberstab
Und zwingt in ihre Kreise
Die beiden still hinab.

Forderung

Schwarz sollst du mich lieben,
weiss bin ich jedem lieb!
Russisches Sprichwort

Musst du mich lieben,
Wirst du mich lieben,
Ward schwarz auch mein weisses Angesicht –
Zur Schönheit wurde gar Mancher getrieben,
Und kannte die wahre Liebe nicht.

Musst du mich küssen,
Wirst du mich küssen,
Wenn bleich auch die Lippen; mit langem Kuss –
Es mag die roten wohl Keiner missen,
Die bleichen küsst nur der Liebe Muss.

Bist du mein eigen,
Bleibst du mein eigen,
Was mir das Leben auch bringen mag –
Soll deiner Liebe Sonne sich zeigen,
Muss sie sich zeigen am dunklen Tag.

Winterwanderung

Verschneit der Weg,
Vom Wind verweht.
Wegweiser stehn und weisen,
Wo meine Strasse geht.
So still der Wald,
In weissen Schleiern
Still und kalt.
Schneeflocken wehen durch die Luft –
Kein Menschenlaut,
Kein Vogel ruft.
Der Schnee webt mir ein weisses Kleid,
Ich wandre still, ich wandre weit,
Mag keinen Weiser am Wege sehn,
Mag meine eigene Strasse gehn
Im weissen Winterfrieden.

Die Befreite

Und kommt meine Stunde,
So bin ich dein,
Sonst will ich »Ich«
Und mein eigen sein!

Mutter

Kind, als du klein warst,
Schien mir hart mein Los –
Du gabst mir Schmerz,
Du drücktest meinen Schoss!

Nun, da du gross bist,
Wuchs mit dir mein Schmerz –
Mein grosses Kind,
Wie drückst du mir das Herz!

Margarete Beutler

(1876–1949)

Margarete Beutler war Lyrikerin, Dramatikerin und Erzählerin und setzte sich mit sozialen und zeitkritischen Themen auseinander, insbesondere den Problemen modernen Frauenlebens.

Sie wurde in Gollnow, Pommern, geboren, wo ihr Vater Bürgermeister war. Die Eltern übersiedelten später nach Berlin. Dort besuchte sie das Lehrerinnenseminar. 1897 veröffentlichte sie erste Gedichte und Prosastücke im *Simplicissimus*. 1902 erschien ihr erster vielbeachteter Gedichtband. Sie wurde Mutter eines Sohnes. Um 1903 übersiedelte sie nach München und arbeitete als Redakteurin an der Zeitschrift *Jugend*. Sie heiratete den Schriftsteiler Kurt Friedrich-Freksa, mit dem sie einen Sohn hatte.

Margarete Beutler war mit Christian Morgenstern, Wedekind, M. G. Conrad und G. Hirth befreundet. Ihr dritter Gedichtband hatte den vermutlich persönlich gemeinten Titel *Leb' wohl, Bohème* (1911).

Nach der Machtergreifung entschied sich Margarete Beutler gegen einen Beitritt zur Reichsschrifttumskammer und verzichtete damit auf weitere Veröffentlichungen.

Der Strom

Als nun der Strom meiner Nächte
Breit durch die Ebene glitt,
Brachte er krauses Geflechte,
Tangwerk und Dorngestrüpp mit,
Brachte von bergigter Quelle
Wilder Blüten Gerank,
Und es klang seine Welle
Dunkler als droben sie klang.

Lauscher standen am Lande,
Horchten dem Klange voll Zorn
Als einem sicheren Pfande
Für den vergifteten Born,
Schrieen böse und lauernd
All meinen Frohmut entzwei,
Und meine Seele glitt trauernd
Ihrem Erkennen vorbei. – –

Nach der Weinlese

Nun stehn die kleinen Pforten alle offen,
Die talwärts zu den Rebenhängen führen!
Kein Wächter eilt, sie nächtens zu verschließen.
Der Wächter Amt ist aus. Sie schwelgen wohl
Im jungen Wein bereits und reden trunken ...
Die Reben aber, ihres Schmucks beraubt,
Der Schwere und der Süße ihrer Trauben,
Entsenden Blatt für Blatt zur Erde wieder
Und kräuseln müde ihre dürren Ranken.
Wie Frauen, deren Haare alternd bleichen,
Die niemand mehr sich Mühe gibt zu hüten,
Weil keine Süßigkeit gefährdet ist
Und keiner Frucht mehr Räuber schändend nahen,
So liegen sie an den verlaßnen Straßen
Im Moderkranz der fahlen Lauben da,
Und selbst die kleinen Wasser wandern träger
Dem großen Strom der breiten Tale zu.

Die Kommenden

Ein Kinderplatz, mit Sand und Russ bedeckt,
von kläglich blassen Sträuchern eingeheckt.

Da wächst es auf, das kommende Geschlecht,
das einst – vielleicht! – der Mutter Thränen rächt.

Dort baut es ahnend sich ein hartes Ziel –
Das Leben reicht ihm Steine überviel –

Und – es ist närrisch – ob dem Geisterbau
des Himmels zärtlichstes Septemberblau.

Von jener breiten Kinderstirne spricht
ein schwarzes Trotzen: Und ich weiche nicht.

Ich weiss schon längst, was in der Welt so Brauch,
und wie es Vater macht, so mach' ich's auch.

Mein Hass den Fetten an die Gurgel springt,
bis einst auch mich der blutige Strom verschlingt.

Dies Mädchen – wie ihr keck die Zunge geht –
sie sprach wohl nie ein Kindernachtgebet –

Noch trägt sie unbewusst ihr Lumpenkleid,
wie lange noch, dann kommt auch ihre Zeit.

Dann schlingt sie schmutzige Bänder sich ins Haar
und bietet lachend ihre Reize dar.

Und ein paar Jahre roher Lust – dann hat
der Tod sie lieb auf sündiger Lagerstatt ...

Wie dieser Knabenmund so schmerzlich ist!
Ach, wenn ihn niemand als der Hunger küsst!

Die Mutter wusch, bis sie zum Tode krank,
und als sie starb, da sprach sie: Gott sei Dank!

Ein altes Weib erstand den Knaben sich,
doch sie ist arm und hart und wunderlich.

Für ein Stück Brot in Morgennebelstund
läuft er sich Tag für Tag die Füsse wund.

Und Tag für Tag saugt von den Lippen ihm
den Frühlingssegen seines Cherubim.

Sein Engel schläft – und Engel schlafen fest.
Kein Kinderjammer, der sie wachen lässt.– – –

Wie wildes, fruchtlos starres Binsenrohr,
wächst so Geschlecht hier für Geschlecht empor.

Und jeder Mai entlockt dasselbe Laub
den magern Sträuchern – blass bedeckt mit Staub

Weit, weit davon predigt die Sonnenpracht:
Ich bin das Licht, das alle glücklich macht.

Die Puppe

Liebe Puppe,
Wohlfrisierte kleine Puppe,
Wie hast du es leicht!
Du wendest das Köpfchen
Nach rechts und nach links,
Du lächelst, du schmollst,
Du weinst, du lächelst,
Und wenn man dich aufzieht
Am Knopf des Gefühlchens,
Des einzigen kleinen
Dir eignen Gefühlchens:
Der Liebe zu dir,
Zu dir, kleine Puppe,
So tänzelst du zierlich
Und neigst dich dankend
Dem Schwarm deiner Freunde,

Und äugst unter seidnen
Gebogenen Wimpern,
Ob du ihn nicht siehst,
Den schmerzlich ersehnten,
Ergebenen Diener,
Der an dem Knöpf chen
Des einen Gefühlchens
Dich liebevoll aufzieht
Bis an dein Ende,
Dein Puppenende …
Wir aber, entartet
Und vielfach geschmäht,
Wir andern, wir Ernsten,
Wir Dunklen, wir Schweren,
Wir Trägerinnen
Geheimen Wissen
Wir Deuterinnen
Uralter Runen,
Wir keuchen und brechen
Fast unter der Last
Des gnädigen Schicksals,
Das sie uns gab,
Unsre sehende Seele,
Von der du nichts weißt. –
O liebe Puppe,
Wohlfrisierte kleine Puppe,
Wie hast du es leicht!

Elisabeth Paulsen

(1879–1951)

Elisabeth Paulsen wuchs in Holstein als Tochter des Kirchenpropstes Theodor Paulsen auf. Später heiratete sie in Hamburg den Dichter und Verleger Ernst Fuhrmann, mit dem sie zwei Söhne hatte. Beide hatten sich im Umkreis von Richard Dehmel kennengelernt, dessen Frau Ida zur langjährigen Freundin Elisabeth Paulsens wurde. 1913 erschien ihr erster Gedichtband im Insel Verlag, Leipzig.

1919 übersiedelte das Ehepaar nach Hagen in Westfalen, wo Karl Ernst Osthaus Ernst Fuhrmann zum Direktor des Museums für Kunst, Handel und Gewerbe, stellvertretenden Leiter des Folkwang-Museums und Leiter des Folkwang-Verlages berufen hatte. Hier wurde das Ehepaar zum Anziehungspunkt der »Hagener Bohème«. 1920 erschien im Folkwang-Verlag Elisabeth Paulsens zweiter Gedichtband *Leben sagenhaft*. Nach Osthaus' Tod zog das Ehepaar zunächst nach Darmstadt, später Friedrichssegen, wo der Folkwang-Auriga-Verlag gegründet wurde. Das Ehepaar trennte sich später. Elisabeth Paulsen schrieb weiter, aber veröffentlichte nicht mehr. Sie geriet als Dichterin in Vergessenheit. Bekannt ist ihre Lyrik nur aus Anfang des 20. Jahrhunderts erscheinenden Zeitschriften und Anthologien, unter anderem der von Elisabeth Langgässer herausgegebenen Sammlung *Herz zum Hafen* (1934).

Gedichte an eine Frau

I. *Seufzer*

Gebt mir zu trinken! –
Amphoren und Krüge fand ich leer:
    Herrlich gemaltes Gefäß.
Schöpft denn kein Mädchen am Brunnen mehr?
Kein Samariterweib, zärtlich und scheu,
neigte den Krug mir zu.
    Mich dürstet sehr! –

II. *Fremdling*

Sie haben dich angehalten.
Dein Kleid ohne Falten
    fiel ihnen auf.

Sie fragten dich: Woher? Wohin?
Du sprachst: Seht! Hört! ich bin,
die ich euch scheine.

Meine Gedanken sind rein
    wie meine Hände.
Ich trüge mich schlecht zur Schau
    in hehlenden Faltenwürfen;
    ich bin eine selige Frau.

Die Rede hat allen
    sehr mißfallen.

Sie sahen sich an und dachten dabei
    mancherlei,
ihre schlechten Gedanken.

Sie glauben dir nicht;
zu einfach und schlicht
    ist dein Gebaren.

III. *Die Hand*

Der Sonnenstrahl
hängt sich an deine Hand.
Ich seh es:
deine Haut
ist braun gebrannt.

Und lächelnd läßt du ihn
von Herzen gern gewähren;
und reif und voll
wie Juliähren
liegt deine Hand
im Schoß.

Drum steigt aus deinem Schoß
ein Weiherauch,
ein feiner Hauch
von Sandelholz.
Wie ein Juwelenschrein
schließt dein brokatenes Gewand
die braunen Finger ein.

IV. *Frage*

Bist du auch so lange, lange
traumhaft deinen Weg gegangen?
Wagtest nicht, den süßen bangen
Sehnsuchtsbann zu brechen.

Wagtest nicht, die dunkeln Augen
mit dem goldnen Licht zu füllen?
Falsche Scham hieß dich verhüllen
alle schöne Blöße.

Mußte dich die Not erst wecken
und an Lebensbrüste legen?
O, nun quillt der reiche Segen
deiner vollen Seele.

V. *Sonnenblume*

Und eine Sonnenblume
sprach mir heut von Dir.
Ich brach sie mir
und sprach mir ihr
und trug sie dankbar heim.
Nun füllt ihr heller Schein
mein kleines Zimmer.

An meiner Sonnenblume
sieht still mein Herz sich satt.
Du strahlst aus jedem Blatt.
Den goldbraundunklen Früchteschoß
kränzt mildes Feuer.
Kein Spiegel zeigt
dein Bild getreuer.

VI. *Gebet*

Gott füllte mich mit Dir
bis an den weiten Rand,
weil er mein armes Herz
ganz leer und dunkel fand.

Er füllte deinen Glanz
tief in mein Herz hinein.
Laß mich, o laß mich, Gott,
ein reiner Becher sein!

VII. *Wolken*

Die seligen Jungfraun
wandeln zum Reigen.
Sie steigen
gleich Wolken
hinab auf den Schnee
und baden die Füße
im Alpensee.

Die seligen Jungfraun
umschweben, umwallen
die leuchtenden Firne.
Die Seligste aber,
die Schönste von Allen,
trägt ob der Stirne
ein Abendrotkrönlein
aus Eiskrystallen.

Die seligen Jungfraun
umwallen, umschweben
die Schönste von Allen,
und wollen nichts
als ihr Wohlgefallen.
Sie lassen im Rhythmus beruhigter Wogen
die Schleier fallen, Silbernebel,
und wandeln heim
durch den Regenbogen.

VIII. *Karyatiden*[1]

Prüft nicht, Atlanten, verächtlichen Blickes
unsre zarten Schultern und Hände.
Das kleine Werk, wir bringen's am Ende
den Göttern zum Opfer, wie Ihr das große.

Tragt ihr stolz auf Simsonslocken
steinern Gewölbe wie eine Krone,
seht, empor zum Götterthrone
heben Wir den krönenden First.

[1] Säulenträgerinnen an altgriech. Tempeln

Die Amazone

Vom Schwarzen Meer
kamen sie her;
mit fliegenden Haaren;
auf Rossen,
goldhuf beschlagen;
und alle tragen
Schilde und Speer.
Vor ihnen her
reitet
Pentesilea.

Erschlagen will sie
den besten Mann.
Erschlagen, weil er ihr Herz gewann,
Achilles.

Kein Hemd
schirmt ihre zarte Brust.
Furchtfremd,
in Kampflust
funkelt ihr Auge;
Achilles steht und starrt sie an.
»Nun wehr dich! Achilles!
Ich will dich erschlagen!
Ich! Pentesilea!«
Sie sprengt heran.

Im Todessprung steigt
hufblitzend ein Roß.
Achilles schaudert: sein Geschoß
färbt sich in heißem Herzblut.
Zwei nackte Arme,
ringgeschmückt,
fallen zur Seite –
Nie wieder reitet,
nie wieder streitet
Pentesilea.

Achilles barg sich in seinem Zelt
drei Tage lang.
Sein Herz blieb ihm für immer krank.
So schlug den Helden
Pentesilea.

Einer weiß um mich ...

Einer weiß um mich.
Er ist in meinem Herzen gewesen
Und hat die Inschriften
Seiner Wände gelesen.

Er deutete mir
Die Hieroglyphen:
Waage und Fisch und Dreieck und Baum.
Er sagte: mein Herz wäre seine Pyramide
Und er schliefe in ihr
Seinen Pharaonentraum.

Else Lasker-Schüler

(1869–1944)

»Ich bin in Theben (Ägypten) geboren, wenn ich auch in Elberfeld zur Welt kam, im Rheinland. Ich ging zur Schule, wurde Robinson, lebte fünf Jahre im Morgenland, und seitdem vegetiere ich.«

Sie nannte sich »Prinz von Theben«, »Tino von Bagdad«, der »Blaue Jaguar«, ihre Freunde hießen »Giselheer der Barbar«, »Blauer Ritter«, »Ritter aus Gold« oder »Prinz von Prag«. Else Lasker-Schüler entzog sich der nicht genügenden Wirklichkeit durch Mythisierung ihrer Person und ihrer Umwelt. Sie wuchs in einem bürgerlichen jüdischen Elternhaus auf, verließ aber diesen Lebenskreis und führte ein ungesichertes und ungebundenes Leben. Der frühe Tod der Mutter (1890) und des Vaters (1897) hatte sie sehr getroffen. Sie war einige Jahre mit dem Berliner Arzt Lasker verheiratet, wurde Mutter eines Sohnes, heiratete 1901 Georg Levin, dem sie den Namen Herwarth Walden gab; er ebnete später mit seiner Zeitschrift *Sturm* dem Expressionismus den Weg. Seit 1899 veröffentlichte sie Gedichte in Zeitschriften und Anthologien, die anfangs Einflüsse des Jugendstils und der Frauenbewegung erkennen lassen. Die Urteile über ihren ersten Gedichtband *Styx* reichen von »genial« bis »pervers«. In den folgenden Jahren erschienen von ihr unzählige Gedichte, Prosaskizzen, Dramen; die erste Gesamtausgabe von 1919/20 umfaßt zehn Bände.

Seit der von Walden gewünschten Trennung (1912) lebte sie in Pensionen, engen Kammern, ständig in finanzieller Not; was sie an Geld bekam, verschenkte sie oft. In der Berliner Bohème war sie die Auffallendste, mit ihrem schwarzen Pagenkopf, orientalischer Kleidung, Unmengen von Modeschmuck. Nach dem Tod zahlreicher Freunde im Weltkrieg, dem Tod ihres Sohnes 1927, an dem sie zärtlich hing, vereinsamte sie immer mehr und wandte sich verstärkt religiösen Stoffen zu. 1933 floh sie nach Zürich, wo sie auf fremde Unterstützung angewiesen war. 1939 emigrierte sie nach Palästina, dort starb sie als arme und einsame Frau. Zwei Jahre vor ihrem Tod erschien ihr letzter Gedichtband *Mein blaues Klavier*. Gottfried Benn nannte sie »die größte Lyrikerin, die Deutschland jemals besaß«.

Urfrühling

Sie trug eine Schlange als Gürtel
Und Paradiesäpfel auf dem Hut,
Und meine wilde Sehnsucht
Raste weiter in ihrem Blut.

Und das Ursonnenbangen,
Das Schwermüt'ge der Glut
Und die Blässe meiner Wangen
Standen auch ihr so gut.

Das war ein Spiel der Geschicke
Ein's ihrer Rätseldinge ...
Wir senkten zitternd die Blicke
In die Märchen unserer Ringe.

Ich vergaß meines Blutes Eva
Über all' diesen Seelenklippen,
Und es brannte das Rot ihres Mundes,
Als hätte ich Knabenlippen.

Und das Abendröten glühte
Sich schlängelnd am Himmelssaume,
Und vom Erkenntnisbaume
Lächelte spottgut die Blüte.

Weltschmerz

Ich, der brennende Wüstenwind,
Erkaltete und nahm Gestalt an.

Wo ist die Sonne, die mich auflösen kann,
Oder der Blitz, der mich zerschmettern kann!

Blick nun, ein steinernes Sphinxhaupt,
Zürnend zu allen Himmeln auf.

Mein stilles Lied

Mein Herz ist eine traurige Zeit,
Die tonlos tickt.

Meine Mutter hatte goldene Flügel,
Die keine Welt fanden.

Horcht, mich sucht meine Mutter,
Lichte sind ihre Finger und ihre Füße wandernde Träume.

Und süße Wetter mit blauen Wehen
Wärmen meine Schlummer

Immer in den Nächten,
Deren Tage meiner Mutter Krone tragen.

Und ich trinke aus dem Monde stillen Wein,
Wenn die Nacht einsam kommt.

Meine Lieder trugen des Sommers Bläue
Und kehrten düster heim.

– Ihr verhöhntet meine Lippe
Und redet mit ihr. –

Doch ich griff nach euren Händen,
Denn meine Liebe ist ein Kind und wollte spielen.

Und ich artete mich nach euch,
Weil ich mich nach dem Menschen sehnte.

Arm bin ich geworden
An eurer bettelnden Wohltat.

Und das Meer wird es wehklagen
Gott.

Ich bin der Hieroglyph,
Der unter der Schöpfung steht

Und mein Auge
Ist der Gipfel der Zeit;

Sein Leuchten küßt Gottes Saum.

Ein alter Tibetteppich

Deine Seele, die die meine liebet,
Ist verwirkt mit ihr im Teppichtibet.

Strahl in Strahl, verliebte Farben,
Sterne, die sich himmellang umwarben.

Unsere Füße ruhen auf der Kostbarkeit,
Maschentausendabertausendweit.

Süßer Lamasohn auf Moschuspflanzenthron,
Wie lange küßt dein Mund den meinen wohl
Und Wang die Wange buntgeknüpfte Zeiten schon?

Es kommt der Abend

Es kommt der Abend und ich tauche in die Sterne,
Daß ich den Weg zur Heimat im Gemüte nicht verlerne
Umflorte sich auch längst mein armes Land.

Es ruhen unsere Herzen liebverwandt,
Gepaart in einer Schale:
Weiße Mandelkerne –

... Ich weiß, du hältst wie früher meine Hand
Verwunschen in der Ewigkeit der Ferne ...
Ach meine Seele rauschte, als dein Mund es mir gestand.

Die Silbergäule

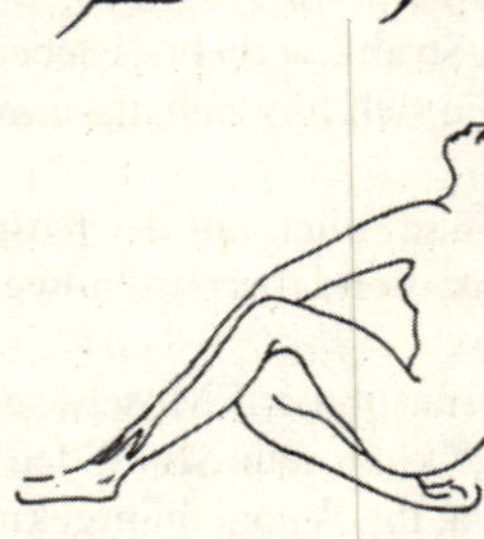

STIMMEN

GEDICHTE

VON

BERTA LASK

PAUL STEEGEMANN VERLAG HANNOVER

Berta Lask

(1878–1967)

Berta Lask war die Tochter eines Fabrikanten aus Galizien und erhielt eine bürgerlich-humanistische Erziehung. In den 20er Jahren schloß sie sich der Arbeiterbewegung an und trat 1923 in die Kommunistische Partei ein. Das soziale Elend der Großstadt, wie sie es als Frau eines Berliner Arztes kennenlernte, Berichte über die russische Revolution von 1905, Weltkrieg und Oktoberrevolution nannte sie als entscheidende Anstöße für ihre Entwicklung.

Berta Lask gilt als bedeutende sozialistische Dramatikerin und Erzählerin; kaum bekannt ist ihre frühe Lyrik. 1919 und 1921 veröffentlichte sie Gedichtsammlungen, die Einflüsse des Expressionismus und der Frauenbewegung erkennen lassen ebenso wie ihre entschiedene pazifistische Haltung; das gilt besonders für ihren zweiten Band mit einer Gedichtauswahl von 1915–1921, der in der Reihe »Sozialistische antimilitaristische Dichtungen aus den Vortrags-Abenden von Ernst Friedrich« erschien.

Im Verlauf der 20er Jahre bis zu ihrer Verhaftung 1933 veröffentlichte Berta Lask noch zahlreiche agitatorische Gedichte in den Zeitschriften der Arbeiterbewegung. Sie emigrierte nach ihrer Freilassung in die Sowjetunion und lebte nach dem Ende des Zweiten Weltkriegs bis zu ihrem Tod in Ost-Berlin.

Die jüdischen Mädchen

Die jüdischen Mädchen einer kleinen polnischen Ortschaft stürzten sich, nachdem sie von den eingefallenen Russen vergewaltigt worden waren, ins Wasser.

Mit dem Gesicht gegen die Mauer
Liegt die kleine Channe in Krampf und Schauer.
Mitten in der Stube auf dem Boden sitzt Esther.
Sie sieht nicht mehr auf die kleine Schwester.
Ein Tuch ist vor das Fenster gehängt,
Und zwischen Tuch und Holzrand zwängt
Sich vom blauen Himmel ein Streifen.
Auf den starrt Esther mit dunklen, reifen
Augen, mit Augen fragend und groß.
Ihre Hände lösen sich im Schoß.
Ihre Blicke bleiben in den Streifen stehen.
Sie sinnt, hat sie dies helle Blau schon gesehen?
Als sie draußen ging mit ihren Schwestern,
Vor tausend Jahren oder gestern?
Es ist anders, es ist so neu.
Sie sieht es mit Augen schauernd und scheu. –
Die Türe geht auf. Gehüllt in dichte Falten
Kommen zwei Mädchen, die sich an Händen halten.
Sie treten vor Esther und blicken scheu zur Erde
Und klagen mit stummer Gebärde.
Und Esther nickt. – Und andre Mädchen kommen herein,
Manche mit Schluchzen und Schrein,
Manche schäumend vor Haß und Zorn,
Manche starr wie im Traum verlorn.
Eine dunkle, blitzäugige schreit:
»Wir schleichen ihnen nach. Sie sind nicht weit.
»Wir werfen Bomben auf ihre Schienen,
»Legen in ihre Quartiere Minen.
»Ich werde Gift mischen in ihre Speisen.
»Ich will sehn, wie ihre Blicke brechen und vereisen.«
Sie wirft sich hin und schlägt mit den Fäusten die Dielen.
Esther beugt sich nieder, ihre Stirn zu kühlen.
Die Anderen stehen wartend um sie her.
Sie sitzt auf dem Boden groß, ernst und schwer.

Mit dem Gesicht gegen die Mauer
Zuckt die kleine Channe in Krampf und Schauer.
Esther sieht in den Streifen Licht
Und spricht:
»Wir haben einst von Gott eine Seele bekommen.
»Aber man hat uns genommen,
»Als wären wir eine tote Erdmasse,
»Durch die fremder Wille sich reißt eine Gasse,
»Eine Gasse, drin zu wühlen und zu treten –
»Und läßt sie dann liegen. – Da hilft kein Beten.«
Esther schweigt fragend. Aber alle sind still.
Alle horchen, was Esther will.
Nur eine zitternde Stimme sagt: »Ich bin ganz leer.
»Esther, ich habe keine Seele mehr.«
Esther lächelt weh mit hellem Gesicht
Und spricht:
»Die Seele, die wir von Gott in uns tragen,
»Können Menschen nicht zertreten und zerschlagen.
»Aber sie will sich vor Scham verstecken,
»Denn ihre Hülle hat häßliche Flecken.
»Ich weiß nicht, warum das ist und kam.
»Aber unsre Seele versteckt sich voll Scham.
»Wir wollen nicht, daß unsre Seelen sich verstecken.
»Unsre Seelen sollen sich stolz hochrecken.
»Wir wollen nicht, daß sie weinend am Boden liegen.
»Unsre Seelen sollen jauchzen und auffliegen.
»Wer hilft unsren Seelen von ihrem Weh?
»Wir müssen reinwaschen die Hüllen draußen im See.«
Esther nimmt von der Bank das zuckende Kind
Und drückt es an sich fest und lind.
An ihre Wange preßt sie das kleine Gesicht,
Aber anschauen kann sie es nicht. –
Und als sie kamen ans dunkle Wasser,
Da wurde Manche noch stiller und blasser.
Esther sieht Klein-Channe ins Gesicht.
Es ist, als ob etwas in ihr zerbricht.
Und Esther spricht:
»Vater, wir bitten Dich, laß unser Leben
»Weiter über dem Wasser hier schweben.
»Mir ist so angst, daß wir ganz vergehn,

»Und Klein-Channe kann Sonne und Wald nie mehr sehn.
»Wir sind so jung, und wir sterben nicht gern.
»Und Du bist so hoch und bist so fern.
»Wenn Du kannst, nimm uns in Dich hinein!
»Mach uns leicht und hell! Sieh, wir waschen uns rein.«

Und dann sind sie ins Wasser gegangen.
Mit den Armen hielten sie sich umfangen.

Selbstgericht

Ich habe mit getötet
Jeden, der draußen fällt.
Ich habe mich selbst inmitten
Des Meeres von Blut gestellt.

Mein Wille hat nicht zerbrochen
Kanone und Panzer und Schiff,
Hat nicht als ruhlose Welle
Ueberbrandet der Bosheit Riff.

Ich habe mich müd' und träge
Dem Willen der Menge geneigt,
Ob auch ein helles Glühen
Den Weg mir zum Leben gezeigt.

Meiner Seele auflodernde Flamme
Hab' ich feig bedeckt und gedämpft.
Ich habe nicht Stunde um Stunde
Für Wahrheit und Geist gekämpft,

Habe schweigend Unrecht ertragen
Und schweigend Unrecht getan,
Habe keinen Felsblock geschleudert
Gegen Mammons Kraft und Wahn.

Ich habe des Weibes Wissen
Aus Scheu vor der Mannmacht erstickt,
Meine blanken, geweihten Schwerter
Verborgen und nicht gezückt.

Da haben plötzlich die Schwerter
Sich eignes Leben errafft
Und würgen in Höhlen und Sümpfen
Meines Bruders Geist und Kraft.

So hab' ich aus Leib und Seele
Den Moloch Vernichtung gezeugt
Mit dir und dir und euch Allen,
Die gleich mir sich schlafselig gebeugt.

Wir haben mit getötet
Jeden, der draußen fällt.
Wir haben uns selbst inmitten
Des Meeres von Blut gestellt.

1916

Die gemalte Madonna spricht

Was tat er mir? Ich weiß nicht mehr, wer ich bin.
Ein dichter Nebel umlagerte meinen Sinn.
Was träufelte langsam in mein Hirn und Herz?
Es tat nicht weh und war doch wie tiefer Schmerz.
Einst war ich ein Mädchen und schritt durch Sonne und Sturm,
Nun bin ich in Linien und Farben gebannt wie in Ketten und Turm.

Was tat er mir? Hat er all mein Menschsein verzehrt?
Ich sitze gekrönt auf Wolken und lächle verklärt.
Die Menschen blicken anbetend verzückt zu mir hin.
Mir aber ist arm und trotzig und traurig zu Sinn.

Wie schön war eignes Schreiten in wehender Luft.
Er hat mich begraben in seines Traumes Gruft.
Nun bin ich erstarrt in meinen Farben und meinem Glanz.
Und draußen wirbelt jauchzend des Lebens Tanz.

Emmy Hennings

(1885–1948)

Emmy Hennings wurde in Flensburg als Tochter einer deutsch-dänischen Seemannsfamilie geboren und führte jahrelang ein abenteuerliches Wanderleben als Schauspielerin und Sängerin.

Einige ihrer Gedichte gerieten zufällig in die Hände des Schriftstellers Franz Werfel und wurden 1913 in der Reihe *Der jüngste*

Tag veröffentlicht. Ein zweiter Band erschien 1922, daneben einige Prosabände. 1912 lernte sie während ihres Auftritts im Münchner Kabarett »Simplicissimus« den radikalen Kulturkritiker Hugo Ball kennen; mit ihm ging sie nach Ausbruch des Ersten Weltkriegs in die Schweiz. Dort kam es im Frühjahr 1916 mit Freunden zur Gründung des Züricher »Cabaret Voltaire«, dem Zentrum des Dada. Beide verließen aber bereits im Sommer die turbulente Szene; 1920 heirateten sie. Emmy Hennings nahm nach mehreren Italienreisen ihren endgültigen Wohnsitz im Tessin. Zu ihrem Freundeskreis gehörten Hermann Hesse und Max Picard. Nach dem Tod von Hugo Ball (1927) gab sie seine Biographie und seine Schriften heraus.

***

Traum

Ich bin so vielfach in den Nächten.
Ich steige aus den dunklen Schächten.
Wie bunt entfaltet sich mein Anderssein.

So selbstverloren in dem Grunde,
Nachtwache ich, bin Traumesrunde
Und Wunder aus dem Heiligenschrein.

Und öffnen sich mir alle Pforten,
Bin ich nicht da, bin ich nicht dorten?
Bin ich entstiegen einem Märchenbuch?

Vielleicht geht ein Gedicht in ferne Weiten.
Vielleicht verwehen meine Vielfachheiten,
Ein einsam flatternd, blasses Fahnentuch …

Claire Goll

(1891–1977)

Claire Goll stand stets im Schatten ihres Mannes, des Dichters Yvan Goll, um dessen Nachlaß und Popularisierung sie sich nach seinem Tode 1950 unermüdlich kümmerte.

Ihre unglückliche Kindheit in Nürnberg und später München hat die Tochter einer wohlhabenden Familie ausführlich in biographischen Werken geschildert, den unversöhnlichen Haß auf die Mutter und die unbedingte Verehrung der Lehrerin Julie Kerschensteiner, einer Nichte des berühmten Pädagogen. Nach einer früh geschlossenen und wieder geschiedenen Ehe begann sie an der Universität Genf zu studieren und engagierte sich in der pazifistisch-expressionistischen Bewegung. Neben Prosa erschienen 1918 und 1920 zwei Gedichtbände. In den 20er Jahren veröffentlichte sie unter eigenem Namen hauptsächlich Prosa und gab mit Yvan Goll einige Anthologien heraus. Yvan Goll hatte sie 1916 kennengelernt; seit 1919 lebte sie mit ihm in Paris, wurde dort mit dem französischen Surrealismus bekannt und nahm lebhaften Anteil am gesellschaftlichen Leben. Malraux, Delaunay, Chagall, Joyce gehörten zum Freundeskreis. Während des Zweiten Weltkriegs emigrierte sie mit Goll in die USA und kehrte 1947 nach Paris zurück. Nach seinem Tod begann sie wieder eigene Lyrik zu veröffentlichen, daneben Novellen, Romane, Biographisches.

Die folgenden Gedichte sind aus ihren frühen Sammlungen.

***

Tagebuch eines Pferdes:

Dritter Regentag

O Golette! Deine großen Augen voll Demut! Die dicken kindlichen Ponnies deiner Stirn! Ich will auf meine Kniee sinken und Pan danken. Was anderes ersehnt ein Gaul als über Wiesen zu laufen und Wind zu trinken. Aber der Mensch, der kleine, verbraucht uns für seine elenden Zwecke. Er lebt in Unruhe und Verwirrung, eine Wiesenstille genügt ihm nicht ...

*An**

Du hast des Seelöwen Haar,
Schwarze Seide.
Dein Arm ist eine Bucht
In Kalifornien:
Blaue Gummibäume,
Ein wenig Kaktus,
Kokoswälder
Mit ironischen Affen.
Die Papageien schrein:

»Ast-ral, Ast-ral!«
Eine Nachtigall schlägt
Statt deines Herzens.
Antilopen weiden dir
In den Augen.
Aber der Wolf in der Schlucht
Deines Mundes lauert.
Wenn du träumst,
Hört man eine Büffelherde
In Pine Ridge,
Sieht Felsen des Colorado
Mit Glockenblumenblau.
Sterngesprenkelt
Getier begleitet dich,
Wenn du im einsamen Kanoe
Die Welt durchquerst.

Zwölfuhr-Gefühl

Elisabeth Bergner in Liebe.

Zwischen gestern und heute
Lag ich und wußte alle Schwestern
Hinaushorchend jetzt in die Ewigkeit.
Ich sah die kleine Mitternacht der Äußerlichen,
Sah ihre seelenlosen Füße,
Sah Ebbe und Flut der aus Meer gemachten Augen
Und das Barock ihres schlafenden Haars,
Sah, ach das arme ans Gesicht gefesselte Lächeln
Und die zwanzig Verführungen der Kleider.
Und ich sah die Fortgeschleuderten
Von der Kurve gewaltigen Gefühls,
Hörte ihr Weinen, das hinter dem Körper wohnt
Und das entspringt dem unentdecktesten Herzen,
Wenn es über sich die irdischen Augen und Hände spürt
Des Liebenden und die Unzulänglichkeit
Jeder menschlichen Mitternacht. –
Denn immer hat einer Tal und der andere Gipfel
Und wenn es Morgen taut, sind wir verlassner denn je.

Entsündigung

Unter einem zärtlichen Mimosenbaum
Voll gelber Lächeln
Lieg ich –
Ohne die schamlosen Kleider
Ohne Stöckelschuhe, ohne Schmuck
Und Hut und Handschuh,
Den ganzen Kram der Stadt,
Die arme Verkleidung.
Nackt und fühlend an der riesigen Erde,
Die ich schüchtern in kleine Arme presse,
Und über mir der große Wind,
Der Weltreisende ...
O sich in Blumen wiederzufinden,
O nur noch Erde zu sein!

Als ich noch eitel durch die Stadtstraßen ging,
Als ich noch wichtig am Postschalter stand
Oder beim Friseur die Haare kräuselte
– Während Mimosen von mir träumten –
Als ich mir noch die Nägel manikürte
Und nur daran dachte, zu gefallen, ...
Als ich ganz mittellos an Seele war,
Hörte ich aus den Körben der Händler
Mimosen wild hinausschrein –
Dem Nichts, dem Kehricht, dem Tod entgegen –
Da floh ich ihren blonden Wäldern zu.

Die singende Muschel

NEUE
GEDICHTE
VON
FRANCISCA
STOECKLIN

+

VERLEGT BEI ORELL FÜSSLI
ZÜRICH LEIPZIG BERLIN

Francisca Stoecklin

(1894–1931)

Francisca Stoecklin wuchs als Tochter einer Kaufmannsfamilie in Basel auf. Sie besuchte in Basel die Allgemeine Gewerbeschule und reiste 1914 mit ihrem Bruder Niklaus, dem späteren Maler und Graphiker, und ihrer Freundin Gertrud Burkhardt nach München, um Kunst zu studieren. Dort lernte sie unter anderem Karl Wolfskehl, Johannes R. Becher, Hugo Ball und Emmy Hennings kennen. Bei Ausbruch des ersten Weltkrieges reiste sie in die Schweiz zurück.

Francisca Stoecklin veröffentlichte Gedichte zunächst in Zeitungen und Zeitschriften, wie zum Beispiel der *Aktion*. Zwei Lyrikbände erschienen 1920 und 1925 *(Gedichte* und *Die singende Muschel)*. 1920 heiratete sie Harry Betz in Zürich und unternahm Reisen nach Berlin, München, Paris und Italien. Die Ehe wurde 1928 geschieden. Seit längerer Zeit herzleidend, übersiedelte sie zunächst ins Tessin, dann nach Basel, wo sie verstarb. Neben ihren Gedichten veröffentlichte sie Novellen und Prosadichtungen. Sie arbeitete auch als Holzschneiderin, Stickerin, Lithographin und Malerin; ihre bevorzugten Motive waren Tänzerinnen, Gaukler, Blumen und Vögel.

Die singende Muschel

Als Kind sang eine Muschel
mir das Meer.
Ich konnte träumelang
an ihrem kühlen Munde lauschen.
Und meine Sehnsucht wuchs
und blühte schwer,
und stellte Wünsche und Gestalten
in das ferne Rauschen.

Im Traum

Ich ritt auf einem schwarzen Pferde
Durch die Nacht.
Ich ahnte nicht,
Dass das so stolz und traurig macht.
Ich war ein junger Edelmann,
Und hatte goldene Kleider an.
Doch auch der Sterne reiche Pracht,
Sie konnte mich nicht trösten.
Ich wusste nicht, woher ich kam.
Ich wusste nicht, wohin ich ritt.
Ich wusste nur, dass ich unsäglich litt.
Die Bäume und die Steine um mich waren fremd.
Und meine schweren Kleider
Froren wie ein Totenhemd.
Ich kannte meinen Namen nicht mehr,
Nicht mein Schloss.
Sehr weit schien mir ein Wunderbares,
Und versunken.
– Einmal hab' ich doch auch mit Menschen
Schmerz und Lust getrunken? –

Jetzt bin ich mir so fremd und unenträtselt
Wie mein Ross.

An ein Mädchen

Bist du Leda,
und wartest noch immer
auf die Rückkehr
des schimmernden Schwanes,
der allein dem Schmiegen
deiner fließenden Glieder genügt?
O, wie lange ist alles
Beglückende vergangen!
Nur wenn du tanzest,
wenn deine Blässe
vom Strahl der Mitternachtssonne
erleuchtet,
durchpulsen Jahrtausende
deine Seele, deinen Leib.
In deinem Lachen birgt sich
der Schrei der Mänade.
In dem sich wild lösenden Goldhaar
schwebt ein Schimmer
von Blut.
Dann liebst du das Feuer,
die Erde, den Wind –
und alle die um dich sind
werden empor gehoben
in ein Reich von Rausch und Traum,
– und du weißt nicht,
hält dich das Leben
oder der Tod.

An eine Orange

Herrliche Frucht,
im Haine
behutsam gereift.
Von Sonne und Südwind
tausendmal überküßt,
gerötet, gegoldet.
Duftend und schwer
ruhst du in meiner Hand.

Wieviel Sonnenküsse,
wieviel Regenschauer,
wieviel Vollmondschein,
welch ein großes warmes Land
halte ich mit Dir,
Vollkommene!
in meiner kleinen
gewölbten Hand.

Paula Ludwig

(1900–1974)

Die aus einer bürgerlich-handwerklichen Familie in Österreich stammende Dichterin Paula Ludwig war ein Geheimtip in den literarischen Gesellschaften der 1920er Jahre, die sich eine Erneuerung der »verstädterten« Lyrik wünschten.

Nach dem Besuch der Volksschule in Linz und der anschließenden Übersiedlung nach Breslau im Jahr 1914 sorgte sie seit dem Tod der Mutter für die Familie. Sie arbeitete dort als Malermodel und Dienstmädchen in einer Malschule. 1917 wurde sie Mutter eines Sohnes. Ab 1918 lebte sie in München als Malermodel, Schauspielerin an den Kammerspielen und Dichterin und zog 1923 nach Berlin. 20jährig veröffentlichte sie ihren ersten Gedichtband, für den Hermann Kasack eine Einleitung schrieb. Er zählte sie damals »zu den wenigen dichterischen Frauengestalten unserer Zeit in Deutschland«. Es folgten weitere Sammlungen, eine autobiographische Erzählung und eine poetische Sammlung von Träumen, die in erweiterter Form 1962 erneut herausgegeben wurde.

1933 emigrierte Paula Ludwig mit ihrem Sohn nach Österreich, dann nach Frankreich – zeitweise war sie die Lebensgefährtin Yvan Golls –, später nach Spanien, Portugal und Brasilien. 1953 kehrte sie nach Deutschland zurück. Vereinsamt lebte sie an verschiedenen Orten, bis sie in Darmstadt starb. 1958 erschien eine Auswahl aus ihrem lyrischen Werk, 1974 ein Neudruck ihres Gedichtbandes *Dem dunklen Gott*.

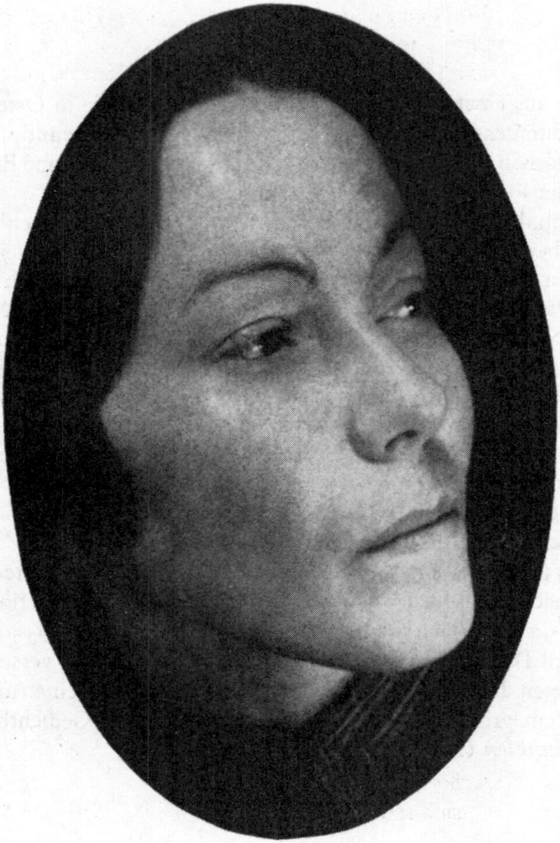

An meinen Sohn

Von den Füßen bis zu den gelockten Haaren
immer muß ich dich belächeln
und ich möchte mit der Sonne und dem Wind
mit Brot und Milch und Früchten
mitbaun an dir

Möchte daß der Regen über dich komme
und deine Schultern breit mache
daß dein Weg weit sei
und deine Schritte ihn leicht bezwingen

Wenn du fern bist:
gleich fühle ich mich wie die große Erde
Wenn du auf dem Meere bist
bin ich das Wasser
Ich lasse dich nie aus meinem Schoß fallen

Seit ich dich liebe

Seit ich dich liebe
steh ich vor meinem Spiegelbilde
wie vor der Löwin Käfig:

Sie sieht mich an mit ihren ernsten Augen
und sieht durch mich hindurch in eine ferne Weite

So sehen der Liebe Augen
sich selbst nicht mehr

O Wärme

Wie berge ich den süßen Duft der Linden
einmaligen Gesang und Blau des Himmels
die Linien dieses Zweiges
und den seidnen Fall
des Kleides
überm eignen glücklichen Leib?

O Wärme diene mir in meinem Herzen
denn so viel Kälte wie von einem Worte
mir übrigbleibt wenn dies vorüber ist
wer hilft sie zu umkleiden?

Späte Früchte

Sie haben sich gewendet
Von der großen Ernährerin,
Sie brauchen ihren Strahl nicht mehr –

Sie hängen im schütteren Laubwerk
Und ihre Süße sammelt sich langsam
Bei der zunehmenden Trübe –

Im feuchten Munde des Nebels
Im Schauer des Nordwinds
Steigen in ihnen die seligen Säfte
Brauen die Kälte-Geister.

Ach aus dem nahen schon sichtbaren
Ansatz des Reifes
Immer glänzender wölbt sich
Immer mächtiger
Nähret sich selber die Frucht.

Irdisches Osterlied

Wir kennen
Das Halleluja des Himmels nicht
Und nicht der Engel Kniefall –

Wir wissen nicht
Wie Selige das Licht begrüßen
Und Auferstehung ist ein fernes Wort.

Wir wissen nur wie Nachtigallen singen
Und wie das Reh
Hinaustritt an den grünen Saum.

Wir kennen nur den Hufschlag unsrer Rosse
Wenn frei von Schnee
Die Erde wieder tönt.

Wir wissen nur
Wie süß die kleinen Blumen
Den Gruß entsenden zu der großen Sonne

Und wie geduldig wieder zu sich falten
Die grünen Hände
Die der Frost getroffen.

Wir kennen nur das helle Flügelrauschen
Der Vogelscharen
Die zum Neste kehren

Und wissen nur wie weh die Mütter schreien
Wenn ihrem Schooß
Das Osterlamm entspringt.

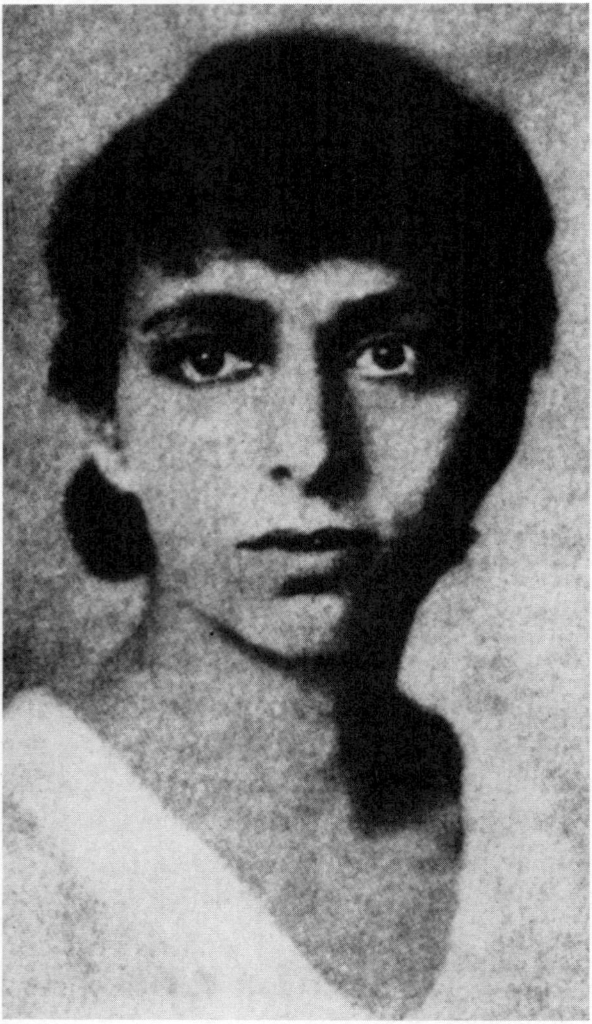

Gertrud Kolmar

(1894–1943?)

Gertrud Kolmar wurde als Tochter einer wohlhabenden jüdischen Familie in Berlin geboren. Dort lebte sie mit kurzen Unterbrechungen bis zu ihrer Deportation im Frühjahr 1943, vermutlich nach Auschwitz. Die Emigration hatte die von einem starken jüdischen Selbstbewußtsein erfüllte Dichterin mehrfach erwogen, aber nie ernsthaft geplant.

Gertrud Kolmar besuchte ein Lehrerinnenseminar, erwarb ein Fremdsprachendiplom und arbeitete zeitweise als Erzieherin. Seit 1928 lebte sie ständig im elterlichen Haus, zurückgezogen und gegenüber ihrer bürgerlichen Umwelt verschlossen. Über ihre Dichtungen sprach sie selbst im Familienkreis kaum. Im Herbst 1917 hatte ihr Vater einem befreundeten Verleger einige Gedichte gezeigt; zu Weihnachten erschien der erste schmale Band unter dem Pseudonym »Kolmar«, dem deutschen Namen für einen polnischen Ort, von dem sich ihr Familienname »Chodziesner« ableitet. Danach veröffentlichte sie lange nichts. Vom literarischen Leben Berlins in den 20er Jahren hielt sie sich völlig fern. Sie beschäftigte sich mit östlichen Kulturen, dem Zionismus, mit Gestalten und dem Geschehen der Französischen Revolution, in die sie ihre Messias-Erwartung hineinprojizierte. 1933 nahm Elisabeth Langgässer einige Gedichte Gertrud Kolmars in ihre Frauenlyrik-Anthologie auf. Trotz wachsender Restriktionen durch das Hitlerregime erschienen 1934 und 1938 noch zwei Gedichtbände, *Preussische Wappen* und *Die Frau und die Tiere*.

1938 erfolgte der Zwangsverkauf des Elternhauses, die Zwangsumsiedlung, 1941 die Dienstverpflichtung in der Berliner Rüstungsindustrie. Die aus den Jahren 1938 bis 1943 stammenden Briefe an die in Zürich lebende Schwester sind verschlüsselte Dokumente der schrecklichen Realität eines halben Jahrzehnts Berliner Gettolebens im Nazi-Deutschland.

Das zum größten Teil ungedruckt gebliebene Werk konnte ins Ausland gerettet werden. Obwohl ihr Gesamtwerk inzwischen fast vollständig vorliegt, erscheint sie bis heute als »Unerschlossene«, wie ein Gedicht von ihr überschrieben ist.

Die Dichterin

Du hältst mich in den Händen ganz und gar.

Mein Herz wie eines kleinen Vogels schlägt
In deiner Faust. Der du dies liest, gib acht;
Denn sieh, du blätterst einen Menschen um.
Doch ist es dir aus Pappe nur gemacht,

Aus Druckpapier und Leim, so bleibt es stumm
Und trifft dich nicht mit seinem großen Blick,
Der aus den schwarzen Zeichen suchend schaut,
Und ist ein Ding und hat ein Dinggeschick.

Und ward verschleiert doch gleich einer Braut,
Und ward geschmückt, daß du es lieben magst,
Und bittet schüchtern, daß du deinen Sinn
Aus Gleichmut und Gewöhnung einmal jagst,

Und bebt und weiß und flüstert vor sich hin:
»Dies wird nicht sein.« Und nickt dir lächelnd zu.
Wer sollte hoffen, wenn nicht eine Frau?
Ihr ganzes Treiben ist ein einzig: »Du ...«

Mit schwarzen Blumen, mit gemalter Brau,
Mit Silberketten, Seiden, blaubesternt.
Sie wußte manches Schönere als Kind
Und hat das schönre andre Won verlernt. –

Der Mann ist soviel klüger, als wir sind.
In seinem Reden unterhält er sich
Mit Tod und Frühling, Eisenwerk und Zeit;
Ich sage: »Du ...« und immer: »Du und ich.«

Und dieses Buch ist eines Mädchens Kleid,
Das reich und rot sein mag und ärmlich fahl,
Und immer unter liebem Finger nur
Zerknittern dulden will, Befleckung, Mal.

So steh ich, weisend, was mir widerfuhr;
Denn harte Lauge hat es wohl gebleicht,
Doch keine hat es gänzlich ausgespült.
So ruf ich dich. Mein Ruf ist dünn und leicht.

Du hörst, was spricht. Vernimmst du auch, was fühlt?

Troglodytin

Und ich muß durch Dunkelheiten
Wie durch große Wälder spähn,
Selbst die Schrecken mir bereiten,
Die sich meinen Stapfen blähn,
Brandgestruppte Elche, Bachen,
Grunzend um das Ferkelblut,
Wölfe, hungergrau, und Drachen
Mit den Waben gelber Glut.

Nackt, auf scharf bekrallten Zehen,
Rot von Schauern ausgewetzt,
Im Geröhr an Sumpf und Seen
Duck ich brünstig und gehetzt;
Natter schlüpft durch meine Hände,
Schnecke näßt mein Haar mit Schleim,
Meine buntgefärbte Lende
Wird der Kröte liebes Heim.

Meine Zähne reißen Beulen
Von verkrustet hartem Stamm;
Ein beglücktes, leises Heulen,
Brech ich hoch aus Ried und Schlamm,
Eh der Leib mit Bärenpranken
Um den irren Wandrer ringt,
Ihn, erglüht, an Brust und Flanken
Keuchend sich zu Willen zwingt.

Auf verdorrten schwarzen Kräutern
Lieg ich stumm im Höhlenhaus;
Schwer an trankgeschwellten Eutern

Hängen Kind und Fledermaus,
Da im Mondforst Auerhähne
Eine Hexe bellend neckt,
Die mit fahler Widdermähne
Goldne Kringelhörner deckt.

Die gelbe Schlange

Ich war ein Mädchen auch im Traum.

Und meine Brüste lagen, helle Inseln,
Auf jeder eine kleine braune Stadt
Mit spitzem Turm
Und rot geheimer Ströme unterirdnem Rinseln.

Wann werden weiße Quellen aus den Steinen brechen?

Die Schlange zuckte
Ungesehn durch Kraut.
Ach, alle Moose, die sie grüßte,
Verrotteten.
Ihr Leib ließ eine Wüste.
Baumgrün vergilbte vor der gelben Haut.

Die gelbe Schlange kam.
Sie zog sich über Meer
Und sank in Grund,
Wo seltsam bunt und schwer
Tierblumen an verfallnen Schiffen saugen
Mit zähnelosem Mund.

Sie schlich
In meine roten Grottenflüsse ein.
Sie lächelte.
Die kleine Stadt ward krank,
Zermürbte, wich.
Ihr stolzer Wartturm sank
Tief in ein Weiches ein.

Die Insel, einmal glücklich schön
Mit Hügelkuppe und mit sanfter Bucht
Um vieler Wellen blitzendes Getön,
Hing müd in See.

Wie überreife, halbvermulschte Frucht.

Asien

Mutter,
Die du mir warst, eh mich die meine wiegte,
Ich kehre heim.
Laß mich hintreten vor dich.
Laß mich still dir zu Füßen sitzen, dich anschaun, dich lernen:
...
Du hast noch die stumme unendliche Geduld,
Das Wissen vom Nicht-Tun, gewaltiger Ruhe, die in sich
    versunken träumt,
Dein ist die Schau,
Der rätselnde Aufblick in blaue Nacht zu leuchtend
    wandelnden Welten.
Du bist, ob du nicht wirkst.
Und sprichst mit dem leichten Heben schmaler gülden
    bestäubter Hand, mit sanfter Wendung schlangen-
    biegsamen Halses
Und hörst den Ruf des Saxaulhähers,
Der deiner Einöde Kysyl-kum roten Sand durchwirbelt und
    des Wasserquells nicht bedarf,
Und weißt das Märchen des Rock, dessen unermeßlicher
Flug dein Haupt überschattet.
Um dich ist Ferne.
Du sitzest,
Zaubernde hinter gläserner Wand,
Geschieden, doch nah, sichtbar, unfaßlich.
Draußen ziehn sie dahin,
Träger, die dir aus bauchigen Schiffen Ballen und Kisten
    und Körbe holen, Geschenke:
Jahrmarktsglück, Flitterspiel, Klapperlärmen, billig
    armseligen Prunk ...

Draußen bettelt und nimmt und rafft dein eigenes Abbild,
Schemen,
Der Seiden, lieblich wie Krokus und Orchidee, mit häßlich
schwarzem englischen Tuch vertauschte
Und deines Sehers Sprüche, die blühenden, vieltausendjährig
verzweigten Äste, um graue Büschel dürr und ge-
schwätzig knisternder Blätter gab.
Sie ahmt, die gespenstische Magd, dir Herrscherin nach,
heuchelt deine Gebärde, dein Wort, stiehlt deinen Namen,
Wenn du hinabgetaucht zum tiefen Innen unseres Sterns,
dem Bade schäumenden Feuers ...
Brenne ...
Birg voll Scham, was die Törichte blößt, deiner Mitte
Geheimnis, das Flammensamen empfing,
Und die Geborenen,Geierdämonen, laß ewiglich kreisen
über den Totentürmen,
Türmen des Schweigens ...

Mascha Kaléko

(1907–1975)

Mascha Kaléko trat als eine bemerkenswerte Lyrikerin um 1930 in Berlin hervor. In treffenden Momentaufnahmen brachte sie die Erfahrungen einer neuen Generation von modernen Frauen und ihr Leben in der Großstadt zum Ausdruck.

Als Tochter russisch-jüdischer Emigranten war Mascha Kaléko 1914 nach Deutschland gekommen und lebte seit 1918 in Berlin. 1928 heiratete sie Dr. Saul Kaléko, Mitarbeiter der *Jüdischen Rundschau*. Seit 1929 veröffentlichte sie ihre Gedichte, pointiert, mit Witz und Ironie, regelmäßig in Berliner Zeitschriften. Klabund, Tucholsky, Ringelnatz, Thomas Mann und Hesse sprachen sich anerkennend über ihre Zeitgedichte aus, die, obwohl konventionell in der Form, einen neuen Ton hatten. 1933 veröffentlichte der Rowohlt Verlag ihre erste Gedichtsammlung *Das lyrische Stenogrammheft*, dem 1935 das *Kleine Lesebuch für Große* folgte. 1938 mußte sie Berlin wegen der Nazidiktatur verlassen. Sie floh mit ihrem zweiten Mann, Chemjo Vinaver, und ihrem Sohn nach New York. 1960 emigrierte sie mit ihrer Familie nach Jerusalem, wo später ihr Sohn und ihr Mann verstarben.

In den Jahren des Exils schrieb Kaléko weiterhin Gedichte, die von den schweren Erfahrungen ihres Flüchtlingslebens, dem Verlust ihres geliebten Berlins und ihrer Sprache geprägt sind. Sie kehrte noch einige Male nach Deutschland zurück und publizierte einige Sammlungen, die aber zur Zeit ihres Erscheinens weitgehend unbeachtet blieben. Sie starb in Zürich am 21. Januar 1975. Erst nach ihrem Tod wurde Mascha Kaléko eine große Wiederentdekkung zuteil.

Großstadtliebe

Man lernt sich irgendwo ganz flüchtig kennen
Und gibt sich irgendwann ein Rendezvous.
Ein Irgendwas, – 's ist nicht genau zu nennen –
Verführt dazu, sich gar nicht mehr zu trennen.
Beim zweiten Himbeereis sagt man sich »du«.

Man hat sich lieb und ahnt im Grau der Tage
Das Leuchten froher Abendstunden schon.
Man teilt die Alltagssorgen und die Plage,
Man teilt die Freuden der Gehaltszulage,
... Das übrige besorgt das Telephon.

Man trifft sich im Gewühl der Großstadtstraßen.
Zu Hause geht es nicht. Man wohnt möbliert.
– Durch das Gewirr von Lärm und Autorasen,
– Vorbei am Klatsch der Tanten und der Basen
Geht man zu zweien still und unberührt.

Man küßt sich dann und wann auf stillen Bänken,
– Beziehungsweise auf dem Paddelboot.
Erotik muß auf Sonntag sich beschränken.
... Wer denkt daran, an später noch zu denken?
Man spricht konkret und wird nur selten rot.

Man schenkt sich keine Rosen und Narzissen,
Und schickt auch keinen Pagen sich ins Haus.
– Hat man genug von Weekendfahrt und Küssen,
Läßt mans einander durch die Reichspost wissen
Per Stenographenschrift ein Wörtchen: »aus«!

Sozusagen grundlos vergnügt

Ich freu mich, daß am Himmel Wolken ziehen
Und daß es regnet, hagelt, friert und schneit.
Ich freu mich auch zur grünen Jahreszeit,
Wenn Heckenrosen und Holunder blühen.
– Daß Amseln flöten und daß Immen summen,
Daß Mücken stechen und daß Brummer brummen.
Daß rote Luftballons ins Blaue steigen.
Daß Spatzen schwatzen. Und daß Fische schweigen.

Ich freu mich, daß der Mond am Himmel steht
Und daß die Sonne täglich neu aufgeht.
Daß Herbst dem Sommer folgt und Lenz dem Winter,
Gefällt mir wohl. Da steckt ein Sinn dahinter,
Wenn auch die Neunmalklugen ihn nicht sehn.
Man kann nicht alles mit dem Kopf verstehn!
Ich freue mich. Das ist des Lebens Sinn.
Ich freue mich vor allem, daß ich bin.

In mir ist alles aufgeräumt und heiter:
Die Diele blitzt. Das Feuer ist geschürt.
An solchem Tag erklettert man die Leiter,
Die von der Erde in den Himmel führt.
Da kann der Mensch, wie es ihm vorgeschrieben,
– Weil er sich selber liebt – den Nächsten lieben.
Ich freue mich, daß ich mich an das Schöne
Und an das Wunder niemals ganz gewöhne.
Daß alles so erstaunlich bleibt, und neu!
Ich freu mich, daß ich ... Daß ich mich freu.

Bleibtreu heißt die Straße

Vor fast vierzig Jahren wohnte ich hier.
... Zupft mich was am Ärmel, wenn ich
So für mich hin den Kurfürstendamm entlang
Schlendere – heißt wohl das Wort.
Und nichts zu suchen, das war mein Sinn.
Und immer wieder das Gezupfe.
Sei doch vernünftig, sage ich zu ihr.
Vierzig Jahre! Ich bin es nicht mehr.
Vierzig Jahre. Wie oft haben meine Zellen
Sich erneuert inzwischen
In der Fremde, im Exil.
New York, Ninety-Sixth Street und Central Park,
Minetta Street in Greenwich Village.
Und Zürich und Hollywood. Und dann noch Jerusalem.
Was willst du von mir, Bleibtreu?
Ja, ich weiß. Nein, ich vergaß nichts.
Hier war mein Glück zu Hause. Und meine Not.
Hier kam mein Kind zur Welt. Und mußte fort.
Hier besuchten mich meine Freunde
Und die Gestapo.
Nachts hörte man die Stadtbahnzüge
Und das Horst-Wessel-Lied aus der Kneipe nebenan.
Was blieb davon?
Die rosa Petunien auf dem Balkon.
Der kleine Schreibwarenladen.
Und eine alte Wunde, unvernarbt.

Holzschnitt von Frans Masereel zu L. Frank, *Die Mutter*

Hedda Zinner

(1905–1994)

Hedda Zinner stammte aus bürgerlichen Verhältnissen. Nach einer Schauspielausbildung und verschiedenen Theaterengagements trat sie Ende der 20er Jahre in Kontakt mit der revolutionären Arbeiterbewegung und wurde Mitglied der KP. Mit selbst geschriebenen, selbst vorgetragenen Gedichten und Songs begeisterte sie zahlreiche Arbeiterversammlungen. Während ihrer Emigration in die Tschechoslowakei und Sowjetunion schrieb sie unentwegt Kabarettexte. Hörspiele, Reportagen und Erzählungen. Nach ihrer Rückkehr in die DDR trat sie vor allem als Dramatikerin und Film- und Fernsehautorin auf.

Schon in ihren frühen Zeitgedichten, Liedern und Agitproptexten verband sie das Thema des Klassenkampfes mit der Aufforderung an die Frauen, für die Veränderung der Verhältnisse mitzukämpfen. Sie ist Autorin des Romans *Nur eine Frau*, der 1958 verfilmt wurde und Leben und Kampf von Louise Otto-Peters schildert.

Deutsches Volkslied 1935

Du hast einen Sohn, Maria,
Einen Sohn – du liebst ihn sehr;
Allein es hat dein Junge
Heut gar keine Aussicht mehr:
Keine Aussicht mehr auf Arbeit,
Keine Aussicht mehr auf Brot;
Es leidet dein Junge, Maria,
Mit all' den anderen Not.

Du ringst verzweifelt die Hände,
Du hast mit den andern gefragt:
Ihr Herren, zeigt uns den Ausweg!
Da haben die Herren gesagt:
»Der Krieg ist der Ausweg, Maria,
Der Ausweg aus Hunger und Not;
Denn Krieg schafft Arbeit, Maria,
Aufträge, Arbeit und Brot.«

Du hast einen Sohn, Maria …
Es kommt der Krieg ins Land!
Da kämpft dein Sohn, Maria,
Sie sagen: fürs Vaterland.
Es wachsen die Dividenden
Der Rüstungsindustrie,
Und Millionen Söhne, Maria,
Kämpfen für sie, für sie!

Millionen sterben, Maria,
Sie sterben in Hitlers Heer,
Millionen Mütter haben
Im Krieg keine Söhne mehr!
Du liebst deinen Sohn, Maria …?
Millionen Mütter ihr –
Man nimmt euch eure Söhne!
Seht ihr denn nicht, wofür?

Ricarda Huch

(1864–1947)

»Wer um ein Jahrzehnt jünger ist als sie, hat unter den Sternen ihrer Dichtung gelebt von ihrem Anfang an«, schrieb Gertrud Bäumer über die Historikerin und Dichterin Ricarda Huch, deren Werk sich über ein halbes Jahrhundert erstreckt.

Bereits als Zweiundzwanzigjährige faßte die patrizische Kaufmannstocher den für ein Mädchen ihrer Zeit und ihrer Herkunft ungewöhnlichen Entschluß, »des Schicksals Fügung in die eigenen Hände zu nehmen«. Sie ging nach Zürich, das Ende des neunzehnten Jahrhunderts eine Hochburg des Frauenstudiums war, und promovierte dort als eine der ersten deutschen Frauen mit einer historischen Untersuchung. Anschließend arbeitete sie als Bibliothekssekretärin und Lehrerin und veröffentlichte unter männlichem Pseudonym ihre ersten literarischen Arbeiten. Der Erfolg ihres ersten Romans bestärkte sie in ihrem Entschluß, freie Schriftstellerin zu werden. Um die Jahrhundertwende erschien ihr vielbeachtetes literarhistorisches Buch über die Romantik, das eine Neubewertung dieser Epoche einleitete. Sie schrieb Essays über Rahel Varnhagen, Caroline Schlegel-Schelling und gab eine Annette-von-Droste-Hülshoff-Anthologie heraus. In ihren historischen Darstellungen bevorzugte sie heroisch gesteigertes Rebellentum. Sie schrieb über Garibaldi, Bakunin, über die Revolution von 1848, Luther und Wallenstein. 1912 bis 1914 erschien ihre Geschichte des Dreißigjährigen Krieges. Als beinahe Siebzigjährige zeigte sie selbst heldenhafte Entschlossenheit. »Die größte Frau Deutschlands«, wie sie Thomas Mann 1924 nannte, trat 1933 unter Protest aus der Preußischen Akademie der Künste aus; Anlaß war der Ausschluß jüdischer Schriftsteller und der als ›entartet‹ bezeichneten Käthe Kollwitz. Wenn auch unter Schwierigkeiten, so konnte sie in den folgenden Jahren doch noch einige Werke veröffentlichen. Das folgende Gedicht »Mein Herz, mein Löwe« steht in ihrem 1944 veröffentlichten Band *Herbstfeuer*. Ricarda Huch starb als Dreiundachtzigjährige mitten in den Arbeiten an einer Darstellung der deutschen Widerstandsbewegung.

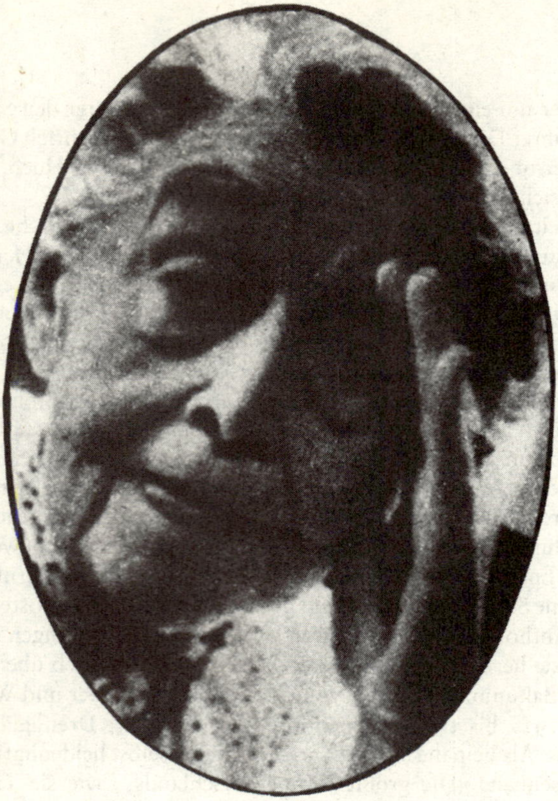

Mein Herz, mein Löwe

Mein Herz, mein Löwe, hält seine Beute fest,
Sein Geliebtes fest in den Fängen,
Aber Gehaßtes gibt es auch,
Das er niemals entläßt
Bis zum letzten Hauch,
Was immer die Jahre verhängen.
Es gibt Namen, die beflecken
Die Lippen, die sie nennen,
Die Erde mag sie nicht decken,
Die Flamme mag sie nicht brennen.
Der Engel, gesandt, den Verbrecher
Mit der Gnade von Gott zu betauen,
Wendet sich ab voll Grauen
Und wird zum zischenden Rächer.
Und hätte Gott selbst so viel Huld,
Zu waschen die blutrote Schuld,
Bis der Schandfleck verblaßte, –
Mein Herz wird hassen, was es haßte,
Mein Herz hält fest seine Beute,
Daß keiner dran künstle und deute,
Daß kein Lügner schminke das Böse,
Verfluchtes vom Fluche löse.

Lied aus dem Dreißigjährigen Krieg:

Frieden
Von dem Turme im Dorfe klingt
Ein süßes Geläute;
Man sinnt, was es deute,
Daß die Glocke im Sturme nicht schwingt.
Mich dünkt, so hört' ich's als Kind;
Dann kamen die Jahre der Schande;
Nun trägt's in die Weite der Wind,
Daß Frieden im Lande.

Wo mein Vaterhaus fest einst stand,
Wächst wuchernde Heide;
Ich pflück', eh ich scheide,
Einen Zweig mir mit zitternder Hand.
Das ist von der Väter Gut
Mein einziges Erbe;
Nichts bleibt, wo mein Haupt sich ruht,
Bis einsam ich sterbe.

Meine Kinder verwehte der Krieg
Wer bringt sie mir wieder?
Beim Klange der Lieder
Feiern Fürsten und Herren den Sieg.
Sie freun sich beim Friedensschmaus,
Die müß'gen Soldaten fluchen –
Ich ziehe am Stabe hinaus,
Mein Vaterland suchen.

Klara Blum

(1904–1971)

Klara Blum wurde als Tochter einer wohlhabenden jüdischen Familie in Czernowitz, Rumänien, geboren. Schon früh bewies sie Mut und Selbständigkeit. Als sie der Tradition entsprechend mit neunzehn Jahren verheiratet werden sollte, floh sie nach Österreich, studierte in Wien Psychologie und verdiente sich ihren Lebensunterhalt als Journalistin. 1934 verschaffte ihr ein preisgekröntes antifaschistisches Gedicht eine zweimonatige Einladung nach Moskau. Dort blieb sie elf Jahre. 1938 heiratete sie einen chinesischen Kommunisten, der kurz darauf nach China zurückkehren mußte. Klara Blum arbeitete als Lehrerin und Übersetzerin. Sie veröffentlichte mehrere Gedichtbände, in denen sie neben ihrem politischen Engagement auch ihrer feministischen Haltung Ausdruck verlieh. In Moskau lernte sie auch deutsche Emigranten kennen, darunter Johannes R. Becher. Ihre Gedichte erschienen in der renommierten Exilzeitschrift *Internationale Literatur*, in der auch Texte von Brecht, Weinheber und Klaus Mann veröffentlicht wurden.

Ab 1947 lebte sie in China. Sie erhielt die chinesische Staatsbürgerschaft und lehrte an verschiedenen Universitäten Germanistik. Neben weiteren Gedichten, Reportagen, biographischen Skizzen und Erzählungen veröffentlichte sie den Novellenband *Das Lied von Hongkong*. In der DDR erschien 1960 eine kleine Auswahl ihrer Gedichte.

INTERNATIONALE LITERATUR

DEUTSCHE BLÄTTER

HEFT 8 / ZEHNTER JAHRGANG / 1940
VERLAG FÜR SCHÖNE LITERATUR

Nacht in der Krim

Das schwarze Meer zieht dunkelgrüne Streifen,
Es malt den Mond als breiten Silberteich.
Die Trauben schimmern und die Sterne reifen
Und scheinen übergroß und schwer und weich.

Wir Drei, die nachts auf der Terrasse liegen,
Aus Tscheljabinsk, aus Wien und aus Taschkent,
Indes im Rhythmus sich die Palmen biegen,
Das Meer im Rhythmus an die Felsen rennt,

Wir Drei vertauschen heute Schlaf mit Träumen,
Drauflos erzählend, trunken, stundenlang,
Von Klassenkämpfen und von Weltenräumen –
Und was wir uns erzählen, wird Gesang.

Marussjas Haut ist edles altes Leder,
Marussja lernte spät das Alphabet.
Und Sarrachan ist eine schwarze Zeder,
Die schlank und wild und finster Wache steht.

Marussjas Bauernblick sucht in den Sternen,
Ihr Bauernhirn, befreit, forscht spät und früh.
Sie hat gekämpft, geackert, sie will lernen:
Was ist die Schwerkraft? Was Astronomie?

Die Sterne hängen voll und dicht wie Trauben,
Und in den Trauben schmeckt ein goldnes Licht.
Und Sarrachan spricht vom besiegten Glauben,
Gekreuzt die Beine, stolz das Bronzegesicht.

Die Mullas. Bunte, kampfesnahe Ferne,
So wie die Kirche tückisch die Moschee.
Marussja starrt noch immer in die Sterne,
Und ich erzähle ihr von Galilei.

Feudale Mächte. Glauben gegen Wissen.
Zum Scheiterhaufen schichtet sich das Holz.
Ein Mensch, ein Forscher, hin und her gerissen
In Feigheit, Mut, Erniedrigung und Stolz.

Marussja flucht. Es fluchen beide Frauen
Der alten Finsternis, dem alten Joch.
Marussja spricht mit schwer gefurchten Brauen,
Spricht aus dem Schlaf: »Und sie bewegt sich doch.«

Das Meer schlägt rhythmisch an die Felsenwände.
Es singt der Wissensdurst, es klingt der Grimm.
Bleib hängen über uns. Geh nie zu Ende
Mit deinen Sternentrauben, Nacht der Krim.

Jalta, 1937

Pflaumenblüte

Chinas Volk verehrt die Pflaumenblüte,
Denn es gleicht dies Volk der Pflaumenblüte.

Stürmt der Winter noch mit Schnee und Eis,
Sie erblüht am Aste rosig-weiß.

Stürmt der Winter noch auf allen Wegen,
Unerschrocken blüht sie ihm entgegen.

Ihre zarten Blätter, mutberauscht,
Tanzen leis, wenn sie dem Winde lauscht.

Denn es ist ihr Glück, im Sturmeswehen
Einem Mächtigen zu widerstehen.

Sieben Märchen aus des Volkes Gut
Preisen ihren stillen Blumenmut.

Und sie lehren weise alle sieben
Eisern kämpfen und behutsam heben.

Und sie lehren nach Chinesenart,
Daß die Zarten stark, die Starken zart.

Ist die Erde überbraust von Schrecken,
Daß die Blumen ängstlich sich verstecken,

Dann erblüht ihr machtvoll stilles Licht,
Gibt der Welt von neuem Zuversicht.

Moskau, 1938

Brief nach China

Einst, vom klugen Dichterauge Li Tai-pos beglänzt,
Erschaut,
War die Liebe eine Brücke, porzellanleicht
Aufgebaut.
Spiegelt sich verkehrt im Flüßchen,
Strahlt ein leises Glitzern aus,
Wölbt zerbrechlich ihren Weg vom Nachbarhaus
Zum Nachbarhaus.

Und hinüber und herüber flogen Blicke,
Streng bewacht,
Mit verträumtem Scharfsinn wurden kleine Listen
Ausgedacht.
Hob und senkte sich der Fächer, winkte her
Und scheuchte fort,
Und der Pinsel schrieb auf Seide sein verstecktes
Bilderwort.

Manches alte Bild, es zeigt dir mit gewandtem
Pinselstrich,
Wie die Liebe einer Brücke zwischen
Nachbarhäusern glich.
Dieser Brief, der spät und mühsam in der Heimat
Dich erreicht,
Zeigt dir, daß sie heute aber einem Regenbogen
Gleicht.

Die von Haus zu Haus sich wölbte, wölbt sich weit
Von Land zu Land,
Hält mit ihren zarten Farben machtvoll Ost und West
Umspannt,
Hält umspannt ein Schlachtgetümmel und ein
Stummes Sichverstehn

Und Millionen junger Augen, die dem Tod
Ins Auge sehn.

Sieh, durch meinen Regenbogen schwingt sich Hung,
Der Fliegerheld,
Schreitet Wu Gao-njän, der schützend neben Greis
Und Kindern fällt,
Gleitet Tjin, die Partisanin, gleitet lautlos
Und behend,
Die das Volk am Taihu-Ufer seine goldne Blume nennt.

Es umschließt mein Farbenbogen deines Landes Stolz
Und Qual,
Dich und deines Volkes Kinder, euch, Geschwister
Und Gemahl.
Er umschließt den Weg, den weiten, über Wüste,
Berg und Fluß,
Den ich zu euch gehen werde, den ich zu euch
Gehen muß.

Sehnsucht, Tatendurst, der Sorge phantasierende Gewalt,
Daß durch jeden Liebestraum der Donner der Geschütze
Hallt –
Sag, wie kommt es, daß mein Herz, so namenlos zerquält,
Zerbangt,
Nicht in tausend Stücke bricht, bevor ich noch zu dir
Gelangt?

Weil die Liebe nicht wie einst in enger Zeit,
Zerbrechlich, leicht,
Einer zierlich kleinen Brücke zwischen Nachbarhäusern
Gleicht,
Weil sie wie ein Regenbogen jede Ferne überwand
Und mit ihren zarten Farben machtvoll Ost und West
Umspannt.

Moskau, 1940

Mondmelodie

Immer neue Staubwolken atmet sie ein,
Wenn der unfrische Stadtmorgen tagt,
Fegt den schimpfenden Fremden die Wohnstuben rein,
Jüä-tjing, die chinesische Magd.
Und sie hustet versteckt, ihr Gesichtchen wird alt,
Lächelt mühsam und wird wieder jung.
Eine schwebende, blaue, zerlumpte Gestalt,
Huscht sie hin durch die Dämmerung.

Der Name der kleinen Chinesin
Bedeutet Mondmelodie.
Das Leben der kleinen Chinesin
Schmückt heimlich die Volksphantasie
Und hat zwischen dumpfigen Wänden
Die duftigen Namen erdacht,
Den Kindern auf leeren Händen
Phantome der Schönheit gebracht.
Sie nennen verschneite Blüte
Das frierende Winterkind,
Ein anderes: tapfere Güte
Und goldenes Baumblatt im Wind.
Sie nennen sie leuchtende Wolke,
Mondhäschen und Sternengesicht ...
Im zehnfach zerlittenen Volke
Erklingt noch ein silbernes Licht.

Die Laternen brennen zum Neuen Jahr,
Und sie färben das Gramgesicht bunt.
Die Musik ist so dünn wie ein glitzerndes Haar,
Jüä-tjing, und die Lungen sind wund.
An ihr Kissen, befleckt von verhustetem Blut,
Wird ein blühendes Zweiglein gesteckt,
Weil der winzige Baumgeist, umsichtig und gut,
Ihren Tod von der Schwelle schreckt.

Der Name der kleinen Chinesin
Bedeutet Mondmelodie,
Das Leben der kleinen Chinesin
Schmückt heimlich die Volksphantasie.

Sie weiß die seltsamsten Märchen,
Getragen von Mund zu Mund:
Es tanzt ein gespenstisches Pärchen
Am farbigen Meeresgrund,
Das Mondschloß hat gläserne Säulen
Mit silbernen Fischlein darin,
Sie schießen gleich glitzernden Pfeilen
Am Saum ihrer Träume hin ...
Es lebt im chinesischen Blute
Die Schönheit und schwindet nicht.
In ihrem zerlittenen Mute
Erklingt noch ein silbernes Licht.

Und wenn Jüä-tjing auf die Straße blickt,
Keucht ihr Bruder, der Kuli, vorbei,
Und ihr Vetter, der Lehrer, schleicht hungergebückt,
Und da fühlen sie alle drei:
Weil ihr Puls für ein würdiges Leben schlägt,
Wird es einmal auch Wirklichkeit sein.
Und den Garten der Schönheit, im Innern gehegt,
Pflanzt ihr Wille der Erde ein.

Sie ist eine echte Chinesin,
Mit Namen genannt Jüä-tjing.
Es lebt noch im Schritt der Chinesin
Der Weg, den einst Motzius ging.
Die Kehle voll zirpender Lieder,
Die Augen voll trotziger Glut:
»Ich kenne nicht hoch oder nieder,
Ich kenne nur schlecht oder gut.«
Das müde Haupt bleibt erhoben,
Die trockene Zunge bleibt flink.
Das Unrecht der Erde mag toben,
Sie ist und sie bleibt Jüä-tjing.
Sie blickt aus dem schrägäugig stillen
Und rührend erhellten Gesicht:
In ihrem erbitterten Willen
Erklingt ein silbernes Licht.

Schanghai, 1948

Nelly Sachs

(1891–1970)

Wie Gertrud Kolmar wuchs die Jüdin Nelly Sachs als wohlbehütete Tochter im wilhelminisch-großbürgerlichen Milieu Berlins auf, um dann Schrecken und Terror des Nazi-Regimes zu erfahren. Im Frühjahr 1940 gelang ihr zusammen mit ihrer Mutter die Flucht nach Stockholm. Die Rettung verdankte sie Fürsprache der schwedischen Nobelpreisträgerin Selma Lagerlöf, mit der sie seit 1907 Briefe gewechselt hatte.

Das im Exil begonnene Gedichtwerk, das sie als »Dichterin jüdischen Schicksals« weltberühmt machte, entstand unter dem Eindruck der sich häufenden Todesnachrichten von Freunden und Verwandten. Schreiben bedeutete für sie die Möglichkeit, aus dem sprachlosen Entsetzen herauszufinden.

Nelly Sachs schrieb neben Gedichten auch Mysterienspiele und szenische Dichtungen und machte sich einen Namen als Übersetzerin schwedischer Lyrik, von der sich ihr dichterisches Schaffen ebenso beeinflußt zeigt wie von altjüdischer Tradition und religiöser Mystik.

1966 erhielt sie gemeinsam mit dem israelischen Dichter Agnon den Literaturnobelpreis.

Es gibt Steine wie Seelen.
Rabbi Nachman

An euch, die das neue Haus bauen

Wenn du dir deine Wände neu aufrichtest –
Deinen Herd, Schlafstatt, Tisch und Stuhl –
Hänge nicht deine Tränen um sie, die dahingegangen,
Die nicht mehr mit dir wohnen werden
An den Stein
Nicht an das Holz –
Es weint sonst in deinen Schlaf hinein,
Den kurzen, den du noch tun mußt.

Seufze nicht, wenn du dein Laken bettest,
Es mischen sich sonst deine Träume
Mit dem Schweiß der Toten.

Ach, es sind die Wände und die Geräte
Wie die Windharfen empfänglich
Und wie ein Acker, darin dein Leid wächst,
Und spüren das Staubverwandte in dir.

Baue, wenn die Stundenuhr rieselt,
Aber weine nicht die Minuten fort
Mit dem Staub zusammen,
Der das Licht verdeckt.

O der weinenden Kinder Nacht

O der weinenden Kinder Nacht!
Der zum Tode gezeichneten Kinder Nacht!
Der Schlaf hat keinen Eingang mehr.
Schreckliche Wärterinnen
Sind an die Stelle der Mütter getreten,
Haben den falschen Tod in ihre Handmuskeln gespannt,
Säen ihn in die Wände und ins Gebälk –
Überall brütet es in den Nestern des Grauens.
Angst säugt die Kleinen statt der Muttermilch.

Zog die Mutter noch gestern
Wie ein weißer Mond den Schlaf heran,
Kam die Puppe mit dem fortgeküßten Wangenrot
In den einen Arm,
Kam das ausgestopfte Tier, lebendig
In der Liebe schon geworden,
In den andern Arm, –
Weht nun der Wind des Sterbens,
Bläst die Hemden über die Haare fort,
Die niemand mehr kämmen wird.

Einsamkeit

Einsamkeit lautlos samtener Acker
aus Stiefmutterveilchen
verlassen von rot und blau
violett die gehende Farbe
dein Weinen erschafft sie
aus dem zarten Erschrecken deiner Augen –

Elisabeth Langgässer

(1899–1950)

Elisabeth Langgässer wurde in Alzey, Rheinhessen, geboren, wuchs in Darmstadt auf, wurde Lehrerin und lebte seit 1929 in Berlin. Dort gehörte sie zum Kreis um die Zeitschrift *Kolonne* (Günter Eich, Peter Huchel) und lernte Wilhelm Lehmann kennen, der damals vor allem als Lyriker von bedeutendem Einfluß war. Elisabeth Langgässer veröffentlichte insgesamt drei Gedichtzyklen, *Der Wendekreis des Lammes* (1924), *Die Tierkreis-Gedichte* (1935) und *Der Laubmann und die Rose*, die in ihrer Metaphorik den christlichen Kosmos, die magisch gesehene Natur und die heidnische Antike einbeziehen.

Elisabeth Langgässers umfangreiches Werk, zu dem neben Lyrik auch Romane und Erzählungen gehören, entstand unter starken inneren Spannungen. »Immer mehr fühle ich freilich erst, was es heißt, eine Kerze an beiden Enden anzuzünden«, mit diesen Worten der amerikanischen Dichterin Edna St. Vincent Milley bezeichnete sie selbst ihre Situation. Sie hatte Gewissenskonflikte, da ihr unbändiger Arbeitswille ihr nicht genügend Zeit für die Familie, vor allem für ihre vier Töchter ließ. Hinzu kam der Druck der äußeren Verhältnisse. 1936 erhielt sie als Halbjüdin Schreibverbot, 1944 wurde sie dienstverpflichtet, nur ihre Ehe mit einem »Arier« bewahrte sie vor Schlimmerem. Ihre älteste Tochter wurde ins KZ gebracht, erst 1947 erfuhr sie von ihrer Rettung. Während des zehnjährigen Schreibverbots entstand unter anderem der Roman *Das unauslöschliche Siegel*, der sie nach seiner Publikation 1946 für kurze Zeit zur bekanntesten Dichterin im Nachkriegsdeutschland machte.

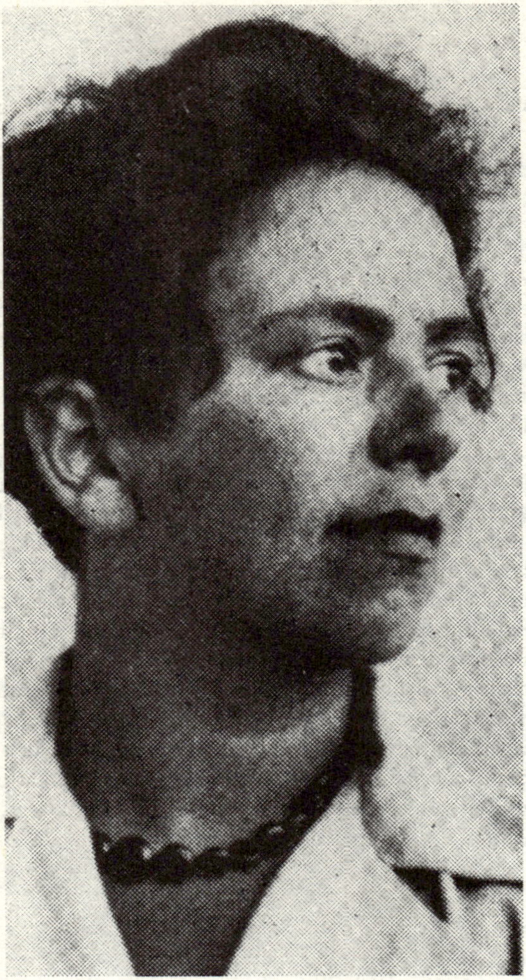

Frühling 1946[1]

Holde Anemone,
Bist du wieder da
Und erscheinst mit heller Krone
Mir Geschundenem zum Lohne
Wie Nausikaa?

Windbewegtes Bücken,
Woge, Schaum und Licht!
Ach, welch sphärisches Entzücken
Nahm dem staubgebeugten Rücken
Endlich sein Gewicht?

Aus dem Reich der Kröte
Steige ich empor,
Unterm Lid noch Plutons Röte
Und des Totenführers Flöte
Gräßlich noch im Ohr.

Sah in Gorgos Auge
Eisenharten Glanz,
Ausgesprühte Lügenlauge
Hört ich flüstern, daß sie tauge,
Mich zu töten ganz.

Anemone! Küssen
Laß mich dein Gesicht:
Ungespiegelt von den Flüssen
Styx und Lethe, ohne Wissen
Um das Nein und Nicht.

Ohne zu verführen,
Lebst und bist du da,
Still mein Herz zu rühren,
Ohne es zu schüren –
Kind Nausikaa!

[1] Für ihre Tochter Cordelia, damals noch in Auschwitz vermißt

Daphne an der Sonnenwende

»... ut eruam te!«

Wird die Verfolgte sich retten
vor seiner düsteren Brunst?
Ihre Gelenke zu ketten,
wirft er ihr Erdrauch und Kletten
zu als Zeichen der Gunst.

Glühend, erreicht sie des flachen,
ländlichen Gartens Geviert,
Löwenmaul sperrt seinen Rachen,
ach, und wie feurige Drachen
blühen die Bohnen verwirrt.

Mitleidlos wölben die lauen
Frühsommeräpfel die Brust,
schließt ihre Finger, die schlauen,
Demeter schnell um der blauen
Kapseln betäubende Lust.

Ist eine Zuflucht noch offen?
Lodern dort Fittiche auf?
Da, zwischen Seufzen und Hoffen,
hemmt, von Verwandlung betroffen,
plötzlich das Jahr seinen Lauf,

Und wie sich die Erbsen entbinden
jäh von der goldgrünen Wand,
perlen im Anschlag die linden
Tage und rollen und schwinden
kühl durch des Hochsommers Hand.

Sommerende

Hat auch die Made verrostet
Pflaume und Spilling wie toll –
da sie, von Wahnsinn umglostet,
selbst sich im Fruchtfleisch gekostet,
war sie der Pfeil des Apoll.

Mochte das Eichhorn die Schalen,
knisternder Nußkerne voll,
scharf wie durch Feuer zermahlen –
zuckend im Laubwerk, dem fahlen,
war es der Blitz des Apoll.

Spilling und Nüsse und Pflaumen,
ach, wie es pochte und scholl:
»Spinnweb läuft bald übern Daumen,
Süßigkeit löst sich vom Gaumen
und von der Erde Apoll!«

Christine Lavant

(1915–1973)

Christine Lavant wurde in einem kleinen Dorf bei St. Stefan im Kärntner Lavanttal geboren und hat diese Gegend kaum verlassen. Besuchern zeigte sie sich stets als einfache Dorfbewohnerin mit Kopftuch und Trachtenkleid.

Christine Thonhauser, seit 1939 verheiratete Habernig, stammte aus einer kinderreichen Bergarbeiterfamilie und arbeitete – wie ihre Mutter – als Strickerin. Nach der Veröffentlichung einer schmalen Gedichtsammlung 1949 erschien 1956 ihr vielbeachteter Gedichtband *Die Bettlerschale*, in dem sie zu der ihr eigenen Ausdrucksweise gefunden hatte. Es folgten weitere Gedichtsammlungen und mehrere Erzählungsbände. Ihr Pseudonym wählte sie nach dem Fluß ihres Heimattales.

Christine Lavants Leben war seit ihrer Kindheit immer wieder durch Krankheiten geprägt, was zeitweise zu schweren Depressionen führte. Sie selbst bezeichnete ihr Schreiben als »Ausweg aus sich selbst«: »Kunst wie die meine ist nur verstümmeltes Leben.«

Die Angst

Die Angst ist in mir aufgestanden.
Wie eine Frau, der etwas Furchtbares einfiel
und die dann – wenn sie zwei Stuben hat –
von der einen in die andere geht,
so geht die Angst jetzt in mir hin und her.
Oft rede ich sie an,
singe und bete für sie,
oder lese ihr stundenlang vor
aus sehr klugen, sehr heiligen Büchern.
Aber sie macht sich aus allem nichts.
Nur noch schwerer wird sie davon,
bis jede Stelle, darauf sie tritt,
anfängt zu zittern.
Und so zittert schon alles in mir,
Knie, Hände und Lippen
und am meisten wohl die Lider meiner Augen.
Doch sie findet nicht Ruhe dabei
und durch die Tür meines Verstandes
bricht sie ein in die arme Seele.
Auch dort ist alles schon schwankend.
Bilder des Himmels und der Hölle
fallen übereinander her und über die Ängstin.
O diese Arme!
Niemehr wird sie zum Schlafen kommen,
niemehr wird sie mich schlafen lassen,
denn jemand hat ihr ein Wort gesagt,
das wie ein Schwert
am Faden einer einzigen Hoffnung
über uns hängt.

Sind das wohl Menschen?

Sind das wohl Menschen? – Wie man das vergißt!
Sie werfen Schatten vor dem Sonnenbaum,
sehr grobe Schatten und – sie haben Stimmen.
Wie sonderbar: – ich glaub, sie hießen »Männer«.
Männer? – Ein Mann? – und kam der Aufschrei »Liebe«
nicht gleich danach und Schmerz, nicht wahr, mein Traumbuch,
Schmerz sagtest du sehr lange, fort und glitzernd,
Bänder von Schmerz wie Schienen zu den Menschen.
Dann kamen Tiere, große dunkle Tiere,
in die man einstieg, weil ihr Kopf so heulte,
und innen sagte jemand dann: »Wir fahren!«
Die, die sich Mädchen nannten, saßen flüsternd
nah beieinander, und es klang wie Laubfall,
wenn sie erzählten, daß ihr Liebster warte.
»Liebster« – was ist das –, geht das rasch vorüber,
läßt es sich fassen, ohne Schmerz zu machen,
und bleibt an einem hinterher dann etwas
wie Blütenstaub und ein Geruch verhaftet
oder vergeht daran nur das Gefühl für gestern?
Ein Traumkraut also? – Sicherlich – ein Traumkraut!
Man hätte niemals davon kosten dürfen,
ehe man heimging in die liebe Erde,
heim zu den Zwiebelchen.

Sag mir ein Wort

Sag mir ein Wort, und ich stampfe dir
aus dem Zement eine Blume heraus,
denn ich bin mächtig geworden vor Schwäche
und vom sinnlosen Warten,
magneten in allen Sinnen.
Sicher wirst du erscheinen müssen!
Über dem Bahnhof zittert die Luft,
und die Taubenschwärme erwarten
den Einbruch der großen Freude.
Das Licht hat sich sanft auf die Schienen gelegt,
weg von den Haaren der Mädchen
und aus den Augen der Männer.
Ich habe aufgehört zu weinen,
aufgehört auch, auf das Wunder zu warten,
denn eines ereignet sich immerwährend
im Wachstum meiner Schwäche,
die da steigt und steigt hoch über die Tauben hinauf
und hinunter in schwarze Brunnen,
wo auch tagsüber noch sichtbar sind
die verheimlichten Sterne.
Dort unten wechselt nicht Tag und Nacht,
dort unten begehrst du noch ununterbrochen
die sanfte Blume meines Willens.

Hertha Kräftner

(1928–1951)

Hertha Kräftner wuchs in Mattersdorf im Burgenland auf. Ereignisse der letzten Kriegsjahre, insbesondere der Einmarsch der Roten Armee 1945 erschütterten sie sehr. 1946 nahm sie das Studium der Germanistik und Anglistik an der Universität Wien auf und begann 1949 eine Dissertation über das Werk Franz Kafkas. Auf Anregung des Logotherapeuten Viktor E. Frankl beschäftigte sie sich seit 1949 zunehmend mit Psychologie, Philosophie und Soziologie.

Seit 1946 hatte sie unter dem Einfluß von Rilke und Trakl begonnen, Gedichte zu schreiben, später verfaßte sie auch Prosa. Auf Anraten Frankls nahm sie 1950 Kontakte zum Literaturkreis um Hans Weigel auf. Sie trat unter anderem mit H. C. Artmann, Friederike Mayröcker, Jeannie Ebner und Andreas Okopenko in Verbindung und veröffentlichte erste Gedichte. Seit längerem depressiv, verschlechterte sich ihr Gemütslage seit 1950, auch unter Einfluß unglücklicher Liebesbeziehungen. 1951 nahm sie sich als 23jährige mit einer Überdosis Veronal das Leben. 1963 wurde eine Sammlung mit Gedichten, Skizzen und Tagebuchaufzeichnungen aus ihrem Nachlaß veröffentlicht.

Wer glaubt noch ...

Wer glaubt noch,
daß uns drüben Korallenbäume erwarten,
und Vögel, die das Geheimnis singen
und ab und zu die beinernen Schnäbel
ins rosa gefärbte Wasser tauchen,
und daß man uns abholen wird
zu Gerüchen
nach aufgebrochenen Mandelkernen
und den weißen Wurzeln seltener Pflanzen?
Ach, der Tod wird nach Pfeffer
und Majoran riechen,
weil er vorher im Laden beim Krämer saß,
der am silbrigen Schwanz
eines Salzherings erstickte.

Betrunkene Nacht

Der Gin schmeckt gleich um elf und drei,
das Soda nur wird schaler.
Wer will, der kann mich haben
für einen alten Taler.
Mein Bräutigam, mein Bräutigam
war einer von den sieben Raben,
der flog am Haus vorbei,
da war es zwölf vorbei,
mein Bräutigam, mein Bräutigam
tat einen dunklen Schrei
und wollte seinen süßen Schnabel
an meinem Herzen laben,
da spießte ihn ein fremder Mann
auf eine Silbergabel.
Nun kann mich jeder haben
für einen alten Taler.
Das Herz, mein Freund,
ist aber nicht dabei
bei diesem Preis,
dem Herzen, Freund, wird kalt und heiß

nur bei den Zärtlichkeiten eines Raben.
Darum auch haben
meine Freunde mich ertränkt …
Versprecht, daß ihr das Glas Chartreuse verschenkt,
in dem ich schwimme als ein gelbes Ei.

Dorfabend

Beim weißen Oleander
begruben sie das Kind,
und horchten miteinander,
ob nicht der falsche Wind
den Nachbarn schon erzähle,
daß es ein wenig schrie,
eh seine ungetaufte Seele
im Halstuch der Marie
erwürgt zum Himmel floh.
Es roch nach Oleander,
nach Erde und nach Stroh;
sie horchten miteinander,
ob nicht der Wind verriete,
daß sie dem toten Knaben
noch eine weiße Margerite
ans blaue Hälschen gaben …
Sie hörten aber nur
das Rad des Dorfgendarmen,
der pfeifend heimwärts fuhr.
Dann seufzte im Vorübergehn
am Zaun die alte Magdalen:
»Gott hab mit uns Erbarmen.«

Ingeborg Bachmann

(1926–1973)

Ingeborg Bachmann wurde in Klagenfurt in Österreich geboren, wo sie ihre Kindheit und Jugend verbrachte. Nach den bedrükkenden Ereignissen der Kriegsjahre, insbesondere seit Österreichs »Anschluß« im Jahr 1938, begann sie 1945 Philosophie, Germanistik und Psychologie zu studieren, zunächst in Innsbruck, Graz, dann in Wien, wo sie mit der Philosophie des »Wiener Kreises« und auch Wittgensteins vertraut wurde. 1949 promovierte sie mit einer Arbeit über die kritische Aufnahme der Existenzphilosophie Martin Heideggers.

In Wien lernte sie Paul Celan und Ilse Aichinger kennen, arbeitete als Rundfunkredakteurin, schrieb Gedichte und Hörspiele und veröffentlichte 1952 ihre erste Gedichtsammlung *Die gestundete Zeit*, die sie berühmt machte und für die sie 1953 den Literaturpreis der Gruppe 47 erhielt. 1956 folgte der Band *Anrufung des Großen Bären*. Obwohl sie weiterhin Gedichte schrieb, veröffentlichte sie danach keinen Gedichtband mehr. 1959 folgte sie der Einladung Theodor W. Adornos als erste Gastdozentin auf den Frankfurter Lehrstuhl für Poetik.

Seit 1952 lebte Ingeborg Bachmann auf Einladung Werner Henzes, für den sie Operlibretti schrieb, in Italien, zuerst auf der Insel Ischia, dann in Neapel und Rom. Später zog sie nach München, dann nach Zürich, wo sie mit dem Schriftsteller Max Frisch zusammenlebte, und zuletzt wieder nach Rom. Hinzu kamen längere Aufenthalte unter anderem in den USA, in Berlin und Paris.

Seit den 60er Jahren wandte sich Bachmann vor allem der Prosa zu. Es erschienen die Erzählbände *Das dreißigste Jahr* (1961) und *Simultan* (1972), der ursprünglich den Titel »Wienerinnen« hatte. Zu Bachmanns umfangreichem und vielschichtigem Werk gehört der Todesarten-Zyklus, in dem sie die Zerstörung von Frauen und weiblicher Subjektivität in der patriarchalen Gesellschaft auf subtilste Weise darstellt. 1971 erschien als »Ouvertüre« dazu der Roman *Malina*; *Franza* und *Fanny Goldmann* blieben Fragmente und wurden erst nach ihrem Tod veröffentlicht. Sie starb in Rom an den Folgen eines Zimmerbrandes.

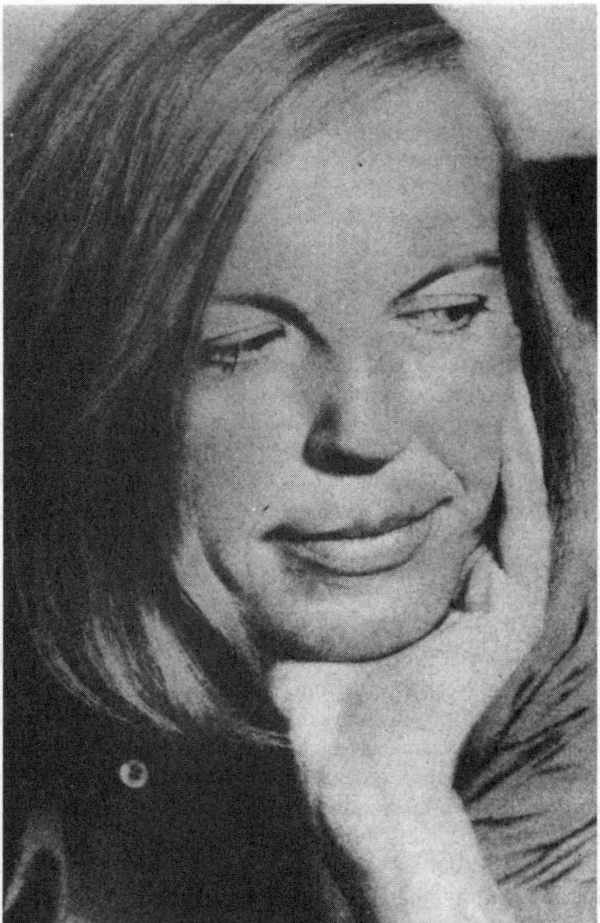

Erklär mir, Liebe

Dein Hut lüftet sich leis, grüßt, schwebt im Wind,
dein unbedeckter Kopf hat's Wolken angetan,
dein Herz hat anderswo zu tun,
dein Mund verleibt sich neue Sprachen ein,
das Zittergras im Land nimmt überhand,
Sternblumen bläst der Sommer an und aus,
von Flocken blind erhebst du dein Gesicht,
du lachst und weinst und gehst an dir zugrund,
was soll dir noch geschehen –

Erklär mir, Liebe!

Der Pfau, in feierlichem Staunen, schlägt sein Rad,
die Taube stellt den Federkragen hoch,
vom Gurren überfüllt, dehnt sich die Luft,
der Entrich schreit, vom wilden Honig nimmt
das ganze Land, auch im gesetzten Park
hat jedes Beet ein goldner Staub umsäumt.

Der Fisch errötet, überholt den Schwarm
und stürzt durch Grotten ins Korallenbett.
Zur Silbersandmusik tanzt scheu der Skorpion.
Der Käfer riecht die Herrlichste von weit;
hätt ich nur seinen Sinn, ich fühlte auch,
daß Flügel unter ihrem Panzer schimmern,
und nahm den Weg zum fernen Erdbeerstrauch!

Erklär mir, Liebe!

Wasser weiß zu reden,
die Welle nimmt die Welle an der Hand,
im Weinberg schwillt die Traube, springt und fällt.
So arglos tritt die Schnecke aus dem Haus!

Ein Stein weiß einen andern zu erweichen!

Erklär mir, Liebe, was ich nicht erklären kann:
sollt ich die kurze schauerliche Zeit

nur mit Gedanken Umgang haben und allein
nichts Liebes kennen und nichts Liebes tun?
Muß einer denken? Wird er nicht vermißt?

Du sagst: es zählt ein andrer Geist auf ihn ...
Erklär mir nichts. Ich seh den Salamander
durch jedes Feuer gehen.
Kein Schauer jagt ihn, und es schmerzt ihn nichts.

An die Sonne

Schöner als der beachtliche Mond und sein geadeltes Licht,
Schöner als die Sterne, die berühmten Orden der Nacht,
Viel schöner als der feurige Auftritt eines Kometen
Und zu weit Schönrem berufen als jedes andre Gestirn,
Weil dein und mein Leben jeden Tag an ihr hängt, ist die Sonne.

Schöne Sonne, die aufgeht, ihr Werk nicht vergessen hat
Und beendet, am schönsten im Sommer, wenn ein Tag
An den Küsten verdampft und ohne Kraft gespiegelt die Segel
Über dein Aug ziehn, bis du müde wirst und das letzte verkürzt.

Ohne die Sonne nimmt auch die Kunst wieder den Schleier,
Du erscheinst mir nicht mehr, und die See und der Sand,
Von Schatten gepeitscht, fliehen unter mein Lid.

Schönes Licht, das uns warm hält, bewahrt und wunderbar sorgt,
Daß ich wieder sehe und daß ich dich wiederseh!

Nichts Schönres unter der Sonne als unter der Sonne zu sein ...

Nichts Schönres als den Stab im Wasser zu sehn und den Vogel
oben,
Der seinen Flug überlegt, und unten die Fische im Schwarm,

Gefärbt, geformt, in die Welt gekommen mit einer Sendung von Licht,
Und den Umkreis zu sehn, das Geviert eines Felds, das Tausendeck meines Lands
Und das Kleid, das du angetan hast. Und dein Kleid, glockig und blau!

Schönes Blau, in dem die Pfauen spazieren und sich verneigen,
Blau der Fernen, der Zonen des Glücks mit den Wettern für mein Gefühl,
Blauer Zufall am Horizont! Und meine begeisterten Augen
Weiten sich wieder und blinken und brennen sich wund.

Schöne Sonne, der vom Staub noch die größte Bewundrung gebührt,
Drum werde ich nicht wegen dem Mond und den Sternen und nicht,
Weil die Nacht mit Kometen prahlt und in mir einen Narren sucht,
Sondern deinetwegen und bald endlos und wie um nichts sonst
Klage führen über den unabwendbaren Verlust meiner Augen.

Friederike Mayröcker

(1924)

Friederike Mayröcker wurde in Wien geboren, wo sie bis heute lebt und schreibt. Von 1946 bis 1969 war sie als Englischlehrerin in ihrer Heimatstadt tätig.

Ihre Gedichte erschienen seit 1947 in Zeitschriften und avantgardistischen Kleinverlagen; ihr erster umfangreicher Sammelband kam 1966 heraus.

Mayröckers Lyrik verbindet Methoden des Surrealismus und der konkreten Poesie: »Ich schalte, um meine ›Bewusztseinsmaschine‹ in Gang zu bringen, auf Erinnerungspunkte irgendwelcher Vergangenheit, bringe dadurch, wenn es gelingt, etwas ganz intensiv in die Mitte meines Bewusztseins, wo es lebendig dasteht, zu sehen, zu hören, zu riechen, zu betasten, in einer Eigenbeweglichkeit, die es aus dem Zustand des Eingebettetseins in einen Erinnerungsablauf befreit. Es steht für sich selbst da, ... statisch, und zugleich in einem Strahlungskranz von Assoziationsmöglichkeiten.«

Seit den 50er Jahren stand sie in Verbindung mit der Wiener Gruppe (Jandl, Artmann, Rühm). Im Unterschied zu deren konkreter Poesie, mit Aufmerksamkeit auf die eher materielle Dimension von Sprache, war für sie immer der bildliche und imaginäre Aspekt entscheidend. Zu ihrem umfangreichen Werk gehören auch Prosatexte, wie zum Beispiel *Reise durch die Nacht* und *Das Herzzerreißende der Dinge*, Theaterstücke und Hörspiele, die sie zum Teil gemeinsam mit Ernst Jandl, ihrem langjährigen Lebenspartner verfaßte. Ihre gesammelten Gedichte von 1939 bis 2003 erschienen 2005.

Manchmal bei irgendwelchen zufälligen Bewegungen

streift meine Hand deine Hand deinen Handrücken
oder mein Körper der in Kleidern steckt lehnt fast ohne es zu wissen
einen Augenblick gegen deinen Körper in Kleidern
diese kleinsten beinahe pflanzlichen Bewegungen
sein abgewinkelter Blick und dein Auge absichtlich ins Leere
wandernd
deine im Ansatz noch unterbrochene Frage wohin fährst du im
Sommer
was liest du gerade
gehen mir mitten durchs Herz
und durch die Kehle hindurch wie ein süszes Messer
und ich trockne aus wie ein Brunnen in einem heiszen Sommer

Ode an die Vergänglichkeit

... aufschauend sehnend mit den Augen der Seele fensterlos
unter der Erde
auf elfenbeinernen Pferden exil-äugig übervoll
viel Wasser meine Geister und Falkenschwärme viel Wasser
wird flieszen
zu meinem Abbild Atemzüge gegürtet exupery-schmachtend
absurd in Wüsten-Mäusen Geheimnissen und Gefährtinnen
ertrinkend

Menschen zähmen
reisen in harten Spuren blank und fetischistisch

denn wie Wolken Regenfäden Hoffnungen fransen wir
Wolle verwirkt mit Himmel
Gräber und hohe Wandelhallen Höfe und Stiegen Aufgänge
Luft-Türme skelettierte Paläste Balustraden aus Sturm
berstende Himmel
Sonnen-Roste
Einbrüche schwarzer Qualen
meine Augen nämlich suchen den Schwanengesang den
schönsten Hirten

den einsamen König –
(o! dasz ich tausend Zungen hätte)
und ich irre zwischen weiszen Blumen und weiszen Raben
weiszen Ringen Wasser
in fremden Flüssen und Gärten
und ahne Mond:

Mond eingenäht in sein Gewand
in sein klirrendes Gewand in sein Haar
feucht und verklärt
in sein Diarium in seine Narbe

wenn meines Hierseins dunkle Treublume und mein trauriger
Sommerprinz
Fried und Freud verspeisen
Blumen
Blumen aus Flüssen aus dem See:
(wer will uns scheiden?)
deine Schritte haben für mich gewacht und
der neue Tag und alle Lande
o! Morgenstern das ist mir lieb ...

unüberwindlich starker heiliger Michael offen und blau und hart
in Gebüschen von Kamillen und Holunder

Marie Luise Kaschnitz

(1901–1974)

Marie Luise Kaschnitz stammte aus einer badischen Adelsfamilie und wuchs in Potsdam und Berlin auf. Nach dem Abitur arbeitete sie in Weimar, München und Rom als Buchhändlerin, heiratete einen Wiener Archäologen, den sie auf zahlreichen ausländischen Studienreisen begleitete. Von 1932 bis 1955 wohnte sie wieder in Deutschland. Sie schrieb zunächst Prosa, dann auch Gedichte, trat aber erst nach dem Zusammenbruch des Nazi-Regimes mit eigenen Gedichtsammlungen hervor. Sie lebte eine Zeitlang in Rom, später nach dem Tod ihres Mannes (1958) in Frankfurt am Main.

Marie Luise Kaschnitz veröffentlichte ihre zahlreichen öffentlichen und privaten Gedichte in mehreren Sammlungen, war eine glänzende Essayistin und verfaßte Hörspiele und Erzählungen. 1960 war sie Gastdozentin auf dem Frankfurter Lehrstuhl für Poetik.

Die Katze

Die Katze, die einer fand, in der Baugrube saß sie und schrie.
Die erste Nacht, und die zweite, die dritte Nacht.
Das erste Mal ging er vorüber, dachte an nichts
Trug das Geschrei in den Ohren, fuhr auf aus dem Schlaf.
Das zweite Mal beugte er sich in die verschneite Grube
Lockte vergeblich den Schatten, der dort umherschlich.
Das dritte Mal sprang er hinunter, holte das Tier.
Nannte es Katze, weil ihm kein Name einfiel.
Und die Katze war bei ihm sieben Tage lang.
Ihr Pelz war gesträubt, Heß sich nicht glätten.
Wenn er heimkam, abends, sprang sie ihm auf die Brust,
ohrfeigte ihn.
Der Nerv ihres linken Auges zuckte beständig.
Sie sprang auf den Vorhang im Korridor, krallte sich fest
Schwang hin und her, daß die eisernen Ringe klirrten.
Alle Blumen, die er heimbrachte, fraß sie auf.
Sie stürzte die Vasen vom Tisch, zerfetzte die Blütenblätter.
Sie schlief nicht des Nachts, saß am Fuß seines Bettes
Sah ihn mit glühenden Augen an.
Nach einer Woche waren seine Gardinen zerfetzt
Seine Küche lag voll von Abfall. Er tat nichts mehr
Las nicht mehr, spielte nicht mehr Klavier
Der Nerv seines linken Auges zuckte beständig.
Er hatte ihr eine Kugel aus Silberpapier gemacht
Die sie lange geringschätzte. Aber am siebenten Tag
Legte sie sich auf die Lauer, schoß hervor
Jagte die silberne Kugel. Am siebenten Tag
Sprang sie auf seinen Schoß, ließ sich streicheln und schnurrte.
Da kam er sich vor wie einer, der große Macht hat.
Er wiegte sie, bürstete sie, band ihr ein Band um den Hals.
Doch in der Nacht entsprang sie, drei Stockwerke tief
Und lief, nicht weit, nur dorthin, wo er sie
Gefunden hatte. Wo die Weidenschatten
Im Mondlicht wehten. An der alten Stelle
Flog sie von Stein zu Stein im rauhen Felle
Und schrie.

Frauenfunk

Eines Tages sprech ich im Rundfunk
Gegen Morgen wenn niemand mehr zuhört
Meine gewissen Rezepte

Gießt Milch ins Telefon
Laßt Katzen hecken
In der Geschirrspülmaschine
Zerstampft die Uhren im Waschtrog
Tretet aus Euren Schuhen

Würzt den Pfirsich mit Paprika
Und das Beinfleisch mit Honig

Lehrt eure Kinder das Füchsinneneinmaleins
Dreht die Blätter im Garten auf ihre Silberseite
Beredet euch mit dem Kauz

Wenn es Sommer wird zieht euren Pelz an
Trefft die aus den Bergen kommen
Die Dudelsackpfeifer
Tretet aus Euren Schuhen

Seid nicht so sicher
Daß es Abend wird
Nicht so sicher
Daß Gott euch liebt.

Nur die Augen

Tauft mich wieder
Womit?
Mit dem nächstbesten Wasser
Dem immer heiligen.
Legt mir die Hand auf
Gebt mir den nächstbesten Namen
Einen geschlechtslosen
Frühwind- und Tannennamen
Für das letzte Stück Wegs.
Verwandelt mich immerhin
Nur meine Augen laßt mir
Diese von jeher offen
Von jeher tauglich.

Dagmar Nick

(1926)

Von Vergänglichkeit wird nicht geredet.
Auch der Waffenstillstand vom Montag
ist schon am Dienstag gebrochen.
Wie leicht fliegt die Leuchtmunition
über den Bildschirm, wie hübsch
das Phosphorgrün der Raketen
bei Nacht. ...
(Idylle, 1992)

Dagmar Nick wurde in Breslau geboren. Ihre Mutter war Konzertsängerin, der Vater Leiter des Schlesischen Rundfunks in Breslau, bis er 1933 von den Nazis abgesetzt wurde. Die Familie zog nach Berlin, dann wieder nach Schlesien. Dagmar Nick floh 1945 nach Bayern. Während der bedrückenden, von Angst und Unsicherheit geprägten Kriegsjahre begann sie Gedichte zu schreiben. Erich Kästner veröffentlichte ihr Gedicht »Flucht« 1945 in der *Neuen Zeitung*. 1947 erschien ihre erste Gedichtsammlung *Märtyrer*, eine der frühen literarischen Arbeiten, die der von den Nazis Ermordeten gedenkt. Seitdem veröffentlichte Dagmar Nick bis heute neun weitere Gedichtsammlung, darunter zuletzt *Trauer ohne Tabu* (1999) und *Wegmarken* (2000). Sie hielt sich längere Zeit in Israel auf und unternahm zahlreiche Reisen in die Mittelmeerländer. Sie verfaßte Reiseberichte, Essays, Erzählungen und Hörspiele.

Genesis 3, 14

Schlange,
Fleisch meines Fleisches,
Anruf des Blutes,
geschwisterlich mir gepaart:
wir tragen die Frucht aus,
das Scheusal Liebe,
die Angst, Unheil zu gebären.

Mitternachts
streifen wir eine Haut ab
und werben für Unzucht,
stahläugig, ewig offenen Lids,
kriechen auf unserem Bauch
ein Leben lang,
lieben und speien Verachtung
über die Zahnlosen,
die Einzüngigen.

Laß uns den Sabbath feiern,
Schlange,
einen Menschen begraben,
Erde fressen,
die Erde verteidigen,
ehe wir werden wie sie.

An eine diffamierte Dame

Freundin, mein schuppiges Luder,
wer wollte sich nicht an dir messen,
Erkenntnisträchtige,
bäuchlings einen Biß mit dir tauschen
und Giftbäume plündern,
um zu wissen, wo Gott wohnt!

Du hast die Erde bevölkert, Schöne,
und man hat dich verflucht,
eingefangen als Corpus delicti,
Erfindung der Erbsünder. Lache,
mein schuppiges Luder,
und räche dich an den Lechzenden,
fahre den Heuchlern ans Bein,
schlage ihnen ein Schnippchen, den Kerlen
aus Adams Geschlecht.

Rose Ausländer

(1907–1988)

»Warum schreibe ich? Vielleicht weil ich in Czernowitz zur Welt kam, weil die Welt in Czernowitz zu mir kam. Jene besondere Landschaft. Die besonderen Menschen. Märchen und Mythen lagen in der Luft, man atmete sie ein.«

Rose Ausländer, geborene Rosalie Scherzer, hat mit Paul Celan und auch mit der um wenige Jahre älteren Klara Blum die geistig ungemein anregende Geburtsstadt im damaligen Alt-Österreich, heute Rumänien, gemeinsam. Sie studierte dort Literaturwissenschaft und Philosophie. Mit ihrem Studienfreund Ignaz Ausländer wanderte sie 1921 in die USA aus. Dort arbeitete sie als Redakteurin und begann, Gedichte zu schreiben. Sie heiratete Ausländer 1921, die Ehe wurde 1926 geschieden. 1927 kehrte sie für kurze Zeit wieder in die Bukowina zurück, ebenso 1931; diesmal aber blieb sie und zog 1936 nach Bukarest. 1939 erschien in Czernowitz ihr erster Gedichtband *Der Regenbogen*, der wie ihre Tagebücher und die meisten Manuskripte in den Kriegswirren verlorenging. 1941 besetzten Nazi-Truppen die Stadt, es folgten für die Jüdin Jahre des Elends und Ghettolebens. Im Ghetto lernte sie Paul Celan kennen, dessen Lyrik sie in ihrem weiteren Schaffen beeinflußte. 1946 wanderte sie erneut in die USA aus, wo sie als Korrespondentin und Übersetzerin arbeitete. Nach längerem Schweigen begann sie wieder zu schreiben, zunächst auf Englisch, seit 1956 wieder in ihrer deutschen Muttersprache. 1966 kehrte sie in die Bundesrepublik zurück und lebte bis zu ihrem Tod in Düsseldorf. Seit 1965 veröffentlichte sie zahlreiche Gedichtbände. 1976 erschien die erste Gesamtausgabe ihres umfangreichen lyrischen Werks.

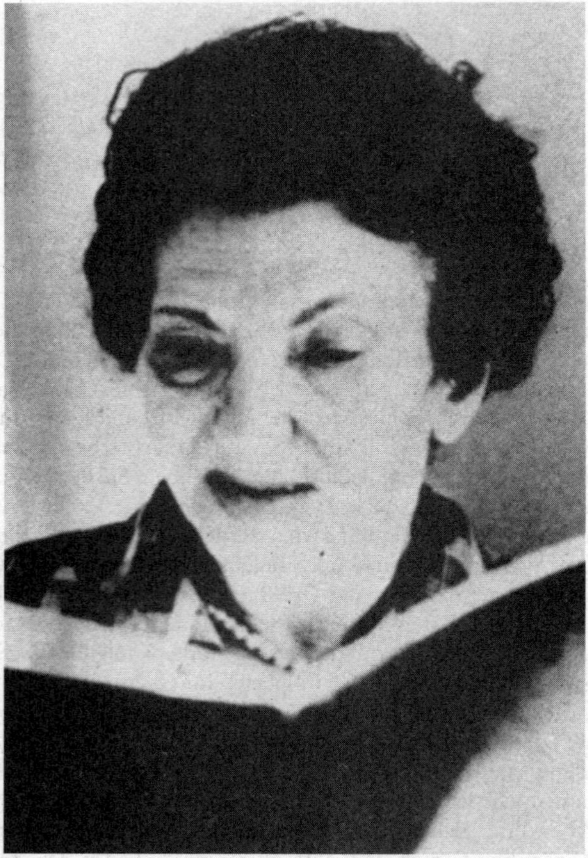

Käthe Kollwitz

Im Schatten der Mütter
haben Kinder
das Gruseln erlernt

In ihren Augenhöhlen
nisten
Hungervögel

Angstwangen
Schwarz an Schwarz

Mit dem Sieb

Mit dem Sieb
schöpfe ich Wasser
für meine Mühle

halte die Flügel in Gang
mit meinem Atem

mahle
den Hunger

Am Strand

Meine Freundin am Strand
die vierjährige Mulattin
lacht das gelockte Lachen
ihrer Rasse

In ihren Augen badet das Meer
ihr Haar ist ein Schwärm Schwalben
die Hand eine bronzene Blüte
Sie schaufelt Sonne in den Blecheimer
schüttet sie in meine Hand
lacht ein Echo in den Sand

Ihr Schatten durchschneidet den Schatten
eines blonden Knaben
Eine Minute steht das Kreuz
in Glanz gehaun
dann zerbricht es
in zwei entgegengesetzte Bewegungen

Komm kleine Freundin
der Sand ist reif
wir wollen baun
ein Haus eine Stadt ein Land
füll deinen Eimer mit Sonne
lach um uns ein
weltweites Echo

Hilde Domin

(1912–2006)

»Ich, H. D., bin erstaunlich jung. Ich kam erst 1951 auf die Welt. Weinend, wie jeder in diese Welt kommt. Es war nicht in Deutschland, obwohl Deutsch meine Muttersprache ist. Es wurde spanisch gesprochen, und der Garten vor dem Haus stand voller Kokospalmen.«

Mit diesen Worten beschreibt Hilde Domin ihre literarische Geburt im lateinamerikanischen Exil, nach dem sie ihr Pseudonym wählte.

Tatsächlich kam sie in Köln zur Welt, begann das Studium in Heidelberg, promovierte in der italienischen Emigration mit einer staatsrechtlichen Arbeit, floh gemeinsam mit ihrem Mann, einem promovierten Kunsthistoriker, vor dem Faschismus nach England und schließlich nach St. Domingo. 1954 kehrte sie in die Bundesrepublik zurück und veröffentlichte seit 1959 kontinuierlich ihre Lyrikbände. Hilde Domin war auch Erzählerin, Interpretin, Herausgeberin und eine bedeutende Literaturtheoretikerin mit gesellschaftlich-moralischem Engagement. So schrieb sie auch über die »Schwierigkeiten, eine berufstätige Frau zu sein« und erinnerte an Autorinnen, die sich umgebracht haben, »weil es absolut nicht mehr ging«.

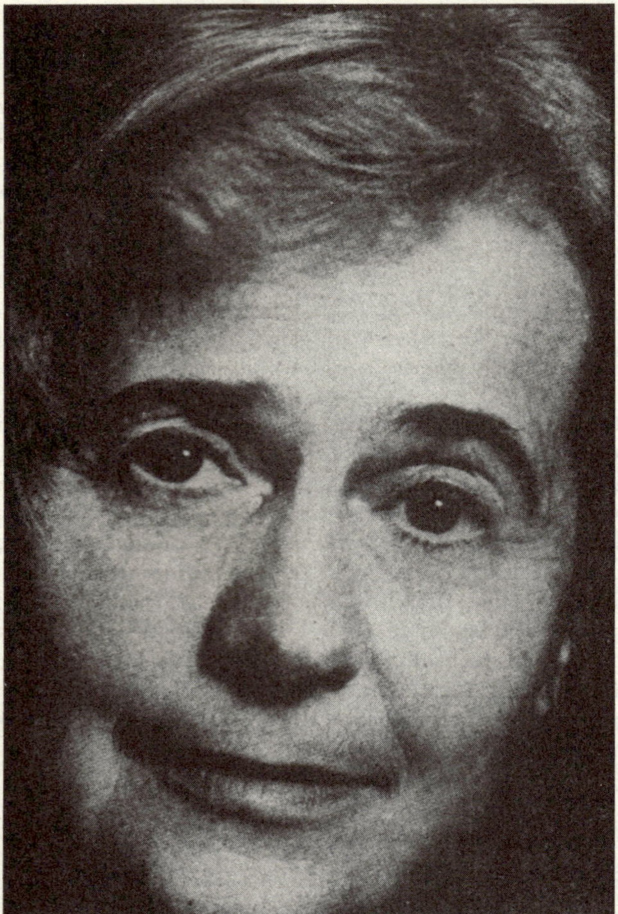

Geburtstage

1

Sie ist tot

heute ist ihr Geburtstag
das ist der Tag
an dem sie
in diesem Dreieck
zwischen den Beinen ihrer Mutter
herausgewürgt wurde
sie
die mich herausgewürgt hat
zwischen ihren Beinen

sie ist Asche

2

Immer denke ich
an die Geburt eines Rehs
wie es die Beine auf den Boden setzte

3

Ich habe niemand ins Licht gezwängt
nur Worte
Worte drehen nicht den Kopf
sie stehen auf
sofort
und gehn

Wort und Ding

Wort und Ding
lagen eng aufeinander
die gleiche Körperwärme
bei Ding und Wort

Wer es könnte

Wer es könnte
die Welt
hochwerfen
daß der Wind
hindurchfährt.

Inge Müller

(1925–1966)

Inge Müller, geb. Meyer, wurde in Berlin geboren, wo sie die meiste Zeit ihres Lebens verbrachte. Nach Handelsschulabschluß und Kriegshilfsdienst wurde sie in den letzten Kriegswochen als Luftwaffenhelferin eingezogen. Als die Rote Armee kurz vor Kriegsende nach Berlin einzog, blieb sie drei Tage lang unter Trümmern verschüttet, ein traumatisches Erlebnis.

Nach verschiedenen Arbeiten in den Nachkriegsjahren in der DDR lernte sie anfangs der 50er Jahre den Dramatiker Heiner Müller kennen, mit dem sie eine intensive Zusammenarbeit begann. Ebenso fing sie an, Gedichte zu schreiben. Erst ein Jahr vor ihrem Tod wurde eine größere Gruppe ihrer Gedichte im Almanach des Aufbau Verlags veröffentlicht. Nach mehreren Selbstmordversuchen schied sie am 1. Juni 1966 aus dem Leben.

Inge Müllers Leben war von Brüchen und Suche nach Orientierungen gezeichnet. In ihm spiegeln sich die Schwierigkeiten und Unsicherheiten des Neuanfangs nach Kriegs- und Faschismuserfahrungen. Mit Müllers Lyrik beginnt eine neue, dem Subjektivismus und kompromißloser Sprache zugewandte Tradition in der DDR-Lyrik. Die erste Ausgabe ihrer Lyrik erschien unter dem Titel *Wenn ich schon sterben muß*, herausgegeben von Richard Pietraß, in der BRD 1986.

Unterm Schutt II

Und dann fiel auf einmal der Himmel um
Ich lachte und war blind
Und war wieder ein Kind
Im Mutterleib wild und stumm
Mit Armen und Beinen die ungeübt stießen
Und griffen und liefen.
Bilder ringsum
Kein Boden kein Dach
Was ist – verschwunden
Ich bin eh ich war
Ein Atemzug Stunden
Die andern – ein Augenblick wie im Meer
Da klopft einer –
Den Globus her!
Daß ich mich halte
Brücken und Pole
Millionen Hände brauch ich
Mich trägst du nicht, Tod, ich mach mich schwer
Bis sie kommen und graben
Bis sie mich haben
Du gehst leer.

Nach dem Bombenangriff

Ein schöner Morgen! Kein Baum vorm Haus mehr
Und kein Haus steht mehr unter den Bäumen.

Frage

Ich hab auch im Zuchthaus gesessen
Drei Tage im Keller
Wegen Wehrkraftzersetzung
Ich wollte das Eiserne Kreuz nicht nehmen
Für Selbstverständlichkeit
Blutende und Sterbende nicht so
Krepieren lassen
Ich wollte das Kreuz nicht
An dem Keller trag ich noch immer
Schwer.
Schreiben wollt ich
Farben finden
Worte verstehn
Lieben
Sehn
Weitergehn.
Wer
Ist hinter mir her?

Ilse Aichinger

(1921)

Gebirgsrand

Denn was täte ich,
wenn die Jäger nicht wären, meine Träume,
die am Morgen
auf der Rückseite der Gebirge
niedersteigen, im Schatten.

Mit kritischer Phantasie, befremdend-umkehrenden Figurationen verrückt die Schriftstellerin Ilse Aichinger Wirklichkeit ins Gleichnishaft-Traumhafte, um daraus Verlorenheit, Angst und Bedrohung des empfindenden Menschen in unerträglicher Kenntlichkeit auftauchen zu lassen.

Ilse Aichinger verlebte die Kindheitsjahre in Wien und Linz; während der Besetzung Österreichs durch Hitler war sie mit ihrer Familie der Verfolgung ausgesetzt. Nach Kriegsende begann sie das Studium der Medizin, widmete sich aber bald ganz der Literatur. Bereits mit ihrem ersten Roman *Die größere Hoffnung* (1948), in dem sie sich mit der nazistischen Judenverfolgung auseinandersetzt, gelang ihr der schriftstellerische Durchbruch. Es folgten vielbeachtete Erzählungen, Hörspiele und Dialoge, darunter der Band *Schlechte Wörter* (1976). Ilse Aichinger arbeitete an verschiedenen österreichischen und deutschen Zeitschriften mit, wirkte als Verlagslektorin und war am Aufbau der Hochschule für Gestaltung in Ulm beteiligt. 1953 heiratete sie den Schriftsteller Günter Eich; seit 1963 lebte sie in Großgmain bei Salzburg, später in Frankfurt und seit 1988 in Wien.

Die hier abgedruckten Gedichte Ilse Aichingers sind dem Band *Verschenkter Rat* (1978) entnommen, der bis dahin verstreut oder noch nicht veröffentlichte Gedichte, die seit 1958 entstanden waren, zum ersten Mal gesammelt vorstellte.

Findelkind

Dem Schnee untergeschoben,
den Engeln nicht genannt,
kein Erz, kein Schutz,
den Feen nicht vorgewiesen,
in Höhlen nur verborgen
und ihre Zeichen behende
aus den Waldkarten geschafft.
Ein toller Fuchs
beißt es und wärmts,
erweist ihm rasch die ersten Zärtlichkeiten,
bis er sich zitternd und gepeinigt
zum Sterben fortbegibt.
Wer hilft dem Kind?
Die Mütter
mit ihrer alten Angst,
die Jäger
mit den verfälschten Kartenbildern,
die Engel
mit den warmen Flügelfedern,
aber ohne Auftrag?
Kein Laut,
kein Schwingen in der Luft,
kein Tappen auf dem Boden.
Dann komm doch du noch einmal,
alter, toller Helfer,
schleif dich zurück zu ihm,
beiß es, verkratz es,
wärm es, wenn deine Räubertatzen noch warm sind,
denn außer dir kommt keiner,
sei gewiß.

Tagsüber

Ein ruhiger Junitag
bricht mir die Knochen,
verkehrt mich,
schleudert mich ans Tor,
hängt mir die Nägel an,
die mit den Farben
gelb, weiß und silberweiß,
verfehlt mich nicht,
mit keinem,
läßt nur die Narrenmütze fort,
mein Lieblingsstück,
würgt mich
mit seinen frischen Schlingen
solang bis ich noch atme.
Bleib, lieber Tag.

Nachruf

Gib mir den Mantel, Martin,
aber geh erst vom Sattel
und laß dein Schwert, wo es ist,
gib mir den ganzen.

Renate Rasp

(1935)

Renate Rasp wurde in Berlin geboren. Nach zwei Jahren Schauspielschule studierte sie an der Kunstakademie in Berlin, später an der Akademie der Bildenden Künste in München. Sie arbeitete als Schriftgraphikerin und begann 1965 zu schreiben.

Ihre erste Gedichtsammlung *Die Rennstrecke* erschien 1969 und erregte durch provozierende Texte zu geschlechtsspezifischen Rollenerwartungen Aufsehen. Ihr Werk denunziert jegliche Form von Herrschaft über den Menschen durch Erziehungsdiktatur (*Ein ungeratener Sohn*, Roman, 1967) und die Forderung marktgerechten Funktionierens (*Chinchilla, Leitfaden zur praktischen Ausführung*, 1973).

Vorläufig

Meine eigene Figur
wie sie sich bewegt
nach dem Essen
ihr Geschirr abspült
eine Zigarette
anzündet, von
weit weg sehe ich
sie da sitzen zwischen
einem Tisch und
einer Couch
eingepreßt in
einen Kopf Arme Hals –
Wie sie zappelt
statt der Zigarette
ihren Finger anbrennt.
Es sieht aus
als ob sie sich
doch noch
herausschlagen
könnte.

Russisch Leder

Ich
bin heute
ganz weich
und grenzenlos
mitleidig.
Mit einem scharfen
Wasserstrahl
schlage ich auf
dich ein.
Vorher binde ich
dir die Hände
zusammen.
Ich sperre dich
in den Keller.
Ich weine vor der Tür.

Bildnis

Ich rasiere
mir den Kopf.
Ohne Zähne
sehe ich dich
aus zwei dicken
Warzen an.
Mein Mund
wenn ich lache!
Ich bin fleckig.
Ich antworte
mit Gestank.
Meine Fingerspitzen
sind scharf und
ich säge Holz
mit den Händen.
Ich fühle mich
kalt an. Wenn
ich aufstehe
bleibt auf
dem Stuhl eine
Haut zurück.
Ich fresse
meinen eigenen Dreck.
Ich bin Dreck
in einem Haufen
schmutziger Wäsche.
Sage bloß
daß du mich nicht liebst, jetzt!

Helga M. Novak

(1935)

Helga M. Novak wurde in Berlin geboren, studierte Philosophie und Journalistik in Leipzig, heiratete nach Island, arbeitete dort in verschiedenen Berufen und begann zu schreiben. Seit 1968 lebt sie als freie Schriftstellerin in Frankfurt/M. Helga M. Novak schreibt vor allem politische und Zeitgedichte, häufig in Balladenform. Sie greift damit auf eine Gattung zurück, die nach ihrer bürgerlichen Neubelebung zu Beginn des 20. Jahrhunderts – an der vor allem auch Frauen beteiligt waren (Miegel, Strauß und Torney) – in der sozialistischen Literatur weiterlebte. Sie ist auch Autorin von Funkszenen und Erzählungen, in denen sie vorwiegend die Existenzsituation gesellschaftlicher Randgruppen darstellt. Sie gab ein Lesebuch zur Emanzipation heraus (gemeinsam mit Horst Karasek) und berichtete über ihre mehrwöchige Arbeit auf einem von Landarbeitern besetzten herzoglichen Gut in Portugal (*Die Landnahme von Torre Bela*, 1976).

Ihre literarisch anspruchsvolle Autobiographie über Kindheit und Jugend in der damaligen DDR erschien in zwei Bänden, *Die Eisheiligen* (1979) und *Vogel Federlos* (1982). Eine Auswahl aus ihrem lyrischen Werk wurde 2005 unter dem Titel *wo ich jetzt bin* veröffentlicht.

Generalstränen

ein halbes Jahrhundert nach dem Aufstand der Hereros fand der Lettow-Vorbeck auf dem Schlachtfeld Hamakari am Waterberg in Südwestafrika den Termitenhügel wieder neben dem sein Stellungsgraben gelegen hatte

dort hat er einst einen totalen Krieg geführt
dort hat er einst ein Volk ausgerottet

und weinte Freudentränen

die zwanzigmetertiefen Kuten in der Wüste in denen die verjagten Hereroweiber vergeblich nach Nässe wühlten an deren Rändern sie zu hunderten mit ihren Kindern verdorrt sind

hat er nicht gefunden
sie waren schon verweht

drum konnt er dort nicht weinen

Ballade von der kastrierten Puppe

1

in Bayern wo die Dörfer
alt und finster sind
lebt ein Dorfschullehrer
mit Frau und Kind
er belehrt die Jungen
und die Mädchen all
über Fleiß und gute Sitten
und über den Sündenfall
doch eines Tages schickte
Tante Lucie aus Paris
der Bettina eine Puppe
die Hildebrand hieß
der Hildebrand konnte
lachen und weinen
und hatte ein Schwänzchen

zwischen den Beinen
was habe ich denn gemacht
meine liebe Mutter?
ich träume jede Nacht:
du kämst mit einem Messer
und hättest mich umgebracht!

2

Bettina springt herum
und tanzt einen Ringelreihen
sie läuft zu ihrem Vater
um die Puppe zu zeigen
»was eine Jungenpuppe
in meinem sauberen Haus?
das Ding fliegt gar bald
zu den Fenstern hinaus!
weh dir ich seh dich
mit Hildebrand spielen
und dich mit dem Bengel
auf der Straße rumsielen!
wie konnte Tante Lucie
sich dazu erdreisten?
ich als Lehrer kann
mir sowas nicht leisten.«
was habe ich denn gemacht ...

3

doch während der Herr Lehrer
als zuverlässiger Christ
am nächsten Sonntagmorgen
in der Dorfkirche ist
– die Mutter schläft noch
und taub ist ihr Ohr –
sucht Betti ihren Hildebrand
aus dem Kleiderschrank hervor
zufällig wohnt ein Puppen-
doktor im Hause nebenan
dessen kinderlose Frau
gar nicht anders kann
als alles was geschieht

emsig zu belauschen
und jedes Ereignis
gehörig aufzubauschen
was habe ich denn gemacht ...

4

Frau Doktor gewöhnt
sich zu verstecken
stand eine Weile
hinter den Rosenhecken
und als sie Bettina
und Hildebrand schaut
überzieht sie sich ganz
und gar mit Gänsehaut
»Betti pfui schäm dich!
mit deiner Zunge
zu küssen zu schlecken
den Puppenjunge!«
Bettina erschrocken
stopft den Hildebrand
ins Blumenbeet und
tief in den Sand
was habe ich denn gemacht ...

5

Frau Doktor klagt und zetert:
»Betti du bist ja entartet!
ach deine arme Mutter
die gerade ein Baby erwartet!«
und der Herr Lehrer packte
das schuldlose Puppenkind
und eilte mit ihm hinüber
zum Puppendoktor geschwind
»Herr Doktor dieser Rüpel
der bringt mich noch ins Grab
schneiden Sie ihm doch bitte
sofort dieses Ding da ab!«
und zu Betti: »was heulst du
wie eine kleine Wilde?
aus deinem Hildebrand

wird eben eine Hilde!«
was habe ich denn gemacht ...

6

seitdem fing Bettina an
alles und jeden zu hassen
tagtäglich zerwirft sie
Teller und Tassen
die Mutter schlägt mit
der Stirn an die Scheibe
und sagt »Bettina
hat den Teufel im Leibe«
der Vater kann Kinder-
schmerz nicht ermessen
er selber hatte Hilde-
brand längst vergessen
»warum lachst du nicht
und singst keine Lieder
für deine Mutter?
sie kommt bald nieder!«
was habe ich denn gemacht ...

7

wer huscht durch Nachbars
Blumenbeete und Hecken
um die öde Puppenpraxis
bei Nacht zu entdecken?
wer klebt mit der Nase
am staubigen Werkstattfenster
und begutachtet dort
die blassen Puppengespenster?
Bettina bewundert
voller Entzücken
die Augen die Stimmchen
und die Perücken
Nähzeug und Zangen
kleine Messer Pinzetten
»ach wenn wir doch auch
solche Werkstatt hätten!«
was habe ich denn gemacht ...

8

Bettina klettert leise
ins leere Gartenhaus
und sucht sich eine Zange
und zwei Messerchen heraus
welche Freude! Bettina
singt und trällert wieder
denn ihre Mutter kam
mit einem Brüderchen nieder
sie schleicht und trippelt
auf Zehenspitzen heim
dort oben der weiße Mond
flüstert »laß sein, laß sein!
wirf schnell die Zange
und die Messerchen weg!«
trotzdem hat Bettina alles
in ihrem Zimmer versteckt
was habe ich denn gemacht …

9

die Mutter sagt »Bettina
uns leuchtet neues Licht
jeder von uns beiden
hat nun seine Pflicht
du trägst deine Hilde
stolz und sicher im Arm
und ich halte den Christian
in seinem Bette satt und warm«
doch kaum ist die Mutter
ein paar Schritte gegangen
sieht man Bettinas Hände
nach Christians Decke langen
»ich werde dir gleich helfen
du verdammtes Luder!
was machst du da eigentlich
mit deinem kleinen Bruder?«
was habe ich denn gemacht …

10

der Bruder schläft bei Betti
in ihrem Kinderzimmer
sie tappt um sein Lager
ohne einen Lichtschimmer
Sie preßt ihr dickes Kissen
dem Christian aufs Gesicht
»so magst du ruhig weinen
die Mutter hört es nicht.«
Bettina tanzt und jubelt
ist lustig wie eine Biene
»Mutter ich habs geschafft
aus Christian ward Christine!«
die Mutter eilt ans Bettchen
das Blut tropft ihr in den Schuh
der Christian ist gestorben
seine liebe Seele hat Ruh
was habe ich denn gemacht
meine liebe Mutter?
ich träume jede Nacht:
du kämst mit einem Messer
und hättest mich umgebracht

Sarah Kirsch

(1935)

»Ich hoffe, daß Hexen, gäbe es sie, diese Gedichte als Fachliteratur nutzen könnten«,

erklärte Sarah Kirsch zu ihrem zweiten Gedichtband *Zaubersprüche* (1973). Tatsächlich lassen viele ihrer Gedichte die Verwandtschaft von Zauberei und Poesie erkennen.

Sarah Kirsch wurde im Harz geboren, begann ein Studium der Biologie, wechselte dann zum Institut für Literatur in Leipzig über, wo sie von 1963 bis 1965 studierte, und lebte seit 1968 in Ost-Berlin. Im August 1977 stellte sie einen Ausreiseantrag. Nach ihrer Unterzeichnung des Protests gegen die Ausbürgerung des Ostberliner Liedermachers Biermann 1976 sah sie sich »unerträglichem Druck« ausgesetzt. Im Herbst 1977 zog sie nach West-Berlin, seit 1983 lebt sie in Schleswig-Holstein.

1965 gab Sarah Kirsch gemeinsam mit ihrem damaligen Mann, dem Schriftsteller Rainer Kirsch, den Lyrikband *Gespräche mit dem Saurier* heraus. Zu ihrem umfangreichen Werk seit 1967 gehören zahlreiche Gedichtsammlungen, ferner unter anderem die Prosasammlung *Die Pantherfrau*, in der fünf Frauen über ihr alltägliches Leben in der DDR berichten, und die Erzählung *Die ungeheuren berghohen Wellen auf See* (beide 1973). Seit 1992 trat sie auch mit bildnerischen Arbeiten hervor, Aquarellen, Gouachen und Collagen. 1996 übernahm sie die Brüder-Grimm-Professur an der Universität Kassel und war 1996/97 Gastdozentin auf dem Frankfurter Lehrstuhl für Poetik.

Der Droste würde ich gern Wasser reichen

Der Droste würde ich gern Wasser reichen
in alte Spiegel mit ihr sehen, Vögel
nennen, wir richten unsre Brillen
auf Felder und Holunderbüsche, gehen
glucksend übers Moor, der Kiebitz balzt
Ach, würde ich sagen, Ihr Lewin –
schnaubt nicht schon ein Pferd?

Die Locke etwas leichter – und wir laufen
den Kiesweg, ich die Spätgeborne
hätte mit Skandalen aufgewartet – am Spinett
das kostbar in der Halle steht
spielen wir vierhändig Reiterlieder oder
das Verbotene von Villon
Der Mond geht auf – wir sind allein

Der Gärtner zeigt uns Angelwerfen
bis Lewin in seiner Kutsche ankommt
der schenkt uns Zeitungsfahnen, Schnäpse
gießen wir in unsre Kehlen, lesen
Beide lieben wir den Kühnen, seine Augen
sind wie grüne Schattenteiche, wir verstehen
uns jetzt gründlich auf das Handwerk FISCHEN

Sieben Häute

Die Zwiebel liegt weißgeschält auf dem kalten Herd
Sie leuchtet aus ihrer innersten Haut daneben das Messer
Die Zwiebel allein das Messer allein die Hausfrau
Lief weinend die Treppe hinab so hatte die Zwiebel
Ihr zugesetzt oder die Stellung der Sonne überm Nachbarhaus
Wenn sie nicht wiederkommt wenn sie nicht bald
Wiederkommt findet der Mann die Zwiebel sanft und das
Messer beschlagen

Raubvogel

Raubvogel süß ist die Luft
So kreiste ich nie über Menschen und Bäumen
So stürz ich nicht noch einmal durch die Sonne
Und zieh was ich raubte ins Licht
Und flieg davon durch den Sommer!

Karin Kiwus

(1942)

Karin Kiwus wurde in Berlin geboren, wo sie auch heute lebt und schreibt. Nach dem Studium der Publizistik, Germanistik und Politologie an der Freien Universität Berlin war sie an der Akademie der Künste in Berlin tätig, arbeitete später zeitweise als Verlagslektorin in Frankfurt und Hamburg, 1978 als Gastdozentin an der Universität Texas in Austin und kehrte 1987 wieder zur Akademie der Künste in Berlin zurück.

Ihre erste, vielbeachtete Gedichtsammlung *Von beiden Seiten der Gegenwart* (1976) ist deutlich von den politischen Ereignissen der 68er Jahre geprägt. Ihre Gedichte sind kürzere Stimmungsbilder oder längere, reflektierende Annäherungen, manchmal provokativ real gegenüber äußerer Wirklichkeit, manchmal surreal assoziativ zwischen realer und imaginierter Welt. Mit »neuer Subjektivität« und kritischem Blick der Frau werden alltägliche Situationen und Erfahrungen vergegenwärtigt, die differenziert und präzise, oft mit ironischer Pointe als Zeitsymptome gedeutet werden.

Nach zwei weiteren Gedichtbänden, *Angenommen Später* (1979) und *Das Chinesische Examen* (1992), veröffentlichte Karin Kiwus 2006 eine neue Sammlung, *Nach dem Leben.* Mit Bezug auf eigene Erfahrung der Kriegs- und Nachkriegsjahre und Reflektion auf Kunst treten vor allem Fragen der Zeitlichkeit in den Vordergrund, Möglichkeiten des Erinnerns und der Besinnung auf Geschichtlichkeit.

Karin Kiwus ist Herausgeberin zahlreicher Publikationen, unter anderem *Als der Krieg zu Ende war* (1975), *Berliner Autoren-Stadtbuch* (1985), *Fundsachen für Grass-Leser* (2002, mit W. Trautwein) und *›Wenn ich auf mein bisheriges zurückblicke, dann muß ich leider sagen‹* (2002).

Anderer Bildungsweg

Bist du vielleicht nicht
zurückgeschreckt vor dir
als du gesehen hast

wie eine schlaflose Frau
verschmiert vor Eifersucht
mit dem Handrücken krachend
in ein Gesicht schlägt und
mit der Innenfläche wieder
zurück drei- viermal

wie ein verramschtes Paar
sich eilig das Bett macht
an der triefenden Wand
eines Pissoirs

wie so ein Herr in Gamaschen
diesem dreckigen streunenden Gör
ein Bein stellt mit seinem Bambusstock
und es abschiebt in die Baugrube

wie so ein rühriger Stoßtrupp
der Gaststätten-Innung einsteigt
in Ristorantes und Buttersäure
über den Teig der Pizza kippt

wie so immune Abgeordnete
sich abschleppen an der Verantwortung
und auf Gesetze pochen bei einem Volk
zu dem sie sich nicht zählen

Und wenn du dich abgewandt hast
ratlos ohne Mut
wie kannst du dann noch
die wohlfeilen Ausgaben deiner Bildung
zur Hand nehmen und dich
vergewissern wollen
wie du dort erscheinst

ein Mensch
selbstherrlich wieder
als das absolute
Maß aller Dinge

Fragile

Wenn ich jetzt sage
ich liebe dich
übergebe ich nur
vorsichtig das Geschenk
zu einem Fest das wir beide
noch nie gefeiert haben

Und wenn du gleich
wieder allein
deinen Geburtstag
vor Augen hast
und dieses Päckchen
ungeduldig an dich reißt
dann nimmst du schon
die scheppernden Scherben darin
gar nicht mehr wahr

Kleine Erinnerung an den Fortschritt

Ja, damals, als wir Kinder waren,
nach der Revolution, haben wir
in Baschkirien noch
den Großvater gesehen, wie er
mit hellen lachenden Augen
die erste Glühbirne verfolgt hat,
die blitzend nackt durch unser
Dorfschulzimmer gependelt ist,
hin und her und hin und her.

Aber nun?

Ursula Krechel

(1947)

Ihre erste Gedichtsammlung erschien 1977 mit dem Aufbruch beschwörenden Titel *Nach Mainz!*, nicht ohne Grund mit Ausrufezeichen und im Andenken an die Mainzer Revolution von 1848. Der politische Aufbruch der 68er Jahre und die neue Frauenbewegung waren Ausgangspunkt der literarischen Praxis von Ursula Krechel.

Sie wurde in Trier geboren, studierte an der Universität Köln Germanistik, Theaterwissenschaft und Kunstgeschichte und promovierte 1972 mit einer Arbeit über den Theater- und Filmkritiker Herbert Ihering. Während ihrer Studienzeit war sie als Dramaturgin an den Städtischen Bühnen Dortmund tätig und veröffentlichte als erstes literarisches Werk das Theaterstück *Erika* (1973). In ihren frühen Gedichten werden mit neuer Subjektivität viele Themen der Frauenbewegung in den 70er Jahren angesprochen, zum Beispiel das Nachdenken über die Mütter-Generation, Bedeutsamkeit der alltäglichen Erfahrung, Möglichkeiten des Aufbruchs von Frauen und Erprobung neuer Lebensweisen.

Seitdem hat Ursula Krechel zahlreiche Gedichtsammlungen vorgelegt, in denen sie immer wieder neue Bildkompositionen und Ausdrucksformen erkundet und sich als wache Beobachterin der Zeitereignisse ausweist. In ihrem 2005 veröffentlichten langen Poem *Stimmen aus dem harten Kern* folgt sie der Geschichte der Kriege, Invasionen und Unterdrückungen vom trojanischen Krieg bis hin zum gegenwärtigen Genozid in Afrika unter Einwebung der unterschiedlichsten Stimmen, also Worten, Fragmenten, Zitaten aus verschiedenen Quellen, um den Motiven von Gewalt nachzuforschen. Zu ihrem Werk gehören des weiteren Essays zur Frauenbewegung, zur Literatur, sowie Prosa, Romane, Theater- und Hörspieltexte. Als Gastdozentin war sie an zahlreichen deutschen, englischen und amerikanischen Universitäten tätig. Sie lebt heute in Berlin.

© Isolde Ohlbaum, München

Meine Mutter

1

Als meine Mutter ein Vierteljahrhundert lang
Mutter gewesen war und Frau, aber das konnte sie
vergessen mit der Zeit, als sie so geworden war
wie eine anständige Frau werden mußte
klüger als die Großmutter, ergebener als die Tanten
sparsamer in der Küche und in der Liebe als eine
der das Glück in den Schoß gefallen war
als sie genug Krümel von der Tischdecke geschnippt
als sie die Hoffnung begraben hatte, einmal eine Dame
im Pelz zu sein wie in den Modeheften vor dem Krieg
die sie immer noch hinten in der Speisekammer hütete
als sie anfing, den Töchtern ins Gesicht zu sehen
auf der Suche nach Spuren, die sie im eigenen Gesicht
nicht fand, als sie nicht mehr vor Angst aufwachte
weil sie vom Bügeleisen geträumt hatte
das nicht ausgeschaltet war, als sie schon manchmal
wagte, die Beine am frühen Nachmittag
übereinanderzuschlagen, fraß sich ein Krebs
in ihre Gebärmutter, wuchs und wucherte
und drängte meine Mutter langsam aus dem Leben.

2

Zehn Tage nach ihrem Tod war sie im Traum plötzlich
wieder da. Als hätte jemand gerufen, zog es mich
zum Fenster der früheren Wohnung. Auf der Straße
winkten vier Typen aus einem zerbeulten VW
einer drückte dabei auf die Hupe. So ungefähr
sahen die berliner Freunde vor fünf Jahren aus.
Da winkt vom Rücksitz auch eine Frau:
meine Mutter. Zuerst sehe ich sie
halb versteckt hinter ihren neuen Bekannten.
Dann sehe ich nur noch sie
ganz groß wie im Kino, dann ihren mageren weißen Arm
auf dem auch in Nahaufnahme kein einziges Härchen
zu sehen ist. Wenn sie eilig am Gasherd hantierte
hatten ihr die Flammen häufig die Haare versengt.
Am Handgelenk trägt sie den silbernen Armreif

den ihr mein Vater noch vor der Verlobung geschenkt hat.
Mir hat sie ihn vererbt. Ich die gebohnerten Treppen hinab.
An der Haustür höre ich schon ein Kichern: Mama!
rufe ich, der Nachsatz will mir nicht über die Lippen.
Meine Mutter sitzt eingeklemmt zwischen zwei
lachenden Jungen. So fröhlich war sie lange nicht mehr.
Willst du nicht mitfahren? fragt sie. Aber im Auto
ist doch kein Platz, sage ich und blicke
verlegen durch ihre seidige Bluse
so eine trug sie zu Lebzeiten nie
auf ihre junge, noch ganz spitze Mädchenbrust
und denke, ich muß den Vater rufen. Da heult schon
der Motor auf, die klapprige Tür wird von innen
zugeworfen. An der Haustür könnte ich mich ohrfeigen.
Nicht einmal die Autonummer habe ich mir gemerkt.

Am Anfang des Wochenendes

Während ich im Supermarkt einer Frau
die Vorderräder des Einkaufswagens
auf die Fersen schiebe, fahre ich auch
meinen Kopf spazieren.
Im Wald der Konservendosen suche ich Blaubeeren
und die Erinnerung an die kleine Lust
auf einen trockenen, dünnen Fichtenast zu treten.
Während du daheim die Kühlschranktür zuschnappen läßt
wieder das kindliche Gefühl
das ich auch beim Aufwachen habe
wenn mich im Traum jemand geschlagen hat.
Freitagnachmittags läppert sich das Glück zusammen
aus prallen Einkaufstüten, aus Flaschen
Kisten, Kartons. Komm!
Wir setzen uns im Flur auf den Teppich
und fliegen mit unseren Hoffnungen davon.

Buchstäblich

Entkam oder stürzte ich
in eine Reihe von Tagen
die kein Buchstabe mehr hielt?
Die Straße liegt verlassen
kein Schänder hat seine Schande ausgerufen
den Schächer hält in Schach
der gevierteilte Friede.

Immer wieder das weiße Blatt
Schlinge für Schlinge Haken und Bögen
ein geordnetes Bild.
Die Lieder auf der Flucht:
zurückgeschickte Asylanten.
Ein stummes Leben in den Grenzen von ...

Ulla Hahn

(1946)

Herz über Kopf ist der Titel ihrer ersten Gedichtsammlung aus dem Jahr 1981, der in rasch weitere Bände folgten, wie zum Beispiel *Spielende* (1983) *Freudenfeuer* (1985) und *Unerhörte Nähe* (1988). Vor allem mit ihrer Liebeslyrik, die in Sprache und Form oft an traditionelle Gefühlspoesie anknüpft, wurde Ulla Hahn schnell bekannt und erfolgreich. Der Rückgriff auf die literarische Tradition ist für sie zugleich der Versuch, eine zeitgemäße weibliche Stimme einzubringen, was sich oft in ihren Gedichten am Ende durch einen plötzlichen ironischen Perspektivwechsel zeigt.

Ulla Hahn wurde in Brachthausen im Sauerland geboren und wuchs in Monheim im Rheinland auf. Ihre Kindheit in der Nachkriegszeit in der rheinisch-katholischen Provinz und ihren Aufbruch aus einer beengenden, phantasielosen Welt beschreibt sie in ihrem 2001 veröffentlichen Roman *Das verborgene Wort*. Die Auseinandersetzung der Nachkriegsgeneration mit einer belastenden Vergangenheit schildert ihr viel beachteter Roman *Unscharfe Bilder* (2003). Ulla Hahn hat darüber hinaus zahlreiche Bücher publiziert und herausgegeben. In ihrer jüngsten Gedichtsammlung *So offen die Welt* (2004) richtet sie ihre Aufmerksamkeit insbesondere aufs Älterwerden und einen damit verbundenen, eher desillusionierten, zugleich aber auch klareren Blick auf die Welt. 1992 veröffentlichte sie unter dem Titel *Stechäpfel* eine Gedichtsammlung von Frauen aus drei Jahrtausenden.

Ulla Hahn studierte Literaturwissenschaft, Geschichte und Soziologie an den Universitäten Köln und Hamburg und promovierte 1978 mit einer Arbeit über die Entwicklung operativer Literaturformen in der Bundesrepublik in den 60er Jahren. Sie war als Literaturredakteurin bei Radio Bremen tätig und als Gastdozentin an mehreren Universitäten. Sie lebt heute in Hamburg.

Winterlied

Als ich heute von dir ging
fiel der erste Schnee
und es machte sich mein Kopf
einen Reim auf Weh.

Denn es war die Kälte nicht
die die Tränen mir
in die Augen trieb es war
vielmehr Ungereimtes.

Ach da warst du schon zu weit
als ich nach dir rief
und dich fragte wer die Nacht
in deinen Reimen schlief.

Verbesserte Auflage

Nur noch wenige Schritte dann
wird sie ihm wieder gehören hören
beschwören sein Lied das ohne sie
ihm versiegt. Hals Nase Ohren
die Augen die Haare den Mund
und so weiter wie
will er sie preisen allein
zu ihrem ewigen Ruhm.
Als eine Stimme anhebt.
Orpheus hört:
die zum lauschen Bestellte fällt
singend ihm in den Rücken.
Da
dreht er sich um und
da
gleitet aus seinen verwirrten Händen
die Leier. Die Euridike aufhebt
und im Hinausgehn schlägt in noch
leise verhaltenen Tönen. Hals Nase Ohren
die Augen die Haare den Mund

und so weiter wie
will sie ihn preisen allein
zu seinem ewigen Ruhm.
Ob Orpheus ihr folgte
lassen die Quellen
im Trüben.

Eine Rose ist eine Rose

Die Wunde aufgerissen
Es ist dir noch einmal gelungen
Ich seh:
Roh. Es
ist Rotes ist keine
Rose.
Nur ein Kunstwerk
ist schön
wenn es blutet
nur ist ein
Kunstwerk schön.

© Werner Erne, Aarau

Erika Burkart

(1922)

Seit die Schweizer Lyrikerin Erika Burkart 1953 mit ihrem ersten Gedichtband *Der dunkle Vogel* hervortrat, hat sie mit bewundernswerter Kontinuität weitere Lyrikbände vorgelegt. Darin setzt sie sich vor allem mit der Natur und der Beziehung des Menschen zur Natur auseinander, mit klarer Ablehnung jeder abstrakten, nur funktionalen Beziehung zur Umwelt. Ihre Naturverbundenheit, die sie in den 50er Jahren zum Beispiel mit ihren Dichterkollegen Wilhelm Lehmann, Günter Eich und Karl Krolow teilte, ist für ihr Werk bis heute prägend geblieben. Poetische Stimmung, philosophisches Nachdenken und intellektuelle Schärfe verbinden sich in ihrer Lyrik zu einer naturpoetischen »Daseinskunde«.

Über den dichterischen Prozeß schreibt sie im Jahr 2000 in ihren Aufzeichnungen *Grundwasserstrom*: »In der Schrift wird das aus der Gedankenpuppe befreite Wort selbständig, der Falter setzt sich ab, hebt sich weg. Beim Freischälen von Erinnerungen stoße ich in Dunkelkammern auf Negative, die zu entwickeln ich das schriftliche Wort benötige. Im Prozedere der Niederschrift präzisieren sich die Bilder.«

Erika Burkart hat rund sechzehn Lyrikbänke, sowie Prosa und Romane veröffentlicht. Sie wurde in Aarau in der Schweiz geboren und war viele Jahre als Lehrerin tätig. Nach Reisen und längeren Aufenthalten unter anderem in Frankreich, Spanien und Italien lebt sie heute im ehemaligen Äbtehaus des Klosters Muri im Kanton Aargau.

Homo faber

Von Jahr zu Jahr schärfer die Angst,
sieht man irgendwo einen Mann
stehn im Gelände. Was plant er?
Einen Ankauf? Einen Verkauf?
Will er Häuser baun,
eine Schnellstrasse legen,
will er den Bach betonieren,
den Feldweg sanieren
und trockenlegen den Teich?

Sucht er ein Terrain,
um Modellflugzeuge zu starten,
seinen Hund zu dressieren?
Wittert er Bodenschätze? Zieht er
das schöne Feld in Betracht
für eine Mülldeponie?

Plant er vielleicht einen Wanderweg,
macht er ein Fotobuch »Heile Landschaft«?
Oder hält er gar Ausschau
nach einem Ufo?

Gesetzt, er schaute sich einfach ein Gras an,
die blühende Rispe, den blanken Halm,
müsst ich ihn melden beim Posten,
falls er nicht selbst sich bekennt
als Narren, der nichts sucht,
der seines Wegs geht und anhielt,
weil ihm eine Mücke ins Aug flog.

Vollzüge

Kinder,
wie Liebende auch,
haben entbehrt,
im Verzicht ist ihnen
das Wünschen verblutet.

Nicht Erinnernkönnen
ist keineswegs
gleich Vergessenhaben.

Strahlungsmächtig
in einer verschütteten,
einer verworfenen Schicht
ruht es
nicht.

Vergessen ist anders.
Das kommt
nachher.

Elisabeth Borchers

(1926)

»Das Gedicht ist uns selbst auf der Spur, es zeigt uns Wege, die wir verlassen haben, die wir vergessen haben, die wir finden oder wieder finden müssen, wenn wir auf dem Weg zu uns selbst sind.«

Diese Einsicht Elisabeth Borchers' aus ihren Frankfurter Poetik-Vorlesungen (2003) führt erhellend auch in ihr eigenes lyrisches Werk. Seit den frühen Gedichten, die sie erstmals 1961 unter dem schlichten Titel *Gedichte* veröffentlichte, hat Elisabeth Borchers im besonderen auf Verdrängtes und magische Bezüge in der alltäglichen Welt aufmerksam gemacht. Dazu knüpfte sie, wie auch die Romantiker und Surrealisten, an Kinderreime, Volkslieder, Traum- und Märchenwelten an. Ein 1960 in der *Frankfurter Allgemeinen Zeitung* erschienenes Gedicht mit den Anfangsversen »eia wasser regnet schlaf / eia abend schwimmt ins gras / wer zum wasser geht wird schlaf / wer zum abend kommt wird gras« löste empörte Leserreaktionen aus und führte zu einer kritischen Diskussion über die Lyrik der Moderne.

Elisabeth Borchers' Gedichte zeigen immer wieder einen phantasievollen, spielerisch leichten, oft auch witzigen Umgang mit Sprache. Zu ihrem neueren Werk gehört eine meisterliche, zur prägnanten Kürze neigende und »letzten Dingen« zugewandte Gedankenlyrik.

Sie wurde in Homberg am Niederrhein geboren. Nach dem Krieg lebte sie zeitweise in Frankreich und den USA, war als Dolmetscherin und Übersetzerin tätig. Von 1960–1998 arbeitete sie als Verlagslektorin. Zu ihrem umfangreichen Werk gehören neben ihrer Lyrik, ihren Erzählungen, Kinderbüchern und Hörspielen auch zahlreiche von ihr herausgegebene literarische Anthologien und Sammelbände, darunter *Gedichte berühmter Frauen. Von Hildegard von Bingen bis Ingeborg Bachmann* (1996).

Eine unwahre Geschichte

Ich kenne einen.
der sagt immer: Ich.
Morgens: Ich
und mittags und abends,
und nachts träumt er:
Morgen sage ich: Ich.

Die es hören sagen: Er.
Ja: Er.
Und dann fragte auf einmal
einer,
wer denn das wär:
Er.

Und wahrhaftig sind
doch welche gekommen
und haben ihm das Pronomen
genommen.

Das Begräbnis in Bollschweil

Wenn jemand gestorben ist,
den wir gut kannten,
prüfe ich unser Gedächtnis.
Es taugt nichts,
stelle ich fest.
Es ist nicht haltbar.
Wir sind bald verloren.

Wir nehmen den Berg wahr mit erstem Schnee
und den Nebel im Feld
und finden das passend und schön.
Unsere Bedürfnisse sind einfach und stark,
wir frieren, haben Hunger und Durst
und einen nächsten Termin.

Zwischen uns die kleinen langsamen Gespenster.

Elke Erb

(1938)

Elke Erb gehörte seit den frühen 70er Jahren zu einer Gruppe innovativer Autoren im früheren Ost-Berlin, die neue, mit Sprache und Form experimentierende Wege gingen. Ihre zahlreichen Gedicht- und Textsammlungen zeigen eine kontinuierliche Auseinandersetzung und Neubewertung persönlicher, politischer und poetischer sprachbewußter Positionierungen und Schreibweisen.

Ihre frühen Gedichte sind häufig Suchbewegungen in Sprache, die ihren Ausgang im Momenthaften, in Kleinigkeiten oder flüchtigen Erinnerungen nehmen, zum Beispiel in den Sammlungen *Gutachten* (1975) und *Der Faden der Geduld* (1978). Später treten immer mehr Texte prozessualen Schreibens in den Vordergrund, die manchmal leicht zugänglich, andermal eher hermetisch verschlossen sind, wie zum Beispiel in der Sammlung *Kastanienallee* (1987). Als besonders inspirierend erwies sich für Elke Erb die »Begegnung« mit dem Werk Friederike Mayröckers, aus dem sie 1993 einen Auswahlband veröffentlichte. Elke Erbs Selbstbefragungen und Reflektionen, die oft die Genres Gedicht, Prosa und Tagebuch-Eintragung verschmelzen, enthalten auch wichtige Beobachtungen zu der seit der Wende hervorgetretenen Ost-West-Spaltung, sowie zur eigenen Betroffenheit angesichts der Auseinandersetzung und Entfremdung, die in ostdeutschen Literaturkreisen mit der Wende aufkam.

Elke Erb wurde in Scherbach in der Voreifel geboren und zog mit ihrer Familie 1949 nach Halle in der DDR. Dort studierte sie Germanistik, Slawistik und Geschichte und arbeitete als Lektorin im Mitteldeutschen Verlag in Halle. Zu ihrem Werk gehören auch zahlreiche Übersetzungen aus dem Russischen, unter anderem von Gogol, Block, Zwetajewa und Achmatowa. Seit 1966 lebt und schreibt sie in Berlin.

»Lesen ist eine ›konzentrierte Selbstentspannung‹, entspannende, beseelende, neu belebende Konzentration, es individualisiert, wie das Gedicht individuell ist, wie es konkret begrenzend und entgrenzend allgemein, aus den Existenzformen der Einseitigkeit und aus leerer Einsamkeit zu holen imstande ist, und dies schon bei der ersten Begegnung mit ihm und von dieser Begegnung an, wenn man sich nicht abweisen, entmutigen läßt, wenn man darauf beharrt, es mit den eigenen Gründen und Hintergründen einzulösen.« (Aus: »Was ist ein Gedicht?«)

Um ihren Atem ringt sie

Um ihren Atem ringt sie und ums Tageslicht.
Das ist ein Glück! wenn abgebrochene Äste
zurück zum Baume noch sich schwingen an die
    Bruchstellen,
wie alten Mund auf Zellen setzend ihre Zellen,
schön blühn, des Blutbaums Äste. Dies zu sehen,
ringt sie um Atem.

Perspektive im Februar
(Antwort auf eine Umfrage)

Mir will nicht in den Kopf
ein in der Zukunft wartendes Elend,
und sei es das einer Minderheit.

Mir geht nicht aus den: Kopf
die vergiftete Natur der Umwelt
und die geschändete der menschlichen Produktivität.

Im Vordergrund meines Interesses taucht *der Deutsche* auf,
eine Begegnung, die mich freut;

er ist zu studieren:
Wie richtet er Schaden an,
wie gedeiht seine Güte,

schmarotzt er?

(1990)

Sich äußern

Warum spricht man nicht so, wie man denkt bei sich:

flugs, andeutend, aber zielstrebig,
konzentriert, aber weich, so daß
bei sich heißen könnte *in nuce*?

Ausgeführt sprechen ist
gesellschaftlich positioniert sprechen.

Gedichte schreiben ist – in nuce, aber nicht weich,
sondern strategisch gehärtet: wie als spräche man
positioniert
(Impetus, kommunikative Provokations-, Vermittlungs- &
Verführungstechniken).

Das Unternehmen, so zu sprechen, nämlich in nuce,
aber wie positioniert,

ist selbst Poesie.

© Emil Zander

Barbara Köhler

(1959)

»Im Sprachraum sagt sie Ich, er sagt Ich, sie sagen Wir, sagen Du, Er Sie Es, Ihr oder Sie – & was sagt es dazu? Was hat es zu sagen?
Dritte Personen, hinter der ersten, der zweiten Person: Hinterhalte, Hintergründe, Hintermänner. Hinterfrauen? – kommen nicht vor. Nicht im im Sprachgebrauch, obwohl sie nach den Regeln des SprachSpiels möglich wären.

Dieser Auszug aus Barbara Köhlers »Tango. Ein Distanz« gibt Einblick in ihre Versuche, Verhältnisse und Ordnungen »ins Tanzen« zu bringen. Bereits ihre frühen Gedichte, die sich mit ihrer Situation in der politischen Realität der DDR auseinandersetzen, zeigen Widerstand gegen jegliche Fixierung, sei es seitens Ideologie, sogenannter »Tatsachen« oder sprachlicher Grenzen, auf die sie mit Entgrenzung und Transgression reagiert. Dabei spielen vor allem auch genderspezifische Aspekte, die »Syntax der Geschlechter«, eine Rolle. Ihre Gedichte unterlaufen zum Beispiel reduzierende mythische Bilder von Frauen ebenso wie einengende grammatische Strukturen und öffnen mit kunstfertiger Leichtigkeit einen utopischen Raum vielfältiger Reflektion und Ich-Multiplizierungen.

Er überrascht nicht, daß Barbara Köhler in ihrer unermüdlichen Erkundung des Sprach-Raums unter anderem auf den Spuren Gertrude Steins (Übersetzung der Prosagedichte *Tender Buttons*), Becketts (Übersetzung seiner Gedichte) und auch Wittgensteins wandelt; *Wittgensteins Nichte* lautet der Titel einer 1999 veröffentlichten anspruchsvollen Schriftensammlung. Sie arbeitet auch mit Texten im Raum: Schriftbilder und Audio-Installationen.

Barbara Köhler wurde in Pennig geboren. Nach einer Ausbildung als Textilfacharbeiterin und verschiedenen Arbeiten, u. a. als Beleuchterin am Schauspielhaus in Karl-Marx-Stadt (Chemnitz), studierte sie 1985–1988 am Literaturinstitut J. R. Becher in Leipzig und wurde Mitarbeiterin am Bezirksliteraturzentrum Karl-Marx-Stadt. Seit 1991 lebt sie als freischaffende Autorin in Chemnitz und Duisburg.

Selbstportrait

ICH STELLE MICH VOR vollendete tatsachen (die mauer im rücken halbdunkel im kopf die hand zwischen den schenkeln nach welt schreien): undurchsichtig was ich gelegentlich durchschaue als tarnung einer gewissen abneigung TRANSPARENT zu sein um nicht zu verschwinden tauche ich unter agent provocateur in der dritten person ICH IST DAS SPIEGELBILD MEINES SPIEGELBILDS: ER SIE ES die unvollendete gegenwart als zeitform jeglicher revolte gegen das gesagtsein nach den gesetzen deutscher grammatik gefoltert vom schweigen rede ich um mein leben bringe mich wort für wort um kopf und kragen müßten mal wieder gewaschen werden – DAS SIEHT MIR ÄHNLICH

(Nausikaa 1)

Sie ist viele. Sie sind eins.
Er sagt: Ich bin der ich bin.
Sein Name sei Niemand Kapitän
Nemo memoriert sich einen Weg
einen Sinn aus fünf Sinnen er
zählt daß sie nicht zähln daß
ich nicht zähle nimmt er mich
aus sich an sich bin ich sein
NichtIch wie sie NichtEr wird
in seinem Munde ihre Namen ge
führt: Persephoneias Schatten
Kirke Seirenes Kalypso und Ino
Leukothea – von fünf Göttinnen
ist seine Rede. Sie sind eins
sie ist viele. Mächtig & rede
begabt nennt er sie, Sängerin
Wissende vom Großen Gewebe in
dem er sich an den Faden hält
an das Schiffchen das Hin&Her
geworfene läßt sich erzählen:
ein Weg ein Bewegtes Geschick

tes Durchkommen sich nicht zu
verheddern verstricken lassen
in Widersprüche etwa verlangt
glatte Lügen und geschliffene
Monologe die Geschichte einen
der sie & der mein sagt MEINE
GESCHICHTE: sie ist sein sind
viele Fäden gekreuzt, gequert
von einem – den sie halten er
bindet sie sind eine Bewegung
das Schiffchen trägt sie Naus
ikaa nahm den Schiffbrüchigen
auf hat ihn gekleidet geleitet
sein verbindlichster Dank aus
brüchigen Worten in die fällt
sie besser nicht sie sind für
alle eine Geschichte & in der
verspricht er ihr einen Platz
wird sie erzählen so nimmt er
was sie gibt zuletzt Abschied

Sie wird bleiben: sie ist die
Ich sind

Zehra Çırak

(1960)

»Die Sprachbilder sind Doppelbilder,
weil ich über zwei Sprachen,
zwei Heimaten und auch über zwei
Ansichtsbilder verfüge.«

Bereits die Titel ihrer Gedichtsammlungen, wie *Flugfänger* (1987), *Vogel auf dem Rücken eines Elefanten* (1991) und *Fremde Flügel auf eigener Schulter* (1994), künden von der besonderen Bildkraft der Lyrik Zehra Çıraks. Ihre Gedichte zeigen den wachen Spürsinn, die Sprachlust und spielerische Begabung dieser mit zwei Sprachen, dem Türkischen und Deutschen, aufgewachsenen und in zwei Sprachen lebenden Autorin. Aufmerksamkeit für Mehrdeutigkeiten, Mißverständnisse und auch Abgründe zwischen den Sprachen und Sprachwelten führen oft zu überraschenden, witzigen und ironischen Wendungen, die den Lesern einen neuen Blick auf Sprache und Welt ermöglichen.

Zehra Çırak wurde in Istanbul, Türkei, geboren. 1963 siedelte sie mit ihrer Familie nach Deutschland über. Sie wuchs in Karlsruhe auf und machte nach der Schulzeit eine Ausbildung als Kosmetikerin. Seit 1982 lebt sie in Berlin. Gemeinsam mit ihrem Mann, dem Künstler Jürgen Walter, gibt sie auch Text- und Skulptur-Performancegastspiele.

Duden Ichden

Eine Blattlaus zwischen den Fingern
beim Umblättern und Abblättern
von der Blume fällt das Blütenblatt
von beiden Seiten stürzen wir

das soll man aufschreiben
und mit der Rechtschreibung spielen
der falsche Buchstabe in meinem Wort
daß ich ausspreche
und keiner merkt die Fehler
ich spreche mich klein
dich laut und groß
die Kommas zwischen uns sollen keine Trennwand
sein ich bringe die falschen Wörter
richtig gesprochen fehlerfrei

dann lese ich die Punkte auf
und rufe das Zeichen aus
falsch getippt
bin ich in allen Zweifelsfällen
und Vorschriften die nachkommen
die stechenden Stichwörter
die schlechten Träume
der Silben und der Trennungen
und sind wir uns nur sachverwandt
damals wie heute hat man den Traum
der Aufgabe die Rechtschreibung
im gesamten Raum
einheitlich zu riegeln

Stadtgrenze

Am Stadtrand die Klage:
meine Stadt ist voll mit Häusern
meine Häuser voller Leute
die ihre Kopfzimmer einrichten
mit Bedürfnissen jeder Art
unsre Leute sind genug
uns genug die Unsrigen
für die Zahl der Teller
wir würzen nur exotisch
doch essen ein und heimisch

Das Salz kennt keine Nationalgerichte
wer will nun wem
die Grenzen
in die Augen streun?

Ab- und Zugezogenes

Was geschieht mit den Wurzeln
wollen sie alle der Erde müde
in den Himmel ragen?
oder gehen sie wandern zum Glück
und schlagen sich in Biegungen nieder
auf Stellen die gerade verlassen

Meine Wurzeln haben Knoten
die sind mir unterwegs gebunden
überall wo Blüten sich sehen möchten
wird aus dem Spazier- ein Wurzelstock
ungeborgen fühle ich mich nicht
nur die Klimazonen schwanken

Maja Haderlap

(1961)

Maja Haderlap wurde in Leppen/Lepena bei Eisenkappel/Zelenzna Kapla als Tochter einer Familie der slowenischen Minderheit in Kärnten geboren. Sie hat zu Beginn nur Slowenisch geschrieben und veröffentliche die Zyklen *Zalik Pesmi* (1983) und *Bajalice* (1987). Seit den 90er Jahren ist das Deutsche zum Slowenischen als Literatursprache hinzugekommen. Seitdem lebt, denkt und dichtet sie in beiden Sprachen.

1998 erschien unter schlichtem Titel *Gedichte Pesmi Poems* ein dreisprachiger Gedichtband, der die slowenischen und erstmals die in den Jahren 1990–1995 auf Deutsch geschriebenen Gedichte enthält; alle Gedichte erscheinen zugleich in Slowenisch, Deutsch und Englisch. Maja Haderlaps lyrische Reflektionen sind knappe Entwürfe mit großer bildlicher Dichte. Sie markieren die Bruchlinien und ständigen Übergänge zwischen Fremdem und Vertrautem, Ferne und Nähe, Flucht und Rückkehr in Orte und Sprachen. Dabei öffnen sich spannungsvolle Räume, geprägt von Erfahrungen des Verlusts, der Unruhe und Suchbewegung nach neuer Orientierung.

Maja Haderlap studierte Theaterwissenschaft und Deutsche Philologie an der Universität Wien mit abschließender Promotion. Mehrere Jahre war sie Mitherausgeberin und Redakteurin der kärntner-slowenischen Literaturzeitschrift *mladje*. Seit 1992 ist sie Leitende Dramaturgin am Stadttheater Klagenfurt.

ich komme zurück

ich komme zurück
an den verlassenen ort
durch die stille der zögernden zeit.
das tageslicht bricht in meinem kinderblick,
mein herz schlägt wiederum
mit einem zierlichen laut
wie von eichenlaub umrankt.
nachts kristallisiert der atem.
ich träume, ich hätte den vater begraben.
doch das familiengrab quillt,
brodelt wie eine dampfende quelle.
ich singe mit zitternden knien:
flüsterstein, perlende milch.
flüsterstein, brennender strauch.

es ist einfacher, als du denkst

es ist einfacher, als du denkst.
die holzstühle an meinem tisch
ächzen zwar,
aber niemand zwingt dich zu essen.
das frühstück wird mittags eingenommen.
manchmal kommen auch nachbarn vorbei,
die mich nicht erkennen.
sprachen fallen aus meinem mund,
versinken im wasserglas.
sie haben ein schönes, künstliches lächeln.
manchmal fallt krieg bei uns ein.
wir meinen dann etwas sagen zu müssen.
den soldaten werfen wir auszeichnungen nach,
wenn sie gehen. hinter uns wuchert efeu.
ich wittere zeit
und spüre den regen kommen
aus dem eigenen land.

es könnte eine frau sein

es könnte eine frau sein,
die mir den weg zeigt zum dorf,
das ich suche. es könnte ein dorf sein,
mit herbergen für fremde
und augenpaaren zum zählen.
es könnte ein dorf sein
mit hacken und spaten, mir wohlbekannt.
aber des nachts kommt meine mutter.
sie weist ins tal. das alles
gehört uns nicht, sagt sie.
meine koffer stehen gepackt
vor ihrer tür. ich sage verse auf
übers ankommen.
es sind keine lieder, keine klagen.
nur loser klang.

© Franziska Muheim

Ulrike Draesner

(1962)

Ulrike Draesners Gedichte, vielschichtig assoziierende Sprach- und Wahrnehmungserkundungen, sind auf Unmittelbarkeit und Affekt gerichtet. In ihren bisher publizierten Lyrikbänden *gedächtnisschleifen* (1995), *für die nacht geheuerte zellen* (2001) und *kugelblitz* (2005) erprobt, kombiniert und variiert sie mit Scharfsinn und Können unterschiedliche postmoderne Schreibtechniken und Praktiken der Avantgarde.

Sie hat sich als auch als ausgezeichnete Übersetzerin ausgewiesen, unter anderem mit ihrer »Radikalübersetzung« der Sonette Shakespeares, sowie Werken der beiden großen Schriftstellerinnen der amerikanischen Moderne, Gertrude Stein und H. D. (Hilda Doolittle). Sie arbeitet auch mit Autoren und Künstlern an Intermedia-Projekten, in denen ihre Texte mit Musik, Skulpturen und Aktionskunst verbunden sind, wie zum Beispiel »Fähren«, ein Bild-Text-Ton-Projekt an den Rheinfähren in Basel, gemeinsam mit der Komponistin Annette Schlünz (2001), und »space poem (begehbares gedicht)« mit dem land-art-Künstler Andreas Schmidt (2002).

Ulrike Draesner wurde in München geboren. Nach dem Studium der Germanistik, Anglistik und Philosophie in München und Oxford promovierte sie 1992 mit einer Arbeit über Wolfram von Eschenbachs *Parzival*. Sie war längere Zeit als wissenschaftliche Assistentin an der Universität München tätig. Neben ihrer Lyrik veröffentlichte sie Erzählungen und Romane, wie zum Beispiel *Mitgift* (2002), eine komplexe Geschichte über Geschlechtlichkeit in der heutigen Zeit, und *Spiele* (2005), die Liebesgeschichte einer Jugendlichen vor dem Hintergrund des Terror-Anschlags während der Münchener Olympischen Sommerspiele im Jahre 1972.

bahn übern bogen

(savignyplatz, berlin)

blinkt
bar & busen
blinkt
buntgestreifte domina
stellt sich
auf,
auf: die

straßen ohne regung, rollen
lippen, licken, rollen
schwarze strümpfe über
hüften, lippen

warten ohne regung: straßen,
lecken krusten ganz
im strumpf semipermeabel
schwarze linien

blinkt,
was ein gesicht
war zwei brüste,
blinkt bar &
code: sie

wechselt das standbein
stumm gleiten passanten
die blicke ab rattert
bahn übern bogen

polster, plüsch nebenan
café hegel, happy hour
schnippt der kellner
reich wie runter,

lallt verirrter GI
von glimpses & glucks,

sie den stiefel
hoch die hüfte

                    vor: die
taxifahrer reden ost,
was fakt ist ist fakt,
take-away an der ecke

riecht wie nasses papier
pope mit geschlossenen augen
steht sich, madonnenbereich,
beine in den bauch

rattert bahn übern bogen,
handschuh, glatt, weiß, zeigt
kahle büsche voller kameras
schwanken klicken los

richtung
kant-straße
rollt
der kindische geist von
professor savigny

leise kichernd dass
er et
            -was verg-
essen hat

            hunger was
geschichte war
scharfe eß-bahnen
            (& wie er da lacht)
blinkt
vom pappteller
in seiner hand
unleserlich
blinkt
ein chinesisches
zeichen.

hyazinthenkolik

du schliefst noch ich saß
dein atem ging der tag
schob wald ans feld
die wiese fing zu blitzen
an in schatten fraß ein
taubenpaar heiß die krallen
ihr ihm ein kleiner fleck am
hals, weich noch ihre rufe
wie kindheitsmorgen schön
(wenn alles schlief nur sonne
nicht und taube und das leise
dach) du gingst die brust geölt
gingst nackt die scheibe traf
ihn an der stirn gekühlt gewärmt
erstarrt, versuchen ist ein
spielen schuld und jedes bett
am boden hart im topf
die hyazinthe probt
ob ihren duft ganz
ohne dich ich trag

Nora Gomringer

(1980)

Neue Formen des Lyrischen zeigen sich in der internationalen Performance-Poesie- oder Spoken-Word-Bewegung, die insbesondere die jüngere Generation ansprechen. Nora Gomringer ist eine Wortartistin, die Lyrik und Texte schreibt und rezitiert. Sie hat an zahlreichen Poesiefestivals im In- und Ausland teilgenommen und mit ihrem mitreißenden Vortrag eigener Arbeiten wie auch der anderer Autoren die Zuhörer begeistert.

Sie veröffentlichte die Gedichtbände *Silbentrennung* (2002) und *Sag doch mal was zur Nacht* (2005), eine Sammlung von »Sprechtexten«, das heißt Texten, die ausdrücklich zum Vortrag und Zuhören, nicht zum stillen Lesen geschrieben wurden; diesem Band ist auch eine CD mit Kostproben ihres vielfältigen Rezitationstalents beigefügt. Ihre Texte sind sowohl ungestüme und bildreiche Wortkaskaden wie ironische und witzige Wortspiele, aber auch nachdenkliche Worterkundungen, sowie Geschichten, nach Mustern mündlicher Überlieferung verfaßt.

Nora Gomringer wurde in Neunkirchen im Saarland geboren. Sie wuchs in Deutschland und der Schweiz auf und lebte vier Jahre in den USA (Los Angeles und New York), wo sie mit der Performance-Poesie-Bewegung bekannt wurde. Nach einem Studium der Germanistik, Anglistik und Kunstgeschichte, arbeitet sie nun als Rezitatorin und Sängerin und organisiert Literaturveranstaltungen.

Die Kinder schlafen

Und Bomben fallen um sie herum
Und Terroristen kommen und bedrohen ihre Familien mit Waffen
Und sie nehmen ab
Und sie nehmen zu
Und der Mond scheint sanft auf ihre kleinen, runden Nasen
Und ihre Väter, ihre Stiefväter, die Freunde der Brüder, ihre Mütter kommen ins Zimmer und verschließen die Türen leise hinter sich, um trotzdem auf Zehenspitzen an die Betten zu treten
Und sie träumen und sie können fliegen
Und andere Menschen kaufen sie ihren Eltern ab für einen Schuss oder eine Mahlzeit, für eine Stunde oder bis ans Ende der Nacht
Und die Kinder schlafen in ihren Betten
Um die herum Bomben fallen und Menschen stehen
Und sie gähnen im Schlaf und ihre Beine zucken und ihre Lider zucken und ihre Haare verwuscheln und zuckersüßer Speichel tropft in langen Fäden aus ihren Mündern
Und ihre Windeln füllen sich
Und Häuser werden geschüttelt von Erdbeben und die lassen die Dächer einstürzen um die Betten und Kinder herum
Und sie beten, bevor sie den Gute-Nacht-Kuss küssen
Und sie sterben, weil das Kissen den Atem herauspresst
Und die Eltern schauen in Zimmer
Beugen sich über die Betten und sie finden
Die Kinder schlafend

Wort von dir

Sprich mir ein Wort. Von Liebe. Von Reimen und runden Silben. Von Abgeschlossenheit und Öffnung. Von Willkür und Wundern. Sprich mir ein Wort. Von Regen. Wässern und windig und willig. Von Fenstern. Die in Häuser blicken. Lassen. Und die Häuser von innen zeigen. Von organischer Nähe. Das blutrote Sofa. Die kristallenen Karaffen. Die hölzernen Farben der Treppe. Des Bodens. Der Möbelfassungen. Sprich mir all dies. In einem Wort. Von dir. In deinem Mund. Gepflanzt. Gewachsen. Sprich. Wort. Gib. Laut. Sag was. Du mir immer sagen solltest. Dich aber nie zu fragen. Oder doch. Trautest. Sprich mir. Ein Wort. Von Mut. Von Herz und Absicht. Und Grammatik. Und Erweichung und kurzen Fristen. Von Gehenmüssen und Bleibenkönnen. Über Nacht. Bis zum Morgen. Wenn wir beide. Wieder bei Null beginnen. Müssen. Weil im Schlaf. Die Vertrautheit. Auf und davon musste. Zu anderen. Terminen. Sprich mir ein Wort. Von Warten. Geduldig. Die Uhr verfluchen. Unter dem Stuhl nach nie. Verlegten. Aus Verlegenheit. Schmuckstücken suchen. Nur damit. Die Zeit. Vielleicht. Wandert. Hand in Hand. Über die Zifferblattebene. Hand in Hand. Mit dem eiligen Kind. Der Sekunde. Engelchen. Engelchen steigt und fällt. Sprich mir ein Wort.

Ich sprech' dir ein Wort. Von mir. Ganz klar. Umrissen. Vorperforiert. Wenn du willst. Gepolstert mit vokalen Kissen. Wie sag ich dir nur. Das Wort. Das tief im Schlund. Langsam behindert. Beim Küssen und Schlucken. Wäre ein Aufgeben. Wenn ich es dir. Schreiben würde. Auf Tierhaut. Oder in den Sand. Der ganz nah am Meer. Am schnellsten sich entfernen lässt. Weil wenn du vorbeikommst. Mein Mut schon nicht mehr. Halbe Welten hält. Sprich mir ein Wort. Vom Verschweigen. Der Tatsachen und falschen Umstände. Der Missverständnisse und Richtigkeiten. Von Trägheit und Süße. Von dir und deiner Sammlung. Von dir und allem. Um dich herum. Sprich mir ein Wort. Von Landkarten. Von Schatzheben. Von Heimkehren nach Ithaka. Von Herausfordern. Von

Seltsamsein und verwundbar. Von Beschaffenheit und Zungenschärfe. Mein Wort versteckt sich dir im Hals. Wenn du mich ein. Küssen. Lässt. Es malt sich dir. Auf die Mandeln. Projiziert sich auf den Gaumen. Gaumen. Kino. Deine Zähne. Die sind die Kritiker. Mit den weißesten Westen. Zugegeben. Ein paar schwarze Schafe sind dabei. Sprich mir ein Wort. Von Kritik. Von das hätte besser sein. Können. Sein sollen. So hart wie der Boden. Im Winter. Nach dem Frost. Sollen Worte. Fallen. Auf gefrorenen Grund. Nicht grundlos. Fallen alle Wort. Früchte. Wenn ich höre. Das Wort. Das du mir sprichst.

evelyn schlag christine busta ilma rakusa monika rinck maria neef-uthoff may ayim gabriele stötzer gabriele von baumberg roza domascyna auguste kurs marianne von willemer tanja dückers elfriede gerstl ilona bodden isabella bäumer oda schäfer ginka steinwachs barbara maria kloos silja walter sabine imhoff ruth landshoff margarete hannsmann eva strittmatter riederike roth susanne von bandemer else rüthel diana kempff annerose kirchner margot schröder helmina von chezy friederike kempner marion poschmann henriette hardenberg anja utler christa kozik christa reinig sigrid ammer gisela kraft irmela brender kerstin hensel hannelies taschau barbara fiedler verena stefan regina mönkemeier erika mitterer agnes miegel gertrud von le fort doris runge lisa baumfeld gabriele eckart anna ritter franziska sellwig marie luise weissmann brigitte oleschinski dorothee grünzweig sabina naef jutta richter sabine schoo ilse tielsch brigitte struzyk julian schutting friederike brun gabriele wohmann jutta leithardt helga osswald ruth schaumann eva zeller karen duve sylvia von harden regina ullmann angelika von hörmann annemarie bostroem kathrin schmidt ina seidel unica zürn gabriele von baumberg luise hensel stella rotenberg renate schoof lioba happel christine nöstlinger yoko tawada waltraud haas bettina wegner selma meerbaum-eisinger rebecca lutter charlotte von ahlefeld annemarie zornack silke scheuermann monika j. walther aysel ösakin paula preradovic natalie von herder miriam goldschmidt aldona gustas …

Quellenverzeichnis und Bibliographie

A. Quellenverzeichnis der Gedichte und Literaturhinweise zu den einzelnen Dichterinnen

In dieser Neuausgabe erscheinen die 60 Dichterinnen der Originalausgabe von 1978 sowie ergänzend zum 20. Jahrhundert Mascha Kaléko, Inge Müller und weitere elf Lyrikerinnen, die seit 1970 mit ihren Werken hervorgetreten sind.

Im folgenden Quellenverzeichnis erscheinen im Anschluß an die Quellentitel *kursiv* die jeweils der Ausgabe entnommenen Gedichte mit Seitenzahl der Originalausgabe. Die mit einem * versehenen Gedichttitel stammen von der Herausgeberin (das Gedicht hat dann im Original keinen Titel oder einen, der nur aus dem Zusammenhang im Originaltext verständlich ist).

Bei den Literaturhinweisen zu den Dichterinnen erscheinen folgende Abkürzungen:

ADB = Allgemeine Deutsche Biographie. Hrsg. durch die historische Kommission bei der königlichen Akademie der Wissenschaften. Bd. 1–56. Leipzig 1875–1912

NDB = Neue Deutsche Biographie. Hrsg. von der historischen Kommission bei der Bayerischen Akademie der Wissenschaften. Bd. 1–22. München 1953–2005 (noch nicht abgeschlossen)

KOSCH = Wilhelm Kosch: Deutsches Literatur-Lexikon. Biographisches und bibliographisches Handbuch. 2. Auflage. Bd. 1–4. Bern 1949–1958

KUNISCH = Handbuch der deutschen Gegenwartsliteratur. Unter Mitw. von Hans Hennecke hrsg. von Herman Kunisch. 2. verb. und erw. Auflage. Bd. 1–3. München 1969–1970

SCHRIFTSTELLER-LEXIKON = Günter Albrecht, Kurt Böttcher, Herbert Greiner-Mai, Paul Günter Krohn: Lexikon deutschsprachiger Schriftsteller. Von den Anfängen bis zur Gegenwart. Bd. 1–4. Kronberg/Ts. 1974

ENDRES = Elisabeth Endres: Autorenlexikon der deutschen Gegenwartsliteratur 1945–1975. Frankfurt/M. 1975

LEXIKON = Gisela Brinker-Gabler, Karola Ludwig, Angela Wöffen: Lexikon deutschsprachiger Schriftstellerinnen. 1800–1945. München 1986

LITERATUR = Literaturlexikon. Autoren und Werke deutscher Sprache. Hrsg. von Walther Killy. Bd. 1–15. Gütersloh, München 1988–1993

ILSE AICHINGER (1921)

Werke:
Wo ich wohne. Erzählungen, Dialoge, Gedichte. Frankfurt/M. 1963

Verschenkter Rat. Gedichte. © S. Fischer Verlag GmbH, Frankfurt Main 1978
Gebirgsrand, S. 7; Findelkind, S. 84; Tagsüber, S. 81; Nachruf, S. 60

Literatur: KUNISCH, SCHRIFTSTELLER-LEXIKON, ENDRES, LITERATUR

SOPHIE ALBRECHT (1757–1840)

Werke:
Gedichte und Schauspiele. 2 Bde. Erfurt 1781, 1785. Bd. 2 unter dem Titel: Gedichte und prosaische Aufsätze
An meine entschlummerte Henriette Froriep, S. 49–52; Im Junius 1783, S. 73

Gedichte und Schauspiele. 2. Auflage. Dresden, Leipzig 1791
Sehnsucht, S. 121–123

Anthologie aus den Poesien von Sophie Albrecht. Ausgewählt und hrsg. von Friedr. Clemens. Altona 1841
An die Freiheit, S. 98–99

Literatur: ADB, LEXIKON, LITERATUR

LOUISE ASTON (1814–1871)

Werke:
Wilde Rosen. Zwölf Gedichte. Berlin 1846
Nachtphantasien, S. 40–43

Der Freischärler. Für Kunst und sociales Leben. Redigiert von Louise Aston. Berlin 1848
Berlin am Abende des 12. November 1848, abgedruckt am 15. November 1848; In Potsdam, abgedruckt am 29. November 1848

Freischärler-Reminiscenzen. Zwölf Gedichte. Leipzig 1850
Berlin am Abende des 12. November 1848, S. 8–9; In Potsdam, S. 12–13; Lied einer schlesischen Weberin, S. 17–19

Literatur: Anna Blos: Frauen in der deutschen Revolution von 1848. 10 Lebensbilder. Dresden 1928; Renate Möhrmann: Die andere Frau. Emanzipationsansätze deutscher Schriftstellerinnen im Vorfeld der Achtundvierziger Revolution. Stuttgart 1977; Germaine Goetzinger: Für die Selbstverwirklichung der Frau. Louise Aston in Selbstzeugnissen und Dokumenten. Frankfurt/M. 1983; ADB, NDB, LEXIKON, LITERATUR

ROSE AUSLÄNDER (1907–1988)

Werke:
Hügel aus Äther unwiderruflich. Gedichte und Prosa 1966–1976. © S. Fischer Verlag GmbH, Frankfurt am Main 1984
Käthe Kollwitz; Mit dem Sieb

Die Sicher mäht die Zeit zu Heu. Gedichte 1957–1965. © S. Fischer Verlag GmbH, Frankfurt am Main 1985
Am Strand

Literatur: s. Gesammelte Gedichte; LITERATUR

INGEBORG BACHMANN (1926–1973)

Werke:
Die gestundete Zeit. München 1953

Anrufung des großen Bären. München 1956
Erklär mir, Liebe, S. 38–39; An die Sonne, S. 68–69

Werke. Bd. 1: Gedichte. Hrsg. von Christine Koschel u. a. © 1978 Piper Verlag GmbH, München [darin jetzt die genannten und hier abgedruckten Gedichte]

Literatur: Bachmann Handbuch. Leben – Werk – Wirkung. Hrsg. von Monika Albrecht und Dieter Göttsche. Stuttgart, Weimar 2002; NDB, KUNISCH, SCHRIFTSTELLER-LEXIKON, ENDRES, LITERATUR

MARGARETE BEUTLER (1876–1949)
d. i. Margarete Friedrich-Freksa, geb. Beutler

Werke:
Gedichte. Berlin [1903]
Die Kommenden, S. 95–96

Neue Gedichte. Berlin 1908
Der Strom, S. 14

Leb' wohl, Bohème! – München 1911
Die Puppe, S. 40–41; Nach der Weinlese, S. 105

Literatur: A. Soergel und C. Hohoff: Dichtung und Dichter der Zeit. Vom Naturalismus bis zur Gegenwart. 2 Bde. Düsseldorf 1961–1963, Bd. 1; KOSCH, LEXIKON

Klara Blum (1904–1971)
d. i. Dshu Bai-Lan

Werke:
Der weite Weg. Berlin 1960
Nacht in der Krim, S. 9–10; Pflaumenblüte, S. 4; Brief nach China, S. 22–24; Mondmelodie, S. 35–37

Literatur: SCHRIFTSTELLER-LEXIKON, LITERATUR

Elisabeth Borchers (1926)

Werke:
Gedichte. Ausgewählt von Jürgen Becker. © Suhrkamp Verlag Frankfurt am Main 1976
Eine unwahre Geschichte, S. 100; Das Begräbnis von Bollschweil, S. 69

Literatur: Elisabeth Borchers: Lichtwelten. Abgedunkelte Räume. Frankfurter Poetikvorlesungen. Frankfurt/M. 2003; LITERATUR

Louise Brachmann (1777–1822)

Werke:
Auserlesene Dichtungen. Hrsg. und mit einer Biographie und Charakteristik der Dichterin begleitet von Prof. Schütz zu Halle. 2 Bde. Leipzig 1834
Die Jahreszeiten, I, S. 249; Antigone, I, S. 233–234; Terzinen, I, S. 217; Griechenlied, II, S. IX–X

Literatur: [Adolf Müllner]: Sappho. In: Morgenblatt für gebildete Stände. Stuttgart, Oktober 1822, S. 343–344; ADB, NDB, KOSCH, LEXIKON, LITERATUR

Erika Burkart (1922)

Werke:
Die Freiheit der Nacht. Zürich, München 1981
Homo faber, S. 35

Sternbild des Kindes. Gedichte. Zürich, München 1984
Vollzüge, S. 45

Literatur: Frieda Vogt-Baumann: Von der Landschaft zur Sprache. Die Lyrik von Erika Burkart. Zürich, München 1967; LITERATUR

Ada Christen (1839–1901)
d. i. Christiane von Breden, geb. Friederik

Werke:
Lieder einer Verlorenen. Hamburg 1868, [3]1873
Elend, S. 43; Menschen, S. 45

Aus der Asche. Neue Gedichte. Hamburg 1870
Asche (gekürzt), S. 13

Schatten. Hamburg 1872

Aus der Tiefe. Neue Gedichte. Hamburg 1878
Not, S. 76; Ein Balg, S. 59–60

Literatur: Oskar Kataun: Storm als Erzieher. Seine Briefe an Ada Christen. Wien 1848; Paul Reimann: Ada Christen. In: Von Herder bis Kisch. Berlin 1961, S. 34–39; NDB, SCHRIFTSTELLERLEXIKON, LEXIKON, LITERATUR

Zehra Çirak (1960)

Werke:
Vogel auf dem Rücken eines Elefanten. Gedichte. © 1991 by Verlag Kiepenheuer & Witsch, Köln
Duden Ichden, S. 25

Fremde Flügel auf eigener Schulter. Gedichte. © 1994 by Verlag Kiepenheuer & Witsch, Köln
Stadtgrenze, S. 51; Ab- und Zugezogenes, S. 53

Literatur: Marilyn Veteto-Conrad: »Innere Unruhe«? Zehra Çirak and Minority Literature Today. In: Rocky Mountain Review of Language and Literature, vol. 5.3, no 2 (1999), S. 59–72

Marie Eugenie delle Grazie (1864–1931)

Werke:
Gedichte. Herzberg a. H. 1882, [2]1884

Italienische Vignetten. Leipzig 1892, [2]1904

Sämtliche Werke. 9 Bde. Leipzig 1911
Neapel, Bd. 6 (Italienische Vignetten, S. 60–61); Dornröschen, Bd. 6 (Gedichtet, S. 65–66); Kindheit, Bd. 6 (Gedichte, S. 19)

Literatur: F. Milleker: Marie Eugenie delle Grazie, Leben und Werk. o. O. 1921; Alice Wengraf: Marie Eugenie delle Grazie. Versuch einer geistgemäßen biographischen Skizze. o. O. [1932]; NDB, KOSCH, LEXIKON, LITERATUR

Louise Dittmar (1807–1884)

Werke:
Brutus-Michel. Zweite vermehrte Auflage. Darmstadt 1848
Die deutsche Republik, S. 13–14

Emma Döltz (1866–1950)

Werke:
Jugend-Lieder. Berlin 1917

Literatur: Aus dem Schaffen früher sozialistischer Schriftstellerinnen. Hrsg. von Cäcilia Friedrich. Berlin 1966 (darin: *Die*

Heimarbeiterin, S. 26; Kommt mit, S. 27; Hoffnung, S. 15); Marie Juchacz: Sie lebten für eine bessere Welt. Lebensbilder führender Frauen des 19. und 20. Jahrhunderts. Berlin, Hannover [1955], S. 130–133

HILDE DOMIN (1912–2006)

Werke:
Nur eine Rose als Stütze. Gedichte. Frankfurt/M. 1959

Hier. Gedichte. Frankfurt/M. 1964
Wer es könnte, S. 32

Ich will dich. Gedichte. München 1970
Geburtstage, S. 40; Wort und Ding, S. 35

Von der Natur nicht vorgesehen. Autobiographisches. München 1974

Gesammelte Gedichte. © S. Fischer Verlag GmbH, Frankfurt am Main 1987 [darin jetzt die genannten und hier abgedruckten Gedichte]

Literatur: Stephanie Lehr-Rosenberg: »Ich setze den Fuß in die Luft und sie trug«: Umgang mit Fremde und Heimat in Gedichten Hilde Domins. Würzburg 2003; KUNISCH, SCHRIFTSTELLER-LEXIKON, ENDRES, LITERATUR

ULRIKE DRAESNER (1962)

Werke:
für die nacht geheuerte zellen. Gedichte. © 2001 Luchterhand Literatur Verlag, München, in der Verlagsgruppe Random House GmbH
bahn übern bogen (savignyplatz, berlin)

kugelblitz. Gedichte. © 2005 Luchterhand Literatur Verlag, München, in der Verlagsgruppe Random House GmbH
hyazinthenkolik

Annette von Droste-Hülshoff (1797–1848)

Werke:
Sämtliche Werke. Hrsg. in zeitlicher Folge geordnet und mit einer Einleitung versehen von Clemens Heselhaus. Vierte erweiterte Auflage. Darmstadt 1963
Das Fräulein von Rodenschild, S. 349; Am sechsten Sonntag nach Pfingsten, S. 555; Am Turme, S. 124; Im Grase, S. 271; Der kranke Aar, S. 65

Literatur: Clemens Heselhaus: Annette von Droste-Hülshoff. Werk und Leben. Düsseldorf 1971; ADB, NDB, KOSCH, SCHRIFTSTELLER-LEXIKON, LEXIKON, LITERATUR

Ida von Düringsfeld (1815–1876)

Werke:
Für Dich. Lieder. Breslau 1851, ^{2}1865

Literatur: Heinrich Kurz: Geschichte der deutschen Literatur mit ausgewählten Stücken aus den Werken der vorzüglichsten Schriftsteller. 4 Bde. Vierte berichtigte Auflage. Leipzig 1881 (darin: *An George Sand, Bd. 4, S. 102);* ADB

Marie von Ebner-Eschenbach (1830–1916)

Werke:
Aphorismen (4. Aufl.), Parabeln und Märchen (3. Aufl.). Berlin 1893 (Gesammelte Schriften. Bd. 1)
Sankt Peter und der Blaustrumpf, S. 191–192

Literatur: NDB, SCHRIFTSTELLER-LEXIKON, LEXIKON, LITERATUR

Lisbeth Eisner (1867–1949)

Literatur: Aus dem Schaffen früher sozialistischer Schriftstellerinnen. Hrsg. von Cäcilie Friedrich. Berlin 1966 (darin: *Vormärzstürme, S. 5)*

Elisabeth von Braunschweig-Lüneburg (1510–1558)

Literatur: Iwan Franz: Elisabeth von Calenberg-Göttingen als Liederdichterin. Ein Beitrag zur Charakteristik der Fürstin. In: Zeitschrift des historischen Vereins für Niedersachsen. Hannover 1872 (darin: *Neujahrslied für ihre Tochter Katharina*, S. 183–195; Lebensbericht, S. 192–194); Ernst-August Niebig: Elisabeth Herzogin von Calenberg. Regentin, Reformatorin, Schriftstellerin. Göttingen 2006;* LITERATUR

Elke Erb (1938)

Werke:
Der Faden der Geduld. Berlin, Weimar 1978
Um ihren Atem ringt sie. © Elke Erb

Poet's Corner 3. Berlin 1991
Perspektive im Februar. © Elke Erb

Gänsesommer. © 2005 Urs Engeler Editor, Weil am Rhein
Sich äußern, S. 31

Literatur: Barbara Mabee: Footprints Revisited or »Life in the Changed Space that I don't know«: Elke Erb's Poetry since 1989. In: Studies in 20th Century Literature 21 (1997) 1, S. 161–185; LITERATUR

Anna Rupertina Fuchs (1657–1722)

Werke:

Poetische Schriften, samt einer Vorrede von dem Leben der Fr. Fuchsin, ans Licht gestellt durch Friedrich Roth-Scholtzen. Nürnberg, Altdorf 1726

Die Antwort, S. 74–76; Ruh-beglückte Einsamkeit, S. 95–96*

Literatur: LITERATUR

Claire Goll (1891–1977)

Werke:

(unter dem Namen Claire Studer) Mitwelt. Berlin-Wilmersdorf 1918 (Der Rote Hahn. Bd. 20)

Lyrische Films. Gedichte. Basel, Leipzig 1922. Alle Rechte bei und vorbehalten durch Wallstein Verlag, Göttingen

An, S. 25; Zwölfuhr-Gefühl, S. 28; Entsündigung, S. 30; Tagebuch eines Pferdes: Dritter Regentag, S. 49*

Literatur: Yvan Goll – Claire Goll. Texts und Contexts. Ed. by Eric Robertson and Robert Vilain. Amsterdam 1997; KUNISCH (Yvan Goll), LEXIKON, LITERATUR

Nora-Eugenie Gomringer (1980)

Werke:

Sag doch mal was zur Nacht. Berlin 2006

Die Kinder schlafen, S. 57–58; Wort von dir, S. 77–78

Catharina Regina von Greiffenberg (1633–1694)

Werke:

Tugend-übung/Sieben Lustwehlender Schäferinnen (1658). In: Sieges-Seule der Buße und des Glaubens. Nürnberg 1675

Gegen Amor, S. 348*

Geistliche Sonette, Lieder und Gedichte. Nürnberg 1662. Reprograf. Nachdruck: Darmstadt 1967
Gott-lobende Frülings-Lust, S. 225; Auf die Fruchtbringende Herbst-Zeit, S. 243; Über mein unaufhörliches Unglück, S. 51; Auf die ruhige Nacht-Zeit, S. 381

Literatur: H.-J. Frank: Catharina Regina von Greiffenberg. Leben und Werk der barocken Dichterin. Göttingen 1967; U. Herzog: Literatur in Isolation und Einsamkeit. Catharina Regina von Greiffenberg und ihr literarischer Freundeskreis. In: Deutsche Vierteljahresschrift 45 (1971), S. 515–546; P. Daly: Dichtung und Emblematik bei Catharina Regina von Greiffenberg. Bonn 1975; ADB, NDB, SCHRIFTSTELLER-LEXIKON, LITERATUR

KAROLINE VON GÜNDERRODE (1780–1806)

Werke:
Gesammelte Dichtungen. Hrsg. von Elisabeth Salomon. München 1923

Gesammelte Werke. 3 Bde. 1920–1922. Reprograf. Nachdruck: Bern 1970
Die Nachtigall, III, S. 69; Einstens lebt ich süßes Leben, III, S. 11–13; Hochroth, III, S. 10; Die eine Klage, II, S. 14; Die Töne, III, S. 9–10; Der Caucasus, II, S. 19

Literatur: Bettina von Arnim: Die Günderrode. 2 Bde. 1840; wiederabgedruckt in: Bettina von Arnim, Sämtliche Werke. Hrsg. von W. Oehlke. Bd. 2. 1920; Margarete Mattheis: Die Günderrode. Gestalt. Leben. Wirkung. 1934; A. Neumann: Caroline von Günderrode. Diss. Berlin 1957; Gisela Dischner: Die Günderrode. In: Bettina von Arnim: Eine weibliche Sozialbiographie aus dem 19. Jahrhundert. Berlin 1977, S. 61–143; ADB, NDB, KOSCH, LEXIKON, LITERATUR

Maja Haderlap (1961)

Werke:
/Gedichte, Pesmi, Poems/. © Drava Verlag, Klagenfurt 1998
ich komme zurück, S. 141; es ist einfacher als du denkst*, S. 143; es könnte eine frau sein*, S. 145*

Ulla Hahn (1946)

Werke:
Herz über Kopf, Gedichte. © 1981 Deutsche Verlags-Anstalt, München, in der Verlagsgruppe Random House GmbH
Winterlied, S. 27; Verbesserte Auflage, S. 56

Unerhörte Nähe. Gedichte. © 1988 Deutsche Verlags-Anstalt, München, in der Verlagsgruppe Random House GmbH
Eine Rose ist eine Rose, S. 60

Literatur: Charlotte Merlin: Improved Versions. Feminist Poetics and Recent Work by Ulla Hahn und Ursula Krechel. In: Studies in 20th Century Literature 21 (1997) 1, S. 219–243; LITERATUR

Emmy Hennings (1855–1948)
d. i. Emmy Ball-Hennings

Werke:
Die letzte Freude. Leipzig 1913 (Der jüngste Tag. Nr. 5)

Helle Nacht. Gedichte. Berlin 1922
Traum, S. 45

Literatur: Erika Sliwold: Das gezeichnete und das ausgezeichnete Subjekt: Kritik der Moderne bei Emmy Hennings und Hugo Ball. Stuttgart 1999; NDB (Hugo Ball), KOSCH, KUNISCH, LEXIKON, LITERATUR

Ricarda Huch (1864–1947)

Werke:
Gesammelte Werke. Bd. 5: Gedichte, Dramen, Reden, Aufsätze und andere Schriften. Hrsg. von Wilhelm Emrich. © 1971 by Verlag Kiepenheuer & Witsch, Köln
Mein Herz, mein Löwe (1944), S. 315; Lied aus dem 30jährigen Krieg: Frieden, S. 115–116

Literatur: Gertrud Bäumer: Ricarda Huch. In: Gestalt und Wandel. Frauenbildnisse. Berlin 1939, S. 533–576; Ricarda Huch. Einführung in ihr Leben und Werk. Hrsg. von Hans-Werner Peter und Silke Köstler. Braunschweig 1997; NDB, KUNISCH, SCHRIFTSTELLER-LEXIKON, LEXIKON, LITERATUR

Maria Janitschek (1860–1927)

Werke:
Irdische und unirdische Träume. Gedichte. Berlin, Stuttgart 1889
Ein modernes Weib, S. 19–21

Im Sommerwind. Gedichte. Leipzig 1895

Gesammelte Gedichte. Zweite vermehrte Auflage. Stuttgart, Berlin, Leipzig 1892

Gedichte. München 1917
Nächtiges Elend, S. 78; Die alte Jungfer, S. 48

Literatur: M. Volsansky: Die Lyrik Marie Janitscheks. Diss. Wien 1951; A. Soergel und C. Hohoff: Dichtung und Dichter der Zeit. Vom Naturalismus bis zur Gegenwart. 2 Bde. Düsseldorf 1961, 1963, Bd. 1; KOSCH, LEXIKON, LITERATUR

Mascha Kaléko (1907–1975)

Werke:
Das lyrische Stenogrammheft. Kleines Lesebuch für Große. Copyright © 1956 by Rowohlt Verlag GmbH, Hamburg
Großstadtliebe

In meinen Träumen läutet es Sturm. © 1977 Deutscher Taschenbuch Verlag, München
Sozusagen grundlos vergnügt, Seite 70; Bleibtreu heißt die Straße, Seite 136

Literatur: Irene Astrid Wellershoff: Vertreibung aus dem ›kleinen Glück‹. Das lyrische Werk von Mascha Kaléko. Diss. Aachen 1982; Gisela Zoch-Westphal: Aus dem Leben der Mascha Kaléko. Biographie, Skizzen, Tagebücher, Briefe. Berlin 1987

Anna Louisa Karsch (1722–1791)

Werke:
Auserlesene Gedichte. Berlin 1764. Reprograf. Nachdruck: Stuttgart 1966 [Mit einem Nachwort von Alfred Anger]
An den Dohmherrn von Rochow, S. 110–112; An Gott, S. 3–6; Das Harz-Moos, S. 339–340

Gedichte. Nach der Dichterin Tode nebst ihrem Lebenslauff hrsg. von Ihrer Tochter C. L. v. Kl[encke], geb. Karschin. Berlin 1792. Reprograf. Nachdruck: Karben 1996
Lob der schwarzen Kirschen, S. 125–126

Literatur: E. Hausmann: Die Karschin. Friedrich des Großen Volksdichterin. Ein Leben in Briefen. Frankfurt/M. 1933 (darin: *Aus dem Briefwechsel mit Gleim, S. 399, 404–40);* I. Molzahn, Die Karschin. Eine ›Schlesische‹ Nachtigall. In: Schlesien 10 (1965), S. 76–80; Anna Louisa Karsch (1722–1791). Von schlesischer Kunst und Berliner ›Natur‹. Hrsg. von Anke Bennholdt-Thomsen und Anita Runge. Göttingen 1992; ADB, SCHRIFTSTELLER-LEXIKON, LITERATUR

MARIE LUISE KASCHNITZ (1901–1974)
d. i. Marie Luise Freifrau von Kaschnitz-Weinberg

Werke:
Neue Gedichte. Hamburg 1957
Die Katze, S. 26–27

Dein Schweigen – Meine Stimme. Gedichte 1958–1961. Hamburg 1962
Nur die Augen, S. 94

Überallnie. Ausgewählte Gedichte 1928–1965. © 1965 Claassen Verlag in der Ullstein Buchverlage GmbH, Berlin [darin jetzt die genannten und hier abgedruckten Gedichte *Die Katze* und *Nur die Augen*]

Kein Zauberspruch. Gedichte. Frankfurt/M. 1972
Frauenfunk, S. 22

Gesammelte Werke in sieben Bänden. Bd. 5: Die Gedichte. © Insel Verlag Frankfurt am Main 1985 [darin jetzt das genannte und hier abgedruckte Gedicht *Frauenfunk*]

Literatur: Elsbet Pulver: Marie Luise Kaschnitz. München 1894; Marie Luise Kaschnitz. Hrsg. von Uwe Schweikert. Frankfurt/M. 1984; NDB, KUNISCH, SCHRIFTSTELLER-LEXIKON, ENDRES, LEXIKON, LITERATUR

SARAH KIRSCH (1935)

Werke:
Landaufenthalt. Ebenhausen bei München 1969/1977
Der Droste würde ich gern Wasser reichen, S. 66

Zaubersprüche. Ebenhausen bei München 1974
Sieben Häute, S. 9

Rückenwind. Ebenhausen bei München 1977
Raubvogel, S. 74

Sämtliche Gedichte. © 2005 Deutsche Verlags-Anstalt, München, in der Verlagsgruppe Random House GmbH [darin jetzt die genannten und hier abgedruckten Gedichte]

Literatur: Hans Wagener: Sarah Kirsch. Berlin 1989; Text + Kritik 101 (1989); ENDRES, LITERATUR

KARIN KIWUS (1942)

Werke:
Von beiden Seiten der Gegenwart. Gedichte. © Suhrkamp Verlag Frankfurt am Main 1976
Anderer Bildungsweg, S. 73–74

Angenommen später. Gedichte. © Suhrkamp Verlag Frankfurt am Main 1979
Fragile, S. 15

Das Chinesische Examen. Gedichte. © Suhrkamp Verlag Frankfurt am Main 1992
Kleine Erinnerung an den Fortschritt, S. 16

Literatur: James Rolleston: Modernism and Metamorphosis: Karin Kiwus' *Das Chinesische Examen.* In: Studies in 20th Century Literature 21 (1997) 1, S. 111–121; LITERATUR

BARBARA KÖHLER (1959)

Werke:
Deutsches Roulette. Gedichte 1984–1989. © Suhrkamp Verlag Frankfurt am Main 1991
Selbstportrait, S. 17

Peter Waterhouse, Ulrike Draesner, Barbara Köhler: *to change the subject.* © Wallstein Verlag, Göttingen 2000
(Nausikaa 1), S. 43–44 [aus dem Zyklus »Niemands frau. Gesänge zur Odyssee«, S. 35–51]

Literatur: Georgina Paul und Helmut Schmitz (Hrsg.): *Entgegenkommen*. Dialogues with Barbara Köhler. Amsterdam, Atlanta/GA 2000

Gertrud Kolmar (1894–1943?)
d. i. Gertrud Chodziesner

Werke:
Das lyrische Werk. Hrsg. von Friedhelm Kemp. München 1960. © Suhrkamp Verlag Frankfurt am Main
Die Dichterin, S. 9; Die Troglodytin, S. 39; Die gelbe Schlange, S. 213; Asien (gekürzt), S. 590–592

Literatur: Hans Byland: Zu den Gedichten Gertrud Kolmars. Diss. Zürich 1971; Gertrud Kolmar. Orte. Hrsg. von Marion Brandt. Berlin 1994; Klangkristalle. Rubinene Lieder. Hrsg. von Heidy Margrit Müller – Bern 1996; KOSCH, KUNISCH, SCHRIFTSTELLER-LEXIKON, LEXIKON, LITERATUR

Hertha Kräftner (1928–1951)

Werke:
Warum hier? Warum heute? Gedichte, Skizzen, Tagebücher, ausgewählt und hrsg. von Otto Breicha und Andreas Okopenko. Graz 1963. © 1997 by Wieser Verlag, Klagenfurt/Celovec
Betrunkene Nacht, S. 63; Dorfabend, S. 40; Wer glaubt noch …, S. 51

Literatur: Paul Hühnerfeld: Hertha Kräftner. In: Zu Unrecht vergessen. Anthologie. Hrsg. von Paul Hühnerfeld. Hamburg 1957, S. 337–355; Sabine Grossi: Die psychogrammatische Struktur der Dichtung Hertha Kräftners. Diss. Salzburg 1973; LEXIKON, LITERATUR

Ursula Krechel (1947)

Werke:

Nach Mainz! Gedichte. Darmstadt, Neuwied 1977. © Ursula Krechel

Meine Mutter, S. 5–6; Am Anfang des Wochenendes, S. 40

Vom Feuer lernen. Gedichte. Darmstadt und Neuwied 1985. © Ursula Krechel

Buchstäblich, S. 55

Literatur: Charlotte Merlin: Improved Versions. Feminist Poetics and Recent Work by Ulla Hahn und Ursula Krechel. In: Studies in 20th Century Literature 21 (1997) 1, S. 219–243; LITERATUR

Margaretha Susanna von Kuntsch (1651–1717)

Werke:

Sämtliche Geist- und weltliche Gedichte. Nebst einer Vorrede von Menantes. Halle im Magdeburgischen 1720

Auf den Tod des fünftgebornen Söhnleins, den kleinen Chrisander, oder C. K. den 22. November 1686, S. 106–108; An einen guten Freund / welcher mit der Königin Anna Exempel der Weiber Unbeständigkeit beweisen wollte, S. 271–273*

Literatur: Elke O. Hedstrom: Margaretha Susanna von Kuntsch (1651–1717): Leben und Werk. Diss. Univ. of Kansas 1988; LITERATUR

Isolde Kurz (1853–1944)

Werke:

Gedichte. 1888, ^{2}1891

Neue Gedichte. 1905

Gesammelte Werke in 6 Bänden. Bd. 1: Gedichte. © 1925 Georg Müller Verlag; genehmigt durch die F. A. Herbig Verlagsbuchhandlung GmbH, München

Panik, S. 172–173; Nein, nicht vor mir im Staube knien, S. 191; Geister der Windstille, S. 149–153; Landregen, S. 212–213; Purpurne Abendröte, S. 222

Literatur: Gertrud Bäumer: Isolde Kurz. In: Gestalt und Wandel. Frauenbildnisse. Berlin 1939, S. 527–537; Charlotte Nennecke: Die Frage nach dem Ich im Werk von Isolde Kurz. Ein Beitrag zum Weltbild der Dichterin. Diss. München 1957; Charlotte Nittke: Isolde Kurz und ihre Verleger. Frankfurt/M. 1990; KUNISCH, SCHRIFTSTELLER-LEXIKON, LEXIKON, LITERATUR

ELISABETH LANGGÄSSER (1899–1950)

Werke:

Gesammelte Werke. Gedichte. © 1959 Claassen Verlag in der Ullstein Buchverlage GmbH, Berlin

Frühling 1946, S. 158; Daphne an der Sonnenwende, S. 162; Sommerende, S. 167

Literatur: Frederik Hetmann: Schlafe, meine Rose. Die Lebensgeschichte Elisabeth Langgässers. Weinheim 1987; KUNISCH, SCHRIFTSTELLER-LEXIKON, LEXIKON, LITERATUR

BERTA LASK (1878–1967)

Werke:

Stimmen. Gedichte. Hannover 1919 (Die Silbergäule. Eine neue Bücherreihe, Nr. 13/14)

Die jüdischen Mädchen, S. 26–28; Die gemalte Madonna spricht, S. 15

Rufe aus dem Dunkel. Auswahl 1915–1921. Berlin 1921

Selbstgericht, S. 17

Literatur: SCHRIFTSTELLER-LEXIKON, LEXIKON, LITERATUR

ELSE LASKER-SCHÜLER (1869–1945)

Werke:

Gedichte 1902–1943. © Suhrkamp Verlag Frankfurt am Main 1996
Urfrühling (1902), S. 23; Weltschmerz (1917), S. 94; Ein alter Tibetteppich (1911), S. 164; Mein stilles Lied (1911), S. 285; Es kommt der Abend (1943), S. 342

Literatur: Lasker-Schüler. Ein Buch zum 100. Geburtstag der Dichterin. Hrsg. von Michael Schmid. Wuppertal 1969; Dieter Bänsch: Else Lasker-Schüler. Zur Kritik eines etablierten Bildes. Stuttgart 1971; Sigrid Bauschinger: Else Lasker-Schüler. Heidelberg 1977; Erika Klüsener: Else Lasker-Schüler. Hamburg 1980; Judith Kuckart: Im Spiegel der Bäche finde ich mein Bild nicht mehr. Gratwanderung einer anderen Ästhetik der Dichterin Else Lasker-Schüler. Frankfurt/M. 1985; Angelika Overath: Das andere Blau. Zur Poetik einer Farbe im Modernen Gedicht. Stuttgart 1987; KOSCH, KUNISCH, SCHRIFTSTELLER-LEXIKON, LEXIKON, LITERATUR

CHRISTINE LAVANT (1915–1973)
d. i. Christine Habernig

Werke:

Die Bettlerschale. Gedichte. Salzburg 1956. © Otto Müller Verlag, 7. Auflage, Salzburg 2002
Die Angst, S. 52; Sind das wohl Menschen?*; S. 84; Sag mir ein Wort*, S. 105*

Spindeln im Mond. Salzburg 1959

Der Pfauenschrei. Salzburg 1962

Literatur: Johann Strutz: Poetik und Existenzproblematik. Zur Lyrik Lavants. Salzburg 1979; KUNISCH, SCHRIFTSTELLER-LEXIKON, ENDRES, LITERATUR

THEKLA LINGEN (1866–1931)

Werke:
Am Scheideweg. Berlin und Leipzig 1898, Zweite vermehrte Auflage 1900
Ehe, S. 9; Forderung, S. 82; Mutter, S. 93

Aus Dunkel und Dämmerung. Berlin und Leipzig 1902
Winterwanderung, S. 11; Die Befreite, S. 76

Literatur: LEXIKON

PAULA LUDWIG (1900–1974)

Werke:
Die selige Spur. München 1920 (Die neue Reihe 22)

Der himmlische Spiegel. Berlin 1927
An meinen Sohn, S. 52; O Wärme, S. 38

Dem dunklen Gott. Dresden 1932. Neudruck: 1974
Seit ich dich liebe, S. 73

Gedichte. Hamburg 1937 (Das Gedicht. Blätter für Dichtung. Jg. 3. 1936/37. F. 13/14)
Späte Früchte, ohne Seitenangabe; Irdisches Osterlied, ohne Seitenangabe

Gedichte. Eine Auswahl aus der Zeit von 1920–1958. München [1958]

Gedichte. Hrsg. von Kristian Wachinger und Christiane Peter. Ebenhausen bei München 1986 [Gesamtausgabe]. © Langewiesche Brandt KG, Ebenhausen bei München [darin jetzt die genannten und hier abgedruckten Gedichte]

Literatur: Michele D. Ricci: Between Depiction and Experience. The Exile Dreams of Paula Ludwig. In: Women in German Yearbook. Feminist Studies in German Literature and

Culture 17 (2001), S. 181–197; KUNISCH, LEXIKON, LITERATUR

FRIEDERIKE MAYRÖCKER (1924)

Werke:
Tod durch Musen. Poetische Texte. Nachwort von Eugen Gomringer. Darmstadt 1973

Gesammelte Gedichte. 1939–2003. © Suhrkamp Verlag Frankfurt am Main 2004
Manchmal bei irgendwelchen zufälligen Bewegungen, S. 48; Ode an die Vergänglichkeit, S. 86–87

Literatur: Friederike Mayröcker. Hrsg. von Siegfried J. Schmidt. Frankfurt/M. 1984; Friederike Mayröcker. Hrsg. von Heinz Ludwig Arnold. München 1984; ENDRES, LITERATUR

SOPHIE MEREAU (1770–1806)

Werke:
Gedichte, 2 Bde. Berlin 1800, 1802
Feuerfarb, I, S. 67–69; An einen Baum am Spalier, I, S. 15

Literatur: Sophie Mereau: Kalithiskos. Faksimiledruck nach der Ausgabe von 1801–1802. Mit einem Nachwort von Peter Schmidt. Heidelberg 1972; Dagmar von Gersdorff: Dich zu lieben kann ich nicht verlernen. Das Leben der Sophie Brentano-Mereau. Frankfurt/M. 1984; ADB, KOSCH, SCHRIFTSTELLER-LEXIKON, LEXIKON, LITERATUR

CLARA MÜLLER (1860–1905)
d. i. Clara Müller-Jahnke

Werke:
Mit roten Kressen. Ein Gedichtbuch. Großenhain 1899
Fabrikausgang, S. 52

Sturmlieder vom Meer. Stuttgart 1901

Gesammelte Gedichte. Hrsg. von Oskar Jahnke. 2 Bde. Goslar 1907
Den Ausgesperrten, I, S. 51–52

Literatur: S. F. Mehring: Clara Müller-Jahnkes Gedichte. In: Gesammelte Schriften. Bd. 2. Berlin 1961; Clara Zetkin: Eine Dichterin der Freiheit. In: Die Gleichheit. Nr. 7. 1899, S. 52; SCHRIFTSTELLERLEXIKON, LEXIKON

INGE MÜLLER (1925–1966)

Werke:
Wenn ich schon sterben muß. Gedichte. © Aufbau Verlagsgruppe GmbH, Berlin 1985 (diese Ausgabe erschien erstmals 1985 im Aufbau-Verlag; Aufbau ist eine Marke der Aufbau Verlagsgruppe GmbH)
Unterm Schutt II, S. 23; Nach dem Bombenangriff, S. 27; Frage, S. 42

MARIE VON NAJMÁJER (1844–1904)

Werke:
Schneeglöckchen. Wien 1868

Gedichte. Neue Folge. Wien 1872

Neue Gedichte. Stuttgart 1891
Sappho, S. 123–124; Einer Griechin, S. 18

Literatur: Karl Schrattenthal: Die deutsche Frauenlyrik unserer Tage. Mitgabe für Frauen und Töchter gebildeter Stände. Leipzig 1892, S. 82–86; LEXIKON

Dagmar Nick (1926)

Werke:
Märtyrer. Gedichte. München 1947

Das Buch Holofernes. Gedichte. München 1955

In den Ellipsen des Mondes. Gedichte. Hamburg 1959

Zeugnis und Zeichen. Gedichte. München 1969. © 1990 Rimbaud Verlagsgesellschaft mbH, Aachen
An eine diffamierte Dame, S. 38; Genesis 3, 14, S. 39

Literatur: Sabine Friedrich: Traditionsbewußtsein als Lebensbewältigung. Zu Leben und Werk der Dagmar Nick. München 1986; LITERATUR

Helga M. Novak (1935)
Werke:
Ballade von der reisenden Anna. Neuwied und Berlin 1965
Generalstränen, S. 46

Balladen vom kurzen Prozeß. Berlin 1975
Ballade von der kastrierten Puppe, S. 15–20

Solange noch Liebesbriefe eintreffen. Gesammelte Gedichte. Mit einem Nachwort von Eva Demski. Hrsg. von Rita Jorek. © 1999 by Schöffling & Co. Verlagsbuchhandlung GmbH, Frankfurt am Main [darin jetzt die genannten und hier abgedruckten Gedichte]

Literatur: ENDRES, LITERATUR

Louise Otto (1819–1895)
d. i. Louise Otto-Peters

Werke:
Gedichte. Leipzig 1868

Mein Lebensgang. Gedichte aus fünf Jahrzehnten. Leipzig 1893
Klöpplerinnen, S. 61–62; Für alle, S. 262–264; Geständnis, S. 166–167

Literatur: Gertrud Bäumer: Gestalt und Wandel. Frauenbildnisse. Berlin 1939, S. 312–348; L. Mallachow: Biographische Erläuterungen zu dem literarischen Werk von Louise Otto-Peters. In: Weimarer Beiträge 9, H. 1 (1963); Ruth-Ellen Boettcher Joeres: Louise Otto-Peters. In Selbstzeugnissen und Dokumenten. Frankfurt/M.; SCHRIFTSTELLER-LEXIKON, LITERATUR

ANNA OVENA HOYERS (1584–1655)

Werke:
Geistliche und weltliche Poemata. Amsterdam 1650. Reprograf. Nachdruck: Tübingen 1986
Auff/auff Zion, S. 216–219; Liedlein von den Gelt-liebenden Welt-Freunden, S. 294–298

Literatur: Adah Blanche Roe: Anna Owena Hoyers. A poetess of the seventeenth Century. Diss. Bryn Mawr, Penns. 1915; J. Fries: Die deutsche Kirchenlieddichtung in Schleswig-Holstein im 17. Jahrhundert. Diss. Kiel 1962; Bärbel Becker-Cantarino: Werkbibliographie der Anna Ovena Hoyers. In: Wolfenbütteler Barock-Nachrichten 12 (1985) 3, S. 97–191

BETTY PAOLI (1814–1894)
d. i. Elisabeth Glück

Werke:
Gedichte. Pest 1841, [2]1845
Einem Weltling, S. 182–183; Ich, S. 178–179

Nach dem Gewitter. Gedichte. Pest 1843, [2]1850
Censor und Setzer, S. 264–266

Gedichte. Auswahl und Nachlaß. Hrsg. von Marie von Ebner-Eschenbach. Stuttgart 1895

Literatur: Österreichisches Biographisches Lexikon. 1815–1850. Bd. 2. Graz 1959, S. 11–12; ADB, LEXIKON, LITERATUR

ELISABETH PAULSEN (1879–1951)

Werke:
Jungfrauenbeichte. Gedichte. 1908

Leben sagenhaft. Dichtungen. Hagen 1920

Literatur: Julia Virginia: Frauenlyrik unserer Zeit. Berlin ²1907 (darin: *Gedichte an eine Frau, S. 145–149);* Neue deutsche Rundschau 18 (1907) (darin: *Die Amazone, S. 883–884);* Herz zum Hafen. Frauengedichte der Gegenwart. Hrsg. von Elisabeth Langgässer unter Mitwirkung von Ina Seidel. Leipzig 1933 (darin: *Einer weiß um mich ..., S. 80);* Thomas Krämer: Vom Verschwinden einer Dichterin. www.kritische-ausgabe.de/hefte/frauen/fraukraemer.pdf

LOUISE VON PLÖNNIES (1803–1872)

Werke:
Gedichte. Darmstadt 1844
Tinctura thebaica, S. 219–221; Zwei Bäume, S. 6–7; Auf der Eisenbahn, S. 182; Glas, S. 55–60

Literatur: Heinrich Kurz: Geschichte der deutschen Literatur mit ausgewählten Stücken aus den Werken der vorzüglichsten Schriftsteller. 4 Bde. Vierte berichtigte Auflage. Leipzig 1881, Bd. 4, S. 218–222; ADB, LEXIKON, LITERATUR

RENATE RASP (1935)

Werke:
Eine Rennstrecke. Gedichte. © 1969 by Verlag Kiepenheuer & Witsch, Köln
Vorläufig, S. 9; Russisch Leder, S. 28; Bildnis, S. 60

Literatur: ENDRES, LITERATUR

Nelly Sachs (1891–1970)

Werke:
Fahrt ins Staublose. Gedichte. © Suhrkamp Verlag Frankfurt am Main 1988
An euch, die das neue Haus bauen, S. 9; O der weinenden Kinder Nacht, S. 10

Suche nach den Lebenden. Die Gedichte der Nelly Sachs. © Suhrkamp Verlag Frankfurt am Main 1971
Einsamkeit, S. 21

Literatur: Gisela Bezzel-Dischner: Poetik des modernen Gedichts. Zur Lyrik von Nelly Sachs. Frankfurter Beiträge zur Germanistik 10. 1970; Peter Sager: Nelly Sachs. Diss. Bonn 1970; Erhard Bahr: Nelly Sachs. München 1980. Ruth Dinesen: Nelly Sachs. Eine Biographie. Frankfurt/M. 1998; KUNISCH, SCHRIFTSTELLER-LEXIKON, ENDRES, LEXIKON, LITERATUR

Sibylla Schwarz (1621–1638)

Werke:
Deutsche Poetische Gedichte. Hrsg. und verlegt durch M. Samuel Gerlach. Danzig 1650 (I) – Anderer Teil Deutscher Poetischer Gedichte. Danzig 1650 (II). Reprograf. Nachdruck: Frankfurt/M. 1980
Auff ihren Abscheid auß Greiffswald, Gesang, I, XLVIII–XLIX; Ist Lieb ein Feur, II, ohne Seitenangabe; Lied, II, ohne Seitenangabe; Ein Gesang wieder den Neidt (gekürzt), I, S. VI–X

Literatur: Christoph Hagen: Himmlische Hochzeit-Predigt auf der Seligen und fröhlichen Heimfahrt Der Jungfrauen Sibyllen Schwartzin Begräbnis 3. August 1638. Greifswald 1638; Critische Versuche. Greifswald 1741/42, Bd. I, S. 133–157 (Rezension der Deutschen Poetischen Gedichte); Helmut Ziefle: Sibylle Schwarz. Leben und Werk. Bonn 1975; LITERATUR

Francisca Stoecklin (1894–1931)

Werke:
Gedichte. Bern 1920
Im Traum, S. 23

Die singende Muschel. Neue Gedichte. Zürich, Leipzig, Berlin [1925]; ohne Seitenangabe
Die singende Muschel, An ein Mädchen, An eine Orange

Literatur: KOSCH, LEXIKON, LITERATUR

Lulu von Strauss und Torney (1873–1956)

Werke:
Balladen und Lieder. Jena 1902

Neue Balladen und Lieder. Jena 1907

Reif steht die Saat. Jena 1926, ²1936
Hertje von Horsbüll (1902), S. 108; Grüne Zeit, S. 162. © Anita Diederichs [für beide Gedichte]

Literatur: KUNISCH, SCHRIFTSTELLER-LEXIKON, LEXIKON, LITERATUR

Johanne Charlotte Unzer (1725–1782)

Werke:
(Anonym) Versuch in Scherzgedichten. Halle 1751
Die Sommernacht, S. 17–19

(Anonym) Versuch in Scherzgedichten. Zweyte, veränderte und vermehrte Auflage. Halle 1763
Nachricht, S. 46; Der Sieg der Liebe, S. 39–41

(Anonym) Versuch in Scherzgedichten. Dritte, veränderte Auflage. Halle 1766

Versuch in sittlichen und zärtlichen Gedichten. Halle 1754; Halle ²1766
Die Ruhe, S. 78–79

Fortgesetzte Versuche in sittlichen und zärtlichen Gedichten. Rinteln 1766

Literatur: Thomas Gehring: Johanne Charlotte Unzer-Ziegler. 1725–1782. Ein Ausschnitt aus dem literarischen Leben in Halle, Göttingen und Altona. Bern, Frankfurt/M. 1973; ADB, KOSCH, LITERATUR

Sidonia Hedwig Zäunemann (1714–1740)

Werke:
Poetische Rosen in Knospen. Erfurt 1738
Andächtige Feld- und Pfingst-Gedanken (gekürzt), S. 117–127; Madrigal, über die Wiege eines Kindes, S. 628; Das unter Gluth und Flammen ächzende ERFURT, Den 21ten Oct. 1736 (gekürzt), S. 538–547; Jungfern-Glück, S. 497–498*

Die von denen Faunen gepeitschte Laster. Frankfurt/M., Leipzig 1739

Literatur: Göttingische Zeitungen von Gelehrten Sachen. 10. Stück Febr. 1741, S. 78–80 (Todesnachricht); S. Cassel: Erfurt und die Zäunemannin. In: Weimarisches Jahrbuch für Deutsche Sprache, Litteratur und Kunst. Bd. 3 (1855), S. 426–57; Gisela Brinker-Gabler: Das weibliche Ich. Überlegungen zur Analyse von Werken weiblicher Autoren mit einem Beispiel aus dem 18. Jahrhundert: Sidonia Hedwig Zäunemann. In: Die Frau als Heldin und Autorin. Neue kritische Ansätze zur deutschen Literatur. 10. Amherster Kolloquium zur Deutschen Literatur. Heidelberg 1978; ADB, KOSCH, LITERATUR

Susanna Elisabeth Zeidler (1657– ca. 1706)

Werke:
Jungferlicher Zeitvertreiber. Das ist Allerhand Deudsche Gedichte / Bey Häußlicher Arbeit / und stiller Einsamkeit verfertiget und zusammen getragen. Leipzig 1686 [Neudruck dieser Ausgabe, besorgt von Cornelia Niekus-Moore, Bern 2000]
An einen bekannten Freund (gekürzt), S. 55–57; Beglaubigung der Jungfer Poeterey, S. 31

Christiana Mariana von Ziegler (1695–1760)

Werke:
Versuch in gebundener Schreib-Art. Leipzig 1728

Vermischete Schriften in gebundener und ungebundener Rede. Göttingen 1739
Das männliche Geschlechte, im Namen einiger Frauenzimmer besungen (gekürzt), S. 67–71; Als sie ihr Bildniß schildern sollte, S. 293–294; Auf einen schönen und artigen Papagoy, S. 297–298; Ode, S. 116–117; Die Dichterin und die Musen, S. 295–296*

Literatur: Philipp Spitta: Christiane Mariane [!] von Ziegler und J. S. Bach. In: Zur Musik. Sechzehn Aufsätze. Berlin 1892, S. 97–118; ADB, KOSCH, LITERATUR

Hedda Zinner (1905–1994)

Werke: Fern und nah. Gedichte und Lieder. Weimar 1947
Deutsches Volkslied 1935, S. 23 [Erstdruck in: Zwei Welten. Monatsschrift zum Studium der deutschen Sprache. Moskau. Jg. 6 (1935), Nr. 5, S. 26]. © John Erpenbeck

Literatur: SCHRIFTSTELLER-LEXIKON, LEXIKON, LITERATUR

Kathinka Zitz-Halein (1801–1877)

Werke:
Herbstrosen in Poesie und Prosa. Mainz 1846
Farbenwechsel, S. 233–234

Dur- und Molltöne. Neuere Gedichte. Mainz 1859
Jeanne Manon Philipon-Roland, S. 214–215, Vorwärts und Rückwärts, S. 79–80; Für einen übertreibenden Deutschthümler, S. 300

Literatur: ADB, LEXIKON

B. Allgemeine Literaturhinweise

1. Frau und Literatur

Ästhetik und Kommunikation 7 (1976), Heft 25: Frauen / Kunst / Kulturgeschichte

Adelson, Leslie: Making Bodies, Making History: Feminism and German Identity. Lincoln 1993

Agnese, Barbara: Der Engel der Literatur. Zum philosophischen Vermächtnis Ingeborg Bachmanns. Wien 1999

Bänsch, Dieter: Naturalismus und Frauenbewegung. In: Helmut Scheuer (Hrsg.): Naturalismus. Bürgerliche Dichtung und soziales Engagement. Berlin, Köln 1974, S. 122–149

Becker-Cantarino, Barbara (Hrsg.): Die Frau von der Reformation zur Romantik. Die Situation der Frau vor dem Hintergrund der Literatur- und Sozialgeschichte. Bonn 1980

Becker-Cantarino, Barbara: Der lange Weg zur Mündigkeit. Frau und Literatur 1500–1800. Stuttgart 1987

Becker-Cantarino, Barbara: Schriftstellerinnen der Romantik. Epoche – Werke – Wirkung. München 2000

Berger, Renate u. a. (Hrsg.): Frauen – Weiblichkeit – Schrift. Berlin 1985

Bithell, Jethro: The Women Writers. In: Modern German Literature (1880–1950). London 1939

Borchers, Elisabeth (Hrsg.): Deutsche Gedichte von Hildegard von Bingen bis Ingeborg Bachmann. Frankfurt/M. 1987

Bovenschen, Silvia: Über die Frage: gibt es eine weibliche Ästhetik? In: Ästhetik und Kommunikation 25 (1976), S. 60–75
Bovenschen, Silvia und Peter Gorsen: Aufklärung und Geschlechtskunde. Biologismus und Antifeminismus bei Eduard Fuchs. In: Ästhetik und Kommunikation 25 (1976), S. 10–30
Bovenschen, Silvia: Die imaginierte Weiblichkeit. Exemplarische Untersuchungen zur kulturgeschichtlichen und literarischen Präsentation des Weiblichen. Frankfurt/M. 1979
Brinker-Gabler, Gisela: Die Schriftstellerin in der deutschen Literaturwissenschaft. Aspekte ihrer Rezeption von 1835 bis 1910. In: Die Unterrichtspraxis 1 (1976), S. 15–28
Brinker-Gabler, Gisela und Karola Ludwig, Angela Wöffen: Lexikon deutschsprachiger Schriftstellerinnen. 1800–1945. München 1986
Brinker-Gabler, Gisela (Hrsg.): Deutsche Literatur von Frauen. Bd. 1: Vom Mittelalter bis zum Ende des 18. Jahrhunderts. München 1988; Bd. 2: 19. und 20. Jahrhundert. München 1988
Das Besondere der Frauendichtung. Mit Beträgen von Marie Luise Kaschnitz, Ilse Langner und Olga Schaefer. In: Jahrbuch der Deutschen Akademie für Sprache und Dichtung. Darmstadt 1957, S. 59–76
Blackwell, Jeannine und Susanne Zantop (Hrsg.): Bitter Healing. German Women Writers, 1700–1830. An Anthology. Lincoln 1990
Burkhard, Marianne (Hrsg.): Gestaltet und gestaltend. Frauen in der deutschen Literatur. Amsterdam 1980
Catlin, Jo (Hrsg.): A History of Women's Writing in Germany, Austria and Switzerland. Cambridge 2000
Cixous, Helene: Die unendliche Zirkulation. Weiblichkeit in der Schrift. Berlin 1977
Classen, Albrecht (Hrsg.): Women as Protagonists and Poets in the German Middle Ages. An Anthology of Feminist Appraches to Middle High German Literature. Göppingen 1991
Cocalis, Susan und Kay Goodman (Hrsg.): Beyond the Eternal Feminine. Critical Essays on German Women and German Literature. Stuttgart 1982
Cocalis, Susan (Hrsg.): The Defiant Muse. German Feminist Poems from the Middle Ages to the Present. A Bilingual Anthology. New York 1986
Diethe, Carol: Towards Emancipation: German Women Writers of the Nineteenth Century. Oxford 1997
Dischner, Gisela: Bettina von Arnim. Eine weibliche Sozialbiographie aus dem 19. Jahrhundert. Berlin 1978

Dischner, Gisela: Caroline und der Jenaer Kreis. Ein Leben zwischen bürgerlicher Vereinzelung und romantischer Geselligkeit. Berlin 1979

Drewitz, Ingeborg: Bettina von Arnim. Romantik – Revolution – Utopie. München 1978

Eigler, Friederike und Susanne Kordt (Hrsg.): The Feminist Encyclopedia of German Literature. Greenwood Press 1997

Ecker, Gisela (Hrsg.): Feminist Aesthetics, übers. v. Harriet Anderson. Boston 1985

Frederiksen, Elke P. (Hrsg.): Women Writers of Germany, Austria and Switzerland. An Annotated Bio-Biographical Guide. New York, London 1989

Friederichs, Elisabeth: Die deutschsprachigen Schriftstellerinnen des 18. und 19. Jahrhunderts. Stuttgart 1981

Friedrichsmeyer, Sara: The Androgyne in the Early German Romanticism: Friedrich Schlegel, Novalis and the Metaphysics of Love. Bern 1983

Fürstenwald, Maria und Jean M. Woods: Schriftstellerinnen, Künstlerinnen und gelehrte Frauen des Barock. Ein Lexikon. Stuttgart 1984

Gölz, Sabine: The Split Scene of Reading. Nietzsche/Derrida/Kafka/Bachmann. Atlantic Highlands 1998

Goodman, Katherine R. und Edith Waldstein (Hrsg.): In the Shadow of Olympus: German Women Writers around 1800. Albany 1992

Gnüg, Hiltrud und Renate Möhrmann (Hrsg.): Frauen – Literatur – Geschichte. Vom Mittelalter bis zur Gegenwart. Stuttgart 1985, Frankfurt/M. 2002

Gölter, Waltraud: Zukunftssüchtige Erinnerung. Aspekte weiblichen Schreibens. In: Psyche 37 (1983) 7, S. 642–668

Göttner-Abendroth, Heide: Die tanzende Göttin. Prinzipien einer matriarchalen Ästhetik. München 1982

Gross, Heinrich: Deutsche Schriftstellerinnen in Wort und Bild. 3 Bde. Berlin 1895

Gwiggner, Gerda: Die Probleme der Frauenbewegung im weiblichen Schrifttum der Zeit von 1880–1930. Diss. Wien 1948

Günther, Renate und Erika Wübbena (Hrsg.): Dieses Suchen und dies Finden. 100 Gedichte der beliebtesten Dichterinnen deutscher Sprache. Hamburg 2006

Hadina, Emil: Moderne deutsche Frauenlyrik. Leipzig 1914

Hanstein, Adalbert: Die Frau in der Geschichte des deutschen Geisteslebens des 18. und 19. Jahrhunderts. Bd. 1 und 2. Leipzig 1899, 1900

Haperlin, Natalie: Die Deutschen Schriftstellerinnen in der 2. Hälfte des 18. Jahrhunderts. Versuch einer soziologischen Analyse. Diss. Frankfurt/M. 1935
Haubl, Rolf u. a. (Hrsg.): Die Sprache des Vaters im Körper der Mutter: Literarischer Sinn und Schreibprozeß. Giessen 1983
Heinrichs, Hans-Jürgen: Der Körper und seine Sprache. Frankfurt/M. 1984
Herrmann, Elisabeth Rütschi und Edna Huttenmaier Spitz (Hrsg.): German Women Writers of the Twentieth Century. Oxford 1978
Heuser, Magdalene (Hrsg.): Frauen – Sprache – Literatur. Fachwissenschaftliche Forschungsansätze und didaktische Modelle und Erfahrungsberichte für den Deutschunterricht. Paderborn u. a. 1982
Heuser, Magdalene: Literatur von Frauen / Frauen in der Literatur. Feministische Ansätze in der Literatur. In: Luise F. Pusch (Hrsg.): Feminismus. Inspektion der Herrenkultur. Ein Handbuch. Frankfurt/M. 1983, S. 117–148
Hermand, Jost: Undinen-Zauber. Zum Frauenbild des Jugendstils. In: Wissenschaft als Dialog. Festschrift für Wolfdietrich Rasch. Hrsg. Renate von Heydebrand und K. G. Just. Stuttgart 1969, S. 9–29
Herminghouse, Patricia und Magda Müller (Hrsg.): Gender and Germanness. Cultural Productions of Nation. Providence/RI 1997
Heydebrand, Renate von (Hrsg.): Kanon Macht Kultur. Stuttgart 1998
Heydebrand, Renate von (Hrsg.): Frauen im Mittelpunkt: Contemporary German Women Writers. New York 1987
Hoffmann, Therese: Das klassisch-frühromantische Frauenideal. Leipzig 1932
Hoppe, Else (Hrsg.): Der Typus des Mannes in der Dichtung der Frau. Eine internationale Revue. Hamburg 1960
Huttenmaier-Spitz, Edna: German Women Writers of the Twentieth Century. An Introductory Course in English Translation. In: Die Unterrichtspraxis 1 (1976), S. 30–38
Irigaray, Luce: Das Geschlecht, das nicht eins ist. Berlin 1979
Irigaray, Luce: Speculum. Spiegel des anderen Geschlechts. Frankfurt/M. 1980
Jankowsky, Karen: Canons Crumble Just Like Walls: Discovering the Works of GDR Women Writers. In: Friederike Eigler und Peter C. Pfeiffer (Hrsg.): Cultural Transformations in the New Germany: American and German Perspectives. Camden House 1993, S. 102–116

Ives, Margaret C. und Anthony J. Harper (Hrsg.): Sappho in the Shadows. Essays on the Work of Some German Women Poets of the Age of Goethe (1749–1832), with Translation of Their Poetry into English. Bern 1999
Journal Nr. 5: Aufständische Kultur. Hrsg. von Verena Stefan und Kathrin Mosler. München 1976 (Frauenoffensive)
Jürgensen, Manfred (Hrsg.): Frauenliteratur. Autorinnen, Perspektiven, Konzepte. München 1985
Klaiber, Theodor: Dichtende Frauen der Gegenwart. Stuttgart 1907
Klüger, Ruth: Frauen lesen anders. München 1996
Kord, Susanne: Ein Blick hinter die Kulissen. Deutschsprachige Dramatikerinnen des 18. und 19. Jahrhunderts. Stuttgart 1992
Kraft, Helga: Ein Haus der Sprache: Dramatikerinnen und das andere Theater. Stuttgart 1996
Kreis, Gabriele: Frauen im Exil. Dichtung und Wirklichkeit. Darmstadt 1988
Kristeva, Julia: Kein weibliches Schreiben? Fragen an Julia Kristeva. In: Freibeuter I (1979), Heft 2, S. 79–84
Kubli, Sabine und Doris Stump: Viel Köpfe, viel Sinn. Schweizer Schriftstellerinnen von 1800–1945. Eine Textsammlung. Zürich 1994
Lachmanski, Hugo: Die deutschen Frauenzeitschriften des achtzehnten Jahrhunderts. Diss. Berlin 1900
Langer-Hagedorn, Barbara: Eine schriftstellernde Patrizierin. Die Geschichte der Johanna Schopenhauer nach Briefen, Kritiken und Tagebüchern. In: Mamas Pfirsiche – Frauen und Literatur 7 (Münster 1977), S. 92–125
Langgässer, Elisabeth (Hrsg.): Herz zum Hafen. Frauengedichte der Gegenwart (hrsg. unter der Mitwirkung von Ina Seidel). Leipzig1933
Lenk, Elisabeth: Die sich selbst verdoppelnde Frau. In: Ästhetik und Kommunikation 7 (1976), Heft 25, S. 84–87
Lenk, Elisabeth: Indiskretionen des Federviehs. Pariabewußtsein schreibender Frauen seit der Romantik. In: Courage 6 (1981), Oktober, S. 24–34
Leeder, Karen: Post-1945 women's poetry from East and West. In: Jo Catling (Hrsg.): A History of Women's Writing in Germany, Austria and Switzerland. Cambridge 2000, S. 200–215
Lennox, Sara: Cemetery of the Murdered Daughters. Feminism, History, and Ingeborg Bachmann. Amherst, Boston 2006
Lersch Barbara: Schreibende Frauen – eine neue Sprache in der Literatur? In: Diskussion Deutsch 15 (1984), S. 293–313

Linnhoff, Ursula: »Zur Freiheit, oh zur einzig wahren« – Schreibende Frauen kämpfen um ihre Rechte. Frankfurt/M. u. a. 1983
Littler, Margaret (Hrsg.): Gendering German Studies: New Perspectives on German Literature and Culture. Oxford 1997
Löster-Schneider, Gudrun: Geschlecht – Literatur – Geschichte I, 2001; II. 2003
Lühe, Irmela von der (Hrsg.): Entwürfe von Frauen in der Literatur des 20. Jahrhunderts. Berlin 1982
Märten, Lu: Die Künstlerin. München 1919
Mamas Pfirsiche. Frauen und Literatur. Münster 1976–1977
Mayer, Hans: Außenseiter. Frankfurt/M. 1975, S. 31–167
Meidinger-Geise, Inge: Aspekte moderner Frauendichtung. In: Welt und Wort 12 (1957), S. 133–37
Meise, Helga (Hrsg.): Fräuleinwunder literarisch. Literatur von Frauen zu Beginn des 21. Jahrhunderts. Bern 2005
Mensch, Ella: Die Frau in der modernen Literatur. Ein Beitrag zur Geschichte der Gefühle. Berlin 1898
Melin, Charlotte (Hrsg. und Übers.): German Poetry in Transition. 1945–1990. Hanover/NH 1999
Möhrmann, Renate: Die andere Frau. Emanzipationsansätze deutscher Schriftstellerinnen im Vorfeld der Achtundvierziger Revolution. Stuttgart 1977
Möhrmann, Renate: Feministische Ansätze in der Germanistik seit 1945. In: Jahrbuch für internationale Germanistik 11 (1979) Heft 2, S. 63–84
Naaijkens, Ton: Härte, Herz und Auge. Zur Lyrik der Gegenwart. In: Gisela Brinker-Gabler (Hrsg.): Deutsche Literatur von Frauen. Bd. 2, S. 477–486
Osinski, Jutta: Einführung in die feministische Literaturwissenschaft. Berlin 1998
Osborne, Max: Die Frauen in der Litteratur und der Presse. Berlin 1896
Pataky, Sophie: Lexikon deutscher Frauen der Feder. Eine Zusammenstellung der seit dem Jahr 1840 erschienenen Werke weiblicher Autoren, nebst Biographie. Berlin 1898
Pischon, Friedrich August: Über den Anteil der Frauen an der Dichtkunst des 17. Jahrhunderts. In: Germania. Neues Jahrbuch der Berlinischen Gesellschaft für Deutsche Sprache und Alterthumskunde. Hrsg. von F. H. von der Hagen. Bd. 8. Berlin 1848, S. 104–137
Puknus, Heinz (Hrsg.): Neue Literatur der Frauen. Deutschsprachige Autorinnen der Gegenwart. München 1980
Pusch, Luise F.: Das Deutsche als Männersprache. Frankfurt/M. 1984

Röthlisberger, Blanca und Anna Ischer: Die Frau in der Literatur und Wissenschaft. Zürich, Leipzig 1928
Reichart, Elisabeth: Österreichische Dichterinnen. Salzburg, Wien 1993
Rheinsberg, Anna (Hrsg.): Wie bunt entfaltet sich mein Anderssein. Lyrikerinnen der 20er Jahre. Gedichte und Portraits. Mannheim 1993
Rosenberg, Dorothey und Nancy Lukens (Hrsg.): Daughters of Eve: Women's Writing from the GDR. Lincoln 1993
Rosenkranz, Jutta (Hrsg.): Wenn wir den Königen schreiben. Lyrikerinnen aus der DDR. Darmstadt 1988
Rütschi-Herrmann, Elizabeth: German Women Writers in a College Curriculum. In: Die Unterrichtspraxis 1 (1976), S. 39–45
Sauter-Bailliet, Therese: Die Gretchen-Episode in Goethes Faust. In: Frauen und Wissenschaft. Berlin 1977, S. 248–257
Schaefer, Oda (Hrsg.): Unter dem sapphischen Mond. Deutsche Frauenlyrik seit 1900. München 1957
Serke, Jürgen: Die verbrannten Dichter. Weinheim 1977
Serke, Jürgen: Frauen schreiben. Ein neues Kapitel deutschsprachiger Literatur. Hamburg 1979
Schindel, Carl Wilhelm Otto August von: Die deutschen Schriftstellerinnen des 19. Jahrhunderts. 3 Bde. Leipzig 1823–1825
Schmidt-Bortenschlager, Sigrid und Hanna Schnedl-Bubenicek: Österreichische Schriftstellerinnen 1880–1938. Eine Bio-Bibliographie. Stuttgart 1982
Schöpp-Schilling, Beate: Produktions- und Rezeptionsbedingungen amerikanischer Schriftstellerinnen. Neue Ansätze einer feministischen Literaturkritik. In: Frauen und Wissenschaft. Berlin 1977, S. 230–247
Schrattenthal, Karl: Die deutsche Frauenlyrik unserer Tage. Mitgabe für Frauen und Töchter gebildeter Stände. Leipzig 1892
Siemsen, Anna: Der Weg ins Freie. Zürich 1943
Soergel, A. und C. Hohoff: Emanzipation und Literatur der Frauen. In: Dichtung und Dichter der Zeit. Vom Naturalismus bis zur Gegenwart. 2 Bde. Düsseldorf 1961–1963, Bd. 1, S. 294–324
Soltau, Heide: Trennungs-Spuren. Frauenliteratur der 20er Jahre. Frankfurt/M. 1984
Spiero, Heinrich: Geschichte der deutschen Frauendichtung seit 1800. Leipzig 1913
Stephan, Inge und Sigrid Weigel: Die verborgene Frau. Sechs Beiträge zu einer feministischen Literaturwissenschaft. Berlin 1983
Stephan, Inge (Hrsg.): Feministische Literaturwissenschaft. Dokumentation der Tagung in Hamburg, Mai 1983. Berlin 1984

Stephan, Inge und Christina von Braun: Gender-Studien. Eine Einführung. Stuttgart 2006
Stephan, Naomi: The Women of Kabale und Liebe. A Teaching Approach. In: Die Unterrichtspraxis 1 (1976), S. 46–54
Stump, Doris, Maya Widmer und Regula Wyss: Deutschsprachige Schriftstellerinnen in der Schweiz, 1700–1945. Eine Bibliographie. Zürich 1994
Szepe, Helena: The Term *Frauendichtung*. In: Die Unterrichtspraxis 1 (1976), S. 11–14
Suhr, Heidrun: Ausländerliteratur: Minority Literature in the Federal Republic of Germany. In: New German Critique 46 (1989), S. 71–103
Touallion, Christine: Der deutsche Frauenroman des 18. Jahrhunderts. Leipzig, Wien 1919
Touallion, Christine: Frauendichtung. In: Reallexikon der Deutschen Literaturgeschichte. Bd. 1 (1925/26), S. 374–76
Virginia, Julia [d. i. Julie Virginie Scheuermann] (Hrsg.): Frauenlyrik unserer Zeit. 2. Aufl. Berlin, Leipzig 1907
Vollmer, Hartmut (Hrsg.): ›In roten Schuhen tanzt die Sonne sich zu Tod‹, Lyrik expressionistischer Dichterinnen. Zürich 1993
Wall, Renate: Lexikon deutschsprachiger Schriftstellerinnen im Exil, 1933–1945. 2 Bde. Freiburg i. Br. 1995
Wartmann, Brigitte: Schreiben als Angriff aufs Patriarchat. In: Literaturmagazin II. Reinbek 1979, S. 108–132
Weedon, Chris (Hrsg.): Postwar Women's Writing in German. Feminist Critical Approaches. Oxford 1997
Wilson, Katharina (Hrsg.): Medieval Women Writers. Manchester 1984
Women in German Yearbook: Feminist Studies in German Literature and Culture. Lincoln, London 1984 ff.
Woolf, Virginia: A Room of One's Own. London 1973

2. *Zeit und Gesellschaft*

Bainton, Roland H.: Woman of the Reformation in Germany and Italy. Minneapolis 1971
Beauvoir, Simone de: Das andere Geschlecht. Sitte und Sexus der Frau. Reinbek 1972
Becker, Gabriele u. a.: Aus der Zeit der Verzweiflung. Zur Genese und Aktualität des Hexenbildes. Frankfurt/M. 1977
Bechtel, Heinrich: Wirtschafts- und Sozialgeschichte Deutschlands. München 1967

Behrens, Katja: Frauenbriefe der Romantik. Frankfurt/M. 1981
Blos, Anna: Frauen der deutschen Revolution 1848. Zehn Lebensbilder und ein Vorwort. Dresden 1928
Blochmann, Elisabeth: Das ›Frauenzimmer‹ und die ›Gelehrsamkeit‹. Eine Studie über die Anfänge des Mädchenschulwesens in Deutschland. Heidelberg 1966
Brinker-Gabler, Gisela (Hrsg.): Zur Psychologie der Frau. Frankfurt/M. 1978
Brinker-Gabler, Gisela (Hrsg.): Frauenarbeit und Beruf. Frankfurt/M. 1979
Brinker-Gabler, Gisela (Hrsg.): Frauen gegen den Krieg. Frankfurt/M. 1980
Brinker-Gabler, Gisela und Sidonie Smith (Hrsg.): Writing New Identities. Gender, Nation and Immigration in Contemporary Europe. Minneapolis, London 1997
Bruford, W. H.: Germany in the 18th Century. Cambridge 1959
Bruford, W. H.: Deutsche Kultur der Goethezeit. Konstanz 1965
Cauer, Minna: Die Frau im 19. Jahrhundert. Berlin 1898
Conze, W. (Hrsg.): Sozialgeschichte der Familie in der Neuzeit Europas. Stuttgart 1977
Drewitz, Ingeborg: Berliner Salons. Gesellschaft und Literatur zwischen Aufklärung und Industriezeitalter. Berlin 1965
Duden, Barbara: Das schöne Eigentum. Zur Herausbildung des bürgerlichen Frauenbildes an der Wende vom 18. zum 19. Jahrhundert. In: Kursbuch 47 (1977), S. 125–140
Engelsing, Rolf: Die Bildung der Frau. In: Der Bürger als Leser. Lesergeschichte in Deutschland 1500–1800. Stuttgart 1974, S. 296–338
Ennen, Edith: Frauen im Mittelalter. München 1983
Evans, Richard J.: The Feminist Movement in Germany, 1894–1933. London and Beverly Hills 1976
Fout, John C. (Hrsg.): German Women in the Nineteenth Century. A Social History. New York, London 1894
Frauen und Wissenschaft. Beiträge zur Berliner Sommeruniversität für Frauen. Juli 1976. Berlin 1977
Frevert, Ute: Women in German History: From Bourgeois Emancipation to Sexual Liberation, Übers. Stuart McKinnon-Evans. New York, Oxford, München 1989, 1997
Fuchs, Eduard: Sozialgeschichte der Frau. Frankfurt/M. 1973 (Neudruck von [3]1928, [1]1906)
Gerhard, Marlis: Kein bürgerlicher Stern, nichts, nichts konnte mich je beschwichtigen. Essays zur Kränkung der Frau. Darmstadt, Neuwied 1982

Gerhardt, Ute: Verhältnisse und Verhinderungen. Frauenarbeit, Familie und Recht der Frauen im 19. Jahrhundert. Frankfurt/M. 1980

Handbuch der Frauenbewegung. Hrsg. von Helene Lange und Gertrud Bäumer. Teil 1–4. Berlin 1901–1902

Hausen, K.: Die Polarisierung der ›Geschlechtscharaktere‹ – Eine Spiegelung der Dissoziation von Erwerbs- und Familienleben. In: W. Conze (Hrsg.): Sozialgeschichte der Familie in der Neuzeit Europas. Stuttgart 1977

Janssen-Jurreit, Marielouise: Sexismus. Über die Abtreibung der Frauenfrage. München 1976

Joeres, Ruth-Ellen B. und Mary Jo Maynes (Hrsg.): German Women in the Eighteenth and Nineteenth Centuries. A Social and Literary History. Bloominton 1986

Kluckhohn, Paul: Die Auffassung der Liebe im 18. Jahrhundert und in der deutschen Romantik. Tübingen 1966 (1922)

Lütge, Fr.: Deutsche Sozial- und Wirtschaftsgeschichte. Hamburg 1972

Martens, Wolfgang: Die Botschaft der Tugend. Die Aufklärung im Spiegel der deutschen Moralischen Wochenschriften. Stuttgart 1968

Menschik, Jutta: Gleichberechtigung oder Emanzipation. Die Frau im Erwerbsleben der Bundesrepublik. Frankfurt/M. 1971

Prokop, Ulrike, Weiblicher Lebenszusammenhang. Von der Beschränkung der Strategien und Unangemessenheit der Wünsche. Frankfurt/M. 1976

Scherr, Johannes: Geschichte der deutschen Frauenwelt. 2 Bde. Leipzig 1879

Schöfthaler, Ele: Troubadora und Meisterin. In: Kursbuch 47 (1977), S. 115–123

Schultz, Hans-Jürgen (Hrsg.): Frauen. Porträts aus zwei Jahrhunderten. Stuttgart 1981

Simmel, Georg: Philosophische Kultur. Leipzig 1911

Steinhausen, Georg: Geschichte des deutschen Briefes. Zur Kulturgeschichte des deutschen Volkes. Berlin 1889

Susmann, Margarete: Frauen der Romantik. Jena 1929

Tatlock, Lynne (Hrsg.): The Graph of Sex and German Text: Gendered Culture in Early Modern Germany, 1500–1700. Chloe, Beihefte zum Daphnis, 19. Amsterdam 1994

Theweleit, Klaus: Männerphantasien. 2 Bde. Reinbek 1980

Twellmann, Margit: Die Deutsche Frauenbewegung im Spiegel repräsentativer Frauenzeitschriften. Ihre Anfänge und erste Entwicklung 1843–1889. Meisenheim am Glan 1972

Das Volk Braucht Licht. Frauen zur Zeit des Aufbruchs 1790–1848 in ihren Briefen. Hrsg. von Günter Jäckel. Kommentar und Nachwort von M. Schlosser. Darmstadt 1970

Weber-Kellermann, Ingeborg: Die deutsche Familie. Versuch einer Sozialgeschichte. Frankfurt/M. 1974

Weinhold, K.: Die deutschen Frauen im Mittelalter. 2. Auflage. 2 Bde. Amsterdam 1968

Windhoff-Hérietier, Adrienne: Sind Frauen so wie Freud sie sah? Weiblichkeit und Wirklichkeit. Bausteine zu einer neuen analytisch-sozialpsychologischen Theorie der weiblichen Psyche. Reinbek b. Hamburg 1976

Wysocki, Gisela von: Frauen-Bilder im Aufbruch. Hinweise auf ihren Gebrauch. In: Kursbuch 47 (1977), S. 91–113

Wysocki, Gisela von: Die Fröste der Freiheit. Aufbruchsphantasien. Frankfurt/M. 1980

Die Herausgeberin und der Verlag danken den Inhabern der Urheberrechte für die freundliche Erlaubnis zum Abdruck der Gedichte. Da in einigen Fällen die Inhaber der Rechte trotz aller Bemühungen nicht festzustellen oder erreichbar waren, verpflichtet sich der Verlag, geltend gemachte rechtmäßige Ansprüche nach den üblichen Honorarsätzen zu vergüten. Das gilt auch für das veröffentlichte Fotomaterial.